As PODEROSAS
MADRINHAS

As PODEROSAS MADRINHAS

CAMILLE AUBRAY

Tradução
LAURA FOLGUEIRA

≡ Editora **Melhoramentos**

Dados Internacionais de Catalogação na Publicação (CIP)
(Câmara Brasileira do Livro, SP, Brasil)

Aubray, Camille
  As poderosas madrinhas / Camille Aubray; tradução Laura Folgueira. – São Paulo: Editora Melhoramentos, 2022.

  Título original: The godmothers
  ISBN 978-65-5539-366-8

  1. Ficção norte-americana I. Título.

22-98767   CDD-813

Índices para catálogo sistemático:
  1. Ficção: Literatura norte-americana 813

  Aline Graziele Benitez – Bibliotecária – CRB-1/3129

Esta é uma obra de ficção. Nomes, personagens, lugares e incidentes são produtos da imaginação do autor ou são usados ficticiamente e não devem ser interpretados como reais. Qualquer semelhança com eventos reais, locais, organizações ou pessoas, vivas ou mortas, é mera coincidência.

Título original: *The Godmothers*
Copyright © 2021 Camille Aubray LLC. Todos os direitos reservados.
Publicado em acordo com a William Morrow, um selo da HarperCollins Publishers.
Direitos desta edição negociados pela Agência Literária Riff LTDA.

Tradução de © Laura Folgueira
Preparação: Elisabete Franczak Branco
Revisão: Mônica Reis e Paula Silva
Projeto gráfico: Carla Almeida Freire
Diagramação: Estúdio dS
Capa: R. S. Carone
Imagens de capa: Shutterstock/Everett Collection e Nikon Corporation/Unsplash

Hotel Park Sheraton e Sheraton são marcas registradas da Marriott International, Inc. / Ursinho Pooh é uma marca registrada da Disney

Direitos de publicação:
© 2022 Editora Melhoramentos Ltda.
Todos os direitos reservados.

1ª edição, março de 2022
ISBN: 978-65-5539-366-8

Atendimento ao consumidor:
Caixa Postal 729 – CEP 01031-970
São Paulo – SP – Brasil
Tel.: (11) 3874-0880
sac@melhoramentos.com.br
www.editoramelhoramentos.com.br

Siga a Editora Melhoramentos nas redes sociais:
  /editoramelhoramentos

Impresso no Brasil

Para Rose

Prólogo

Nicole

Nova York, abril de 1980

Eu nunca precisei pedir um favor à minha madrinha, até o dia que ofereceram ao meu marido um emprego na Casa Branca. Era abril de 1980, e James e eu estávamos morando em Nova York havia apenas um ano. Tínhamos nos conhecido em Paris e nos casado lá, mas, como nós dois éramos americanos, sempre pensamos nos Estados Unidos como nosso lar, então ficamos felizes de voltar. Eu achava que, naquele ponto, nossa vida estava bastante acomodada ali, em Manhattan. Eu trabalhava como pesquisadora jornalística para a Time Inc., e James advogava.

Mas, num belo dia de primavera, James anunciou:

– Acabei de ter uma conversa bem interessante com Cyrus Vance. Ele quer que eu vá trabalhar com ele em Washington, no Departamento de Estado.

– O Secretário de Estado quer *você*? – ecoei, chocada.

Como fazíamos com todas as decisões importantes, debatemos o assunto durante um jantar à luz de velas em nosso restaurante favorito.

– Não vai ser um trabalho fácil, o presidente Carter está no meio dessa crise de reféns no Irã – admitiu James. – O sr. Vance é um bom negociador, mas há muitas brigas internas acontecendo agora na Casa Branca. E o pobre Vance tem um problema sério de gota, então foi para a Flórida se recuperar, e me disse que eu devia ir para casa discutir essa proposta de emprego com "a esposa".

Revirei os olhos.

– Acho que é uma sorte ele não ter dito "a *mulherzinha*" – resmunguei.

James abriu um sorriso.

– Vance quer minha resposta quando voltar de férias. Se dissermos sim, eles vão fazer uma verificação de antecedentes no FBI. É estritamente rotineira. Mas vão pesquisar *tudo* sobre nós dois: amigos, família, trabalho, todo mundo que nos conhece bem. Vance diz que é melhor contar logo para ele qualquer coisa que deva saber, "só para não haver surpresas".

– O que isso quer dizer? – perguntei, no início, sem entender a situação.

– Ah, você sabe. Eles têm que investigar para ver se existe algo no nosso passado, ou do passado da nossa família, que possa me deixar vulnerável a chantagens, esse tipo de coisa. Expliquei que minha família é gente modesta e que nunca conheci pessoas tão boas e honestas quanto a sua família!

Lá, à luz de velas bruxuleantes, ele me beijou como um marido agradecido, fazendo eu me sentir especialmente amada.

– Então, não se preocupe, parece que vai ser tudo um mar de rosas – concluiu.

Em seguida, contentou-se em terminar seu *boeuf bourguignon*, e eu assenti.

Mas toda aquela história de investigar minha família me alarmou, embora eu não soubesse dizer por quê. Era só uma sensação inexplicavelmente desconfortável que me tomou, como se sombras fantasmagóricas estivessem à espreita em minha visão periférica, mas, se eu me virasse para encará-las de frente, elas imediatamente iriam se retirar para os cantos escuros de onde tinham vindo. Tomei um gole rápido do vinho tinto para me recompor.

Não muito depois, visitamos minha mãe no subúrbio de classe média de Westchester. Certa manhã, quando James saiu logo cedo para jogar tênis com um amigo que morava lá perto, decidi me livrar da perguntinha que ainda me incomodava. Contei à minha mãe sobre a proposta de emprego e perguntei, sem rodeios:

– Nossa família tem algum esqueleto no armário?

Foi a expressão no rosto dela, mais do que as palavras, que me fez desconfiar. Ela ficou vermelha e desviou o olhar rápido, parecendo levemente culpada, antes de se recuperar e dizer:

– Nada sério. Certamente não da *sua* época. Mas por que seu marido ia querer ir para Washington? Seus irmãos acham que o presidente Carter está numa cilada séria com essa situação dos reféns no Irã.

Meus irmãos mais velhos tinham a tendência de fazer esses pronunciamentos calamitosos nos jantares de Ação de Graças. Hoje, eu tinha de concordar que a época não era auspiciosa. Mas, no momento, eu não estava preocupada com política; era a história da minha família que importava. Tentei descobrir mais, porém conhecia minha mãe bem o bastante para saber que nunca conseguiria uma resposta detalhada dela.

Além disso, algo em seu olhar rápido e furtivo suscitou de novo aquele estranho temor em mim. Desta vez, eu estava determinada a descobrir por quê. Então, depois que minha mãe saiu apressada para um horário no cabeleireiro, decidi que a única pessoa que podia me ajudar era minha madrinha. Ela morava ao lado, naquele enclave isolado do litoral com apenas quatro casas numa faixa de terra minúscula que dava para o estuário de Long Island. Nossa família estendida tinha mudado para lá depois de anos morando em Greenwich Village.

Eu conhecia cada centímetro daqueles quintais onde brincara com meus primos, e cada canto da pequena enseada onde aprendera a nadar no mar salgado. Mas, com o tempo, essas memórias tinham recuado como a maré, depois de eu ter ido para a Europa estudar e amadurecer.

Agora, o simples fato de atravessar os gramados e subir a entrada de seixos da casa da minha madrinha fez todas elas voltarem de uma vez – e eu me senti de novo como uma menina, espiando pelas janelas panorâmicas a sala de jantar, querendo vê-la de relance na mesa formal grande e antiquada, onde ela reinava em "reuniões" misteriosas com minha mãe e minhas duas tias. Ainda vejo as quatro comiserando baixinho em tom de conspiração, depois ficando em silêncio sempre que as crianças entravam correndo.

Meus primos e eu sempre nos referimos a essas mulheres mais velhas como "as madrinhas". Quando eu tinha dez anos, devorei a mitologia grega e romana, então passei por uma fase em que fingi que as madrinhas eram mesmo deusas disfarçadas.

Até os nomes delas me soavam mitológicos: *Filomena, Lucy, Amie, Petrina*. Quatro bruxas poderosas cozinhando suas tramas e mexendo seus caldeirões de magia. O próprio fato de essas concunhadas terem chamado uma à outra para ser madrinha dos filhos dá uma ideia do quanto minha família era insular. Elas acreditavam que estranhos eram perigosos, que deviam ser vistos com desconfiança. Mas nós, primos, como todos os jovens, superamos tais sentimentos, pois sabíamos que precisávamos estender a mão e abrir caminho no mundo externo, apesar de todos os seus perigos.

Encontrei minha madrinha parada na imensa varanda da frente de sua casa vitoriana, as costas eretas e a cabeça erguida. Ela estava na casa dos cinquenta anos, tinha a pele clara, suave e macia, praticamente sem uma única ruga; e o cabelo, enrolado num coque na nuca, era escuro e lustroso. Embora morasse nos Estados Unidos havia décadas, ainda tinha o comportamento formal do velho mundo. Seus olhos grandes, amendoados, pareciam atravessar alguém, o que a maioria das pessoas achava bastante amedrontador. Mas ela sempre tivera coração mole comigo, sua afilhada.

– *Buongiorno, cara* Nicole – disse enquanto eu beijava sua bochecha.

A casa dela tinha uma vista expansiva do azul-acinzentado suave e etéreo do estuário de Long Island. Fiquei feliz de ver que a varanda ainda tinha um banco antiquado feito de metal num padrão trançado de cesta, grande o bastante para nós duas. Nós nos sentamos lá, recostadas em almofadas, balançando o banco para a frente e para trás, falando do tempo.

Por fim, com seu instinto afinado, ela disse em voz baixa:

– Como posso ajudar você, Nicole?

A onda de apreensão que eu sentira antes agora se intensificava num temor que ia até os ossos e eu ainda não sabia identificar. Talvez todas as famílias tenham segredos, não sei. O problema é que não dá para esquecer completamente algo que não se sabe completamente. Me ocorreu que eu talvez não tivesse outra oportunidade tão privada e meditativa de enfim confrontá-la com esses fantasmas.

Então, contei sobre a importante proposta de emprego de James e a possibilidade de uma investigação de antecedentes de "rotina". Embora o rosto dela tivesse permanecido impassível, eu a escutei dar um arquejo curto e suave. Foi suficiente para me indicar que eu tinha razão de ter ido até ali fazer perguntas. Eu a observei com atenção enquanto ela continuava em silêncio por vários minutos.

– Por favor, madrinha – falei, por fim. – O que quer que seja, eu preciso saber.

Gentilmente, ela avisou:

– Puxando um fio, você pode desfazer toda a tapeçaria.

Mas, estranhamente, parecia que, por algum motivo, ela estava esperando desde sempre que eu a procurasse.

– Está bem. Só porque é você, Nicole. Mas algumas coisas que dissermos uma à outra hoje devem ficar apenas entre nós. – Ela acrescentou, ironicamente: – Pelo menos, espere até eu morrer antes de dar com a língua nos dentes. E saiba que não estou com pressa alguma!

Eu fiz que sim, e ela prosseguiu:

– Então, por onde começamos?

Respirei fundo. Tudo sobre as quatro madrinhas era tão misterioso. Quem elas tinham sido antes de se tornarem nossas madrinhas? Raramente falavam da infância, resistindo às nossas perguntas com leveza, mas firmes, até nós, primos, enfim aceitarmos que o passado era um muro de tijolos através do qual não adiantava tentar espiar. Quais eram exatamente esses segredos que as uniram esse tempo todo – e seriam eles, de alguma forma, a fonte de meus temores infantis? Senti que, naquelas sombras, espreitavam violência e outras coisas ruins, mas eu também as tinha mantido escondidas, até de mim mesma.

Bem, minha madrinha tinha razão. Só precisei puxar um fio, e uma pergunta levou a todas as outras. E foi assim que finalmente fiquei sabendo da história toda.

Livro Um

Os anos 1930

1

Filomena

Santa Marinella, Itália, 1934

A mãe de Filomena segurava firme a mão dela enquanto ficavam paradas na plataforma vendo o trem entrar na estação.

– Pare de dançar, Filomena, ou vai cair e se machucar! – alertou mamãe, ajustando o chapéu de aba reta da filha com um puxão.

Filomena tentou ficar imóvel, mas nunca tinha estado numa estação de trem, quanto mais embarcado em um trem, e o coração dela batia forte de excitação, como o peixe que pulava da água com alegria na primavera, fazendo o pai dela cantar enquanto jogava as redes.

– Quanto tempo vamos ficar no trem? – quis saber ela, animada.

– Muitas horas, muitas, muitas horas – foi só o que mamãe disse.

Ela tinha acordado Filomena cedo naquela manhã, como no Natal, e a fizera vestir o que tinha de melhor: vestido, casaco, chapéu e sapatos.

– Vamos visitar um amigo muito importante desta família – disse apenas.

Não só isso, mas mamãe tinha dado a ela um ovo cozido para comer junto com o leite e o pão, e mais um ovo cozido para levar no bolso do casaco.

Filomena desfilava orgulhosa, desejando que os irmãos pudessem vê-la, mas os dois meninos mais novos tinham desaparecido cedinho com papai para ajudar no barco. E as duas irmãs de Filomena eram velhas; tinham o dobro da idade dela e só queriam saber de achar meninos com quem se casar. Filomena ia fazer oito anos em setembro.

O trem desacelerou até parar completamente na plataforma, arrotando fumaça e fuligem como um dragão de mau humor. Filomena enterrou o rosto na saia da mãe para a fuligem não machucar seus olhos. A mãe deu um puxão na mão dela e disse, tensa:

– Vamos. Pela escada principal do trem. Vamos contar enquanto subimos: um, dois, três, subindo! Subindo! Subindo!

Os degraus de metal retiniam alto enquanto elas subiam. Outras pessoas de repente começaram a empurrar para embarcar, mas mamãe conseguiu entrar rapidamente num vagão e garantir um lugar para ela e sua filha de olhos arregalados.

Filomena estava um pouco assoberbada por tantos estranhos e viu que alguns olhavam a mãe dela, provavelmente porque estava usando aqueles óculos com lente escura. Mamãe também sentiu isso, mas levantou o queixo, desafiadora, e virou o rosto para a janela.

– Dorme, *figlia mia* – disse. – Temos um caminho longo pela frente.

Filomena normalmente teria se livrado da mãe e corrido para cima e para baixo do vagão, perguntando destemida a outros passageiros o que lhe passasse pela cabeça, pois tinha nascido com uma exuberância natural. Mas ela *estava* cansada; não havia dormido bem na noite anterior. A cama dela ficava num quartinho minúsculo que antes era armário, bem ao lado do quarto dos pais, e ela conseguia ouvir o barulho que eles faziam. Na maioria das noites, os pais estavam tão exaustos que pegavam no sono na hora, mas às vezes faziam sons temerosos que lembravam Filomena dos animais noturnos que iam se esconder embaixo das janelas para brigar ou fazer bebês; muitas vezes, era difícil saber qual era qual.

E, às vezes, os pais dela gritavam um com o outro, o que tinha acontecido na noite passada. Filomena costumava pressionar o travesseiro contra as orelhas, mas ainda assim conseguiu perceber que era uma briga feia. Os pais dela ralharam sem parar até, enfim, como uma tempestade, a discussão eclodir num crescente de pura raiva. Ela não conseguia ouvir as palavras, só o pai berrando, a mãe guinchando em desafio e terríveis batidas na parede, e gritos de dor da pobre mamãe – depois, silêncio.

De manhã, o pai, de cara fechada, saiu mudo para o trabalho. Nessas horas, Filomena achava difícil acreditar que era o mesmo homem que, num humor melhor num dia melhor, a levava para caminhar na praça da cidade e lhe comprava um *gelato*, e depois cantava para ela até chegar em casa. Ela amava ir com ele até o mar, onde o céu era de um azul muito claro, e a maré, um celeste complementar, lambendo as areias macias da praia que dormitavam sob o sol quente. As antigas casas de pedra lá eram agrupadas todas juntas, como algo saído de um conto de fadas, dominadas por um grande castelo medieval construído para proteger a cidade de piratas. O castelo era cercado por lindos pinheiros, palmeiras e oliveiras, e, no verão, a brisa do mar carregava o aroma das rosas e violetas do jardim. Filomena sempre achou que, algum dia, um príncipe sairia do castelo e a convidaria para dançar com ele.

Mas, naquele dia, Filomena não ia ao mar com o pai. A mãe tinha emergido do quarto com um olho roxo, parecendo derrotada. Foi quando anunciou a Filomena que iam visitar alguns amigos da família. Filomena ficou feliz de escapar da tensão que enchia a casa tão completamente e parecia permanecer lá, mesmo depois de todo mundo ter saído.

– O papai sabe aonde a gente está indo? – tinha perguntado Filomena, curiosa.

– Claro que sabe – respondera a mãe, irritada. – Foi ideia dele. Vamos, coloque seu melhor vestido. E não esqueça o chapéu! Seja rápida e esperta.

Todos sabiam que ela era "esperta", embora o pai tivesse tirado Filomena da escola, sob protestos dos professores, especialmente uma *professoressa* que tinha feito uma viagem especial à casa deles só para dizer:

– Filomena é uma estrela e pode dar orgulho a vocês.

A professora tinha pedido a Filomena que demonstrasse como era capaz de somar longas colunas de números de três dígitos na cabeça, sem escrever no papel.

– Isso é incrível numa criança de qualquer idade – tentara explicar a *professoressa*. – Mas para uma menina tão jovem! Imaginem o que ela pode fazer se ficar na escola.

A visita da professora tinha provocado uma daquelas brigas entre os pais, mas não significativa o bastante para deixar um olho roxo. Os dois simplesmente decidiram que a escola só estava tentando obrigar o papai a desperdiçar dinheiro na educação inútil de uma garota, fim de papo.

***

Estava quase anoitecendo quando o trem parou com um solavanco numa nova estação e fez Filomena acordar surpresa. Todos que tinham estado com tanta pressa de subir agora estavam com a mesma pressa de descer, empurrando e cotovelando. A mãe dela esperou calmamente até os degraus ficarem livres; aí, desceram, outra vez contando em voz alta.

– Agora, estamos em Nápoles – declarou mamãe por cima do barulho do tráfego –, uma cidade muito grande e importante. Mas não temos tempo a perder. Precisamos pegar um ônibus. Vamos!

No murmúrio de vozes, Filomena escutou algo familiar.

– Aqui, todo mundo fala igual ao papai – disse ela.

Filomena nunca tinha achado estranho o pai falar um pouco diferente dos outros em Santa Marinella; papai era do "Sul", tinha hábitos e falas mais duras do que a mãe, refinada. Filomena tinha ouvido bom e era uma imitadora perfeita; às vezes, se encrencava por causa disso, como quando gente como o prefeito ou o padre achava que ela estava tirando sarro.

– Vem – chamou mamãe, seca, guiando-a pela multidão fervilhante, até chegarem a um terminal ao ar livre onde vários ônibus faziam o motor roncar como se estivessem com pressa de sair.

Filomena arfava quando subiu num deles. Jogou-se num banco entre a mãe e uma mulher muito gorda que já estava dormindo. Filomena bocejou e também pegou no sono.

Quando o ônibus parou sacolejando no destino, todos desceram suspirando de alívio. Mais de uma pessoa disse "ufa!" com um tom de definitivo. Mamãe achou um banco vazio e mandou Filomena se sentar e comer o ovo que trazia no bolso. Quando ela terminou, a mãe falou para ela usar o banheiro, porque teriam que fazer o restante do caminho a pé.

Aqui, fazia bem mais calor. As ruas eram empoeiradas. mamãe parecia incansável, caminhando com os passos estáveis de um cavalo trabalhador e segurando a mão da filha por todo o trajeto.

Estavam numa terra estranha. Não havia mar, apenas campos largos dos dois lados daquela estrada de terra, cheios de coisas incríveis para as quais Filomena olhava espantada enquanto ela e a mãe passavam. Havia lindas videiras com folhas verdes empoeiradas, que mamãe contou que produziam uvas viníferas, e depois campos de grãos dourados arados em fileiras organizadas. Depois, vinham pastos verdes pontilhados de animais estranhos, para os quais mamãe apontou e explicou: a vaca que nos dá leite, a ovelha que nos dá queijo, o porco que nos dá salsichas, as galinhas que nos dão ovos.

No início, era como ir a uma feira do interior e ver coisas incríveis como palhaços e malabaristas. Mas, depois de um tempo, Filomena de repente sentiu uma falta aguda do mar; sentiu uma dor no coração por estar longe do ar salgado de sua pequena aldeia.

A lua nasceu sem aviso, como se numa enorme pressa, lançando um fio de luz no caminho delas enquanto as sombras ao redor escureciam. Por fim, chegaram a uma casa de fazenda grande e imponente, construída para impressionar.

– Seu pai nasceu perto daqui – contou mamãe. – Não nesta casa; numa menor, numa fazenda próxima. Os pais e os irmãos deles morreram todos. Mas essas pessoas que vamos visitar são donas desta terra que a gente acabou de ver e conhecem o papai.

– O papai era de uma fazenda? – perguntou Filomena, confusa.

Desde que Filomena se lembrava, o pai sempre tinha sido pescador, e às vezes a levava com ele no barco cheio de redes.

– Sim, os parentes dele eram fazendeiros – respondeu mamãe. – Mas não tinha trabalho suficiente para ele. Então, ele foi para o norte procurar trabalho e encontrou meu pai, que ensinou ele a pescar, e aí seu pai me conheceu. Ele trabalhou duro, foi bem. Mas, agora, os tempos estão difíceis em todo lugar.

Filomena já tinha ouvido a história da corte dos pais, e também parecia um conto de fadas de uma princesa nascida na nobreza e cortejada por um jovem bondoso, porém pobre, que tinha viajado muito longe para encontrá-la; mas, hoje, não havia sentimentalidade romântica na voz da mãe. Era a voz de muitas mulheres como ela, que tinham se casado e tido filhos; perpetuamente cansada. Filomena apertou a mão da mãe em repentina solidariedade.

Elas tinham chegado à porta da frente da casa, e mamãe puxou uma corda conectada a um sino. Uma criada abriu a porta: era uma menina usando touca e avental, como as meninas que trabalhavam na padaria perto de casa. Essa garota parecia só um ano mais velha que Filomena, mas tinha um olhar exausto e de quem conhecia as coisas. Filomena era alta para a idade, até mais do que essa criada magrinha, então se endireitou e olhou de volta.

A menina abriu bem a porta e deu um passo para o lado para elas poderem entrar num hall pequeno e escuro que levava a uma sala muito grande onde era preciso descer alguns degraus. Essa sala tinha piso de azulejos de terracota e mobiliário muito formal: um sofá e duas poltronas estofadas, algumas mesas menores com abajures e um guarda-louças com prateleiras exibindo grandes pratos de porcelana com estampas de uma pastora e seu rebanho. As cortinas estavam fechadas para proteger do sol, mas ele já havia se posto.

Filomena achou que a mãe devia tirar os óculos escuros num cômodo tão mal iluminado, mas ela não fez isso, pois provavelmente estava com vergonha do olho roxo. Filomena achou que elas deviam ter sido convidadas para algum tipo de chá e ficou encantada com as imagens nos pratos e nas xícaras de porcelana.

Aí, de repente, uma *signora* entrou na sala com um farfalhar imperioso e agressivo de saias de tafetá. Era uma mulher baixinha, mas isso só a fazia empinar a cabeça e o nariz bem alto, numa tentativa rudimentar de parecer régia.

– Sua filha é muito magrinha – comentou a mulher, num tom surpreendentemente direto e rude para alguém tão importante quanto ela evidentemente era.

Falava o dialeto, como papai.

– Ela é saudável e inteligente – respondeu mamãe, na defensiva.

A *signora* deu de ombros. Chamou:

– Rosamaria!

E, depois de um aceno breve de cabeça, virou-se abruptamente e saiu da sala. A empregada voltou e, como o cômodo tinha ficado mais escuro agora que a noite caía, começou a acender velas altas e grossas por todo lado.

A mãe de Filomena agora voltou toda a sua atenção à pequena filha, falando num tom comedido, como se estivesse lhe dizendo para fazer as tarefas. Mas, hoje, a voz de mamãe estava tão baixa que Filomena precisou quase grudar a orelha nos lábios dela, como se ouvindo um segredo.

– Quando seu pai foi embora daqui, a família dele devia dinheiro ao *signor* que mora aqui. Esse patrão inclusive pagou a viagem de papai ao norte. Papai sempre trabalhou duro para pagá-lo. Todos nós trabalhamos, seus irmãos, suas irmãs e eu. Mas, agora, os tempos estão difíceis e não conseguimos pagar nossa dívida. Agora *você* precisa fazer sua parte para ajudar a pagar – contou ela. – Seja boazinha, Filomena. Faça tudo o que mandarem aqui. Não desgrace papai ou todos nós ficaremos encrencados – acrescentou, numa voz de alerta.

Mas, enquanto ela falava, uma expressão breve de ternura suavizara seu rosto, e agora os lábios tremularam enquanto ela beijava Filomena. Mas, quando Filomena a abraçou de volta, de repente mamãe deixou a coluna tensa, soltou-a, depois levantou o queixo resoluta, indicando que era preciso lidar com algo difícil e desagradável. O rosto dela pareceu virar pedra à luz bruxuleante das velas. Filomena nunca tinha visto mamãe exatamente *assim*, e isso a deixou sem palavras, incompreensivelmente ansiosa. A criada se adiantou.

– Meu nome é Rosamaria – apresentou-se em tom neutro. – Venha comigo, Filomena.

Embora a mente de Filomena não fosse capaz de identificar o que havia de errado, o estômago dela parecia entender tudo. De repente, ela foi tomada por uma dor gelada, temerosa, que a fez sentir que estava caindo num poço fundo, sem jeito de sair. Ainda agarrava a mão quente e consoladora da mãe, mas agora, sem dúvida, mamãe a tinha soltado.

– Seja boa – advertiu ela, de novo com aquela nova voz friamente resoluta, como se tentasse convencer Filomena e a si mesma de que era assim que tinha que ser.

Aí, rapidamente endireitando os ombros, mamãe se virou e saiu para além dos dois pilares. Um momento depois, a porta da frente se fechou com um baque.

– Mamãe! – gritou Filomena de repente. – Aonde você vai, mamãe?

– Talvez, algum dia, ela volte – disse a criada, Rosamaria, nada convincente. – Por enquanto, você tem que vir comigo.

Os pensamentos de Filomena estavam girando. Ela estava absolutamente exausta, e os dedos da mão – a que a mãe estivera segurando todo aquele tempo – tinham ido de quente e suados a pequenos pingentes de gelo.

– Mamãe! – gritou ela, correndo para a janela e abrindo as cortinas.

No facho de luar, ela espiou o contorno da mãe correndo pelo caminho da frente, depois subindo num vagão puxado a cavalo conduzido por um ajudante da fazenda. O vagão saiu rápido, com culpa, levantando uma nuvem de poeira ao acelerar pela estrada até fazer uma curva fechada e desaparecer.

– Mamãe! – guinchou agora Filomena, correndo para a porta da frente. A maçaneta dourada era grossa demais para as mãozinhas dela, mas, de alguma forma, ela conseguiu girar e abrir a porta pesada de madeira à força. Desceu correndo os degraus de pedra, ofegando dolorosamente. – Mamãe! Me espera! Mamãe! – Ela agora soluçava, a poeira fazendo arder os olhos e a cegando, junto com as lágrimas.

Um homem grande com uniforme de trabalho estava vindo da lateral da casa e, com um único movimento hábil, pegou Filomena embaixo de um braço. Não houve nada de amigável no gesto. Ele lidava com ela como teria feito com um porco fugitivo.

– *Basta!* Quer que a polícia venha e a leve para o orfanato? É uma casa má onde colocam as crianças más, e vão bater em você noite e dia. É para lá que você quer ir? – estrondou o homem numa voz grave.

Ele era muito forte e, com alguns passos largos, carregou Filomena de volta para a casa, onde havia uma porta menor e mais simples que levava direto à cozinha.

Uma mulher robusta com um avental gorduroso trabalhava numa mesa de tampo de madeira grossa, com um cutelo de carne. Estava cortando algo grande, escuro e sangrento.

– Esta é a menina nova – anunciou o homem, depositando Filomena no chão de pedra dura como um saco de farinha.

A mulher olhou para ela com uma expressão amarga.

– Pelo menos é mais alta do que Rosamaria quando a trouxeram. Mas elas sempre são tão magras! Meninas magrinhas ficam doentes muito fácil – reclamou a mulher gorda.

– Então, é melhor dar comida para ela – desdenhou o homem ao sair pela porta dos fundos.

A mulher limpou as mãos no avental gorduroso e então estendeu, sem nem levantar os olhos, um pãozinho a Filomena.

– Vai. Come! – ordenou a mulher.

Filomena levou o pão dormido aos lábios. Mastigou e mastigou, porque, apesar de tudo, estava com fome. Ainda tinha algumas lágrimas salgadas nos olhos e, de alguma forma, elas acabaram caindo na boca, salgando o pão. Ela engoliu com dificuldade.

– Terminou? Pode dormir ali – disse a mulher, ocupada colocando a carne para marinar numa tigela.

Ela fez um gesto brusco de cabeça indicando uma alcova no canto mais distante da cozinha.

Filomena seguiu o olhar dela, depois foi na direção da alcova minúscula. Havia um colchão achatado de palha e uma coberta puída. Nada de travesseiro, nem abajur ou vela.

Com a tigela de carne marinando, a cozinheira atravessou uma porta articulada que levava a uma despensa. Ao reemergir pela porta, tinha tirado o avental.

– Um dia, se você trabalhar muito, pode dormir lá em cima como o restante de nós – falou brevemente. – E é bom que você durma. Começamos a trabalhar às quatro.

Ela pegou uma lamparina que iluminava o cômodo e retirou-se dali com o que restava de luz.

Em meio a tal escuridão assoberbante, Filomena se deitou no colchão. Naquele lugar sem janelas, a noite era tão envolvente que ela puxou a coberta por cima da cabeça só para não conseguir ver como a escuridão era ampla e infinita. A mente dela ainda rodopiava, mas a exaustão venceu, e ela deve ter pegado no sono por um momento. Logo depois, acordou com um susto terrível, sem conseguir lembrar onde estava. Parecia não estar em lugar algum, abandonada pelo mundo todo.

– Estou morta? – sussurrou. – Talvez papai e mamãe também estejam mortos. Talvez o trem de mamãe tenha batido e matado ela, e é por isso que ela não pode vir me buscar. Quem sabe uma maré enorme do mar tenha pegado os barcos do papai e matado ele e todos os meus irmãos.

Filomena ficou lá deitada em silêncio, pensando nisso.

– Bom, se eu estou morta, a Virgem Maria vai vir me buscar e levar para o céu, onde tem sol o tempo todo.

Ela fechou os olhos e esperou a gentil Madonna vir pegá-la pela mão, como uma mãe que nunca abandonaria uma filha que a amava com tanto ardor. Enquanto Filomena esperava, sua mão direita pareceu tão insuportavelmente vazia que ela a segurou com a esquerda o mais forte que pôde, como se tentasse se prender para não desmoronar em milhões de fragmentos na escuridão.

No início, tudo estava em silêncio. Mas logo ela ouviu alguns sons de farfalhar do outro lado da parede e foi tomada pelo medo do que poderia ser. Um rato? Uma cobra? Um lobo lá fora? Um mendigo nojento?

Talvez fosse o coro de anjos e santos cochichando dela. E se os Santos perguntassem a Filomena quais pecados ela havia cometido para seus pais a terem mandado embora assim? Era o que um padre perguntaria.

Então, Filomena ficou lá deitada, repassando cada transgressão, grande ou pequena, que cometera. Examinou a consciência arduamente, mas conseguiu apenas acabar mais desnorteada do que antes, pois não podia, com honestidade, achar nada que explicasse por que mamãe e papai a haviam expulsado. Ela decidiu que, quando a Virgem viesse buscá-la, imploraria perdão pelo que quer que tivesse feito e torceria para ser protegida em troca do amor inabalável de menina penitente que era.

Filomena ouviu um lamento estranho e terrível, um grito pranteado. Levou um tempo para que ela percebesse que esse som melancólico vinha da própria boca. Assim não podia ser. A Madonna não viria buscá-la se ela fosse uma menina malcriada. Filomena rapidamente colocou as duas mãos na boca, uma por cima da outra, e apertou as palmas com força, de modo que seus soluços não tivessem para onde ir a não ser de volta à garganta e às escuras profundezas de seu coração.

2
Lucy
Hell's Kitchen, Nova York, 1934

Lucy Marie estava exausta ao sair do hospital Saint Clare numa noite fria de março. O pronto-socorro estava especialmente lotado naquele dia: gripe, pólio, raquitismo, coqueluche entre as crianças; tuberculose nos sem-teto; concussões e membros esmagados em homens que sofreram acidentes de trabalho ou se meteram em brigas; sífilis nas prostitutas. Hell's Kitchen era mesmo um inferno.

A única coisa que Lucy queria era voltar à pensão onde viviam as enfermeiras solteiras a tempo de tomar um banho quente de esponja antes de toda a água quente acabar. Ela tinha bebido seu chá no hospital; estava cansada demais para comer. Só queria um banho e ir para a cama. Estaria de folga no dia seguinte, então poderia comer e lavar o cabelo ruivo com hena.

Ao dobrar a esquina, um vento gelado soprou direto do Rio Hudson. Lucy tremeu e puxou a gola do casaco o máximo que pôde, mas não havia botão superior para fechá-lo, então ela precisava segurar. Ela só tinha vinte anos, mas, quando o frio entra nos ossos, você se sente uma velhinha.

– Hell's Kitchen devia ser *quente* – murmurou ela. – A não ser que o inferno seja feito de gelo e vento.

Ela apertou os olhos contra a próxima rajada fria e, por causa disso, não viu um antigo carro preto parando no meio-fio, até dois homens saltarem lá de dentro e a cercarem. Os dois usavam toucas e cachecóis de lã cobrindo o rosto todo, exceto os olhos. Cada um pegou um dos cotovelos dela, e o mais alto pressionou uma arma contra a lateral do casaco fino.

– Não grite, Enfermeirinha – disse ele, calmo, num sotaque irlandês que a lembrava do velho país –, e vai ficar tudo bem. – Ele tinha cheiro de gordura de posto de gasolina e cerveja quente.

– Quem são vocês? O que querem de mim? – disse ela, brusca.

Lucy tinha aprendido cedo a nunca demonstrar medo. As pessoas sentiam o cheiro, e isso as encorajava.

Mas eles já a estavam enfiando no carro e trancando as portas depois de a colocarem no banco traseiro. O homem mais baixo sentou-se atrás do volante. O mais alto entrou atrás com ela e empurrou Lucy para o chão, de modo que ela não conseguia ver quase nada pelas janelas.

– Se estiverem querendo dinheiro, estão sem sorte – disse ela, com mais ousadia do que realmente tinha. – Tenho cinco centavos, juro por Deus. Podem pegar e me deixem em paz.

– Não queremos seu dinheiro – rugiu ele.

Isso a alarmou. O rio estava à esquerda; isso, ela tinha conseguido ver. Estavam indo na direção do Bronx. Ela tinha lido muitas reportagens nos jornais e ouvido muitas histórias lúgubres a respeito de corpos achados sob pontes ou nos quintais desses arredores, e ninguém sabia nada sobre eles, nem parecia ligar.

E ninguém ligaria para ela também. Os funcionários do hospital talvez alertassem os policiais que levavam as pessoas para o pronto-socorro; talvez alguém fosse verificar os registros de pessoas desaparecidas. Mas acabaria por aí; nenhum parente procuraria o corpo dela nem lhe daria um funeral apropriado. Se esses homens a jogassem num fosso ou no rio e alguém por acaso a encontrasse, ela provavelmente acabaria enterrada naquela ilha lamentável onde prisioneiros eram forçados a cavar os túmulos dos pobres e dos indigentes. Então, era melhor ela já ir rezando.

Tudo isso passou tão vividamente pela cabeça de Lucy que ela se surpreendeu quando o carro chegou ao destino: uma casa de tijolos desmazelada no Harlem, numa rua onde todas as casas estavam escuras, sem uma única luz acesa àquela hora, para não ver nem ouvir o que acontecia na rua imunda.

O homem mais baixo ficou no carro. O outro – o que tinha a arma – abriu a porta e a arrastou consigo. Ele a empurrou na direção de uma das casas estreitas.

A porta da frente estava destrancada. Dava para uma escada que cheirava a mofo. Ele a empurrou escada acima até o topo, onde só havia um quarto. Bateu uma vez, e outra voz masculina disse lá de dentro:

– Pode vir.

O acompanhante dela abriu a porta, empurrou Lucy para a frente, depois deu um passo para trás e fechou a porta. Ela não ouviu os passos dele descendo de volta, então ele deve ter ficado em frente à porta.

No quarto havia uma cama, um lavatório e um abajur minúsculo que projetava uma luz fraca. Lucy apertou os olhos e viu uma mulher deitada na cama. Uma colcha puída mal cobria a barriga grande.

– Não era para ela ter esse bebê. Seu trabalho é se livrar dele – explicou a voz masculina de alguém sentado em uma cadeira num canto escuro. Embora ele estivesse falando com Lucy e a observando, ela não via claramente o rosto dele. Mas conseguia distinguir o formato do corpo do homem de ombros largos, atarracado e forte. – Tire e mate – exigiu calmamente, como se estivesse falando de um rato.

Lucy engoliu em seco, mas se endureceu.

– Por que eu? Tem outros que fazem esse tipo de coisa.

A garota na cama falou com ela em tom de súplica:

– Por favor, senhorita. Eu vi você certa vez na clínica de saúde da igreja. Eu sei que você é boa e tenta ajudar pessoas em apuros.

Lucy avaliou rapidamente a situação. Algum gângster evidentemente queria manter aquela garota viva, ou a teria simplesmente assassinado para se livrar também do bebê. Esse fiapo de sentimento podia ser explorado. A menina grávida tinha no máximo quinze anos, e o cabelo dela, grudado no rosto suado, era do mesmo ruivo do de Lucy.

Com uma força surpreendente, Lucy se lembrou de si mesma nessa idade, em circunstâncias dolorosamente similares, ainda na Irlanda. Um menino doce, mas fraco, era o pai do bebê de Lucy, mas depois desaparecera, pressionado pela família. Então, o pai e o irmão de Lucy a tinham arrastado para uma carroça e a levado para um "lar para garotas rebeldes", que parecia uma prisão e funcionava como uma lavanderia do século anterior. As responsáveis eram algumas freiras muito velhas. A primeira coisa que fizeram foi raspar o cabelo de Lucy – para evitar piolhos, disseram –, e ela se juntou a trinta outras meninas que esfregavam roupa suja o dia todo até os bebês chegarem.

Lucy não sabia que tipo de médico barato as freiras tinham chamado naquela noite terrível, quando chegara "a vez dela"; mas, quando acabou, seu filhinho estava morto, e a própria Lucy quase se fora. De alguma forma, ela sobrevivera, embora não quisesse. E, de alguma forma, meses depois, quando enfim passou a desejar viver, ela conseguiu convencer o homem que entregava sabão na lavanderia a ajudá-la a fugir para Dublin.

Ela trabalhou num hospital tempo suficiente apenas para conseguir o dinheiro da passagem para os Estados Unidos. Não tinha posses nem bagagem; tudo o que havia deixado para trás era seu coração, enterrado naquele pequeno túmulo junto com o filho, descansando sob as ervas que cresciam por cima, num cemitério improvisado atrás do lar para garotas rebeldes.

– O bebê está preso, não consigo – choramingava a garota na cama agora, implorando a misericórdia de Lucy com olhos de animal assustado.

Lucy se aproximou para avaliar a situação, antes de concluir que tinha ajudado pessoas em casos piores – gestações mais difíceis, feridas de faca, doenças fatais. O hospital católico a treinara bem, pois precisava de toda ajuda possível, e as Irmãs eram gentis e alegres, ávidas por terem alguém como Lucy, reconhecendo seu potencial de ajudá-las.

Emergências revigoravam Lucy, por isso a adrenalina agora superava a sua fadiga. Ela se virou e enfrentou o homem no canto, falando com sua voz de enfermeira profissionalmente neutra, tingida de uma autoridade mandona num sotaque irlandês que, por algum motivo, tinha peso em situações como aquela.

– Olhe aqui. Essa gravidez foi longe demais – disse, seca. – Não posso conduzir um aborto. Se eu fizer isso, a garota talvez não sobreviva. E, de qualquer forma, pense em todo o problema de descartar um corpo de criança.

– Fácil – disse ele, das profundezas do canto escuro. – Apenas tire.

Lucy tentou de novo.

– As Irmãs Franciscanas têm um orfanato no norte do estado. Eu as conheço, então elas pegariam o bebê de mim sem fazer perguntas – disse ela. – Nenhum crime cometido, nenhum problema. Uma solução muito mais simples – completou, imbuindo as palavras de significado. – Se quiser minha ajuda, essa é a condição. Senão, estou dizendo, a mãe pode *morrer* e você vai ter dois cadáveres na mão. Três, se contar com o meu – completou ela, levantando o queixo com uma coragem que definitivamente não tinha.

Na verdade, Lucy sentia o coração acelerado, e naquele momento segurou a respiração, na expectativa. Tinha arriscado, supondo que, se ele não queria especialmente matar a menina, então Lucy só precisava remover de forma convincente o estigma e o peso de uma criança nascida de mãe solteira.

Os olhos do homem brilharam no escuro enquanto ele a avaliava.

– Onde é esse lugar? As freiras vão pegar o bebê sem fazer perguntas? – repetiu ele, como se a fizesse jurar.

– Sem dúvida – respondeu ela resoluta, e explicou onde ficava o orfanato.

– Sem nomes, sem informações sobre a origem da criança. Se você um dia falar disso com alguém, a qualquer momento, em qualquer lugar, vamos matá-la – ameaçou ele, num tom frio e impassível.

– Entendido – aceitou Lucy. – Agora, por favor, precisamos de um pouco de privacidade para eu poder trabalhar e ajudar essa coitadinha, está bem? – Como ele não se moveu de imediato, ela prosseguiu: – Bom, espero que você não seja sensível. Vai ser bem feio.

O homem se levantou e saiu. Ela o ouviu reunindo-se com o outro capanga, que tinha ficado esperando em frente à porta. Em seguida, os passos dos dois voltaram pelas escadas.

– Covardes – murmurou Lucy. A garota na cama se contorcia de dor, mas Lucy percebeu que era só o terror que segurara o bebê até então, e as coisas já estavam melhorando por si sós agora que o homem tinha ido embora. A menina mordia com força um lenço enrolado. – Não se preocupe. – Lucy tocou no ombro dela, mas não conseguiu resistir e perguntou: – Que tipo de homem mataria um bebezinho com tanta facilidade? É casado?

Ela imediatamente se arrependeu de ter perguntado, pois a garota pareceu pensar que ela mesma podia morrer e fez uma espécie de confissão, sussurrando com culpa: o pai não era casado, mas um homem importante, um agiota que extorquia sindicatos. Ela não disse o nome dele, apenas mordeu os lábios quando a dor a tomou de novo e revirou os olhos para poder ver Lucy diretamente ao voltar a falar, num tom desesperado, mas conspiratório:

– Eu sabia que podia confiar em você. Você não vai matar meu bebê, não é?

Lucy fixou o olhar no lavatório para suprimir as próprias emoções. Ela muitas vezes preferia trabalhar no turno da noite só para não ter que sair durante o dia, e ver mães jovens empurrando bebês no carrinho pelo parque, e para que, ao voltar para casa, estivesse exausta demais para pensar no cemitério varrido pelo vento que assombrava suas horas desprotegidas.

Mas a garota na cama esperava ansiosa por uma resposta.

– Não – confirmou Lucy abruptamente enquanto lavava as mãos. – Esse bebê não vai morrer.

3
Amie
Troy, Nova York, 1934

Amie Marie estava preocupada. Já passava de um ano desde que se casara, e ela ainda não estava grávida. O marido dela, Brunon, não queria discutir o assunto, e os vizinhos naquela parte da cidade no norte do estado de Nova York eram operários alemães e irlandeses que falavam em línguas que uma francesa como Amie não entendia. Ela tinha dezoito anos, e toda a sua experiência de vida era basicamente confinada à taverna que tinha com Brunon.

A taverna já havia pertencido ao tio de Amie. Ele e papai originalmente trabalhavam numa cervejaria na França, mas o tio viera antes para os Estados Unidos, depois convencera papai que conseguiriam mais dinheiro ali, vendendo cerveja e comida naquela taverna que atendia os trabalhadores locais. Então, Amie e o pai deixaram sua cidade natal de Bourg-en-Bresse quando ela tinha apenas quatro anos, logo após a morte da mãe.

No início, o pai e o tio tinham se dado muito bem naquela cidade à beira do Rio Hudson, cheia de lindos prédios ornamentados do século XIX, construídos por magnatas do carvão e aço. A parte antiga da cidade, onde ficava a taverna, era encantadora, especialmente nas noites nevadas de inverno. Amie amava a biblioteca, com suas magníficas janelas de vidro Tiffany, as fachadas decorativas das grandes mansões de homens ilustres que haviam construído a cidade, os arcos góticos da Igreja de St. Paul e as luminárias de rua em estilo *belle époque* na frente da antiga sede do jornal, cujos editores tinham sido os primeiros a imprimir o poema que começava com "Era véspera de Natal..."*. Até a taverna do pai dela fazia parte da arquitetura elegante e imponente.

---

* Poema "Uma visita de São Nicolau", escrito por Clement Clarke Moore, em 1822. (N. da T.)

Mas, agora, a cidade já era antiga, com uma glória decadente e traços de histórias de fantasmas sobre índios e primeiros colonizadores; até as sombrias mansões vitorianas pareciam assombradas com os espíritos perdidos de seus já desaparecidos empreendedores.

Amie Marie tinha conseguido aprender inglês com a ajuda do tio, mas, fora isso, não se dera bem na escola nos Estados Unidos; um dia, chamariam o que ela tinha de "dislexia", mas, naquela época, falavam apenas que ela era burra. Também não ajudava o fato de ela ser míope, o que só foi descoberto quando um médico convidado fez testes de visão nas crianças da escola. Mas, aí, já tinha sido decidido que Amie devia abandonar a escola por causa de suas notas ruins.

O tio e o pai eram gentis com ela, mas taciturnos; e a colocaram para trabalhar na taverna. Quando o tio morreu inesperadamente de insuficiência cardíaca, o pai de Amie passou a contar cada vez mais com ela.

A garota loira e pálida de óculos, no início, quase não era notada na taverna, correndo como um ratinho para ajudar o pai.

– Um dia, você vai se casar, Amie – dizia ele, sem convencer –, e aí vai ficar tudo bem.

Mas, durante anos, as coisas nunca ficaram bem para Amie, nem quando um jovem chamado Brunon veio procurar emprego. Era um cara grande, robusto e confiável, mas o que os vizinhos chamavam de "vira-lata": parte polonês, parte alemão, parte irlandês. Ele tinha contado tudo isso a papai e explicado que perdera toda a família na Pensilvânia havia alguns anos, vítima da pandemia de gripe espanhola. Só Brunon sobrevivera.

– Eu sou o mais forte – assegurou ao pai dela.

Papai ficou contente de ter alguém para o trabalho pesado. Mas, logo, o pobre papai morreu de meningite, quando Amie tinha dezessete anos.

Brunon era uma presença fiel desde o momento de sua chegada. Funcionário silencioso, mas diligente, que a ajudou a passar pelo luto assumindo a taverna e garantindo que pagassem as contas em dia, para ela poder seguir atendendo as mesas no almoço e à noite como se nada houvesse mudado, como se papai ainda estivesse ali de alguma forma, servindo no bar e mantendo os outros homens longe dela. Para conseguir se sustentar, Brunon trabalhava no primeiro turno de uma fábrica, depois vinha para casa ajudá-la no bar à noite. Quando ele a pediu em casamento, pareceu a coisa mais natural do mundo aceitar.

Nenhum dos dois tinha dinheiro para gastar com lua de mel. Amie usou um vestido branco; Brunon pusera seu único terno e gravata bons. Alguns homens da fábrica levaram a esposa e os filhos ao casamento na igreja. Os pequenos choraram a cerimônia toda. Depois, todo mundo comeu na taverna, e Amie cortou o bolo. Finalmente, os convidados voltaram tropeçando para casa, e Brunon e Amie subiram para o pequeno apartamento em cima da taverna, onde ela sempre morara com o pai.

Ela tinha se permitido comprar lençóis novos para a cama, uma camisola para si e um roupão para Brunon. Eles se acomodaram na cama, então Brunon deitou-se em cima dela, subiu a camisola e fez algo que a chocou tão profundamente que ela não conseguiu emitir um único som. A violência pura daquilo, o barulho dos gemidos animais dele culminando num único grito desesperado e isolado, foi para ela um pesadelo. Pareceu demorar mais do que ela achava possível. Quando acabou e ele se retirou com rudeza, ela sentiu como se tivesse rolado pelo lado pedregoso de um precipício numa velocidade horrenda, e acordou no dia seguinte quebrada, agredida e sangrando.

O sangue nos lençóis novos a aborreceu em particular, e, de manhã, enquanto Brunon se vestia para ir trabalhar, ela os esfregou apressada, soluçando um pouco para si. Brunon ficou no andar de baixo, reclamando de ter que fazer o próprio café da manhã. Pouco antes de sair para o trabalho, ele subiu para informá-la, indignado, que uma esposa devia não apenas fazer o café da manhã do marido, como também preparar a marmita com o almoço.

Quando ele viu o rosto dela molhado de lágrimas, ficou vermelho e falou com grosseria:

– Não seja infantil, Amie. É o que os adultos fazem. O sangue só prova que você é uma boa moça.

Ela mal conseguia andar. Ir ao banheiro doía tanto que ela tentou passar o dia sem fazer isso. Ela queria um bebê; queria desesperadamente amar alguém que a adorasse em retribuição. Mas, noite após noite, enquanto ela mordia o lábio e implorava a Deus que a ajudasse a entender aquele ato medonho e bestial, desejava poder morrer naquele momento e nunca mais ter que passar por aquilo. Cada noite era tão desastrosa quanto a de núpcias.

Quando ela enfim se aventurou a sair, porque tinha que comprar coisas, não conseguiu escapar de uma sensação de humilhação. Algumas pessoas fizeram piadas bem-intencionadas sobre o fato de que ela agora era uma senhora casada, mas algo na expressão de vergonha sofrida dela as fez parar.

Mesmo que o pai dela fosse vivo para entregar a filha ao rapaz que trabalhava para ele, Amie nem teria sonhado em perguntar a ele sobre os fatos da vida. Ela nunca conseguira fazer amizade com as outras mulheres de famílias operárias dali; as senhoras casadas ficavam juntas em suas panelinhas étnicas, reunidas nos degraus das varandas da frente. Não gostavam da menina loira que de repente amadurecera com "um corpo" de que todos os homens gostavam de falar.

Ela observava todas as mulheres do bairro e se perguntava como aguentavam. Às vezes, as escutava enquanto elas penduravam as roupas no quintal, fazendo comentários enigmáticos umas com as outras sobre os "deveres" de uma esposa; e, à noite, os homens na taverna faziam piadas indecentes entre si. Todos agiam como se fosse tudo muito divertido. Não a surpreendia, na verdade, ela não achar o mesmo; tinha se saído muito mal em muitas coisas na escola, que outras crianças faziam com facilidade. Mas não conseguia imaginar como a santa igreja podia santificar aquele ato.

O tempo passava, e os dias eram tranquilos e sem percalços. As noites, não.

– Pelo amor de Deus, Amie – dizia o marido quando a surpreendia chorando no banheiro –, só dói porque você não relaxa. Você tem que relaxar para gostar.

Então, era culpa dela, fracasso dela, como ela imaginava. Mais uma vez, ela era deficiente em algo. Viu-se tendo fantasias estranhas: quando pegava uma faca, pensava em enfiar no peito; quando passava por um lago, perguntava-se quanto tempo levaria para se afogar; quando cruzava os trilhos da ferrovia, sentia vontade de se jogar na frente de um trem. Mas suicídio era pecado mortal e, se esse ato matrimonial era o que Deus permitia na Terra, a existência no inferno devia ser bem pior.

Nessa época, as provocações que Brunon ouvia por ter uma esposa que não estava grávida o irritavam. Ele não era um homem que batia por nada numa mulher e sempre se comportava em público, mas, quando estavam sozinhos, ele ridicularizava tudo o que ela dizia e fazia. No início, era com algum afeto, mas logo os comentários dele perderam até aquele toque de carinho exasperado.

– Você é burra demais, Amie – comentava ele se um copo caísse das mãos trêmulas dela ou se algo queimasse no fogão, ou se ela pagasse uma conta duas vezes, porque não entendia como ele fazia a contabilidade da taverna.

– Onde você anda com a cabeça? – exigia ele, sempre escarnecendo da inteligência e da mente dela.

Amie não sabia responder; tinha sido criada para ficar quieta. Brunon chegava cansado da fábrica, mas trabalhava a noite toda na taverna e só dormia algumas horas depois do fechamento. Apesar disso, muitas vezes tinha energia suficiente para aquele ato breve e brutal na cama.

E então, um dia, Brunon chegou em casa com um sorriso largo no rosto.
– Vamos para Nova York – anunciou ao se sentar para jantar.
Ela comentou automaticamente:
– Mas a gente já mora em Nova York.
– Ah, Amie! – Ele bufou. – Você é tão burra! Eu quis dizer a cidade de Manhattan.
Ela ficou vermelha de vergonha.
– E por que a gente precisa ir embora? – perguntou, confusa. – Nós trabalhamos aqui, na taverna do papai.
Brunon tomou um longo gole da cerveja.
– Eu vendi – respondeu, triunfante. – E consegui um preço bom. Mas, melhor que isso, conheci um homem que nos quer como sócios dele na cidade. Vamos ser bem mais ricos do que conseguiríamos nesta cidadezinha maldita, e não vou mais precisar trabalhar na fábrica. Posso administrar as coisas com você durante o dia, para você não ter que trabalhar tanto. Entende?
Amie não sabia o que pensar nem dizer. Sentiu uma dor momentânea por ter perdido a taverna sem nem ter sido consultada; o pai polia aquele bar de mogno com tanto amor que era como se a alma dele ainda estivesse ali. Se ela fosse embora, não saberia mais quem era nem quem poderia se tornar. Mas guardava a esperança de que, se Brunon ficasse mais feliz com seu trabalho, ficaria mais feliz com ela.
Uma semana depois, eles fizeram as malas e subiram no trem para a cidade de Nova York. Amie fez uma prece silenciosa, pedindo iluminação a Deus. *Por favor, não me deixe ser idiota a vida inteira. Ajude-me a entender o que está acontecendo comigo. Eu não entendo nada, só sei que quero morrer.*
Embarcar no trem, para Amie, pareceu o fim do mundo. Mas, pouco depois, ela descobriu que, num bairro chamado Greenwich Village, suas preces enfim seriam atendidas.

4
Petrina
Coney Island e Greenwich Village, Nova York, 1931

Numa manhã clara de primavera, Petrina Maria estava em seu dormitório na Barnard College, estudando para a última prova antes da formatura com a classe de 1931. E inesperadamente foi convocada para um telefonema.
– Disseram que era urgente – relatou a telefonista.
Cheia de temor, Petrina atendeu. Era Stella, cozinheira da casa da família dela em Greenwich Village, que Petrina havia subornado para avisá-la se o membro mais novo da família, o pequeno Mario, de cinco anos, tivesse algum problema.
– Ele fugiu com alguns meninos mais velhos – cochichou a cozinheira. – Fui até o pátio da escola buscá-lo, e uma menina me falou que o tinha visto indo embora com os outros.
– Para onde? Tem alguma ideia? – perguntou Petrina, preocupada.
Stella respondeu:
– Ela disse que eles estavam falando da montanha-russa Ciclone.
Petrina gemeu.
– Cadê Johnny e Frankie? – quis saber.
– Não sei aonde foram os seus irmãos, senhorita. E seus pais também não estão em casa.
– Eu vou atrás do Mario – disse Petrina, apressada. – Por enquanto, não fale nada.
– Se ele não voltar até o jantar, vou ter que contar para os seus pais! – avisou a cozinheira.
Mas ninguém jamais chamaria a polícia; a família sempre resolvia seus problemas sozinha.

Petrina desligou o telefone, repreendendo-se em silêncio por ter feito aquela promessa tão precipitada de ir resgatar Mario. Sair da Barnard College para ir a Coney Island? Ir dali até o Brooklyn seria uma jornada longa e tediosa. Ela não estava preocupada com a prova; sabia que passaria. História da arte era sua matéria favorita, seu curso principal. Ela já tinha tirado nota máxima no curso secundário, literatura italiana. Tendo pulado uma série no ensino médio, Petrina entrara na faculdade um ano antes e era uma aluna exemplar. Os estudos sempre tinham sido fáceis para ela; a vida que era difícil.

Ela não queria que Mario fosse castigado; seus pais seriam duros. Petrina calculou a forma mais rápida de chegar ao Brooklyn. Ela precisaria tomar uma sucessão de metrôs, coisa que odiava. Algo sobre estar no subsolo a fazia se sentir presa, enterrada viva. Mas então ela imaginou Mario andando a esmo com uma gangue de garotos delinquentes e estremeceu. Um dos irmãos dela – Johnny, um menino de coração puro – tinha, anos atrás, se metido sem querer numa encrenca no parquinho e acabado no reformatório, o que quase o matou. Ela não podia deixar isso acontecer com Mario. O irmão só tinha cinco anos. Ela fechou os livros e saiu.

***

Quando Petrina chegou a Coney Island, foi direto para a montanha-russa Ciclone. Não dava para não a ver, pairando por cima dos outros brinquedos, rugindo como um trovão. Era feita de madeira, e suas curvas elegantes tinham certa beleza, para quem gostava desse tipo de coisa. Ela se sentiu um pouco culpada; Mario a tinha enchido de perguntas ansiosas sobre o assunto quando ela os visitara na Páscoa, havia meros dez dias. Ela o distraíra com promessas vagas.

– Você é novo demais para ir – tinha dito Petrina. – Espere até ficar um pouco mais velho.

A verdade era que ela achava parques de diversões meio bobos. Sempre eram barulhentos e cheios de ralé. Ela não entendia para que comer um monte de coisas horríveis – algodão-doce, pipoca Cracker Jack, waffles enormes, refrigerante enjoativo – e depois subir numa engenhoca de madeira que incluía uma queda de vinte e cinco metros para deliberadamente assustar a pessoa. A vida já tinha altos e baixos perigosos o bastante. Mario era tão pequeno que provavelmente cairia. Será que eles deixavam crianças tão novas irem num brinquedo tão insano?

Ela ouviu os gritos alegres antes mesmo de chegar à bilheteria, sob o tremendo tremor e ruído dos vagões que se precipitavam em seus trilhos perigosos. Sentiu a garganta apertar só de estar ali, e analisou com preocupação o rosto das pessoas esperando a vez na fila e das outras que já estavam no brinquedo e passavam voando, num borrão. Ela ficou atenta quando a volta terminou e os passageiros saíram cambaleando, mas nada de Mario. Petrina foi e voltou. Para onde mais iria um menininho? As distrações eram infindas. Ela seguiu em frente, passando pela Roda Maravilha, a Corrida de Cavalos e o Carrossel, com mais de uma criança animada demais batendo de frente com ela a todo momento. Então virou-se de volta na direção do Ciclone, agora preocupada de verdade.

— Oi, Petrina — veio uma voz tranquila.

Ela se voltou. Lá estava Mario, sentado sozinho num banco, com o uniforme da escola composto por camisa branca, calça cinza e blazer azul-marinho. Ele estava pálido, os grandes olhos escuros redondos como um pires, o lindo cabelo castanho-mogno macio, da mesma cor que o dela, mas levemente bagunçado. O rosto dele estava sujo de chocolate.

— Pelo amor de Deus! — gritou Petrina. — Você tem ideia de como todos estão preocupados em casa? Como raios você chegou até aqui?

— Uns meninos mais velhos da quarta série me trouxeram junto, porque o irmão deles dirige caminhão e deixou a gente aqui. Eles disseram que eu podia ir no Ciclone se desse a eles o dinheiro que tinha no bolso — explicou Mario. — Mas eu não tenho altura suficiente para entrar. Então, eles deixaram a gente aqui.

— Quem é "a gente"? — quis saber Petrina.

— Meus amigos — disse ele, com naturalidade. — Não sei aonde eles foram. Eu não quis mais ir atrás deles. A gente comprou doce e creme gelado, e foi na Roda Maravilha, depois eu fiquei enjoado. Vomitei nos arbustos — contou orgulhoso, apontando naquela direção.

— Sorte sua que eu o encontrei antes da mamãe e do papai perceberem onde você estava! — exclamou Petrina. — Você ia se meter numa fria.

— Por quê? — perguntou Mario, com a boquinha virando para baixo. — Eu não fiz nada errado.

Petrina suspirou pesado e se sentou ao lado dele.

– Você sabe quantos metrôs eu peguei para chegar aqui, mesmo tendo que estudar? Sabe como o metrô é quente neste horário?

Pela primeira vez, Mario pareceu apreensivo.

– Não posso pegar metrô – disse. – Eu ainda estou enjoado.

– Você comeu muito doce! – repreendeu Petrina.

Mas Mario pareceu tão pesaroso de pensar no metrô que Petrina disse:

– Vou ligar para casa e dizer que levei você para caminhar. Caminhar é uma boa ideia; você vai se sentir melhor.

Mario virou o rostinho para ela e falou, numa voz suave:

– Obrigado, irmã.

Ele se inclinou para ela, que se dobrou para receber um beijo grudento na bochecha.

– Seu bico-doce – comentou ela. – Vamos, o calçadão fica para lá, e o clima do mar vai fazer bem para você. Respire fundo algumas vezes, assim... – Ela mostrou como a professora de dança lhe tinha ensinado a respirar com atenção, e Mario a imitou com dificuldade.

Quando um pouco de cor voltou ao rosto do menino, os dois se levantaram, e ele colocou a mãozinha dentro da dela. Petrina ligou para casa, depois encontrou uma fonte e deu um pouco de água para ele beber. Eles seguiram pelo calçadão, passando por praias de areia. Era a única parte do lugar de que ela gostava. O mar parecia oferecer possibilidades ilimitadas, em contraste às multidões e ao barulho incessantes daquele lado estranho da cidade.

Devia ser quase duas quando Mario disse:

– Já estou melhor.

– Ótimo – disse Petrina. – Vamos voltar por aqui.

Eles caminhavam pela Fifteenth Street quando Mario de repente resolveu fazer um anúncio:

– Preciso ir ao banheiro.

– Pelo amor de Deus, Mario – exasperou-se ela.

Por que ele não pediu quando eles estavam mais perto dos brinquedos? Agora já tinham passado dos banheiros públicos e, mesmo que voltassem, ela com certeza não o deixaria entrar sozinho no masculino. E ela também odiava banheiros femininos; eram todos nojentos. Petrina, com seus ossos longos e finos, e sua sensibilidade aguçada, tinha uma delicadeza natural; os irmãos a chamavam de *la principessa sul pisello*: a princesa que conseguia sentir até uma ervilha embaixo do colchão.

Ela olhou ao redor, procurando. Viu um restaurante de frutos do mar com janelas curvas muito adornadas e o nome inscrito num grande toldo, *Nuova Villa Tammaro*. Ela nunca tinha entrado lá; parecia um lugar sério, chique, que talvez tivesse banheiros bons, mas era possível que não fosse um lugar para se levar crianças. Naquele horário, porém, o serviço do almoço já estaria quase no fim, então quem sabe eles não se importassem com um menininho comportado precisando usar o banheiro enquanto ela tomava uma xícara de café. Ela limpou o rosto dele com o lenço de bolso.

Petrina empurrou a porta da frente e olhou o salão elegante. De fato, as mesas estavam vazias, exceto uma, onde havia um homem gordo jogando cartas com outros homens de terno, todos com a concentração tensa de apostadores e parecendo extremamente satisfeitos depois de ter almoçado. Um deles se levantou naquele momento. Era magro e rijo, e o mais elegantemente vestido, mas o rosto tinha algumas marcas de varíola, e havia algo estranho em um dos olhos. Ele saiu da mesa e foi na direção do banheiro masculino.

Uma mulher com um longo avental branco saiu pela porta da cozinha nos fundos, espiou imediatamente Petrina e Mario e correu para espantá-los.

– Vão embora, para o seu próprio bem – sussurrou, com uma voz grave de alerta, fechando a porta com firmeza.

Petrina sabia que homens que jogavam cartas podiam mesmo ficar mal-humorados se fossem interrompidos. Então, ela ficou na calçada, se perguntando se devia buscar uma garrafa vazia para Mario fazer xixi ou apenas deixar que ele fizesse isso em algum beco obscuro.

– Vamos – chamou ela, observando com desconforto um carro parar no meio-fio do outro lado, do qual saltaram mais homens bem-vestidos, que foram andando determinados em direção ao restaurante.

Petrina e Mario recuaram para o beco. Mas, enquanto ela ainda estava procurando um lugar aonde Mario pudesse ir clandestinamente, o zumbido sonolento da tarde foi rompido por um som repentino, chocantemente brutal, vindo de dentro do restaurante.

Ra-tá-tá-tá, tá-tá! Petrina agarrou Mario e o jogou no chão contra a parede, depois também se jogou. Abraçou o irmão embaixo de si e ficou de cabeça baixa. Eles ouviram alguém gritar, e então a porta da frente do restaurante se abriu com um baque.

Petrina levantou a cabeça para olhar com cuidado. Não tinha certeza de quantos homens saíram em disparada, mas chamou a atenção dela que todos tivessem puxado o chapéu bem para baixo, de modo a esconder o rosto. Eles foram rápido para o carro que esperava e saíram acelerando.

Ainda apertando Mario, Petrina rezou para não saírem mais atiradores. Ela esperou. De uma garagem próxima, outro carro, que mais parecia um tanque, parou devagar em frente ao meio-fio do restaurante. Petrina segurou a respiração, mas o motorista só ficou lá esperando. Depois, ela leria nos jornais que aquele carro era de aço blindado e as janelas, de placas de vidro de dois centímetros e meio; mas não adiantara nada para o proprietário – Joe "o Chefe" Masseria –, que acabava de ser assassinado ali com cinco balas, enquanto o motorista tinha ido buscar o carro.

Escutar o eco estridente das sirenes de polícia fez Petrina entrar em ação. Ela se levantou rápido e agarrou Mario pelo braço.

– Vamos! – gritou ela. – A gente precisa sair agora daqui!

Mario entendeu mais o tom de voz dela do que a situação, e obedeceu sem dar um pio, mas suas perninhas não conseguiam manter o ritmo das longas passadas da irmã. A certo ponto, Petrina ficou com tanto medo que simplesmente pegou o menino no colo e o carregou embaixo do braço. Foi somente quando chegaram ao metrô que ela viu que ele não tinha conseguido se segurar e fizera xixi na calça.

– Ah, Mario, meu bebê! – disse ela, e amarrou o casaco na cintura dele. – Vamos, preciso levar você para casa rapidinho, rapidinho!

Quando eles chegaram à casa elegante numa rua tranquila e arborizada do Greenwich Village, pareceu o porto mais seguro do mundo. Petrina entrou com Mario pela porta lateral e atravessou a cozinha, passando por Stella, a cozinheira, que balançou os punhos para eles, mas pareceu muitíssimo aliviada. Petrina, levando os dedos aos lábios, guiou Mario sorrateiramente. Depois de dar um banho nele, o vestiu e o penteou.

– Nós dois vamos ter que mentir sobre o que aconteceu hoje – disse ela em tom severo –, o que não é bom. Mas ninguém pode saber que a gente esteve em Coney Island, então, nem ouse contar para os seus amigos o que vimos! Vamos contar para a família que eu o levei ao parque de tarde. Estou falando sério, Mario. Você sabe o que acontece com dedos-duros?

Mario fez que sim, mudo, ainda mal compreendendo a situação, mas levando a mensagem a sério, parecendo muito sensato.

– Preciso voltar para a faculdade à noite – explicou Petrina, em tom mais suave. – Tenho que fazer uma prova. Mas logo eu venho para casa. Tudo bem, Mario?

– Tá bom – cochichou ele, confiando.

Foi só no dia seguinte, depois de voltar à Barnard e de fazer a prova, que Petrina viu as manchetes chamativas na banca de jornal:

Chefão da máfia assassinado por gângsteres

Represálias iminentes

***

Semanas depois, segurando fortemente o diploma enquanto a multidão aplaudia, Petrina vasculhou a plateia com esperança, em busca de um sinal de que os pais tivessem mudado de ideia. Mas sabia que não. Ninguém de sua família estava presente em sua formatura; a mãe deixara claro que era impossível. Aliás, Petrina havia por pouco conseguido permissão para estar lá ela mesma – embora estivesse se formando com louvor e tivesse entrado na lista de melhores alunos em todos os semestres.

Então, ela se juntou à fileira de jovens adoráveis com beca e capelo, todas cercadas por pais e familiares orgulhosos. Petrina sorriu, acenou, e abraçou e beijou as amigas, despedindo-se de suas colegas favoritas.

– Mãe, você se lembra da Petrina, não é? – disse uma loira animada à mãe loira e animada. – Petrina dançou do meu lado no nosso recital dos Jogos Gregos, com nossas túnicas Isadora Duncan. Você disse que *ela* parecia uma deusa de verdade, com aquelas pernas longas maravilhosas!

A garota pegou o braço de Petrina e a puxou para conhecer uma família de banqueiros e jogadoras de bridge. De olho no relógio, Petrina conversou e se esquivou das perguntas que todo mundo fazia a todo mundo: a quais festas ela ia à noite e onde estava planejando passar o verão. Maine? Cape Cod? Connecticut? Os Hamptons?

Ela sorriu e entrou no vestiário para tirar a beca e o capelo, e alisou o cabelo e o vestido. Então, foi saindo de fininho, mas então uma das garotas a chamou:

– Petrina, você não vai embora agora, vai?

Petrina girou, pega no pulo.

– Preciso achar o Richard – respondeu, sincera.

– U-hu! Alto, rico e lindo! – comentaram as amigas, em aprovação.

Petrina saiu às pressas pelo portão principal, onde o namorado – na verdade, eram secretamente noivos – a esperava apoiado no carro esportivo azul-claro. Passou pela cabeça dela que ele parecia um anúncio de revista de como devia ser um jovem formando de Princeton, com roupas leves de flanela, o cabelo cor de areia bem cortado e os olhos cor de mel calmos e confiantes. Ao vê-la, ele abriu a porta do passageiro, depois pulou atrás do volante.

Indo na direção do centro, ele ofereceu a ela um cigarro. Petrina segurou o dela pela janela entre tragos, tomando cuidado para não ir fumaça no cabelo e no vestido.

– Falei para os meus pais que você não poderia ir ao baile do clube de campo hoje – disse Richard. – Eles estão no Plaza agora. Tem certeza de que não quer ir tomar alguma coisa? Queria mostrar você para todos os amigos deles antes de a gente ir para Westchester.

Ele acariciou o cabelo dela, admirando os muitos tons de castanho brilhando à luz do sol.

– Você é como um lindo violino – disse ele, suavemente.

Petrina apoiou a bochecha na mão dele.

– Você é um doce. Queria poder ir com você. Mas prometi aos meus pais que iria a uma festa no centro com os amigos *deles*. E já estou atrasada.

– Eu sei, amor. Você e seu evento familiar misterioso. Tem certeza de que não posso ao menos levar você de carro até o centro?

Pensar em deixar Richard ver uma cerimônia antiquada como a abertura de um restaurante a encheu de apreensão. Não eram amigos dos pais dela de verdade. Eram mais sócios comerciais. Seria muita vergonha. Então, Petrina deu seu melhor sorriso, amando Richard por seu entusiasmo sincero e incondicional, mas respondeu com delicadeza:

– Hoje não, meu amor.

– Escuta, meu bem, está de pé semana que vem? – perguntou Richard, agora sério, segurando a mão dela e beijando a palma daquele jeito lento e deliberado que a fazia tremer de deleite. Ela fez que sim. – Tem certeza que é assim que você quer? – questionou com ternura.

– Tenho – respondeu ela, suavemente.

Fugir para se casar, para ela, parecia tranquilo e digno.

– Que bom – disse ele. – Conheço um reverendo em Westport que pode casar a gente sem alarde, e aí passamos a lua de mel em Vermont. Quando voltarmos para ver minha família em Rye, e estiver tudo resolvido, nossos pais podem dar a festa que quiserem. Mas não vão poder dominar, nem estragar, nosso casamento! – Ele apertou a mão dela e segurou, mesmo enquanto dirigia.

Eles ficaram em silêncio até chegarem ao opulento Plaza Hotel, com sua linda fonte na frente.

– Eu te amo, Petrina – declarou Richard ao encostar para que ela saísse. Ele a beijou.

– Eu também te amo, Richard – respondeu ela, e eles se abraçaram mais uma vez antes de ela sair.

***

– Você está atrasada – reclamou a mãe, severa, quando Petrina entrou discretamente na sala de jantar do restaurante.

Tudo estava decorado com lanternas de papel e serpentinas para a grande inauguração. Uma banda tocava no canto, e o salão estava lotado.

– Tem tanta gente aqui, com certeza não sentiram minha falta! – argumentou Petrina.

– Não dá para contar com isso. As pessoas são sensíveis, e ressentimentos assim duram para sempre. Especialmente hoje em dia. São tempos perigosos. Chefes sendo mortos por seus próprios *capos*! Uns turquinhos com suas ideias desrespeitosas! O derramamento de sangue ainda não terminou, pode escrever. Então, precisamos evitar a todo custo insultar *qualquer um* – Tessa repreendeu a filha.

Petrina já tinha notado que os pais, sempre elegantes, estavam especialmente bem-vestidos naquela noite. O pai, impecável em seu terno de lã bem cortado; a mãe, num régio vestido de cetim azul-claro. A filha desejou que tivessem se vestido assim para a formatura. Talvez tivessem feito isso se não fosse aquele evento "de negócios". Mas os pais dela sempre tinham um comportamento estranho em relação às conquistas acadêmicas de Petrina. Cada vez que ela recebia uma distinção, eles ficavam orgulhosos por um momento, depois desconfiados e ressentidos, tratando como se fosse um ato de rebeldia vergonhoso da filha de gênio forte, que, portanto, nunca mais deveria ser mencionado.

Petrina ficou pensando nisso enquanto voltava da tigela de ponche com uma bebida para a mãe. *Imagine se mama soubesse o que Richard e eu estamos planejando!* Petrina sorriu para si, curtindo o segredo. Seus pais só tinham visto Richard uma vez, num chá no Plaza. Richard achou que eles eram "ótimos", alheio à expressão de desconfiança nos olhos dos dois. Mas foi o suficiente para Petrina; ela sabia que não adiantaria levá-lo em casa de novo para parecer "séria". Ela precisaria fugir com Richard na semana seguinte, como planejado, antes que os pais tivessem a excelente ideia de encontrar algum outro marido no bairro para ela.

O pai de Petrina, Gianni, agora se juntou a elas.

– Dança comigo, pai? – pediu Petrina, agora sem fôlego, mas depois notou que havia dois outros homens com ele.

Os dois levantaram os olhos dos charutos e sorriram.

– Sr. Costello, sr. Luciano, esta é minha filha mais velha – anunciou o pai, num tom formal.

Petrina segurou um ofegar. Claro que ela conhecia o nome de Lucky Luciano, pois, embora ele só tivesse trinta e poucos anos, tinha conseguido se tornar ao mesmo tempo um gângster de meter medo e a sensação da sociedade nova-iorquina. Esguio e arrumadinho, ele tinha um magnetismo inegável, apesar de o rosto ser um pouco marcado de varíola e da cicatriz no queixo, e um dos olhos ser meio fechado, o que lembrava Petrina de gatos de rua machucados em briga.

Mas algo na forma como ele movia a cabeça a fez perceber que era, na verdade, o homem esguio que ela vira jogando cartas naquela mesa no restaurante de Coney Island, o que entrara no banheiro masculino pouco antes de Joe "o Chefe" Masseria ser assassinado por atiradores misteriosos.

E agora, com Lucky Luciano sorrindo para ela, Petrina o olhou com medo e se perguntou: *será que ele me reconheceu?* Mas, se reconheceu, não pareceu se importar.

O outro homem, Frank Costello, era um pouco mais velho. Embora ela não o conhecesse, tinha ouvido os pais falarem dele em voz baixa quando achavam que os filhos não estavam escutando. O sr. Costello era o que chamavam de "grande ganhador". De contrabando a máquinas caça-níqueis, ele tinha um toque de Midas. Tanto o sr. Luciano quanto o sr. Costello estavam orgulhosamente vestidos com roupas caras, e eram conhecidos como bons clientes da loja de departamentos Wanamaker.

E, até recentemente, esses dois homens respondiam àquele gângster, Joe "o Chefe" Masseria. Mas, como agora tinham assumido as operações, acreditava-se que eles, entre outros, estavam por trás do descarado assassinato do chefão em Coney Island, dando assim início à "Guerra", uma onda de mortes que agora ameaçava explodir a cidade.

Petrina nunca dissera uma palavra do que tinha visto em Coney Island a ninguém, mas ainda conseguia ouvir o estraçalhar dos tiros daquele dia.

– Sua filha quer dançar, Gianni – disse o sr. Costello cordialmente, numa voz estranha e rouca. – Posso ter essa honra?

Petrina viu o mais leve lampejo de hesitação nos olhos do pai, que respondeu:

– Claro.

Costello a conduziu à pista de dança e foi gentil com ela, movendo-se com graça surpreendente.

– Então, Petrina, onde você esteve hoje? – perguntou, com astúcia. – Acho que não a vi na hora de cortar a fita... Eu teria me lembrado de você.

Petrina não ousava mentir a um homem daqueles.

– Hoje... foi minha formatura na faculdade. – Ela engoliu em seco.

Ele parou de dançar a se afastou para olhá-la com admiração.

– É mesmo? Que bom! Conheceu todos aqueles meninos de Yale e Harvard? – quis saber ele quando retomaram a dança. Ela fez que sim com timidez. – É bom ter uma boa criação – disse ele, em aprovação. – Eu fui criado que nem um cogumelo – adicionou, queixoso. Depois de uma pausa, completou: – Seu pai é um homem bom. E você é uma menina boazinha, dá para ver. Agora, quem são aqueles dois rapazinhos olhando a gente? Quantos raios de anos eles têm para ficar olhando desse jeito para você?

– São meus irmãos. Johnny tem dezenove; Frankie tem dezessete – respondeu ela, envergonhada.

– Ah! Estão cuidando de você. Que bom, é para isso que servem os irmãos – disse ele, em tom sapiente. A música terminou e ele comentou: – Você dança bem, Universitária. – Ao levá-la de volta até o pai, ele adicionou: – Não vá deixar ninguém partir seu coração.

***

Quando Petrina e a família voltaram ao oásis de sua casa em Greenwich Village à noite, ela suspirou de alívio por aquele longo dia ter acabado. O pequeno Mario tinha ficado em casa e já estava na cama, mas não dormia ainda. Ele escutou os passos no corredor e apareceu na porta do quarto para dizer:

– Oi, Petrina. Você está linda. – E então bocejou e voltou para a cama.

– Acho que ele está bem – murmurou Petrina.

Pouco depois do tiroteio, ela precisara explicar o assassinato a Mario, porque os meninos mais velhos, Johnny e Frank, haviam debatido entusiasmados o massacre de Joe, "o Chefe", em Coney Island, e Mario, ao escutá-los, começou a encaixar as peças.

Mas Mario manteve a promessa a Petrina e não disse nada do que vira aos irmãos. Apenas foi até ela e perguntou:

– Por que mataram aquele cara que estava jogando baralho?

– É como se fosse uma guerra – explicou Petrina. – Os peixes grandes estão brigando uns com os outros, porque todos querem dominar a lagoa.

Mario absorvera isso com sua seriedade inteligente de sempre.

– O papi é peixe grande? – perguntou, agora um pouco preocupado.

– Não, não tão grande.

Aparentemente, isso fora suficiente, porque ele parecia bem naquele dia. Todo mundo na casa tinha a capacidade de esquecer coisas desagradáveis. Então, Petrina fechou a porta do quarto, onde finalmente podia pensar o que quisesse sem sua mãe mirando os seus olhos e tentando adivinhar cada ideia que cruzava sua mente.

Na verdade, Petrina não morava naquele quarto havia seis anos. Quando ela tinha quinze, os professores a chamavam de "louca e independente", então os pais a mandaram a um internato católico rigoroso em Massachusetts, sem intenção de que Petrina continuasse a estudar após o ensino médio. Mas, longe da família, ela descobriu o amor por aprender. As professoras gostavam de que uma alta parcela de suas alunas fosse aceita em boas faculdades; e, com as notas excelentes de Petrina, a conselheira dela a ajudou a conseguir uma bolsa, deixando claro aos pais que não podiam de jeito algum negar.

A ideia de voltar a Nova York, mas morar longe da família, atraiu a rebelde Petrina. Parecia tão sofisticado. A mãe dela acreditava que a própria Petrina tinha, de algum jeito, deliberadamente engendrado a coisa toda.

– O que você falou para as professoras? – perguntara Tessa, em tom de suspeita. – Que éramos pobres, mesmo seu pai sendo um dos mais ricos do bairro?

– Não, mama, claro que não! Eles só gostam de ajudar as alunas mais inteligentes a entrarem na faculdade.

– Inteligente – murmurara Tessa. – Quem sabe um dia você aprenda alguma coisa de verdade.

De fato, Petrina sentia que *tinha* aprendido coisas de verdade na faculdade, pois foi muito revelador morar com meninas mais privilegiadas e tão descontraídas, que esperavam tirar o melhor da vida. Música, arte, história, literatura, idiomas. Eram as chaves do reino para Petrina. Ela sentia que podia ir a qualquer lugar, ser quem quisesse, deixar o passado para trás, escapar das ideias limitadas da mãe. O mundo da arte a atraía em especial, com museus e galerias cheios de sabedoria e beleza. As pessoas tratavam Petrina como se ela tivesse um belo futuro.

Pensando agora, Petrina abriu a bolsa, tirou o diploma e passou os dedos pelo seu nome e grau.

– Com louvor – sussurrou a si mesma.

Ela não tinha se dado ao trabalho de mostrar aos pais, e eles não pediram a ela que lhes mostrasse. Ela se perguntava o que se devia de fato fazer com um diploma; provavelmente, emoldurar e pendurar na parede, como os médicos e dentistas. Mas pareceu mais seguro guardar numa gaveta da cômoda, que tinha chave. Então, ela depositou o documento ali, fechou a gaveta e escondeu a chave numa corrente embaixo de todas as suas melhores camisolas e *chemises* de seda na gaveta de *lingeries*.

– A mama e o papi acham que eu vou simplesmente me enfiar de volta nesta cama e ser a garotinha deles outra vez até me despacharem num casamento – murmurou ao desligar a luz e apoiar-se no parapeito da janela, olhando a lua por cima das copas das árvores.

Richard com certeza já estava agora em Rye, Nova York, dançando no clube de campo sob o mesmo luar. Ela tinha jogado tênis com ele e os amigos lá nos bairros endinheirados dos arredores. Depois, eles haviam comido cachorros-quentes especialmente gostosos numa barraca popular em Mamaroneck, onde a turma dos iates gostava de parar quando tinha fome. Eram cidades graciosas e serenas no estuário de Long Island, num condado chamado Westchester. Até as praias lá eram mais tranquilas e menos cheias.

– Só mais uma semana – cochichou para as folhas que farfalhavam nas árvores. – E então terei minha própria casa e minha própria vida, e ninguém aqui nunca mais vai mandar em mim.

5
Filomena
Cápua, Itália, 1935–1943

Quando Filomena tinha dezesseis anos, quase dezessete, deixara de rezar. Ainda acreditava no "outro lado", um lugar celeste além do céu azul e do sol claro e das estrelas, onde viviam Deus, os santos, os anjos, mas havia parado de crer que os pobres, os dóceis e os honestos seriam convidados a juntar-se a eles.

Ser forçada a fazer trabalhos exaustivos e sujos, carregando cestas pesadas dos campos e das fazendas, e depois limpar a cozinha, das quatro da manhã até as onze da noite, era ruim o bastante, mas, por pequenas transgressões, ela levava surras de quem quer que estivesse mandando nela e recebia comida que não tinha qualidade nem para alimentar os porcos. Aos domingos, ela servia o *signor*, a *signora* e os cinco filhos mimados deles, que passavam as horas de ócio se divertindo e pisando nos funcionários com os pezinhos bem tratados, como se fossem uvas.

Agora, Filomena também não mais se importava em onde estariam seus pais e irmãos, porque evidentemente não a queriam de volta. Ao fazer doze anos, ela lhes escrevera uma carta sincera, perguntando quanto tempo mais teria que ficar ali para pagar a dívida de papai, mas a carta foi devolvida juntamente com um bilhete curto de um vizinho dizendo que a família de Filomena tinha se mudado mais para o norte, para começar uma nova vida. Então, ela nunca mais poderia encontrá-los.

Mas por quê? O que ela podia ter feito quando era apenas uma criança para seus próprios pais a desprezarem tanto a ponto de nunca mais quererem vê-la? Para sempre?

Então, um dia, a outra criada, Rosamaria, enfim explicou a ela.

– Seus pais venderam você, igual meus pais me venderam. A gente nunca vai poder voltar. Não tem a ver com o que você fez ou não fez. Se você tivesse sido boa ou má, eles a teriam vendido de qualquer jeito, para pagar a dívida deles. Não importa o quanto a gente trabalhe, ninguém nunca vai voltar para buscar a gente. Todo mundo precisa pagar tributos a alguém. Nós somos o pagamento.

Filomena confiava que Rosamaria lhe dizia a verdade, porque, durante aquela primeira semana terrível, quando Filomena soluçava até dormir toda noite, Rosamaria a tinha salvado. Uma noite, Rosamaria descera para a cozinha de fininho como um fantasma de camisola, carregando uma vela. Quando Filomena viu a figura feminina de branco se aproximando com uma luz na mão, achou que enfim fosse a Madonna vindo para levá-la ao céu e estendeu a mão em súplica.

Mas, quando percebeu que era apenas a outra empregada da cozinha, Filomena se jogou aos pés de Rosamaria e caiu num pranto histérico, implorando que ela fosse buscar uma faca de cozinha e a matasse, para ela poder morrer e ficar com Deus no céu.

– Shhh, sua tola! – Rosamaria a repreendeu, e rapidamente apertou Filomena junto ao peito magro, com o intuito de abafar os gritos. – Sua bobinha. Você é exatamente igual a mim quando eu cheguei aqui, e olhe só como eu estou agora. Ninguém consegue me fazer chorar mais! Sim, eu era igual a você, até parecia você. Nós somos primas, eles não te contaram? Agora, tente ficar calma.

Filomena sussurrou:
– Você é minha prima? Mas de onde você veio?
– De Tropea – respondeu Rosamaria.
– Onde fica Tropea? – perguntou Filomena.
Rosamaria esticou o pé.
– A Itália tem formato de bota – disse, passando a mão pela canela direita e parando no topo do pé –, e Tropea é como se fosse um botão na bota, aqui, no lindo mar azul. Você nunca ouviu falar das cebolas de Tropea? Não? São vermelhas e tão doces que dá até para fazer sorvete com elas. Ah, mas a gente era tão pobre que tinha que roubar os ratos da igreja!

Filomena levou um momento para sorrir da piada.
– Odeio esta cozinha – resmungou. – Fico acordada a noite toda para ouvir se vem rato. Eles sobem até no meu pé.

– Eu sei. Já dormi nessa cama. Olha, se eu deixar você dormir lá em cima comigo, precisa prometer ficar quietinha e não deixar a cozinheira perceber que você está lá – cochichou Rosamaria.

Elas foram na ponta dos pés até um quarto no sótão, onde se amontoaram numa cama estreita, que ficava no fim do corredor dos quartos onde dormiam a cozinheira e os outros empregados.

– Mas todas as manhãs você precisa descer antes de todo mundo – avisou Rosamaria – e se deitar no seu colchão, como se tivesse passado a noite dormindo na cozinha. Trabalhe duro e seja obediente, e um dia eu peço oficialmente a ela que deixe você dormir no meu quarto, e a cozinheira vai agir como se fosse uma senhora nobre e dizer sim.

Foi exatamente o que aconteceu, porque Rosamaria estava certa em tudo. Era a única pessoa do mundo de quem Filomena gostava agora, essa prima que compartilhava do mesmo destino com tanta coragem. Rosamaria também fora boa aluna, em seus poucos anos de escola; e, num ato de completa rebeldia, tinha continuado a ler e aprender. Mesmo agora, ela fugia para a biblioteca em Nápoles para ler livros e depois contar a Filomena o que tinha descoberto. Ela ajudou Filomena a entender que a Itália era um país feito dos fragmentos de antigos reinos, e era por isso que havia vários dialetos regionais. Quando Rosamaria ficava brava ou animada demais, voltava ao dialeto de Tropea, que Filomena, fascinada, aprendeu a imitar para provocar a nova amiga.

– Mas por que há tantas famílias como as nossas endividadas com esses Chefes? – perguntou Filomena.

– Porque os Chefes são donos de tudo! Não dá para conseguir trabalho sem os favores deles. E, se eles te fazem um favor ou concedem um empréstimo, você precisa pagar de volta mais do que recebeu, todo mês, tendo pegado algum peixe ou não. Se não conseguir pagar, fica devendo a sua vida e a vida dos seus filhos. – Rosamaria explicou com paciência o antigo sistema feudal que havia dado início à coisa toda, criando um mundo em que alguns poucos homens poderosos reduziam todos os outros a joguetes. Até o *signor* e a *signora* pareciam menos importantes que os reis e duques que antigamente governavam todo o mundo.

– Mas, hoje em dia, são os grandes criminosos que dominam o mundo – declarou ela. – Eles pagam os juízes, os políticos e até o clero para que façam o que querem.

E bem quando Filomena pensou que tinham entendido a história e a forma como o mundo funcionava, veio um fanfarrão chamado Mussolini, que levou todos os homens para lutar por seus sonhos dementes, enchendo o céu – a casa de Deus – de morte.

Sempre que as pessoas conversavam atualmente era para perguntar quais cidades tinham sido bombardeadas no dia anterior e quais tinham mais chance de ser bombardeadas naquele dia. Todo mundo sabia dos parentes que haviam morrido, às vezes famílias completas, até aldeias inteiras destruídas. Então, agora, quando Filomena levantava os olhos para os céus, era apenas com temor.

– O que vai acontecer com a gente? Se não formos mortas pelas bombas, vamos ter que trabalhar nesta fazenda até morrer? – perguntou Filomena quando estavam no caminho de volta para a casa depois de um dia extenuante nos campos. O ar zumbia sonolento com moscas voando pela grama alta. Aqui e ali, um cavalo de arado levado por um menino descalço trotava cansado de volta ao estábulo.

Vendo um, Filomena falou, triste:

– Não quero cair morta aqui, igual a um cavalo velho que a *signora* exauriu.

– Vamos achar um jeito de ir embora. Pode deixar comigo – disse Rosamaria, com firmeza.

– Pense rápido – pediu Filomena, explicando que, no dia anterior, o filho mais novo do *signor* a tinha agarrado e acariciado seus seios. – Aí, eu peguei uma faca de cozinha e falei que ia matar ele! Ele riu.

Rosamaria colocou a mão no bolso da saia e puxou uma faca pequena, mas impressionante. O cabo era preto e dourado, e a lâmina estava guardada numa capa de couro. Ela desembainhou, revelando uma lâmina afiadíssima.

– Meu pai – explicou ela, orgulhosa – conseguia atingir um alvo a quinze metros. Ele me ensinou. Você devia aprender, daí o filho da *signora* não vai mais rir. Nunca faça uma ameaça em vão. Aqui, eu te mostro.

Ela segurou a faca para cima sem medo, pela ponta da lâmina, mirou e a atirou numa árvore. A faca voou ágil no ar antes de fazer um corte limpo na árvore e permanecer ali, com o cabo para fora.

– Agora, tente você – disse ela, recuperando a faca.

Filomena pegou a faca, ouviu as instruções da amiga e tentou várias vezes. A arma caía na grama ou numa pedra, ou se fincava na terra, até por fim atingir o alvo.

– Viu? – comentou Rosamaria, triunfante. – Quando você sabe que consegue, sua ameaça parece real.

Elas voltaram a andar na direção da casa. Filomena disse, apreensiva:

– Ouvi a *signora* comentar que talvez nos "doe" em breve. O que isso quer dizer?

Rosamaria respondeu sombria:

– Rá! A *signora* não quer que o marido e os filhos fiquem cobiçando a gente, agora que estamos ficando mais bonitas. Ela sempre faz isso quando as criadas de cozinha crescem. As últimas foram mandadas para um prostíbulo. Muitas curvas, muitos flertes, e é isso o que acontece. Ah, mas eu ainda sou tão magrinha! Queria ter as suas curvas.

– Não queria, não – respondeu Filomena. – Homens são piores do que porcos. Que bom que tantos ajudantes de campo foram mandados para a guerra. De que adianta casar e ter um monte de filhos se vamos ter que dar nossas filhas para pagar dívidas, igual às nossas mães?

– Nos Estados Unidos, é diferente – declarou Rosamaria. – É o melhor lugar para ir.

– Estados Unidos! – desdenhou Filomena. – Não são eles que estão bombardeando a gente agora?

– Todo mundo está bombardeando a gente. Eles se chamam de Aliados. Não queira que a guerra faça sentido. Nunca fez e nunca vai fazer. Mas ninguém está bombardeando Nova York. E é para lá que eu vou! – disse Rosamaria, confiante. – Fui ver uma casamenteira em Nápoles e ela garantiu que acharia um marido para mim. Bom, levou um tempão, mas, no fim, ela conseguiu! Precisei dar a ela meu rosário de ouro e as pérolas que minha mãe me deu pouco antes de morrer. Mas com isso garanti que a casamenteira *me* escolhesse para ir para Nova York. Agora, ela diz que eu preciso ir logo para os Estados Unidos, senão a família vai achar outra pessoa para casar com o filho.

– Mas não têm meninas italianas nos Estados Unidos? – quis saber Filomena.

– Sim, mas elas são independentes demais, segundo ela – respondeu Rosamaria, colocando a mão no peito do vestido para pegar uma carta dos Estados Unidos que a casamenteira tinha dado a ela. – Essa mulher de Nova York veio de Tropea, assim como eu, então isso ajudou! Ela quer que o filho se case com uma garota igualzinha a ela, por isso vai pagar minha passagem. Está tudo arranjado. Vou assim que eles conseguirem pagar minha passagem.

– Espere aí! – disse Filomena. – Quem é esse rapaz com quem você vai se casar? Você sabe como ele é? Ele sabe como *você* é? Ele ama você?

– Ele é rico, então não me importa como ele seja. Eles não mandaram foto, não estão tentando me impressionar. E também não ligam para como eu sou. É mais importante eu ser uma boa moça que vai ser leal a ele e obedecer aos pais dele. O amor pode chegar ou não, mas eu vou.

Filomena, ainda chocada com tudo aquilo, lançou a ela um olhar cético. Rosamaria disse, resoluta:

– É só um jeito de eu chegar lá. Se eu não gostar dele, acho outro.

Filomena notou que Rosamaria estava dizendo *eu*, e não *nós*. Pensar em perder a única amiga era algo aterrorizante demais para suportar.

– Posso ir junto?

– Sim, mas não imediatamente – explicou Rosamaria. – Já não é mais tão fácil entrar nos Estados Unidos. Precisa de um mantenedor ou algo assim, coisa que eu tenho. E tem que tomar cuidado, porque às vezes esses mantenedores são pessoas ruins que te fazem de escrava até você pagar a dívida, igual aqui nesta fazenda. Mas minha casamenteira sabe em quem confiar. Você tem alguma coisa que possa dar a ela para ser a próxima da fila? Todo mundo quer sair da Itália, fugir da guerra, então o preço dela está mais alto agora.

Filomena fez que não e engoliu um soluço. Rosamaria a abraçou com força e disse:

– Olha, quando eu chegar aos Estados Unidos, vou achar um marido para você, e você não vai ter que pagar a ninguém por isso. Vou ser sua mantenedora e mandar te buscar. Não se preocupe. – Ela apertou a mão de Filomena para acalmá-la. – Você precisa ser corajosa, Filomena. Precisa confiar em mim.

– Prometa que vai me tirar daqui! – ofegou Filomena, que não podia se permitir chorar. – Jure por Deus que não vai me fazer esperar muito.

– Prometo – respondeu Rosamaria, solene. – Você sabe que eu vou dar um jeito. E, olha só, para provar isso, veja este livro que peguei emprestado. Você e eu vamos aprender a falar inglês, que é a língua que se fala em Nova York.

Então, as aulas de inglês se tornaram o segredo delas. As semanas se passaram e nada aconteceu, e Filomena ficou secretamente feliz, convencida de que o tempo daria um jeito de elas fazerem a viagem juntas.

Mas, num dia quente de agosto, Rosamaria a puxou de lado e anunciou, exultante:

– Está feito, eu vou! Preciso ir a Nápoles pegar minha passagem e meus documentos. Tenho *tanta* coisa para te contar! Venha comigo conhecer minha casamenteira.

– Não tenho nada para dar a ela – disse Filomena, com pesar.

– Ela sabe. Mas posso te apresentar, assim ela vai ver que você é uma boa moça. Aí, quando eu mandar o dinheiro para fazer seus documentos, ela vai saber a quem tem que ajudar, porque vai se lembrar de *você* dessa visita.

Filomena só se lembrava vagamente da cidade de Nápoles, já que a mãe a atravessara às pressas quando elas chegaram à estação de trem.

– Está bem, vamos – disse ela.

***

Nápoles era enorme, aterrorizante, mas emocionante e enérgica. No meio de um tráfego barulhento, antigos prédios de pedra, carrinhos de mão e compradores animados, todo mundo parecia determinado a ir de um ponto a outro, como se sua vida dependesse desse ritmo frenético. Ninguém estava mais determinada do que Rosamaria, que pegou a mão de Filomena e a arrastou pelo labirinto de ruas sinuosas e pela multidão. Lá em cima, roupas lavadas se agitavam em varais intrincados, e mães exaustas gritavam pelas janelas com moleques desmazelados que guinchavam e corriam nos pátios lá embaixo.

Mas a primeira coisa que deu errado foi que a casamenteira não estava em casa para recebê-las e ser apresentada a Filomena. O marido idoso e grisalho da mulher abriu a porta do apartamento minúsculo, depois entrou arrastando os pés para ir pegar um envelope marrom com o nome de Rosamaria e o entregou a ela, desejando *"buon viaggio"*.

– O que tem no envelope? – perguntou Filomena quando saíram de novo à rua.

– Minha passagem! Não quero abrir aqui, pois alguém pode roubar da minha mão. Vamos entrar naquela igreja para olhar – disse Rosamaria, agarrando-a de novo pela mão.

– Espere só até ver o interior daquele lugar. É a igreja mais linda que eu já vi! Chama Santa Chiara. Um rei construiu para a esposa.

Filomena de repente se sentiu atordoada com o calor, a notícia, a multidão de pessoas agressivas. O coração dela pesou no peito, como se fosse feito de pedra; isso lhe aconteceu apenas uma vez antes, quando a mãe a abandonara.

Mas Rosamaria a arrastou, outra vez lançando-se por esquinas com uma energia jubilosa que Filomena não conseguia compartilhar. Ao chegarem à igreja, as duas estavam sem fôlego. Rosamaria parou nos degraus e apontou lá para cima, depois colocou a mão sob o queixo de Filomena para que ela inclinasse a cabeça bem para trás.

– Olhe! Está vendo a estatueta no topo daquele poste bem fino? É o pináculo da Virgem Maria. Ela não é linda? Fica mais alto que todo mundo. Vamos entrar e acender uma vela para ela.

Não era hora de missa na igreja, então os bancos estavam, em sua maioria, vazios. Havia somente algumas velhinhas de preto rezando para seus santos de devoção. As meninas molharam os dedos na água benta e fizeram o sinal da cruz, depois se sentaram num banco que tinha cheiro de madeira bem polida e incenso. Animada, Rosamaria rasgou a aba do envelope e analisou o conteúdo.

– Está tudo aqui! – cochichou, triunfante. – Minha passagem para os Estados Unidos, um pouco de dinheiro para a viagem e os documentos de que eu preciso para me deixarem entrar em Nova York.

Ela guardou o pacote no peito, por dentro do vestido, depois se ajoelhou no genuflexório acolchoado, fechou os olhos e uniu as mãos para rezar.

Filomena se ajoelhou ao lado, mas não conseguiu rezar. Ela duvidava que Deus tivesse espaço no coração para mais de uma garota desesperada. Ela sabia que não era abençoada como Rosamaria. Aquela igreja de vitrais coloridos e colunas de mármore era bela demais para gente como Filomena; mais parecia uma catedral, construída para pessoas importantes. De algum modo, Rosamaria, com sua vitalidade e coragem insistentes, tinha conseguido se imiscuir naquele maravilhoso lugar santo. Mas significava que Filomena nunca mais a veria; disso, ela tinha certeza.

– Quando você vai? – perguntou Filomena quando emergiram da igreja fresca e escura, piscando com a claridade do sol e o calor sufocante.

– No começo do mês que vem – respondeu Rosamaria em voz baixa. – Ninguém pode saber, Filomena. Não diga uma palavra a ninguém. Se a *signora* descobrir, vai achar um jeito de me impedir, eu sei que vai.

– Não vou contar – prometeu Filomena, infeliz. – Você sabe disso.

Rosamaria disse:

– Então, vamos. Precisamos voltar à fazenda.

Filomena sentiu que estava enfim acordando.

– O que você disse à cozinheira? Por que ela deixou a gente sair hoje?

– Falei que um de nossos tios tinha morrido e precisávamos ir ao velório. – Rosamaria parou diante de um homem que vendia *gelato* na casquinha. – Vamos comprar um e dividir – propôs, pagando por um de pistache.

Elas se jogaram nos degraus de pedra em frente à igreja e se revezaram comendo a delícia gelada e cremosa, olhando a multidão de gente incrivelmente enérgica passar correndo, conversando alto e com gestos amplos.

Assim que terminaram o *gelato*, as duas ouviram um zumbido e depois um estrondo que as fez olhar para cima. Era uma frota de aviões militares. Elas puseram a mão na testa, cobrindo os olhos, para ver aonde os pilotos estavam indo. Mas, mesmo antes de perceber que eram aviões inimigos, Filomena detectou um som agudo de apito que rapidamente se intensificou e virou um lamento ensurdecedor.

Uma fração de segundo depois, as bombas caíram, e a cidade simplesmente explodiu ao redor delas.

Mais tarde, Filomena descobriria o que tinha acontecido naquele dia. Ficaria sabendo que a cidade pegou fogo quando quatro aviões B-17 lançaram bombas e mataram três mil italianos em Nápoles; e outros três mil foram feridos com a explosão de um navio no porto. O hospital Santa Maria di Loreto e a própria igreja de Santa Chiara, em cujos degraus elas tinham estado sentadas, foram completamente destruídos.

Mas a única coisa que Filomena lembrava eram as explosões, mais altas do que trovões, cujo som machucava os tímpanos dela, o peito, o corpo inteiro até o âmago, mesmo antes de um vento agressivo e vigoroso a derrubar direto no chão. Parecia estar havendo um terremoto, um incêndio e um furacão ao mesmo tempo. Ela sentiu Rosamaria agarrá-la quando as pedras da igreja começaram a rolar. Em seguida, tão repentinamente quanto começou, tudo ficou escuro e silencioso por muito tempo.

Quando Filomena abriu os olhos, a cidade toda era um esqueleto fantasmagórico, emitindo um som de guincho agonizante, e ela estava bem no centro de tudo. O lugar estava tão sinistramente escuro da fumaça negra esvoaçante que ela não via nada. Tentou respirar, mas o ar estava tomado por cinzas e pelo cheiro acre de tudo – carne, metal, combustível, piche, madeira, tijolos –, que queimava numa fogueira infernal. Algo a prendia ao chão, algo bem mais pesado que Rosamaria, que estava em cima dela.

– Rosa! Rosa! Levante, não consigo respirar! – gritou Filomena em pânico, se contorcendo e ofegando para se soltar.

Ela ficou de pé, cambaleando, com o ar cheio de cinzas ainda borrando sua visão para o caos ao redor. Engasgando, ela tateou em busca do lenço para proteger a boca e o nariz, mas parecia haver cem agulhas minúsculas furando os olhos dela.

Ela percebeu então que o som horrendo cortante vinha da mescla de sirenes de ataque aéreo, caminhões de bombeiros, buzinas e multidões gritando de uma forma que ela nunca ouvira pessoas gritarem antes. Filomena percebeu que todo mundo corria em pânico – mas para onde iam? Pareciam estar berrando de todas as direções.

– Rosamaria, precisamos sair daqui antes que mais alguma coisa caia na gente! – gritou Filomena.

Nos destroços a seus pés, ela espiou uma mão esticada para ela. Por um momento fugidio, pensou na mão da mãe, logo antes de soltá-la. Mas essa ali era bem menor.

Filomena a agarrou, e a mão se soltou – pois não era de carne, e sim de pedra.

Entorpecida, ela a colocou no bolso, quase sem perceber o que fazia. Agora, o vento soprou fumaça o bastante para admitir um breve facho de luz solar. Ela viu que, entre as pedras grandes e tijolos, a estátua da Virgem Maria, que caíra espetacularmente de seu pináculo, tinha se estraçalhado em fragmentos de pó lá perto. Ainda chocada, Filomena olhou para cima e, enfim, percebeu que toda a igreja havia desaparecido. Só havia um vazio assustador no céu e nada além de pilhas de escombros no chão, como se uma criança perversa tivesse derrubado todos os bloquinhos de construção.

Rosamaria ainda estava deitada ali, imóvel, como uma boneca descartada, virada de bruços perto de uma pilha de pedras. Era a primeira vez que Filomena conseguia de fato ver a prima através de toda a fumaça.

– Rosamaria, *levante*! – berrou Filomena, desesperada, caindo de joelhos e virando-a. O rosto de Rosamaria estava cheio de sangue e, quando Filomena o limpou apressadamente com a saia do vestido, viu que o nariz da prima tinha sido esmagado. – Rosa! Rosa! – soluçou ela, desabotoando freneticamente o vestido da prima para tentar ouvir se o coração dela ainda batia. Filomena precisou afastar o envelope marrom da casamenteira, que continha todos os sonhos e todas as esperanças de Rosamaria, ainda guardado perto do coração, para ouvir o peito da prima, que estava agora tão silencioso quanto as pedras ao redor dela. Sem batimentos cardíacos, sem respiração. A pele de Rosamaria já estava fria como argila. – Rosa! – Filomena chorou. – Por favor, acorde!

Um homem com uma vestimenta branca de hospital manchada de poeira preta emergiu como um fantasma da fumaça negra que pairava. E um policial vinha logo atrás dele. Filomena abotoou às pressas o vestido de Rosamaria, para que o peito dela não ficasse exposto. Quando o vento ia levar o envelope da casamenteira, Filomena o agarrou e o enfiou dentro do próprio vestido, um momento antes de o policial fechar a mão no ombro dela.

– Você não pode ficar aqui. Saia enquanto pode – berrou ele.

Filomena apontou para Rosamaria.

– Ajude-a! – implorou.

Ela mal conseguia ouvir a própria voz; o barulho incessante ao redor tinha deixado seus ouvidos dormentes, como se estivessem cheios de lã.

O homem de branco gritou no ouvido dela.

– Ela está viva?

Ele sinalizou para outros homens de branco, para que trouxessem uma maca, gesticulando na direção de Rosamaria.

– Não sei – disse Filomena, torcendo para, de alguma forma, ele conseguir ressuscitá-la.

– Nome? – perguntou o policial, olhando para Filomena enquanto os homens do hospital se debruçavam em cima do corpo inerte de Rosamaria.

– Filomena! – gritou ela, obediente.

Ele pediu o sobrenome dela, e ela deu. Tarde demais, ela percebeu seu erro. Alguém havia anotado o nome de Filomena numa etiqueta e amarrado ao pé de Rosamaria.

– Volte amanhã – aconselhou o policial. – A família poderá levar o corpo, se algum de nós ainda estiver aqui. Vá para casa, menina. Pode ser que outros bombardeiros aconteçam.

***

Mas Filomena não voltou para casa naquela noite. Era impossível – as estradas estavam lotadas de sobreviventes loucos fugindo. A uma curta distância da cidade, Filomena descobriu que haviam sido montadas tendas para abrigar as almas perdidas e impedi-las de virarem hordas invadindo cidades próximas. Algumas pessoas vestidas de branco distribuíam água. Filomena assumiu seu lugar na fila.

No dia seguinte, ela se arrastou de volta a Nápoles. O tempo estava tão quente que as pessoas tinham começado a enterrar os mortos às pressas. Ela conseguiu chegar lá a tempo de localizar o corpo de Rosamaria e jogar na prima um pouco de água benta, que tinha pegado com um padre que fazia a ronda. Um pedreiro empreendedor vendia lápides nas quais ele podia rapidamente rabiscar nomes. Filomena pegou algumas das moedas de Rosamaria para pagar o pedreiro. Os coveiros tinham tanta gente para enterrar que, no calor terrível, tudo era feito às pressas. Filomena não disse nada nem quando viu que a lápide pela qual pagara levava seu próprio nome, porque era o nome na etiqueta do corpo. A menina corajosa que morrera jovem demais agora dormia sob o nome errado.

Sentindo-se tonta, Filomena se movia devagar, como se andasse em meio à água.

O padre, ao ver o rosto perdido e devastado dela, tocou o ombro de Filomena e lhe contou sobre um convento perto dali, no topo de um morro, que estava abrigando meninas órfãs.

Filomena ouviu o soluço dos outros enlutados em outras lápides enquanto fazia uma oração silenciosa sobre o túmulo de Rosamaria e olhava brevemente seu próprio nome na lápide. Ela agora sabia que era mesmo órfã. Seus pais nunca viriam procurá-la, disso, ela tinha certeza; e, mesmo que fizessem isso, só encontrariam aquele mercador, que os informaria de que sua filha não desejada tinha morrido em um bombardeio a Nápoles.

E apenas algumas semanas depois, quando Nápoles enfim foi "liberada" e o porto voltou a funcionar, uma garota que levava o nome de Rosamaria entrou num navio rumo a Nova York.

6
Lucy
Cidade de Nova York, fevereiro de 1935-1937

– Diga aí, Fred, quem é a boneca? – perguntou Frankie, espiando pela janela de uma sala que chamavam de escritório do zelador.

Mas o próprio Fred raramente ocupava aquela sala; na verdade, era um escritório que Frankie usava de vez em quando para dar seus telefonemas misteriosos.

Fred olhou de relance para a ruiva bonita caminhando decidida na direção deles e balançou a cabeça.

– Nunca a vi na vida, Frankie – murmurou.

Fred tinha quase setenta anos, então vinha dizendo "na vida" com frequência ultimamente.

Conforme Lucy se aproximava do escritório, viu que a porta estava entreaberta, mas bateu mesmo assim.

– Pode entrar – anunciou o mais jovem, chamado Frankie.

Lucy empurrou a porta com o intuito de abri-la um pouco mais. Teve a distinta impressão de que aqueles dois camaradas estavam falando dela. Os homens eram assim. Ela simplesmente escolheu ignorar. O necessário era ter uma atitude profissional. Ela os analisou. O zelador era um homem levemente enrugado, que usava macacão, e agora a olhava. O mais novo era um jovenzinho bem-vestido que parecia ter a idade de Lucy; estava sentado à mesa com a cabeça baixa, lendo no jornal os resultados da corrida e fingindo não a notar.

– Estou aqui por causa do apartamento para alugar – anunciou ela.

O velho Fred a olhou de cima a baixo e perguntou:

– Você mora sozinha?

– Eu e meu bebezinho – disse Lucy, cuidadosamente. – Meu marido desapareceu, e ouvi dizer que ele morreu. Ele estava na Marinha britânica.

Ela andava contando essa mentira incrível desde aquela estranha noite em que fora ordenada à mão armada por um gângster irlandês a fazer o parto de um bebê e "se livrar dele". Nas altas horas da madrugada que se seguiram, um menininho adorável havia nascido, e os homens fortões tinham ido embora depois de repetir o aviso lúgubre e extrair uma promessa de que ela levaria o bebê ao orfanato naquele mesmo dia.

Lucy esperara até eles irem embora, antes de perguntar à menina na cama se ela desejava mesmo entregar o bebê. A garota queria saber do orfanato, então Lucy contou tudo sobre as freiras gentis. "Sim, pode levá-lo", falou enfim a jovem mãe. "Eu sou garota de programa. Não posso ficar com ele". No fim, aquele quarto no Harlem era da prima dela, que trabalhava à noite numa chapelaria, então a jovem mãe seria bem cuidada até ficar bem o bastante para voltar a Hell's Kitchen.

Rapidamente, Lucy tinha embrulhado o bebê e ido com ele até o ponto de ônibus mais próximo. Ela parara no caminho para comprar fórmula infantil e outros suprimentos, pretendendo de verdade levar o pequeno ao orfanato no norte. Mas o menino era um daqueles bebês bonzinhos que dormia em silêncio e gorgolejava delicadamente quando estava acordado. Ele tinha estendido os dedinhos de salsicha para o rosto dela e feito um barulhinho. As pessoas no ônibus sorriram para Lucy quando ela subiu, e um homem concedeu o lugar a ela.

– É seu primeiro? – perguntou a mulher ao lado.

Lucy apenas assentiu. O bebê acomodou a cabeça quentinha e graciosa no peito dela, deu um minúsculo bocejo de cansaço e dormiu.

Lucy não parava de lembrar a si mesma que o orfanato era administrado por pessoas boas e gentis, mas, para sua própria surpresa completa, simplesmente não conseguia fazer as ações necessárias para dar um bebê às freiras, como antes fora forçada a fazer na Irlanda, quando tinha apenas catorze anos e eles tinham raspado a cabeça dela e a obrigado a trabalhar na lavanderia. Ao olhar para essa criança quando ela acordou brevemente e a mirou de volta com tanta confiança, o coração de Lucy inchou de um desejo feroz, e ela sussurrou:

– Não, de novo, não. Agora, você está seguro.

Ela sabia que era loucura. Mas continuou no ônibus além dos terminais de metrô e seguiu em frente, passando reto até pelo lugar onde morava, porque era apenas para mulheres solteiras. Ela passou por Hell's Kitchen, descendo em uma parte da cidade onde ninguém a conhecia e parou numa hospedaria barata que aceitava pessoas temporariamente sem fazer perguntas. O tempo todo, ela olhava por cima do ombro e, não vendo ninguém observá-la com suspeita, fez *check-in* para ficar num quarto mobiliado.

Ela batizou o menino de Christopher, e registrou o nascimento dele. No documento, informou seu nome como a mãe e o pai como "falecido". Uma senhora mais velha que morava no quarto ao lado do de Lucy disse que o bebê parecia irlandês como "a mãe dele", e tinha um temperamento doce; Lucy contratou a mulher para cuidar do pequeno Chris durante as horas que trabalhava no hospital. Tudo tinha evoluído de forma tão milagrosa que ela tinha certeza de que Deus estava do lado dela desta vez, por estar fazendo o que sentia no coração ser o certo.

Mas Lucy não podia manter Chris por muito tempo naquela hospedaria. Ele estava crescendo e precisava brincar em algum lugar seguro e limpo. Em cada momento livre que tinha, ela andava pela cidade procurando um prédio bom numa rua tranquila. Finalmente, viu uma placa na janela de um elegante prédio residencial na MacDougal Street em Greenwich Village; ela calculou que poderia pegar um metrô para chegar ao hospital.

Agora, quando Frankie dobrou seu jornal e levantou os olhos para ela, Lucy de repente experimentou algo que nunca havia sentido por homem algum. Era como se o corpo dela tivesse reagido ao olhar sem consultar sua mente. O cérebro dela parou de pensar no apartamento e no dinheiro, e ela se viu perguntando-se como seria ter aqueles braços fortes ao redor de seu corpo, e aquele peito perto do dela, e aqueles lábios a beijando. Essa sensação veio num flash e foi tão envolvente que ela ficou imaginando se seus pensamentos e sentimentos eram visíveis, como se todas as roupas dela tivessem caído. Estava paralisada.

– Eu... eu gostaria de ver o apartamento, se possível – gaguejou ela.

Frankie falou com Fred, sem tirar os olhos de Lucy nem por um segundo.

– Eu mostro para ela – disse, estendendo a mão.

Fred colocou obedientemente a chave na palma aberta.

– Por aqui – chamou Frankie, levando-a para as escadas.

Eles subiram até o segundo andar e entraram num apartamento espaçoso de um quarto nos fundos do prédio, abençoadamente silencioso, dando para um pequeno pátio. Um pássaro cantava contente numa árvore próxima. O apartamento tinha piso de madeira e muitas janelas para a luz do sol entrar.

– Você trabalha por aqui ou algo assim? – perguntou Frankie, casualmente.

– Sou enfermeira – respondeu Lucy, e contou sobre o hospital St. Clare's. – Posso dar referências – garantiu.

Mas Frankie só sorriu e balançou a cabeça.

– Não é necessário.

Respirando fundo, Lucy perguntou, cautelosa:

– Quanto é o aluguel?

Quando Frankie respondeu, ela deve ter deixado transparecer no rosto a sua decepção, porque viu a reação dele. Mas Frankie acrescentou rapidamente:

– Mas, para você, posso deixar por metade desse valor.

Lucy lançou a ele um olhar cínico.

– Que absurdo é esse? – exaltou-se ela.

Frankie jogou a cabeça para trás e gargalhou.

– Não estou te enganando – disse.

Lucy ainda não acreditava.

– E como em nome de Deus você vai conseguir fazer esse milagre com o desconto no aluguel? – questionou.

– Minha família é dona do prédio – respondeu ele, com um largo sorriso.

Lucy e Christopher se mudaram no dia seguinte, e ela encontrou uma garota para tomar conta dele enquanto trabalhava. Não viu mais Frankie durante três semanas, mas pensava nele com frequência; ele era diferente de qualquer um que ela já tivesse conhecido. O menino na Irlanda era simplesmente um fedelho, em comparação. Nos Estados Unidos, ela tinha flertado com médicos no hospital, mas era esperta o bastante para evitar sair com eles; nada podia colocar seu trabalho em risco. E nenhum daqueles homens tinha a masculinidade completamente desejável e a confiança de Frankie em seu próprio poder. Ela não conseguia evitar a lembrança do olhar que a excitara, não importava quanto tentasse resolutamente esquecê-lo.

Então, quase como se ela o tivesse conjurado, ele apareceu no pronto--socorro do hospital bem quando ela terminava seu turno. Era meia-noite. Não havia ninguém lá, e o médico estava fazendo um intervalo.

– Enfermeira, tem um minuto? – perguntou-lhe Frankie. – E uma sala mais privada?

Contra seu bom senso, ela o levou até o consultório do médico. Só então notou que ele segurava o braço contra a lateral esquerda do corpo, quase o apoiando.

– O que aconteceu aí, hein? – perguntou, tocando o braço dele.

– Promete que vai ficar de boca fechada, independentemente do que aconteça? – pediu Frankie, em tom tenso.

Ele se recusou a tirar o casaco e a camisa até que ela prometesse. Tinha dado várias voltas com algo que parecia uma pequena toalha de mesa branca ao redor do braço. O tecido estava encharcado de sangue.

– Não quero que minha família veja isto – murmurou ele. – Eles surtariam.

Era uma ferida de tiro, mas, felizmente, o casaco e o terno tinham desacelerado a bala, de modo que não havia atingido o osso, embora a pele precisasse de alguns pontos.

– Dá para parar o sangramento? – quis saber ele. – Talvez fechar?

– Seria melhor eu chamar o médico – respondeu Lucy, limpando o ferimento com cuidado. Ela olhou-o fixamente nos olhos e completou: – Você sabe que eu preciso reportar todas as feridas de bala para a polícia, certo?

– Mas não vai me reportar, não é? – disse ele com urgência, aproximando-se. Ela sentia o calor do corpo dele, via seu lindo peitoral esculpido, e ficou de novo impressionada com a forma como o corpo dela reagia; a mera presença dele quase a deixava sem fôlego. Ela não acreditava que pudesse ficar tão tonta por causa de um homem. – Você mesma consegue dar pontos nisso, não consegue?

– Sim – respondeu Lucy com voz grave. – Mas nunca mais me peça algo assim.

Frankie abriu um sorriso.

– Você acha que eu vou ser idiota de tomar outro tiro?

– O que exatamente você faz? – questionou Lucy, levantando o queixo em desafio.

– Trabalho com imóveis – disse Frankie sem dificuldade. – Investimos em imóveis residenciais e comerciais, fazemos sociedade com os proprietários. Restaurantes, boates. Você gosta de dançar?

Dali em diante, Lucy se livrou da monotonia de sua antiga vida como se estivesse se livrando de um casaco velho. Frankie sempre conseguia uma boa mesa em restaurantes chiques; nunca era relegado a um canto perto de uma porta articulada de cozinha ou de um corredor cheio de correntes de ar. Ele parecia conhecer todo mundo, até gente famosa, e a levava a clubes gastronômicos elegantes dos quais ela ouvia falar no rádio. Apenas pessoas fascinantes iam àquele tipo de lugar. Agora, Lucy era uma delas.

– Olá, Frankie! – o cumprimentou certa vez uma loira glamorosa usando um vestido de cetim prateado, pendurada nos braços de um produtor de cinema rico.

E Lucy arfou:

– Era Carole Lombard, a atriz!

Em outra ocasião, um homem tão forte que parecia uma montanha, de quase dois metros de altura, levantou os olhos do bar e disse:

– Frankie, e aí, meu chapa? – E deu um tapinha nas costas dele, acenando com a cabeça para Lucy.

Frankie o apresentou como Primo Carnera, o famoso campeão peso-pesado que havia pouco tempo fora nocauteado por Joe Louis. Todo tipo de celebridade – cantores, socialites, repórteres e políticos – fazia de tudo para o cumprimentar.

De repente, Lucy começou a se habituar ao gosto de bons champanhes, aos filés mais macios que ela já comera na vida e à lagosta à *thermidor*.

– Não fique mal-acostumada – Frankie a provocou certa noite quando estavam curtindo. – A verdade é que, em geral, eu como comida normal em casa: massa, truta, cozido de vitela. Além de muitos vegetais e feijão. Meu pai diz que feijão nos deixa fortes, enquanto que gordura nos deixa preguiçosos. Ele também diz: "Uma refeição, uma taça" de vinho. Então, sua realidade, se você acabar ficando comigo, vai ser essa.

– Então, por que você está pedindo champanhe e caviar? – provocou Lucy de volta.

– Para impressionar você, é claro – disse ele. – Para conquistá-la e ficar com você todinha para mim.

– Posso pedir bolo de chocolate de sobremesa? – perguntou Lucy.

– Sempre que quiser.

Frankie dizia que gostava do jeito extrovertido de Lucy falar; que ela era muito diferente das garotas que ele conhecia. Era um homem decidido, mas também tinha um lado doce e protetor. Ele e Johnny tinham um irmão mais novo chamado Mario, então talvez fosse por isso que Frankie era tão paciente com o pequeno Christopher de Lucy, empurrando-o nos balanços no parque. Lucy percebeu que Frankie defenderia Chris e ela de qualquer um que quisesse lhes fazer mal.

A corte deles durou um ano. Um ano de alegria, beijos e carícias quase insuportáveis, delirantemente emocionantes. Embora fosse óbvio que Lucy tinha um filho e, portanto, não era virgem, Frankie nunca forçou os limites do decoro, indicando que realmente a levava a sério. E Lucy jurou a si mesma que, desta vez, "faria do jeito certo" e esperaria.

Os dois logo fariam vinte e três anos e estavam prontos para se casar. Então, no início, noivaram em segredo; Lucy tinha medo de conhecer a família poderosa dele. Mas então descobriram que não conseguiriam aguardar e, quando as pessoas os viram juntos, até a família dele, ficou óbvio que nada impediria Frankie. No Dia dos Namorados, ele deu a ela uma aliança de diamantes para oficializar, e marcaram a data do casamento para outubro daquele mesmo ano. Nenhum dos dois queria esperar mais.

Mas certo dia, pouco depois do noivado oficial, Frankie disse:

– É aniversário do meu irmão mais velho. Tudo bem se ele vier patinar com a gente?

– Claro que sim – respondeu Lucy.

Ela já tinha conhecido Johnny e gostava dele.

– Vamos passar no bar dele para pegá-lo, então – disse Frankie.

E foi assim que Lucy conheceu Amie.

7
Amie
Greenwich Village, 1937

– Vou te dizer uma coisa, Amie Marie – disse Johnny-Boy, o homem alto e moreno que tinha ficado sócio de Brunon na nova taverna deles em Greenwich Village –, se não fosse por você, eu já tinha dado uma surra em Brunon, para o próprio bem dele.

Amie pareceu alarmada.

– Ele não tem a intenção de ser rude – explicou ela em tom de desculpas. – É que as coisas não estão acontecendo exatamente como ele esperava.

– Nunca acontecem. – Johnny deu de ombros, e não disse mais nada.

Amie esfregava com força o balcão do bar com um pano macio, nervosa. Johnny estendeu a mão e agarrou o antebraço dela com sua mãozinha quente e generosa.

– Onde você arrumou esse roxo? – quis saber, virando o braço dela para cima.

Vermelha, Amie puxou de volta a manga para cobrir o braço.

– Ah, eu vivo batendo nas portas aqui – murmurou ela. – Sou muito míope.

– Aquele cabeçudo bateu em você? – exigiu Johnny. – Quer que eu dê um jeito nele, Amie? Um homem que bate numa mulher não é homem de verdade.

Amie, tímida e envergonhada, fez que não. Brunon não estava feliz no novo ambiente, nem fazendo amizades. Até seu "sócio oculto" elegante, Johnny, andava impaciente com ele. No início, Johnny assustava Amie, com aquele seu aspecto perigoso. Mas ele voava para dentro do bar como um sopro de ar fresco, todo cheio de energia masculina e com a confiança que Brunon desejava, mas nunca teve.

O acordo era que o bar de Brunon funcionaria legitimamente na fachada, servindo almoço e jantar reforçados no salão principal para os trabalhadores do Greenwich Village. Mas à noite, no salão dos fundos, os jogadores de cartas apareciam com seus carros elegantes – homens bem-vestidos com casacos de lã e ternos garbosos, sapatos polidos, chapéus caros e gravatas de seda. Advogados, médicos, políticos, corretores da bolsa, empresários variados vinham jogar pôquer. Ninguém tinha permissão de entrar no salão dos fundos se Johnny não dissesse que tudo bem.

Amie se aventurava lá ocasionalmente para servir cerveja, uísque e sanduíches. Às vezes, na mesa de carteado havia pilhas de apostas tão altas que ela apenas deixava a bandeja numa mesinha lateral e saía às pressas. Muitas vezes, era aterrorizante a quantidade de dinheiro em jogo. O ar faiscava de tensão. *Grandes apostadores*, como Brunon os chamava com inveja. Eles apostavam alto, então alguém sempre ganhava muito – e alguém sempre perdia muito.

Esses homens também apostavam em lutadores, jogos de futebol americano, jogadores de beisebol e basquete, até times universitários. Uma vez, Amie chegou a ver um grupo deles apostando milhares de dólares em qual formiga atravessaria primeiro a mesa. E Johnny lucrava com tudo.

Havia outras coisas acontecendo nos fundos do bar, na sala do "administrativo", que ficava trancada, porque tinha um cofre. Durante o dia, Johnny e seus homens vinham e usavam esse escritório dos fundos como "banco de apólices" para o jogo de números. Os "mensageiros" deles traziam as apostas que tinham sido feitas com agentes nas barbearias e lojas de doce locais. Brunon contou a ela que Johnny endossava esses agentes numa loteria ilegal, para a qual o banco de apólices dele operava como seguradora. Como as chances de ganhar essa loteria eram minúsculas e havia poucos vencedores por vez, o "ganho" de Johnny era uma bolada.

– Então, Johnny fica com tudo, e você e eu tiramos o lucro de alguns dólares da cerveja e das gorjetas – disse Brunon, sarcástico. – Mas você não pode contar isso a ninguém – alertou ele a Amie. – A não ser que queira que nós dois acabemos flutuando num rio.

Ela sabia que Brunon tinha imaginado que ser sócio de um homem importante como Johnny automaticamente o tornaria também importante.

Mas, como não aconteceu dessa forma, Brunon, envergonhado, voltou sua raiva a Amie. Nada do que ela fazia o agradava.

Todo ano, desde que haviam chegado, ela tentava organizar para eles um bom Dia de Ação de Graças e Natal, como se fossem uma família de verdade, ainda que fossem apenas os dois. Amie decorava uma pequena árvore no bar para os clientes e outra no apartamento minúsculo deles no andar de cima. Só queria acreditar que eram pessoas felizes e normais, como todas as outras que andavam por aquela grande cidade.

Mas Brunon ridicularizava as tristes tentativas dela de colocar um pouco de beleza na vida deles, como se só servissem para lembrá-lo de como ele era um homem pequeno numa cidade grande. Fosse um enfeite prateado feito em casa para a árvore ou uma pequena bijuteria para ela se animar, Brunon desprezava essas coisas por serem baratas. O que envergonhava Amie era que os outros viam como Brunon a tratava mal. Os mais duros dos homens que entravam no bar eram estranhamente gentis com ela, cheios de compaixão.

Em especial Johnny. Mas ele nunca a fazia se sentir digna de pena. Toda vez que ele via Amie, abria um grande sorriso e a tratava como se ela fosse uma das mulheres glamorosas que ela às vezes via na rua, com as mãos enluvadas orgulhosamente encaixadas sob o cotovelo de homens bem-sucedidos.

Amie amava Nova York.

– Você não sente saudade de Troy? – seus novos vizinhos lhe perguntavam.

Ela fazia que não. Ali estava ela, num apartamento minúsculo sobre a taverna da família, igualzinho em Troy. Mas lá ela morava entre as esposas de operários batalhadores, e a visão deles, mesmo num dia bom, era amargada pela derrota de uma velha área industrial que havia muito deixara para trás seus melhores dias.

Em comparação, Nova York parecia uma cidade jovem para Amie, não apenas por causa dos arranha-céus modernos, mas por causa do povo, que tinha tanta coisa interessante para fazer que não perdia tempo com detalhes insignificantes. Sim, as mulheres ali fofocavam, mas faziam isso com certa leveza, vinda da alegria das empreitadas e dos lucros. E, embora Manhattan tivesse favelas mais assustadoras do que qualquer coisa que ela já vira, e sempre fosse preciso olhar por cima do ombro, não importando em que bairro se estivesse, havia muito dinheiro circulando e recompensas hipnotizantes capazes de fazer o esforço valer a pena: restaurantes com a melhor culinária do país; lojas com as melhores roupas do mundo; prédios novos com lobbies feitos de mármore e ouro. Manhattan era cheia de energia, uma promessa mágica de que quem aprendesse a lidar com os vigaristas e as armadilhas podia acabar forjando seu caminho para o sucesso.

Era domingo, e o bar estava fechado. Amie já tinha ido à igreja. Johnny tinha passado lá para dar alguns telefonemas do escritório. Brunon tinha saído para alguma tarefa que não se dera ao trabalho de contar a ela.

Johnny disse com tranquilidade:

– Amie, quer saber? Por que não vem hoje ao rinque de patinação no gelo? Meu irmão Frankie vai estar lá com a noiva dele e os amigos. Leve Brunon, se for preciso. Mas venha. A gente vai se divertir.

Amie levantou o olhar com um sorriso, mas respondeu depressa:

– Acho que Brunon não patina.

– Mas você patina, não é? Vamos, é meu aniversário – confidenciou ele –, e não quero passá-lo com gente casada nem sair para beber com os caras. Preciso jantar com a minha família em casa, para eles cortarem um bolo de aniversário para mim. Mas, depois disso, vou patinar para queimar o bolo! – Ele deu um tapa na barriga, que era reta e firme. – Para os meus pais, ainda sou o Johnny-Boy, mas sabe quantos anos faço hoje? Vinte e cinco!

Amie sorriu.

– Não é tão velho.

Ele tirou um cigarro de uma cigarreira prateada com as iniciais dele gravadas, pegou um fósforo do bar, acendeu o cigarro e tragou, pensativo.

– Não? Bom, sou velho demais para me chamarem de Johnny-Boy. Sabe por que me chamam assim? Porque o nome do meu pai é Gianni. É assim que se escreve na Itália. – Ele escreveu o nome num porta-copos de papel do bar. – Viu? Mas, nos Estados Unidos, escrevem *Johnny*, assim. – Ele escreveu embaixo. – Pronuncia tudo igual. Quantos anos você tem, Docinho?

– Vinte e um. – Ao falar isso, Amie quase chorou; sentia-se tão mais velha. Especialmente naquele inverno. Desde o Natal ela estava com um resfriado que não passava, o que a deixava mais fraca e a fazia se sentir ainda mais velha.

– Seu cabelo fica dourado nesta luz – disse Johnny, galante. – Você sempre me lembra de um anjo no topo de uma árvore de Natal.

Amie sorriu, sentindo-se momentaneamente melhor, como sempre se sentia quando Johnny a olhava.

– Aí vem meu irmão Frankie – anunciou ele quando um homem bem-vestido acompanhado de uma mulher olhou pela vitrine envidraçada.

Ignorando a placa de fechado, eles empurraram a porta. O homem que entrou no bar parecia apenas alguns anos mais novo que Johnny; mas Johnny era alto e bem magro, enquanto Franco, como foi devidamente apresentado, era mais atlético. Os dois tinham lindos cabelos e olhos castanhos, pele clara e bocas sensuais. Quando estavam juntos num cômodo, era como estar com dois garanhões elegantes e saudáveis.

– Esta é minha garota, Lucy Marie – apresentou Frankie, abraçando a ruiva.

– Esses dois vão se casar em outubro – anunciou Johnny.

Lucy ficou vermelha. Estava pensando que, se uma cigana tivesse lido a mão dela e previsse isso, ela nunca teria acreditado. Mas lá estava ela, noiva.

– Estou tentando convencer Amie a vir com a gente hoje à noite – Johnny lhes contava agora. – Que tal *você* conversar com ela, Lucy? Diga que é meu aniversário.

– Seu bebezão – Lucy o provocou. Amie riu, mas isso a fez tossir de uma forma que Lucy, com as habilidades de enfermeira sempre alertas, reconheceu a causa. Ela não falou nada de início, mas, quando Amie tossiu de novo, Lucy a observou mais atentamente. – Acho melhor você ir ao médico – disse em tom enérgico. – Você precisa se livrar dessa tosse antes de ela te pegar de jeito. Pneumonia não é brincadeira. Conheço alguns médicos que estão de plantão hoje. A gente trabalha junto. Que tal irmos nós duas até o hospital?

Quando Amie protestou, Frankie disse:

– É melhor ouvir a Lucy! Ela consegue argumentar melhor que qualquer um.

– O que, para um irritadinho como Frankie admitir, quer dizer muito – replicou Johnny. – Amie, vá com Lucy – completou, agora parecendo preocupado. – Eu cuido do bar até Brunon chegar. De qualquer forma, tenho algumas coisas para discutir com ele. Eu digo a ele onde você vai estar.

Amie não conseguiu resistir a ser cuidada. Lucy tinha um comportamento tão reconfortante e protetor. Amie colocou o casaco e elas saíram. O dia estava ensolarado e sem vento. Talvez a primavera não estivesse longe.

– Então – disse Lucy, engatando uma conversa. – Você tem filhos?

Em geral, era uma pergunta segura de se fazer a mulheres casadas para quebrar o gelo. Mas, para a surpresa de Lucy, Amie caiu em prantos. Lucy lhe entregou um lencinho, e Amie pediu desculpas, dizendo que tinha certeza de que havia algo de errado com ela, pois ela e o marido, Brunon, tinham relações toda noite, e mesmo assim ela não conseguia engravidar.

– Vamos lá, seque os olhos – disse Lucy gentilmente. Em qualquer crise, a atitude de liderança dela entrava em cena. – Você precisa fazer um exame para ver se tem alguma dificuldade.

Amie pareceu horrorizada, e Lucy continuou:

– É o único jeito de saber o que fazer. Você *quer* ter um filho, não quer?

– Mais do que tudo no mundo – sussurrou Amie.

– Então, não se preocupe. O dr. Arnold é muito delicado e muito sábio. Ele vai saber se for preciso fazer algo.

– Você vem comigo? – suplicou Amie. Lucy assentiu.

Depois que o médico examinou Amie, convocou apenas Lucy ao seu consultório.

– Sua amiga está se vestindo – disse. – E, agora, acho que é melhor você mesma ter uma conversa com ela.

– O que aconteceu? – perguntou Lucy, alarmada pela primeira vez. – É o pulmão dela?

– O quê? Ah, não. É só uma infecção; ela está um pouco cansada. Eu dei um remédio. O que ela precisa mesmo é descansar e dormir. E provavelmente de outro marido.

– Por quê? Eles não podem ter filhos?

Num repentino e envergonhado impulso, o médico explicou:

– Eu não quero saber de sodomitas, Lucy. Diga isso a ela por mim e explique os fatos da vida à sua amiga!

Ainda parecendo ao mesmo tempo envergonhado e furioso, ele saiu, e Lucy ficou tentando entender o que ele queria dizer. Quando Amie emergiu da sala de exames, Lucy inicialmente não sabia o que falar. Então, viu os prontuários médicos atrás da mesa do médico, e procurou um, sem dizer nada até achar a página certa.

– Amie – começou, o mais delicadamente possível –, sua mãe nunca explicou a você os fatos da vida?

Amie sentiu a dor de uma memória perdida. Ela mal se lembrava da mãe – só conseguia recordar a vaga sensação de uma maciez, um aroma feminino gostoso e quente. Contou isso a Lucy, como se admitisse mais um fracasso pessoal.

– Sinto muito – respondeu Lucy, com gentileza. – Veja este livro, Amie. Esta é uma imagem do interior do corpo de uma mulher. É aqui que o bebê cresce dentro de você. E é aqui que o homem deve entrar em você. Esta é a vagina. É uma coisa linda. Ela pode se esticar para um homem entrar, e até para um bebê sair. Então, *é aqui* que o homem deve colocar o pênis. Aqui. E *não* aqui. Este outro lugar, bom, é para o seu corpo usar para descartar os resíduos. E, veja, se um homem colocar o pênis *ali*, não tem como você engravidar. Não é nesse lugar que se fazem os bebês. Ele não alarga tanto, então, deve doer, se é isso que seu marido está fazendo com você todo esse tempo.

Amie estava completamente imóvel e parecia chocada.

– Mas... mas... – gaguejou.

E, apesar disso, a realidade estava se mostrando. Tudo o que ela ouvira as pessoas dizerem sobre o sexo de verdade, percebeu, não tinha nada a ver com o que estivera acontecendo entre ela e Brunon. Ela tinha entendido errado. *Dever de esposa. Você precisa aprender a relaxar mais. Sim, uma virgem sangra na primeira vez e continua sangrando se o homem for bruto demais.*

– Você... tem certeza? – sussurrou ela.

– Sim – respondeu para Amie com firmeza. – Sim, Amie. Seu marido não está fazendo do jeito certo. É por isso que você não consegue engravidar. Entende?

– Sim – cochichou Amie, vermelha de vergonha.

Lucy continuou:

– Quando for para casa, olhe lá embaixo no espelho. Sinta com os dedos onde é o lugar certo. E então diga isso para aquele seu marido brutamontes idiota. E, desculpe, querida, mas, sinceramente, diga para ele qual é o jeito certo de fazer amor com uma esposa!

Lucy foi para casa para se trocar antes de ir patinar. Quando Amie voltou sozinha ao bar, Johnny já tinha ido embora, e Brunon a esperava, espumando de fúria.

– Nunca mais ouse sair daqui sem a minha permissão! – rugiu ele. – E fique longe do Johnny, escutou? Já não chega eu precisar aguentar os agentes dele e os jogos de cartas no salão dos fundos. E agora esse cara está chamando minha mulher para ir patinar com ele? Bom, você *não* vai a lugar algum hoje, entendeu?

A garganta de Amie estava muito seca.

– Ele queria que nós dois fôssemos. Mas o médico disse para eu descansar e beber mais água – disse ela, pegando um copo.

Brunon deu um tapa no braço dela, e o copo estilhaçou no chão.

– Fique longe daquele cara, entendeu? – insistiu ele.

– Brunon – continuou ela, em voz baixa –, o médico me falou outras coisas. Ele explicou por que eu não estou conseguindo engravidar. A enfermeira disse que eu devia conversar com você...

Numa fração de segundo, ela viu a verdade cruzar o rosto dele, antes que ele tivesse tempo de esconder. Viu que Brunon não era tão ignorante quanto todo mundo supunha que fosse.

– Você sabia – sussurrou ela. – Você sabia o tempo todo que era o jeito errado?

Os olhos dele ganharam uma expressão maliciosa.

– Você é ridiculamente ignorante – disse, com grosseria. – Vá buscar meu jantar.

Mecanicamente, Amie entrou na cozinha para esquentar alguns feijões assados e acrescentar alguns pedaços de salsicha. Ela ouviu Brunon batendo as coisas e xingando consigo mesmo. Sabia como seria a noite.

O médico tinha dado a ela um sonífero em pó e recomendado descanso como a melhor cura. Quanto mais Brunon batia e xingava, mais ela sabia que simplesmente precisava dormir naquela noite. Pensou em engolir todos aqueles pós de uma vez e dormir para sempre.

Mas, para sua surpresa, ela percebeu que não queria morrer. Durante todos aqueles meses, achou que quisesse, mas agora sabia que queria viver. E não apenas viver, mas se sentir tão jovem quanto era, nem um dia mais velha.

Então, quando o jantar de Brunon estava quente, Amie, cansada e um pouco atordoada, jogou quase todo o sonífero na panela e misturou. Ela também colocou um pouco do pó na cerveja dele, pensando: *é o melhor a fazer. Brunon também precisa dormir. Amanhã, a gente conversa, e quem sabe ele escuta a voz da razão.*

Brunon comeu e bebeu rápido. Amie estava quieta como um rato, mas tudo que ela fazia parecia irritá-lo; ele não parava de lançar olhares zangados e fazer caretas impacientes para ela.

– Você não vai comer nada? – perguntou de mau humor, então ela comeu algumas colheradas da comida e um pouco de pão. Os dois iam dormir bem naquela noite.

– Brunon – disse ela, enfim –, se você sabia o jeito certo, por que ficou fazendo errado esse tempo todo? Você sabia que assim não poderíamos ter bebês.

Ele comia com pressa e mal levantou os olhos.

– Eu detesto crianças – respondeu, desafiando-a. – Criar filhos é caro, e não temos dinheiro. Você devia ficar feliz de eu não a estar obrigando a ter dezesseis filhos. Foi o tanto que minha mãe teve antes de cair morta. E alguns dos bebês também morreram. Os que sobreviveram eram miseráveis. Você já tentou tomar banho numa água em que cinco irmãos se lavaram antes? Prefiro criar cabras a ter filhos.

Ele não pode estar falando sério, pensou Amie, voltando à cozinha para tomar um copo de leite. Leite era bom, para mães e para bebês. Agora que ela sabia o jeito certo de fazer as coisas, não se sentia tão defeituosa. Agarrou-se a uma pequena partícula de esperança de poder ainda ter a vida que ansiava, como esposa amorosa e mãe de crianças amorosas. Por que não deveria ter isso?

Brunon terminou o jantar e ficou sonolento, ainda sentado à mesa, tomando a cerveja. Ele bocejou, de repente parecendo exausto, depois se levantou e foi cambaleando até a cama, chamando por cima do ombro:

– Amie, venha para a cama.

Ela lavou a louça antes. Depois, seguiu devagar, rezando para, quando chegasse perto da cama, ele estar dormindo a sono solto. *Mas ele é um touro enorme*, pensou ela. *Talvez aqueles pós não sejam o suficiente para fazer um homem como ele dormir.*

Ele tinha se jogado de barriga para baixo na cama.

– Venha, Amie – chamou, parecendo grogue.

Ela colocou a camisola devagar, depois se aproximou da cama na ponta dos pés. No início, ele ficou em silêncio. Mas, quando ela se acomodou embaixo das cobertas, ele se virou para ela em um ímpeto, com os olhos afogueados, dizendo:

– Não quero você falando da gente com mais ninguém, escutou? Nem com Johnny, nem com o idiota do irmão dele, nem com algum médico ridículo, nem com alguma enfermeira espertinha, está me ouvindo, Amie? Você é minha esposa e vai fazer o que eu mandar!

– Não, assim não, Brunon! – sussurrou Amie, consternada, quando ele subiu em cima dela, apesar de tudo o que ela dissera.

Ele era pesado demais, e ela não conseguia se mexer.

Mas ele não parava de repetir:

– Você vai fazer o que eu mandar!

E continuou até a energia finalmente acabar. O sonífero finalmente fizera seu efeito em Brunon. Ele pegou no sono ali mesmo, com todo o peso do corpo a prendendo. Enojada, Amie o empurrou e saiu de fininho da cama. Brunon tinha rolado de costas e estava ali deitado sem se perturbar, roncando alto, como se fosse dormir para sempre.

Só que não vai, pensou Amie, entrando no banheiro. *Ele vai acordar e se comportar como uma besta todos os dias da vida dele, e da minha. Não vai existir paz. Nem agora nem nunca.*

Ela lavou o sangue da camisola, como havia feito tantas vezes antes. Os lençóis também precisariam ser lavados de manhã, e Brunon fingiria não ver, e o mundo deles continuaria girando sem parar do mesmo jeito, de novo e de novo. Ele nunca mudaria, porque não queria e porque simplesmente não se importava com os sentimentos dela em relação a tudo. E como ela encararia as pessoas, sabendo agora a verdade sórdida de sua própria vida? A vergonha a engolfaria até que fosse melhor ela estar morta.

A sensação entorpecente e familiar de desesperança voltara, e foi ainda mais horrorosa após aquele pequeno jorro de esperança que ela acabara de experimentar. Ela entrou na cozinha pensando na festa de patinação que tinha perdido naquela noite. Eles eram todos tão saudáveis. Era difícil até imaginar ter energia para ser tão feliz. Ela conseguia se sentir envelhecendo a cada minuto.

Ainda assim, sentada ali à mesa da cozinha, ela sentiu uma outra coisa. Estava com fome. Ainda restara um pouco de feijão. Ela podia esquentá-lo. Brunon tinha comido todos os embutidos fatiados, mas havia mais salsicha na caixa de gelo, que ela podia misturar ao feijão e fazer uma refeição. Ela *precisava* manter as forças, tinha dito o médico, para poder lutar contra aquela infecção no pulmão e finalmente melhorar.

Amie pegou a faca e começou a cortar a salsicha. Mas precisou parar, tomada por um pânico repentino. A salsicha parecia outra coisa, algo familiar, e ela não mais queria tocá-la. Soltou a faca e ouviu o chiado de seu peito quando tentou respirar. Conseguia sentir a própria vida se esvaindo, como sangue.

Ela ouviu Brunon, roncando mais alto do que nunca. Lembrou-se das incontáveis noites deitada ao lado dele, rezando para ele não voltar a acordar – rezando, na verdade, para ele nunca acordar –, depois pedindo perdão a Deus por ter tido pensamentos tão terríveis. A vergonha, a desesperança, a breve faísca de raiva, a culpa. Era tudo tão exaustivo, como um carrossel que não a deixaria descer até ela morrer. Um pensamento permaneceu: ela não queria voltar àquela cama com Brunon. Nem naquela noite nem nunca mais.

Ela tentou voltar a cortar a salsicha. Mas, em vez disso, ainda segurando a faca, seu braço simplesmente caiu ao lado do corpo. Nada parecia valer o esforço. Entorpecida, ela saiu da cozinha e voltou à cama. Sentia-se zonza. Brunon estava deitado de barriga para cima, completamente nu, o pênis exposto, agora menor e mais inócuo. Ele dormia profundamente; tinha parado de roncar.

Como uma sonâmbula, ela se aproximou, pensando: *se ele não quer filhos, então não precisa disso*. Deve ser um peso para ele. Os dois ficariam tão melhores sem aquilo. Ele o tinha transformado numa arma de ódio, em vez de uma ferramenta de amor. Ela estava cansada de tanto ódio.

Depois de tudo, Amie não se lembrava exatamente como tinha acontecido. Só sabia que em determinado momento seu braço estava inerte ao lado do corpo, ainda segurando a faca; então, no momento seguinte, ela fizera o movimento. Não notou se Brunon chegou a se mexer. Quando voltou a si, estava na cozinha outra vez com aquela coisa na mão, onde, enfim, não podia mais machucá-la. Ela não podia deixar aquele negócio ali, pois ele poderia encontrar ao acordar.

Então, levou ao banheiro e deu descarga. Depois, lavou a camisola e pendurou para secar. Lavou a louça, colocou um roupão, foi para a saleta e se sentou na poltrona onde costumava costurar. Puxou o xale ao redor do peito e colocou um travesseiro atrás da cabeça. Como tinha comido algumas colheradas do feijão no jantar, ela compreendeu vagamente que tinha mais sonífero do que ela percebera, e devia ser por isso que se sentia tão distante do próprio corpo. Naquele momento, ela apenas se permitiu adormecer.

Horas depois, houve uma batida à porta. Amie acordou no susto e não conseguiu imaginar quem poderia ser àquela hora de um domingo. Apesar disso, ela estava preparada para qualquer um – um policial, um padre, um vizinho – ao abrir a porta.

Mas eram Johnny, Lucy e Frankie, voltando da festa na patinação. Tinham visto a luz acesa e queriam dar um oi e tomar um drinque com ela e Brunon. Johnny parecia um pouco preocupado, como se tivesse ido ali ver se Amie estava bem.

– Brunon está dormindo – disse Amie, como num transe.

Lucy instintivamente sentiu que havia algo muito errado ali, então mandou os homens descerem para poder conversar sozinha com Amie.

Quando Lucy perguntou o que tinha acontecido, Amie estava com a cabeça tão anuviada que a resposta parecia vinda de um outro mundo sombrio.

– O médico me deu pós para eu conseguir dormir. Brunon comeu um pouco também. E tomou cerveja. Acho melhor você ir ver se ele está bem.

– Quanto de pó ele tomou? – perguntou Lucy, confusa.

– Não tenho certeza – respondeu Amie, daquele jeito nublado e turvo.

Com certo temor, Lucy entrou na ponta dos pés no quarto, esperando ter de lidar com um bêbado hostil.

Ela não ficou muito tempo no quarto.

– Quem fez aquilo com ele? – quis saber. Amie não respondeu. – Amie, pelo amor de Deus – começou ela, séria.

Mas agora Amie estava tremendo incontrolavelmente, como um filhotinho perdido na rua numa tempestade, os olhos parecendo enormes como os de animais abusados e crianças.

– Foi você? – sussurrou Lucy.

Amie só assentiu, ainda tremendo.

– Eu tinha que fazer aquilo parar – disse ela, com voz trêmula.

Se esta coitadinha for presa, não vai durar uma semana, pensou Lucy.

Ela desceu apressadamente. Os homens estavam sentados no bar de Amie, servindo bebidas e falando baixo.

– Lucky Luciano vai pegar pelo menos trinta anos de prisão – Johnny falava. – Foi despachado com uma acusação falsa de "auxiliar e estimular a prostituição compulsória".

– Ah, fala sério, esse caso não vai dar em nada. Ele vai recorrer e sair – disse Frankie.

– Nada disso. O papi disse que o promotor, Tom Dewey, está atrás de Lucky há muito tempo, e eles vão jogar a chave fora para sempre – contou Johnny. – Agora, quem vai substituir o Luciano como Chefe é Frank Costello. Strollo ainda vai ser *capo* do Bando do Greenwich Village, mas vai responder a Costello.

– O Costello é ok – comentou Frankie. – Ele tem mais classe do que a maioria, e todos os políticos no bolso. O papi diz que ele não vai pedir da gente uma parte maior do que a gente consegue.

Eles levantaram os olhos e viram Lucy saindo do corredor sombreado. Ela reconhecia aqueles nomes terríveis dos jornais, mas nunca conhecera ninguém que os mencionasse tão casualmente. *Bom, é bem de um gângster que eu preciso hoje*, pensou. Ela aproximou-se apressada e contou tudo a eles. Sabia que podia confiar naqueles homens para ajudar numa situação como aquela.

– Amie fez *o quê?* – perguntou Frankie, incrédulo.

– Acho que ele já estava quase morto com o sonífero – explicou Lucy. – Não há sinal de luta. Não acho que ela pretendia matá-lo. Só não conseguiu mais aguentar.

– Bem feito para ele. Vocês nem imaginam quanto abuso aquela coitada estava aguentando – disse Johnny. E então acrescentou, exaltado: – Eu a amo, Frankie. A gente tem que ajudar.

Frankie o estudou por um longo momento.

– Está bem, Johnny – murmurou.

Johnny se afastou para pegar o telefone e Frankie se virou para Lucy.

– Amor... não poderemos falar disso para ninguém. Entende?

Lucy analisou o rosto de Frankie, o rosto do homem que ela amava, o único homem em quem já confiara.

– Entendo – respondeu. – Entendo, sim.

Mas ela não pôde deixar de ficar um pouco surpresa quando percebeu que a pessoa para quem Johnny ligara era o pai deles.

– A gente precisa de uma equipe de limpeza aqui, papi – ela o ouviu dizer. – Precisa ser feito. Senão, todo o bar e suas operações estarão correndo risco. Não podemos deixar os policiais virem farejar aqui. Sim, eu entendo, papi. Vamos ficar devendo um grande favor a alguém.

Não demorou muito. Os homens que vieram remover o corpo e o colchão ensanguentado foram ágeis e profissionais.

Incrivelmente, durante a maior parte da movimentação, Amie dormiu na poltrona, na alcova da saleta. Lucy ficou pairando na cozinha, fazendo café, principalmente para não ficar perto do destacamento de "limpeza".

Mas ela viu de relance o grandalhão responsável por aqueles valentões – e qualquer um que tenha visto aquele rosto assustador nunca mais esquece.

Ele tinha olhos pretos como carvão, nariz curvado na ponta como o bico de um falcão, uma mandíbula que parecia um monumento de pedra e o cabelo bem puxado para trás. O corpo dele era grande e amplo, imponente como uma geladeira. Ele entrou e analisou o corpo de Brunon, depois parou o olhar na virilha ensanguentada do morto. A boca se contorceu num sorriso feio de compreensão, e seus olhos se acenderam com um prazer tão sádico que quase o fez parecer um louco.

– Onde está a parte que falta? – perguntou ele. Os homens deram de ombro. – Não é um detalhe que se queira deixar para trás – resmungou o grandão.

Os outros procuraram, intranquilos.

Naquele momento, Amie se mexeu na poltrona na alcova da saleta. Estava tão quietinha que os homens mal a haviam notado. Mas, agora, ela falou.

– Eu joguei no vaso e dei descarga – explicou naquela voz sombria e longínqua.

O grandão a olhou fascinado, o que fez Amie perceber que o roupão havia se aberto um pouco, revelando seu seio grande e belo. Como se estivesse sonhando, ela puxou o xale para cima e virou o rosto.

Johnny e Frankie ajudavam a equipe. Mas naquele momento Johnny foi até Amie e esticou-se, protetor, para fechar uma cortina que separava a alcova e a esconder lá atrás.

Quando os homens estranhos finalmente se foram, a sala parecia inteiramente inocente. Lucy tentou não pensar em como aquilo tinha sido resolvido profissionalmente. Eles eram até mais escrupulosos do que o pessoal do hospital.

Johnny serviu mais uma rodada de drinques no bar, no andar de baixo. Desta vez, Lucy juntou-se a eles. Frankie estava ao telefone, então desligou, xingou baixinho e lançou um olhar afiado ao irmão.

– Céus, Johnny! Você sabe quem eram aqueles caras? – perguntou.

– Homens de Strollo, não? – respondeu Johnny, impaciente. – E daí?

– Só começou com Strollo. Mas precisou ser aprimorado, para ser feito rápido e do jeito certo. Acabamos de ser visitados pela Murder Inc., cara! E o grandão era Albert Anastasia. Acabamos de tirar o diabo do inferno.

Houve uma longa pausa antes de Johnny voltar a falar.

– Era necessário. Era do interesse de todos proteger este lugar. Estamos ganhando bem agora. Podemos dar conta do que vier.

Lucy suprimiu um arquejo e subiu correndo. Soube instintivamente o que devia fazer naquele mesmo segundo. Amie não tinha se levantado de sua poltrona na saleta, e ainda parecia confusa, até, finalmente, perguntar de forma infantil para Lucy:

– Brunon está morto?

– Sim – respondeu Lucy brevemente. – Sim, e foi você, Amie. E Johnny e a família dele estão fazendo de tudo para você não ir para a cadeia. Então, independentemente de como você se sinta amanhã, ou depois de amanhã, ou no mês que vem, ou daqui a alguns anos, você nunca, jamais pode falar disso nem contar nada para alguém, nem falar o nome dele para alguém, nunca mais, nem para o padre no confessionário, ou vai mandar todos nós para a cadeia. Entendeu, Amie?

Lucy falava agora severamente, e agarrou o ombro de Amie para olhá-la nos olhos.

– Não aja como uma tonta comigo, menina. Eu preciso saber se você me escutou e entendeu. Todos nós a protegemos hoje. Agora, você precisa proteger a gente. *Então, me diga que entendeu,* Amie, e que nunca vai se arrepender do que fez e tentar confessar. Diga, Amie. Você não vai nos trair, não é? Ou, se acha que não vai conseguir ficar quieta, diga agora, então a gente leva você à polícia hoje mesmo e você pode confessar tudo. – Lucy chacoalhou os ombros dela. – Responda, Amie!

Amie pareceu acordar de repente, olhando diretamente para ela, com os olhos claros.

Quando Amie falou, foi numa voz calma que era nova até para ela, mas parecia a voz de alguém que sempre estivera lá, simplesmente esperando para sair.

– Está bem. Não vou contar. Não vou ser presa por causa de Brunon – disse Amie, em tom firme. – E nunca vou trair você e a família de Johnny.

– Jure pela alma do seu pai e da sua mãe – insistiu Lucy.

Pareceu a Amie, naquele momento, com Johnny, Frankie e Lucy circulando como carroças dos pioneiros em torno dela, que aquela era a primeira vez que alguém realmente tentava protegê-la. Então, aquela era a sua verdadeira família. Ela morreria por eles, se necessário. Sim, ela podia fazer isso.

– Juro pela alma deles e pela minha – disse Amie.

8
Petrina
Rye, Nova York, 1937

Petrina amava o terraço do clube de campo no verão. Dava para uma pequena praia particular. De dia, o mar ficava pontilhado de barcos a vela, e a areia era um lugar alegre para brincar com crianças. A sede do clube tinha uma atmosfera especialmente festiva à noite, decorada com lanternas de papel que brilhavam como potes cheios de vagalumes.

Então, quando sua filha, Pippa, fez cinco anos no verão de 1937, Petrina sentiu que teve sorte de conseguir um horário na sede durante a alta temporada para uma festa de aniversário. A família de Richard tinha usado sua influência, como sempre. O pai de Richard, um advogado proeminente, tinha sido indicado como juiz, e as pessoas já estavam felizes a fazer favores para ele em antecedência à sua esperada vitória no outono. Petrina entendia o poder das conexões familiares; o nome do pai dela tinha o mesmo peso no bairro dele. Mas Greenwich Village e os bairros de classe média de Westchester eram mundos opostos, pensou ela. Ou, pelo menos, as pessoas ali agiam como se fossem.

E, de repente, a festa de aniversário de Pippa tinha virado algo bem maior, já que os pais de Richard insistiam em pagar.

– Veja todas as pessoas importantes que vão vir – disse Richard maravilhado ao verificar a lista de convidados da mãe.

Grandes empresários, um dono de jornal aqui, um político ali; Petrina também reconhecia o nome de uma herdeira fantasticamente rica que era quem fazia doações mais expressivas à biblioteca e ao hospital, e que mandava em todas as outras senhoras durante todas as reuniões de conselho e todos os eventos beneficentes.

– E a minha família? – perguntou Petrina quando chegou ao fim da lista e não viu o nome dos parentes. – Não são "pessoas importantes" também?

– E seus pais viriam até aqui? – questionou Richard, de uma forma evasiva que lhe era nova, daquele ano.

– Como vamos saber se não os convidarmos? – rebateu Petrina, ácida. – Eles convidaram os *seus* pais quando deram uma festa para nós.

Os pais dela haviam lidado com a fuga dos dois para se casarem melhor do que ela esperava; embora ainda pensassem nela como "Senhorita Independência", ficaram aliviados por ela ter se casado e "sossegado". Então, haviam dado uma festa para Petrina e Richard num bom restaurante em Greenwich Village e convidado os amigos mais próximos, mas a família de Richard educadamente declinara o convite, convenientemente passando aquele mês na orla de Cape Cod, e só enviara uma poncheira de cristal.

Petrina e Richard estavam casados havia seis anos, mas a família dele nunca retribuíra a gentileza de oferecer uma festa para os recém-casados; a mãe dele agia como se Petrina fosse uma órfã descoberta por Richard na partida de tênis do clube, o que era até que bem próximo da verdade.

– Ela é da Barnard, sabe – diziam os pais dele para reconfortar os amigos.

Assim, ela parecia passar no teste, embora notasse que as outras garotas dos bairros mais ricos, como ela, tivessem aparentemente escondido os diplomas para focar apenas em ser esposas e mães bem-educadas. Só os homens tinham carreiras; mulheres podiam ter "projetos", mas não deviam levá-los muito a sério.

Petrina havia descoberto certas instituições de caridade que lhe permitiam usar sua experiência artística; no fim, ela tinha o que chamavam de "um bom olho" para obras de arte, o que era útil para avaliar doações aos leilões beneficentes. Petrina era amada por crianças e idosos nos hospitais, que valorizavam seus esforços sinceros. Então, ela colocou sua energia em tornar cada evento de arrecadação não um mero sucesso social, mas um sucesso financeiro também.

Em casa, ela amava ter um jardim do qual cuidar, mas, mesmo ali, a conformidade suburbana a surpreendia. Ela não entendia por que pessoas privilegiadas restringiam sua vida de forma tão voluntária. Elas chegavam a fofocar sobre vizinhos que não cortavam a grama exatamente igual a todo mundo nem plantavam os mesmos canteiros de flores tediosos. Até esposas da idade dela faziam as coisas igualzinho à geração mais velha, indo aos mesmos salões de beleza, entrando para os mesmos clubes; já os maridos faziam as mesmas piadas. Todos pareciam aterrorizados com qualquer coisa incomum – uma flor vermelha, um vestido de lamê, uma comida que tivesse um pouquinho que fosse de tempero apimentado. Petrina esperava mais liberdade e independência de sua própria geração, por isso achava aquilo desconcertante.

– Por que todo mundo só faz o que os pais faziam? – perguntou ao marido.

Richard respondeu:

– Porque nos lembra de quando éramos crianças, mas agora *nós* somos os adultos, então podemos fazer as coisas de adulto. Além do mais – adicionou –, os mais velhos ainda têm todo o dinheiro.

Aparentemente, a ameaça de ser deserdado se espreitava em cada sobrancelha levantada.

Petrina, por sua vez, não tinha saudade alguma da infância, quando tudo era sufocante. Ela sentia falta era da energia, da verve, do calor de seu antigo bairro. Mas, quando ela voltava, todos a tratavam como uma estranha. Ela imaginava que devia parecer diferente à família e aos vizinhos. Eles a chamavam de "glamorosa", uma palavra tingida de decepção. Ela conseguia ir à cidade em outras excursões de adultos, para visitar os museus, as galerias, as lojas, tomar chá com as mulheres ou drinques com Richard e seus colegas no Plaza.

Nos subúrbios, ela fez amizades, mas o tempo com as amigas não era lá muito estimulante. Petrina era convidada para jogar bridge e tênis, e até que era legal, mas descobriu que o propósito verdadeiro dessas reuniões era falar coisas cruéis sobre outras mulheres naquele momento ausentes dos encontros; esse era o real esporte. Petrina tinha passado os primeiros anos lá segurando a respiração, perguntando-se o que diziam dela quando ela não estava. Aí, de repente, ela simplesmente parou de ligar. E isso, estranhamente, lhe deu status.

Mas, conforme ela passava a se importar menos, Richard passava a se importar mais. Talvez fosse por constantemente ouvir a mãe e as irmãs falando sem parar no jantar de domingo, lembrando-lhe de todas as antigas namoradas com quem ele poderia ter-se casado em vez de Petrina, deliberadamente rememorando coisas que Petrina não tinha como saber e das quais não podia participar. De vez em quando, ela sentia uma pontada de mágoa, sempre que parecia que a família de Richard, enfim, o estava influenciando. O fato de ele tentar esconder isso só piorava tudo.

– Claro, convide sua família se quiser – disse Richard, agora desconfortável. – Quantos deles você acha que vão vir? Mamãe tem que avisar o bufê.

– Só meus pais – respondeu Petrina. Ela sabia que Gianni e Tessa seriam mais tranquilos e elegantes do que qualquer um dos outros convidados. – Meus irmãos estão ocupados planejando seus casamentos. E Mario hoje em dia só pensa no beisebol.

– Somente duas cadeiras para sua família na festa, então? – confirmou Richard, aliviado.

Petrina fez que sim, desejando que ele pelo menos perguntasse como andavam os irmãos dela. De todo jeito, ela não queria desfilá-los todos ali para o escrutínio cruel da sogra. Os irmãos dela ainda estavam numa idade em que se ressentiam de qualquer um que tentasse controlá-los. Petrina se sentia muito velha e sábia, embora só tivesse vinte e sete.

Então, ela não contou a Richard que, segundo Tessa, Johnny havia se apaixonado por uma "empregada de bar" e Frankie estava noivo de uma enfermeira. Petrina, que sempre desejara, com melancolia, ter irmãs, as conhecera brevemente, mas Lucy e Amie, já amigas, só tinham olhado a elegante Petrina embasbacadas, depois ficaram cochichando quando achavam que ela não podia ouvi-las.

Quanto ao pequeno Mario, já não era tão pequeno; com quase doze anos, era alto para a idade e estava ansioso para se livrar da influência feminina de Tessa e Petrina. Ele idolatrava Johnny e Frankie, só porque eram mais velhos e exalavam muita confiança, parecendo saber tudo sobre o mundo. Mas ainda havia momentos em que ele confiava em Petrina para lhe dizer a verdade sobre coisas que os outros preferiam evitar.

– Nós somos "mafiosos"? – tinha perguntado Mario, com sinceridade, durante a recente visita dela.

Petrina respondeu:

– Não, mas às vezes somos forçados a lidar com eles. Quando mama e papi vieram para os Estados Unidos, planejavam ser importadores de vinho. Mas erraram o momento. A Lei Seca, uma lei contra bebidas alcóolicas, entrou em vigor um ano depois de eles chegarem. Ninguém em Nova York queria a Lei Seca, nem os policiais e os juízes. Papi precisava continuar trabalhando. Ele e mama economizaram e investiram bem, e até emprestaram dinheiro para ajudar vizinhos. Mas os grandes mafiosos notaram como papi estava indo bem e quiseram uma parte. Eles chamam de "proteção", mas, na maior parte das vezes, protegem a gente *deles*. Então, papi teve que ficar ganhando cada vez mais dinheiro para manter o negócio e ainda pagar os Chefes.

– E por que ninguém prende os Chefes? – inquiriu Mario.

– De vez em quando, prendem. Acho que a justiça não consegue pegar todos com a boca na botija. Talvez não queiram pegar de verdade, porque muitos policiais, juízes e advogados são subornados – explicou ela. – Mas nossa família quer algo melhor para você, Mario. Queremos que você tenha liberdade de ser quem quiser. Então estude e continue indo bem na escola, igual a Richard e eu.

Mario absorveu isso de sua forma meditativa de sempre.

– Está bem – disse ele.

Estavam sentados no quarto dele, cercados pelos discos que Mario gostava de escutar e pelo violão que gostava de tocar. Ele tinha uma voz linda e cantava sozinho no quarto quando achava que não tinha mais ninguém em casa. Havia muitas coisas que Petrina desejava poder contar a ele, mas o irmão ainda era jovem demais para saber de tudo.

Mario falou inesperadamente:

– Richard gosta de beisebol? A gente conseguiu lugares bons no estádio. Por que ele nunca vem com a gente aos jogos?

– Ele gosta de golfe e tênis – respondeu Petrina, com suavidade.

E, assim, na tarde da festa de aniversário de cinco anos de Pippa, Petrina estava contente de o clima estar bom. Pippa fez sua entrada com postura perfeita aprendida nas aulas de balé; era "igualzinha à linda mãe", diziam as pessoas: alta, esguia, pernas compridas, pele clara e bochechas e lábios naturalmente rosados. Pippa recebia a atenção com altivez; tinha talento para fazer amigos, então as crianças foram alegres à festa, curtindo os hambúrgueres e cachorros-quentes à beira-mar, o passeio de pônei, os gloriosos bolo de aniversário e sorvete.

E depois de os pequenos terem sido mandados para casa para as babás os colocarem para dormir, o bar do clube abriu, a equipe da cozinha preparou filés e lagostas, a banda começou a tocar e a "diversão de verdade" começou, com os adultos sacudindo o esqueleto.

Petrina flutuava em seu vestido de chiffon, como uma pétala de rosa voando com a brisa suave do mar numa noite de verão. Os pais dela tinham vindo, e ela estava orgulhosa dos dois. Tessa parecia serena num vestido de seda lilás, e o pai dela estava impecável como sempre; ela tinha visto várias das esposas olhando com admiração a bela cabeleira e a altura de Gianni.

Mas Petrina percebia que a sogra, que insistira em supervisionar a organização dos lugares, tinha colocado Gianni e Tessa numa mesa afastada para as pessoas "aleatórias". Quando Petrina apontou isso a Richard, indignada, ele apenas respondeu, cansado:

– Não suporto ficar no meio de vocês, mulheres.

– Eu não sou apenas mais uma mulher, sou sua esposa! Você é homem, está na liderança, sua mãe vai te respeitar se você me defender – disse ela, exasperada e momentaneamente o desprezando por ser um fraco e só ficar lá dando de ombros, impotente.

Bem, não adiantava agora fazer cena. Se os pais de Petrina tinham notado a organização dos lugares, não demonstraram.

– Você se divertiu, papi? – perguntou Petrina, ansiosa, perto do fim da noite ao vê-lo parado num canto fumando seu cigarro e esperando a menina da chapelaria encontrar o xale de Tessa.

– Muito – respondeu Gianni, calmamente, vendo os outros convidados passando. Ele olhou de relance a filha e completou, suavemente: – Eu conheço essas pessoas.

– Conhece? – questionou Petrina, surpresa. – Quem?

O pai pausou, depois disse com sua voz profunda e sonora:

– Seu sogro era um dos meus melhores clientes, anos atrás, durante a Lei Seca, quando era mais novo. Fingiu não me reconhecer hoje, só para ser educado. Era um daqueles universitários que insistiam que eu fosse encontrá-los no mar, no barco deles, a vários quilômetros da orla, e fornecesse gim e uísque. Sabe, *posse* de bebida alcóolica não era crime, mas compra e venda era. – Petrina ficou vermelha, olhando ao redor, para verificar se alguém poderia estar ouvindo. Gianni continuou: – E sabe aquele homem ali?

– Richard disse que ele é editor de um grande jornal – comentou ela.

– É, sim. Mas gosta de apostar em cavalos e é bem azarado; ele está devendo setecentos mil dólares aos Chefes.

Petrina ofegou, primeiro com a soma, depois para dizer rápido:

– Tem certeza que é ele?

– Ah, sim – respondeu o pai, ainda tomando o cuidado de falar baixo para ninguém ali mais ouvir. – Agora, aqueles dois ali, o juiz e o político, sempre precisam de financiamento de campanha, não importa de onde venha. E usam aqueles advogados que estão no bar como intermediários; o trabalho deles é "consertar" as coisas, especialmente quando os clientes se metem em problemas com prostitutas ou compra e venda ilegal de ações, ou transações imobiliárias suspeitas. E aquela senhora lá? – Ele fez um gesto de cabeça na direção da herdeira que Petrina denominava para si mesma de Abelha--Rainha. – Na formatura do ensino médio, ficou bêbada e pegou o carro do pai, e acabou matando uma colega de turma num acidente. Foi preciso um suborno grande para silenciar uma família: portanto, um empréstimo grande.

Petrina sussurrou:

– Papai, por que está me contando isso agora, no aniversário da minha filha?

Gianni respondeu, com bastante mágoa:

– Porque vejo que hoje é o dia que você precisa saber. Não tenha rancor dessas pessoas, mas nunca deixe ninguém a fazer sentir que não é boa o suficiente para eles. E lembre que há gente boa e gente má, honesta e desonesta, em todo lugar, tanto aqui quanto no nosso bairro.

Ele pegou a capa da esposa que a menina da chapelaria lhe estendia e deu a ela uma gorjeta; depois colocou-a ao redor dos ombros de Tessa quando ela saiu do banheiro feminino.

– Nossa neta Pippa é muito linda – disse Tessa enquanto todos se despediam trocando beijinhos. – Por favor, leve-a para nos ver sempre que puder. E Richard também.

Havia um tom de algo definitivo na voz dela e, quando o carro deles foi trazido até a porta da frente por um manobrista e eles acenaram, Petrina soube que nunca mais iriam até lá.

Naquela noite, ela ficou deitada na cama sem conseguir dormir, preocupada, enquanto Richard roncava. Ela sentia falta das amigas da faculdade; eram as únicas três de quem ela realmente se aproximara, mas tinham se espalhado como folhas de outono por todo o país, seguindo as carreiras dos maridos para Seattle, Chicago e Los Angeles. Elas tinham trocado cartas, tentado manter contato, mas maridos e filhos tomavam tempo e eram prioridade, então, pouco a pouco, elas foram se afastando, até se tornarem apenas estranhas educadas umas com as outras, trocando cartões de Natal pelo correio.

Ela não podia conversar com a mãe sobre essa solidão; o único conselho de Tessa seria que tivesse mais filhos. Mas Petrina estava exultante com a liberdade de não ter um bebê depois do outro até cair dura de exaustão. Ela e Richard tinham concordado em ter outro filho um dia, mas ainda não.

Petrina ainda queria ter irmãs. Pensou no casamento próximo dos irmãos e ficou triste. Ela não se arrependia de ter, junto com Richard, fugido de toda a cerimônia formal de casamento e vestido branco; só tinha pena de o mundo não dar a jovens amantes uma chance melhor de permanecer docemente apaixonados. Falava-se de outra grande guerra chegando, embora todos parecessem concordar que, agora, os Estados Unidos ficariam fora.

Richard se mexeu, sonolento, e acordou.

– O que foi? Não consegue dormir?

– Está tudo bem – disse Petrina. – Richard, e a sua ideia de se mudar para Boston e trabalhar na filial do seu pai em Massachusetts? Você dizia que seria melhor ficarmos sozinhos, longe das nossas famílias.

– Hum, meu pai quer que a gente fique aqui pelo menos mais cinco ou seis anos. Tem mais oportunidades para mim aqui. – Richard bocejou. – Você é séria demais, amor. Tente relaxar e se divertir. – Ele pegou-a nos braços, abraçando-a contra o peito como um menino com um ursinho de pelúcia, e voltou a dormir.

Petrina sentiu-se um pouco melhor com o calor do corpo dele. Desejava que fosse sempre assim, só os dois e a pequena Pippa, num mundo aconchegante e privado, só deles. Ela se perguntava por que não podia ser, mesmo que ficassem ali. Só seria preciso uma palavra firme de Richard com a mãe e a irmã, avisando-lhes que deviam respeitar sua esposa, que não era mais para falarem de antigas namoradas, e que, de agora em diante, Petrina cuidaria da organização dos lugares das festas da filha.

Ela pensou em todas as pessoas na festa e em seus segredos vergonhosos, que o pai lhe havia revelado. Nunca mais as veria da mesma forma, mas também nunca as julgaria por isso. Todo mundo tinha segredos; Petrina também.

Mais cinco ou seis anos ali, dissera Richard. Ela tentou imaginar onde todos estariam então. Richard tinha concordado que podiam ter mais um filho quando estivessem mais "instalados".

Os dias passaram mais rápido do que ela esperava. Outras coisas também mudaram.

Livro Dois
―――――――
Os anos 1940

9
A família
Greenwich Village, setembro de 1943

O navio de Filomena chegou ao porto de Nova York num dia claro e sem nuvens de setembro. Ela sentia que tinha sido lançada não apenas em outro país, mas em outro universo. O píer e o centro de processamento eram um burburinho estranho e muita confusão. No início, ela ficou parada sozinha com sua maleta, olhando ansiosa para as longas filas se formando rapidamente em todas as direções; depois, se misturou com os outros. Todo mundo falava tão rápido que Filomena desistiu de tentar entender e simplesmente ia aonde eles acenavam para ela ir, num borrão de alfândega e imigração.

Mas logo, do outro lado do cordão de isolamento, ela viu dois homens segurando um aviso escrito à mão com o nome de Rosamaria. Ela acenou para eles, e ambos caminharam confiantes na direção dela. Eles falavam em inglês e italiano, e se apresentaram como Johnny e Frankie, filhos da senhora que tinha arranjado a passagem dela. Esses dois homens alegres e bem arrumados pareciam saber como fazer tudo, inclusive atravessar com ela a multidão de outros recém-chegados e ajudá-la com os oficiais de imigração.

Ela já estava se acostumando a ser chamada pelo nome da prima, primeiro no barco e agora ali. Estava tudo nos documentos dela. Então, estava pronta para se chamar Rosamaria para sempre, para pensar em si como Rosamaria pensaria, para fazer o que quer que Rosamaria fosse fazer para sobreviver. Ela segurou a respiração até dizerem que os documentos dela estavam em ordem e ela estava liberada para entrar naquela grande cidade.

Os dois irmãos a levaram até um carro preto chique que aparentemente pertencia a eles, mas cuja porta foi aberta por um homem corpulento usando chapéu e luvas. Eles o chamaram de Sal, e evidentemente era o motorista – e mais alguma coisa, porque, quando ele estendeu a mão para pegar a mala dela, Filomena viu uma arma num coldre sob o casaco dele.

Por um breve momento, ela se perguntou se algum daqueles jovens era aquele com quem ela devia se casar; pareciam mais velhos do que ela esperava. Mas então o mais alto, Johnny, lhe disse em tom tranquilizador, em italiano:

– Hoje à noite, você vai conhecer nosso irmão mais novo, Mario.

– Você vai gostar do Mario. *Tutte le ragazze lo chiamano* de "pãozinho" – Frankie não resistiu a dizer, em tom de provocação. Ela não tinha ideia de por que "todas as garotas" chamavam Mario disso, mas entendia o tom de brincadeira de Frankie. Então, em italiano, ele disse, mais sério: – Você vai impedir que ele entre para o Exército, para mama não ter um ataque cardíaco, ok? Vocês precisam se casar antes do aniversário dele.

Johnny o cutucou.

– Pega leve – aconselhou.

Mentalmente, Filomena revisou tudo o que Rosamaria havia dito sobre o acordo com a matriarca da família dele por meio da casamenteira em Nápoles. O filho, Mario, tinha dezessete anos, estava prestes a fazer dezoito no fim do mês, então, tinha nascido no mesmo mês de Filomena. Será que era um bom agouro? Filomena tinha feito dezessete havia uma semana, mas então lembrou que, como devia ser Rosamaria, precisava fingir que na verdade tinha feito dezoito em maio. Não podia errar por cansaço ou confusão.

A julgar pelo que Frankie acabava de dizer, havia uma conexão entre a idade de Mario e o Exército. Os Estados Unidos tinham entrado na guerra, e Filomena compreendia a angústia das famílias que não queriam perder os filhos para essa loucura. Talvez ser casado protegesse Mario? Agora, ela achava que entendia melhor o motivo de estar ali.

Eles trafegaram por Manhattan em meio a carros buzinando incessantemente enquanto o motorista manobrava com habilidade e ousadia em torno dos outros. Filomena nunca tinha visto prédios imponentes como aqueles, tão altos que ela não conseguia enxergar o topo a não ser que se abaixasse no banco e inclinasse bem o pescoço para ter um relance. Naquela luz oblíqua, era como dirigir em meio a cânions folheados de ouro feitos por homens.

Então, inesperadamente, entraram numa área arborizada de casas com apenas três ou quatro andares. Frankie disse a ela que estavam num lugar chamado Greenwich Village, uma parte relativamente mais tranquila e aconchegante daquela cidade estrondosa. Passaram por um lindo parque verde contornado por árvores antigas, chamado Washington Square, e logo viraram numa rua bonita onde, por fim, pararam em frente a uma fileira de três casas conjugadas de tijolo vermelho, separadas por grades de ferro forjado.

– A Número Um é onde Frankie e eu moramos com nossas famílias – contou Johnny a ela, apontando para a casa da esquerda. – A Número Dois é onde nossos pais moram. – Era claramente a maior das três. – E a Número Três é para hóspedes, como você – concluiu, gesticulando na direção da casa menor, que ficava na esquina.

Os homens a deixaram aos cuidados de Donna, uma jovem empregada com uma longa trança caindo pelas costas, que falou:

– *Buongiorno*, venha comigo.

Ela levou Filomena por uma escada até um pequeno quarto de hóspedes. Donna explicou que o motorista, a cozinheira e ela mesma tinham quartos naquela casa "de hóspedes", então podiam atendê-la se ela precisasse de alguma ajuda. Filomena não pôde deixar de se perguntar se ela seria mesmo hóspede, como os irmãos disseram, ou se aquela família simplesmente pensava nela como outra criada. Bem, ela logo descobriria.

A empregada a levou a um banheiro azulejado no fim do corredor, um lugar miraculoso com água encanada, o que era surpreendente, uma banheira e uma pia com um bocal de água que podia sair quente ou fria apenas virando as torneiras.

– O jantar é às oito – avisou Donna –, na casa principal. As três casas são conectadas por corredores. Eu venho para te mostrar.

Ela sorriu e fechou a porta atrás de si ao sair.

Sozinha enfim, Filomena suspirou de alívio. Mesmo agora, sentia, em todas as células do corpo, a vibração incessante do navio que a trouxera até ali. Ela abriu uma janela para respirar o ar fresco e sentir o sol que se punha e tornava deslumbrantes as árvores coloridas. Setembro em Nova York era mais frio, mais fresco do que o sul da Itália. O quarto dela tinha duas janelas, uma das quais dava para um jardim bem-cuidado. Ela notou uma fonte de pedra no centro e isso a deixou inesperadamente emocionada; pela primeira vez, sentiu uma conexão com aquela família, imaginando que incisivamente haviam recriado o que amavam na Itália e que lhes dava saudade.

Extremamente exausta agora, ela tirou a roupa, se lavou e caiu grata na cama – que era pequena, mas muito confortável, com um baldaquino e lençóis divinamente macios que até a *signora* teria cobiçado. Assim que Filomena fechou os olhos, o sono caiu sobre ela como um cobertor quente.

Enquanto isso, a chegada de Filomena aos Estados Unidos era recebida na família como um grande acontecimento.

– A garota do Mario chegou! – anunciou animada a filha de Lucy, Gemma, assim que todos se reuniram antes do jantar na grande sala de estar da casa principal. – Ela estava usando um lenço engraçado na cabeça, amarrado embaixo do queixo!

– Gemma, fale baixo, ela pode ouvir – repreendeu Lucy.

A filha dela nasceu um ano depois que Lucy e Frankie se casaram, e agora era uma menininha precoce de cinco anos. Gemma tinha os olhos escuros e a pele clara, cor de pêssego, de Frankie, sem uma única das sardinhas de Lucy, mas o cabelo dela era loiro-avermelhado, uma versão mais pálida do ruivo de Lucy.

Christopher, agora com nove anos, gostava de ter uma irmãzinha para proteger e em quem mandar, mas os dois naquele dia estavam incontroláveis, correndo atrás dos meninos gêmeos de Amie pela sala e chegando perigosamente perto de derrubar vasos e abajures. Os pequenos se comportavam como cachorros que sentiam algo festivo e diferente no ar, cientes de que os adultos estavam mais distraídos do que o normal, então estavam prontos para tirar vantagem da situação.

– Terra à vista, marujos! – entoou Chris aos gêmeos, pavoneando-se como um pirata, coagindo-os a escorregar pelo chão atrás do sofá como se remassem um barco em uníssono.

– Chris, Gemma, sejam bonzinhos com seus primos – ralhou Lucy.

Amie olhou alerta seus meninos e os censurou:

– Vinnie! Paulie! Saiam do chão, vocês vão ficar empoeirados.

Amie não acreditava que aquelas criaturinhas selvagens eram dela. Vinnie e Paulie não tinham uma gota da timidez inata de Amie; pareciam-se muito com Johnny, mas ainda não haviam adquirido a graciosidade calma do pai. Bem, só tinham quatro anos. Amie desejava ter uma filha, como Lucy. Certamente ainda havia tempo. Ela se sentia como a Cinderela, resgatada por um nobre príncipe e levada para aquele misterioso reino da família dele.

Johnny esperara apenas um mês antes de cortejá-la. "Até conhecer você, eu não ligava se me casaria ou não", havia confidenciado ele. "Agora vejo que só estava esperando você entrar na minha vida."

Amie tinha tentado resistir no começo, mas era impossível dizer não a um homem como Johnny. Desde o início, ele sempre agira como se ela fosse uma linda donzela que precisava ser libertada de sua prisão com Brunon. Depois do "acidente", como ela preferia pensar, Johnny tinha assumido o controle do bar e contratado pessoas em quem confiava para ajudar a administrar. Amie passou então a ter apenas um cargo de supervisão, cuidando das entradas, e não precisava mais fazer o trabalho extenuante de limpeza nem servir mesas em dois turnos.

Houve vezes em que Amie pensou ter visto Brunon pelo canto do olho – subindo do porão com uma caixa, varrendo num canto –, mas, ao virar a cabeça, assustada, ela percebia que era apenas um dos homens contratados por Johnny. Até na igreja, sentada no banco, ela fechava os olhos resoluta e dizia silenciosamente a Brunon que sentia muito por ele, como se ele de fato tivesse sido atropelado por um caminhão e aquilo não tivesse nada a ver com ela. Mas ela simplesmente não conseguia negar que se sentia aliviada em estar livre de todo o medo e do temor entorpecente.

O fato de Johnny ter tornado a corte deles tão natural ajudava – levando-a para conhecer os pais dele e, depois do casamento, para morar naquela bela casa ao lado deles. Ele e Amie agora ocupavam o espaçoso apartamento do primeiro andar. Frankie e Lucy tinham uma entrada separada que os levava diretamente ao andar de cima, a seu igualmente espaçoso apartamento no segundo andar da mesma casa. As paredes eram grossas e à prova de som, então todo mundo tinha privacidade. Os móveis, herdados dos pais de Johnny, eram todos artesanais, sólidos, de alta qualidade, especialmente o lindo armário de jacarandá com portas de espelhos biselados.

Pela primeira vez na vida, Amie sentia-se como uma esposa adorada. E a forma de Johnny fazer amor era uma revelação. Ele era terno e paciente, guiando-a a um crescente de prazer fácil que a tomava como uma onda quente e inevitável num mar brincalhão. Uma vez, depois de Johnny sair para fazer suas rondas de trabalho, Amie dobrava as roupas e, ao se lembrar da noite deles fazendo amor, caiu em prantos, pensando em todo o tempo que tinha desperdiçado sendo infeliz; ela quase perdera completamente o amor e podia ter passado uma vida toda sem nunca conhecer essa alegria natural.

Mas ainda achava a família muito amedrontadora. Os pais eram líderes supremos e pareciam tolerar suas noras não italianas, Lucy e Amie, com um ar cansado de resignação. Ainda assim, quando Tessa falava com Johnny em italiano, Amie nunca podia ter certeza se era sobre ela. Além do mais, o forte laço entre esses três irmãos era tão vital que era como se eles acreditassem não poder existir um sem o outro. Lucy também entendia isso, então ela e Amie se tornaram aliadas naturais, ajudando-se mutuamente a se ajustar a viver tão perto dos sogros. Elas tinham até feito aulas de italiano juntas, para entender melhor a família dos maridos.

– Estou com fome – disse Frankie agora. – O que tem para o jantar?

– Sua mãe e a cozinheira me expulsaram da cozinha hoje de manhã – confessou Lucy. Virando-se para Amy, murmurou, ressentida: – As duas falaram que eu não sei cozinhar nem para salvar minha própria vida, então acham minhas opiniões inúteis. Mas eu *sei* o que Frankie gosta de comer!

– Pelo menos você sabe costurar – cochichou Amie. – Eu sou muito míope. Fico o tempo todo me furando. – Ela suspirou, depois sussurrou: – Por que temos que fazer essas tarefas, sendo que as criadas fazem um trabalho tão bom? Tessa é tão antiquada.

Lucy assentiu, conspiratória.

– Estamos esperando Mario? – quis saber Frankie, impaciente. – Ele não vai tentar faltar a este jantar, vai? Aposto que já está no meio do caminho para Frisco – brincou.

– Ele vai aparecer – disse Johnny, calmamente. – No tempo dele. Você sabe como ele é.

– É porque todas as meninas vivem atrás dele – opinou Lucy. Ela tinha notado que Mario, que era por natureza contemplativo e solitário, não gostava de ser o centro das atenções, e quanto mais as pessoas o pressionavam, mais ele se retraía como uma tartaruga para dentro do casco. – Como é essa garota italiana? – Lucy não conseguiu resistir a perguntar ao marido.

Frankie deu de ombros.

– É legal. Meio misteriosa. Olhos grandes, amendoados – contou ele. – Como um gato, olhando e pensando. – Estavam todos tomando pequenos copos de um *aperitivo*, um vermute artesanal cor de rubi feito por Tessa, com um toque de um bom uísque e uma pitada de laranja-azeda. – Cadê mama e papi? – perguntou.

– Passaram a manhã estudando no escritório – respondeu Lucy.

Amie cochichou para Lucy:

– O que será que *eles* vão dizer sobre essa nova garota?

– Estamos prestes a descobrir – disse Lucy quando Tessa e Gianni enfim emergiram do escritório, chamando os outros para juntarem-se a eles na sala de jantar formal.

Quando Filomena acordou, inicialmente não conseguiu lembrar onde estava nem quem era. Então tudo voltou subitamente e com certa dose de pânico. Mas, assim como fizera durante a viagem, pensou na Rosamaria de verdade, num túmulo em Nápoles marcado com o nome de Filomena, e se perguntou: *o que Rosa faria? O que Rosa diria?* E então soube como se comportar.

Rosamaria teria colocado um vestido bom, mas sóbrio, penteado o cabelo e beliscado as bochechas, então foi isso que Filomena fez. Ela tinha comprado um vestido em Nápoles, pouco antes de embarcar. Era um azul-marinho suave com bordas brancas que ficava bem em contraste com sua pele clara. Tateando sob a pilha de roupas na mala, ela parou para momentaneamente segurar a mão de pedra da Virgem Maria que tinha guardado da igreja de Nápoles. Por algum motivo, parecia sua última conexão com Rosamaria.

– Proteja-me, guie-me – entoou Filomena, como se segurasse um talismã.

Ela percebeu que era a primeira vez em muito tempo que falava qualquer coisa que lembrasse uma oração. Foi ao espelho dar uma ajeitada final no cabelo e então desceu a escada.

A empregada, Donna, esperava no último degrau para levá-la a uma passagem interna que dava direto na casa principal. Ali, passaram por uma porta vaivém de uma cozinha, onde havia uma cozinheira muito ocupada, com rosto redondo, chamada Stella. À esquerda delas, havia uma pequena chapelaria e um corredor que conduzia à porta da frente.

Elas seguiram, passando por uma sala de estar grande com maçanetas de cristal lapidado que reluziam com a luz refletida. Filomena não conseguiu deixar de pensar que Rosamaria teria considerado aquela casa um triunfo. A sala tinha estantes embutidas, uma linda lareira e móveis de mogno cobertos com delicados caminhos de renda. As cadeiras estofadas eram luxuosas, cor de vinho, com protetores de encosto bordados, dourados e com franjas. Nas mesas de mármore redondas com tampo de vidro, havia abajures de cúpulas rosadas com franjas de ouro, alguns dos quais com pingentes de gotas de vidro. Não havia ninguém ali, mas ela ouviu vozes no cômodo ao lado.

E, de fato, toda a família estava reunida numa grande sala de jantar com arandelas folheadas a ouro nas paredes, um elegante aparador e uma mesa formal contornada por cadeiras entalhadas de espaldar alto.

– Por favor, sente-se – murmurou a empregada.

Os homens se levantaram educadamente quando ela entrou, e Filomena, tímida, se sentou na cadeira que o patriarca galantemente puxou para ela à sua esquerda. Na ponta oposta da mesa, a matriarca de olhos escuros a olhava com atenção, sem sorrir. Pelas anotações da casamenteira, Filomena sabia que o nome da mulher era Tessa. A expressão dela declarava que aquela era sua ninhada e que ela ia protegê-la.

Então, é ela que vai me dizer se posso ficar ou se terei que ir, pensou Filomena. Ela sentiu os batimentos cardíacos acelerarem enquanto fazia uma avaliação rápida. Tessa parecia ter cinquenta e poucos anos, tinha cabelo preto abundante com fios prateados, preso num coque elegante. Ela usava um vestido de seda cinza e um grande broche de ouro e pérola.

O homem mais velho bonito que convidara Filomena a sentar-se ao seu lado devia ser o marido de Tessa, que, segundo a casamenteira, se chamava Gianni. O cabelo dele era mais grisalho do que preto, indicando que ele talvez fosse até uma década mais velho do que a esposa.

Os filhos de Gianni e Tessa estavam dispostos ao redor da mesa com as esposas e os filhos. Mas Filomena notou que havia uma cadeira vazia diretamente à sua frente e, além disso, mais duas cadeiras vazias na ponta oposta da mesa, perto da mãe, Tessa.

Agora, o patriarca virou-se para Filomena e, como os filhos, falou numa mescla de inglês e italiano; quando os outros falavam, ele gentilmente fazia uma tradução para o italiano quando achava que podia ser útil.

– Então – disse Gianni, de forma cortês, como se anunciando a chegada de uma grande dama ao grupo, enquanto passava a ela uma taça de *prosecco* –, esta é Rosamaria. Agora, temos três Maries em nossa mesa: Amie Marie, Lucy Marie e Rosamaria. – Ele fez um gesto de cabeça na direção de cada nora ao apresentá-la, e elas assentiram com deferência para ele, permitindo-se apenas uma centelha de olhar curioso para Filomena.

Mas uma garotinha que tinha cabelos loiro-avermelhados a olhava com uma fascinação explícita. Quando Filomena sorriu para a criança, a menina pareceu subitamente envergonhada, como se de repente achasse que precisava dizer alguma coisa em retorno.

– Meu nome é Gemma. Minha mãe é enfermeira! – apresentou-se ela.

– *Un'infermiera* – murmurou o patriarca para ajudá-la.

– Ah, *bene*. Quantos anos você tem? – perguntou Filomena, educada, em inglês, sentindo o olhar dos pais da menina, Lucy e Frankie, em cima da filha.

– Tenho cinco anos – declarou Gemma, resoluta – e meu irmão, Chris, tem nove – completou, indicando um quieto menino de olhos azuis com cabelo ruivo como o da mãe, Lucy.

Filomena fez que sim e calculou que Lucy e Frankie pareciam estar no fim da casa dos vinte anos.

Do outro lado da mesa, estava o irmão mais velho, Johnny, que, Filomena viu, era casado com a loira tímida chamada Amie. Tinham dois menininhos idênticos ao lado.

Vendo o olhar dela, Johnny apresentou os filhos:

– *Ecco i miei figli,* Vincenzo e Paolo.

– Eles só têm *quatro* anos – completou Gemma, como se isso os tornasse bebês em comparação a ela. – Vinnie e Paulie são gêmeos! – declarou, contente de anunciar o óbvio.

– *Sono gemelli* – traduziu Gianni, solícito.

Um jovem bonito acabava de entrar na sala. Ele tinha um jeito tranquilo de se mover, e foi na direção da cadeira diretamente à frente de Filomena na mesa.

– E agora – disse Gianni, com um brilho nos olhos e a voz baixa, como se confidenciasse algo importante em sua apresentação –, Rosamaria, *ecco mio figlio* Mario.

Todos ao redor da mesa ficaram em silêncio e olharam o rosto de Mario, como se mal conseguissem suportar a tensão de vê-lo enfim conhecer a garota que seus pais tinham trazido da Itália para se casar com ele. Mario, com admirável autocontrole, parecia ciente disso, mas mesmo assim permaneceu calmo.

– *Buonasera*, Rosamaria – saudou ele em tom formal enquanto se sentava.

A sala cheia de parentes esperava a reação dela segurando a respiração.

– *Buonasera*, Mario – respondeu Filomena, tímida.

– Espero que tenha tido *un piacevole viaggio* – continuou ele.

– *Si, grazie* – murmurou ela, embora não se pudesse exatamente chamar a viagem até ali de tranquila.

Agora, ela entendia o significado da palavra *pãozinho*, que os irmãos haviam usado no carro a caminho da casa para descrevê-lo. Todos os três filhos eram altos, tinham pele clara, olhos escuros e lindos cabelos escuros, mas Mario tinha certa delicadeza nos traços, algo perfeito no equilíbrio entre o nariz esculpido, o queixo, a testa alta e aqueles olhos castanhos expressivos. Não era tão magro quanto Johnny nem musculoso como Frankie; era apenas alto e esguio, e adorável de se olhar, o tipo de homem que fazia uma mulher querer passar os dedos pelo cabelo macio dele ou sentir no rosto o toque de suas mãos elegantes.

– Mario queria ser padre! – soltou Gemma, incapaz de continuar suportando o suspense silencioso na calmaria que tinha caído sobre a família.

Mario murmurou:

– Ah, foi ideia de Mama, mas não durou muito.

Os outros deram uma risadinha, libertados do feitiço, e logo todos voltaram a conversar relaxados enquanto a empregada entrava com uma bandeja de *antipasto* composta de azeitonas e vegetais lindamente assados servidos em lindas cumbucas floridas, e *prosciutto* envolvendo pedaços de melão. Houve murmúrios de que a guerra estava afetando a comida disponível no mercado naquela semana, mas Filomena ficou embasbacada com a refeição abundante. Além disso, via que, sob aquela conversa inócua, os adultos frequentemente olhavam para Gianni e Tessa, como se já tentassem avaliar qual seria o veredito, mas o rosto dos pais permanecia inescrutável.

Da cabeceira da mesa, Gianni fez a oração de graças pela refeição. Então a família comeu, passando travessas de comida uns para os outros com a facilidade de quem tem muita prática. Os adultos tinham um comportamento refinado e sem pressa à mesa, e as crianças eram surpreendentemente obedientes e silenciosas enquanto comiam. Os adultos falavam do clima, da guerra, dos vizinhos.

Mario falou muito pouco. Às vezes, quando levantava os olhos, Filomena o via observando-a, mas ele não desviava os olhos com culpa, apenas meneava a cabeça educadamente e sorria.

Tinham terminado o *antipasto* e começavam agora o prato de massa, ravióli recheado com ricota, tomate seco e ervas finas, quando a filha mais velha de Tessa e Gianni entrou em casa.

– Ah – disse Gianni, com um traço de irritação –, a quarta Marie chegou enfim. Esta é minha filha mais velha, *mia figlia* Petrina Maria, e a filha dela, Pippa.

Filomena instantaneamente admirou Petrina. Era uma mulher alta, magra, de pernas longas, no início da casa dos trinta anos. Ela usava um vestido vermelho caro e bem-cortado e sapatos de saltos muito altos. O cabelo bem penteado era particularmente bonito, com muitos tons de castanho que tinham toques de outras cores – caramelo, bordô, ameixa –, perfeitamente hipnotizante quando ela virava a cabeça e a luz refletia nele. A pele era de um tom delicado de cor-de-rosa pálido. Ela causava o efeito de uma celebridade muito atraente, como uma atriz. Lucy e Amie absorveram todas as escolhas de moda de Petrina como alunas decorando uma lição enquanto Petrina deslizava em uma das cadeiras, orgulhosa e um pouco desafiadora.

A filha, Pippa, sentou-se na cadeira ao lado de Petrina com a mesma expressão orgulhosa e régia.

– Boa noite, vovó e vovô – saudou Pippa com uma facilidade natural impressionante.

Era uma menina de onze anos alta e esguia, com traços parecidos com os da mãe, e usava um rabo de cavalo para prender o cabelo longo e escuro. Pippa era velha demais para brincar com as outras crianças, mas jovem demais para conversar com os adultos. Havia algo tocante, quase doloroso, em sua discrição. Filomena sentiu empatia por ela na mesma hora.

– É uma flor no seu braço? – perguntou Gemma à prima, maravilhada.

– É um ramalhete de pulso com uma rosa de verdade. Viu? Elástico. Tome, pode ficar – ofereceu Pippa generosamente, tirando o delicado buquê do pulso e colocando-o no da prima mais nova.

– O trânsito estava horrível depois que saímos de Westchester – murmurou Petrina a sua única admissão de atraso. – Richard está fora o fim de semana inteiro em Boston, a trabalho. Sirva-me um pouco de vinho, Mario – completou, com uma autoridade repentina e surpreendente.

Mario se levantou tranquilo, com um sorriso indulgente, carregando a garrafa de vinho tinto que tinha sido colocada na mesa diante dele e do pai. Serviu uma taça a Petrina, depois depositou a garrafa na mesa perto dela e voltou ao seu lugar, sem dizer uma única palavra.

Petrina parecia indiferente aos outros irmãos, mas deu a Mario um sorriso de gratidão. Filomena ainda admirava o verniz de estrela de cinema que parecia ter aquela mulher, mas então Petrina olhou diretamente para ela com uma expressão feroz, como se registrasse algum pensamento sombrio que enrijeceu seu lindo rosto delicado, revelando sentimentos ainda mais antagônicos que os de Tessa.

Hum, pensou Filomena. *Essa mulher evidentemente me detestou; e decidiu que seria assim antes mesmo de colocar os olhos em mim, antes até de eu pôr os pés no solo deste país.* Filomena desviou o olhar e outra vez encontrou os olhos de Mario.

Mario deu de ombros quase imperceptivelmente e balançou a cabeça, como se dissesse abertamente sobre a atitude da irmã: "isso não tem importância".

O pai, Gianni, conversou num murmúrio baixo com os filhos enquanto o prato principal era servido – delicadas costeletas de vitela com um fino molho de cogumelos. Gianni tinha a atitude de um rei que governa seus súditos com certo desapego emocional.

– Nossa convidada, Rosa, veio até nós da Itália, um velho país grande e belo – interveio Tessa, como se instruindo os netos numa aula de história. Eles se endireitaram e ouviram com atenção enquanto ela continuava em italiano e inglês. – Na Itália, todos os filhos e todas as filhas entendem que a coisa mais importante que existe é a lealdade à família. *Fedeltà alla famiglia.*

Pelas reações, Filomena viu que esse comentário era para acolhê-la e, ao mesmo tempo, repreender Petrina por ter chegado atrasada, a julgar pela carranca repentina dela.

E então, um a um, os membros da família de Tessa pareciam entender qual comentário era para qual deles. Os homens baixaram a cabeça como se estivessem na igreja quando ela falou com eles; as mulheres pareceram resignadas. Então, quando Tessa mencionou uma vizinha que fofocava demais, Filomena notou que Amie ficou vermelha; quando Tessa disse que somente uma esposa que cozinhasse bem podia construir uma casa feliz, foi a vez de Lucy parecer desconfortável; quando Tessa expôs a necessidade de disciplinar os filhos, Johnny, o mais velho, mandou os dele ficarem quietos; e quando Tessa falou que a medida de um homem era sua capacidade de dominar o próprio temperamento, Frankie desviou o olhar, impaciente.

O único que Tessa não repreendeu foi Mario. Quando ele falava, ela ouvia com atenção, com os olhos apertados, mas Mario dizia muito pouco. Parecia saber como conseguir algo incomum em grandes famílias: preservar sua privacidade.

Quando a refeição chegava ao fim, com tigelas de frutas frescas e oleaginosas, o telefone tocou. Em seguida, a empregada entrou e sussurrou algo no ouvido do pai. Um repentino olhar de irritação transpassou o rosto de Gianni quando ele pediu licença. Tessa registou isso com uma expressão breve e endurecida. Os outros não pareceram se afetar, e Gianni voltou com um sorriso e um aceno de cabeça.

Depois que as crianças tinham comido tortinhas de sobremesa, Petrina disse:

– Bem, Pippa e eu temos uma longa viagem pela frente. Precisamos ir.

Por um momento, quando ela se levantou para sair, pareceu oscilar perigosamente naqueles saltos altos, o que fez Filomena sentir uma pena inesperada dela, porque aquilo deixava Petrina vulnerável, apesar de sua altivez, como alguém andando numa corda-bamba em cima de um abismo perigoso.

– Mario, me acompanhe até lá fora – disse Petrina, e ele obedientemente a seguiu.

Gianni também se levantou, mas foi até a sala de estar, o que pareceu um sinal, pois os outros se levantaram e se alongaram, e as crianças voltaram a conversar enquanto saíam todos em fila para a sala. Em meio ao vozerio, enquanto Petrina colocava um casaco de zibelina, Filomena ouviu-a distintamente sibilando a Mario:

– Você não pode estar falando sério! Por que você deixa mama e as ideias dela irem tão longe?

– Não tem nada decidido ainda – respondeu Mario, em voz baixa.

Eles tinham ido ao vestíbulo, então Filomena já não conseguia ouvi-los. Petrina aproveitou esse momento sozinha com Mario.

– Que história é essa de estudar gemologia? – quis saber ela.

– Sim, é isso. Vou receber meu certificado na semana que vem. Papi não quis pagar minha faculdade. Ele queria que, em vez disso, eu tivesse uma profissão. É bom. Eu gosto de trabalhar com pedras. São lindas – explicou Mario, parecendo genuinamente feliz.

– Mas você *tem* que fazer faculdade, como Richard e eu! – exclamou Petrina. – Você podia estudar para ser alguém importante. Um médico, ou advogado, ou investidor.

– Eu não gosto de nenhuma dessas profissões – respondeu Mario, sensatamente. – E não acho que a faculdade tenha deixado você ou Richard mais felizes.

Petrina foi pega de surpresa por um momento, depois disse:

– Vamos voltar a conversar sobre isso.

Mario apenas lhe deu um beijo na bochecha e abriu a porta para ela e Pippa saírem.

Os outros já estavam acomodados na sala, conversando contentes, e levantaram os olhos somente quando a porta da frente se fechou atrás de Petrina. Amie se virou para Lucy e comentou em voz baixa:

– Petrina bebe demais.

– Ela vai chegar bem em casa – respondeu Lucy, ácida. – O motorista dela ficou lá fora no carro esse tempo todo, esperando-a.

Filomena ficou parada ali, insegura. Só queria voltar ao seu quartinho e dormir de novo. Mas, inesperadamente, Tessa a pegou pelo braço e a levou por um corredor dos fundos até o pequeno quintal lá fora, cujo jardim era contornado por um muro de pedra. No centro, havia um pátio, com a fonte gorgolejando meditativa.

Tessa não perdeu tempo.

– Por que seus pais permitiram que você fosse embora? – perguntou ela, olhando Filomena fixamente, como que a desafiando a mentir. Filomena teve um momento difícil, perguntando-se se Rosamaria ou a casamenteira já tinham dado essa informação a Tessa e a mulher talvez estivesse testando a honestidade dela. Tessa falava em italiano exatamente como Rosamaria, o que fazia sentido, pois ambas eram da mesma cidade. Filomena sempre fora capaz de imitar as inflexões e o falar de Rosamaria, e estivera fazendo exatamente isso naquela noite.

Ela respondeu com cuidado.

– Meus pais me deixaram vir por causa da guerra. Hoje em dia, a Itália não pode me oferecer uma vida melhor do que a que espero ter nos Estados Unidos.

A expressão de Tessa era ilegível.

– A vida boa tem um preço. Quando os tempos forem difíceis, você vai chorar e querer correr para seus pais? Não pode. Eles todos pensam que, aqui, as ruas são pavimentadas com ouro, então vão apenas querer tirar dinheiro de você. Não vou permitir isso. Se quiser casar-se com meu filho, precisa deixar o velho país sem nunca olhar para trás.

Claramente, Tessa estava protegendo a riqueza da família de ser desviada pelos parentes gananciosos de uma nora. Bem, Filomena ia mostrar a ela como podia ser fria. Não podia se permitir *pensar* nem *sentir* qualquer saudade de sua família perdida; se abrisse essa porta, talvez nunca a conseguisse fechar, e isso podia colocar em risco sua sobrevivência.

– Não voltarei atrás – disse, sem emoção. – Não vou nem mesmo *olhar* para trás.

– Sim. Esse é o destino para nós, mulheres da Itália. O que acha dessas mulheres americanas? – inquiriu Tessa, claramente se referindo à filha e às noras.

Podia ser outra armadilha. Filomena pensou rápido.

– Todas as mulheres compartilham do mesmo destino, não importa onde vivam. – Nem ela mesma tinha certeza do que queria dizer com isso.

Mas Tessa sorriu.

– Mulheres americanas são independentes demais – declarou Tessa. – Minha filha, Petrina, quer ficar jovem e glamorosa para sempre, porque acredita que essa é a fonte do poder feminino, mas, se você viver apenas pela admiração de um homem, será escrava para sempre. Quanto às meninas que se casaram com meus filhos, aquela Lucy é teimosa demais; se recusa a abrir mão do emprego no hospital, onde dá ordens a seus assistentes, então, quando vem para casa, ainda acha que tem que mandar e discute com o marido. Já a outra, Amie, domina pela fraqueza. Os homens sempre sentem que precisam defendê-la, mas ela não precisa da proteção deles nem metade do que eles imaginam. De todo modo, meus dois filhos trabalham duro para fazer as mulheres felizes. Devia ser o contrário. *Capisci*?

Num flash, Filomena entendeu o que estava por trás de tudo aquilo. Os filhos de Tessa estavam acostumados a obedecer à mãe temível, então, ironicamente, eram suscetíveis às esposas de uma forma que Tessa achava ameaçadora à sua própria autoridade. Era por isso, sem dúvidas, que mandara buscar uma garota boazinha e obediente do velho país. Para garantir o controle sobre Mario.

– *Sì, sì* – murmurou Filomena, baixando os cílios numa demonstração de modéstia e deferência.

Tessa observou isso em silêncio, depois continuou.

– E Mario? – perguntou. – Ele a agrada?

Filomena não conseguiu suprimir um sorriso genuíno, permitindo-se revelar seus verdadeiros sentimentos de admiração pelo que já tinha visto de Mario.

– Seria uma honra estar com ele – respondeu, com o cuidado de ainda não usar a palavra *esposa*.

– E bebês? – provocou Tessa. – Hoje em dia, com a guerra, não podemos dar nada como garantido. Não há tempo para esperar. Se quiser bebês, você precisa tê-los de imediato. Você quer? – questionou, com um olhar afiado para o rosto de Filomena.

– Sim – disse Filomena, levemente envergonhada.

Ela percebeu que não podia haver meios-termos com aquele destino, uma vez abraçado. Tessa assentiu em aprovação. Colocou a mão sob uma rosa vermelho-sangue que nascia de uma trepadeira que ainda dava flores mesmo com o outono se aproximando.

– Filhos são como flores em um jardim – declarou Tessa, com uma voz surpreendentemente dura, considerando o que estava dizendo. – Precisam de atenção e cuidado constantes. Assim como maridos. Espero, Rosamaria, que seja capaz disso.

Filomena não falou nada. O aperto daquela mulher pequena no braço dela era notavelmente forte, e ela desejou que Tessa agora a soltasse. Mas era um sinal de que a matriarca pretendia mantê-la por perto. *Ela quer me farejar*, pensou Filomena. *Essa mulher age com os instintos, e se comporta como se eles nunca a tivessem enganado*.

– Agora, é melhor você ir dormir – disse Tessa abruptamente. – A viagem pode enfraquecer as mulheres, e uma mulher precisa ficar forte.

Filomena, que se sentia como um cavalo que acabava de ter os dentes e as patas verificados, ficou bastante feliz de enfim poder subir de volta a escada e entrar no quarto.

Mas, naquela noite, ficou um tempo acordada sem conseguir dormir. Talvez fosse a comida; ela não estava acostumada a comer tanto de uma só vez. Não que essa família fosse indulgente demais; eles comiam devagar, com atenção, porções pequenas de muitas coisas. Mas Filomena não tinha percebido, até aquele momento, que havia anos estava subnutrida.

Ela se virou na cama e suspirou. Uma mãe assustadora, esposas fofoqueiras, uma irmã mais velha mandona. *Se eu quiser sobreviver aqui, preciso me casar com esse rapaz o mais rápido possível*, pensou.

Rosamaria teria dito o mesmo.

10

Cidade de Nova York, outono de 1943

Pouco depois da conversa com Tessa no jardim, Filomena passou a ser cortejada por Mario. Era a coisa mais esquisita que ela podia ter imaginado, porque estava morando debaixo do teto dos pais dele, na ala dos criados, mas, cada vez que Mario a levava para sair, ele se comportava como se a estivesse buscando no castelo de um rei.

No início, eles só saíam para uma decorosa caminhada no parque, depois para uma xícara de café numa cafeteria local, depois para o cinema. Por mais inocentes que fossem essas saídas, Filomena as achava profundamente chocantes, porque o jovem casal tinha permissão de ficar a sós. Nas aldeias do velho país, haveria um bando de tias vigilantes os acompanhando e, atrás das tias, os tios vigilantes.

Mas ainda mais surpreendente era que, ao contrário da maioria dos homens, Mario pedia a opinião dela sobre tudo – desde coisas pequenas, como as comidas preferidas dela e qual filme queria ver, a questões maiores, como a guerra. Além disso, ele ouvia sem a interromper. Falavam numa mescla de italiano e inglês enquanto ele a ajudava a aprender melhor a língua local.

A corte de Mario seguiu todas as noites por duas semanas, e numa noite de sábado eles jantaram num restaurante muito bom, numa mesa de canto à luz de velas.

– *Buonasera*, Mario! – cumprimentou-os o proprietário em pessoa, imediatamente os levando a um lugar privilegiado com mais privacidade.

Os garçons vinham com frequência, mas não eram intrusivos.

Filomena notou essa grande mostra de respeito, depois viu Mario observando-a.

– Meu pai é proprietário de parte deste lugar – explicou brevemente.

Sozinhos num canto privado, ele falou com ela numa voz baixa e agradável. Agia como um homem que precisava explicar suas características confiáveis a uma princesa.

– Minha família teve sucesso neste grande país – disse, em tom modesto. – Temos muitos negócios que não apenas sustentarão todos nós, mas nossos filhos e os filhos de nossos filhos.

– Seu pai é um grande... – Ela procurou a palavra em inglês e disse: – Chefe, certo?

Mas, aparentemente, essa palavra tinha outro significado para ele, pois Mario fechou a cara.

– Não, Chefe não. Não posso discutir tudo o que minha família faz; é coisa deles, e não minha. Mas posso dizer o que a gente *não* faz: não extorquimos os sindicatos, nem manipulamos licitações para trabalhos de construção; nem pedimos propinas a ninguém; não arrancamos "proteção" nem tributos de nossos vizinhos, sócios, inquilinos e lojistas; não temos nada a ver com narcóticos nem prostituição; não fraudamos eleições nem jogos, nem roubamos caminhões, nem quebramos cabeças, nem quebramos pernas. O que a gente *faz* é investir em bares, lojas e restaurantes como sócios ocultos; emprestamos dinheiro, aceitamos apostas, somos donos de prédios e coletamos aluguéis.

Ele tinha falado na mescla usual de inglês e italiano, e, embora Filomena não tivesse certeza de todas as expressões americanas, entendeu o tom e o teor. Ele parecia estar ao mesmo tempo defendendo a família e se distanciando, o que fazia com que restasse uma pergunta óbvia.

– Mas... o que *você* faz, exatamente? – questionou ela, timidamente.

Mario desviou o olhar e ficou quieto por alguns momentos. Então, respondeu:

– Eu trabalhei um tempo para meu pai e meus irmãos. Mas depois disse a eles que queria trabalhar sozinho, ser independente. Papai é antiquado, mas acabou fazendo algumas sugestões para eu ter meu próprio negócio; não gostei de nenhuma, exceto o comércio de joias.

Filomena comentou:

– Ah! Esse trabalho te faz feliz, *è vero*?

Ele levantou os olhos agradecido, como se ninguém jamais tivesse perguntado aquilo a ele.

– Sim! Eu *gosto* de trabalhar com pedras. – Ele levantou as mãos num movimento de talhar, como se estivesse afiando algo. – É como pegar estrelas que caem na Terra. Mas é preciso realmente ter "o toque" para descobrir onde reside a luz do fogo de uma pedra, como um coração que bate, uma chama dançante; não se pode cortar fora o coração e o fogo. É algo que faço bem, em que não vou precisar responder a papai, a mamãe nem a ninguém. Vou abrir minha própria loja; já está sendo reformada. Logo, vou poder mostrá-la a você, se quiser.

Filomena sentiu, inesperadamente, uma profunda sensação de paz descendo sobre si. Tinha a ver com a voz dele. Era tão melódica, ainda mais bonita do que ele, com tal qualidade musical calorosa que ela ficou hipnotizada, como se estivesse sentada diante de uma lareira e caindo num transe enquanto olhava as chamas crepitando.

– Sim, eu amaria ver – disse ela, suavemente.

O prazer que o trabalho dava a Mario ficava tão óbvio no rosto dele que ela achou tocante.

– Então, é isso que eu sou – declarou ele, com simplicidade. – O que acha? Gostaria de fazer parte da família?

Ela fez que sim, tímida. Seus pensamentos eram tão intensos que ela temia transparecê-los no rosto. *Sim, você é lindo, e, com você, consigo chegar em segurança ao outro lado da vida, onde estão as pessoas felizes. Então, vou fazer o que for preciso – me casar, fazer bebês, roubar ou matar –, desde que possa dormir numa boa cama, morar numa casa aquecida, comer comida decente, manter meus filhos a salvo da maldade deste mundo brutal.*

Ele continuou naquela voz calma e musical, mas, agora, havia uma profundidade adicional ao tom.

– Então, se acha que gostaria de se casar comigo, tem uma coisa que eu gostaria de saber antes de pedi-la em casamento. Só peço uma resposta honesta. Quem é você de verdade?

Filomena suprimiu um ofego. O coração dela começou a bater rápido, antecipando uma reação de luta ou fuga. Ela estava encrencada e sabia disso. Encrencas eram a única coisa que as experiências passadas a haviam ensinado a reconhecer instantaneamente.

– Veja – continuou Mario, pensativo. – Mamãe não ligava para a sua aparência, mas eu sim. Não que eu precisasse de uma mulher linda; só precisava ver seu rosto, ver sua alma. Não contei à minha mãe que achei o endereço da casamenteira nas cartas dela, depois escrevi a ela pedindo uma foto de Rosamaria. Não contei isso a ninguém. Só estou contando a você.

Calmamente, ele abriu a carteira e puxou uma foto. Filomena viu o rosto de Rosamaria fitando-a. Ela estava usando um vestido que tinha comprado para a viagem, então a casamenteira deve ter pedido uma foto mais ou menos na mesma época. Em meio a tanta animação, Rosa não havia contado a Filomena que seu noivo em potencial enfim tinha desejado vê-la, afinal. Talvez fosse isso que Rosamaria tivesse querido dizer naquele último dia quando sussurrou "tenho tanta coisa para te contar", e elas foram a Nápoles e dividiram um *gelato*, sentadas lá nos degraus de pedra da igreja. Por um momento, a dor de lembrar a alegre Rosamaria quase foi insuportável. Filomena engoliu em seco e se sentou absolutamente imóvel.

– Você está bem? – perguntou Mario, parecendo preocupado.

Os olhos de Filomena estavam cheios d'água.

– Essa é minha prima, Rosamaria – explicou ela. – Ela morreu antes de poder vir conhecer você. Eu não ia assumir o lugar dela, mas parecia que o destino insistia. – Respirando fundo, ela contou tudo sobre aquele dia perto da igreja, quando o bombardeio a Nápoles mudou tudo, e sobre a confusão fatídica dos nomes: um num túmulo, o outro numa passagem para os Estados Unidos.

Mario ouviu atentamente, com aquele seu jeito presente, mas que não revelava nada. Filomena, enfim, disse:

– Agora, você sabe a verdade. O que vai fazer? Vai me expor à sua família? Se quiser que eu vá, eu vou, mas, por favor, me dê um tempo para fugir.

Ela só tinha o mais tênue dos planos de contingência, porque, depois do bombardeio a Nápoles, quando tinha brevemente se abrigado no convento, como sugerido pelo padre, garantira que logo iria embora para os Estados Unidos; uma freira mais velha lhe dera o nome de uma agência de empregos em Nova York com quem Filomena podia entrar em contato se precisasse de ajuda. Se ela não conseguisse encontrar, planejava simplesmente subir a cidade batendo à porta das grandes casas para se oferecer como criada para quem a aceitasse.

– Não vou contar isso a ninguém – respondeu Mario. – Mas tenho outra pergunta.

Filomena esperou, ainda cheia de temor.

– Qual é o seu nome real? – quis saber ele. – Não vou dizer a ninguém, eu só quero saber.

Quando ela disse seu nome, ele o repetiu sorrindo.

– Filomena. Sim, combina mais com você. Mas, na minha família, ainda vou chamar você de Rosa. Tudo bem?

Ela não estava preparada para como se sentiu quando ele disse *Filomena*. Ele pareceu acariciar o nome, com um afeto genuíno. Que alívio ouvir seu próprio nome sendo dito de novo, mesmo que apenas daquela vez. Ela sem dúvida deveria deixar para lá, mas havia mais uma coisa que precisava saber.

– Para você, não importa se vai se casar comigo ou com a minha prima? – perguntou ela, com cautela. – Por que não liga para com qual garota vai se casar?

– Claro que eu ligo – disse ele, parecendo se divertir. – Mas, no que diz respeito à minha mãe, é melhor não ir contra ela e deixar a ideia seguir seu curso. Então eu posso fazer a *minha* escolha. Acho que, também, eu estava curioso para ver uma garota que atravessaria um oceano para me conhecer. Por que ela faria algo do tipo? Parecia um conto de fadas. Achei que devia pelo menos conhecer você. Se a gente não se desse bem, ora, eu podia simplesmente deixar que fosse *você* a pôr fim em tudo.

Filomena compreendeu que, se Mario não se sentisse atraído por ela, talvez teria ameaçado revelar a verdade, a não ser que ela concordasse em ir embora.

– Por que sua mãe quer que você se case tão rápido? – perguntou ela.

Mario suspirou profundamente.

– Você e eu somos muito jovens, mas o mundo é muito velho. Agora, está havendo mais uma grande guerra no mundo. Mas quem sabe a gente tenha algo a ganhar com essa insanidade. Se não fosse a guerra, minha mãe talvez *não* estivesse com tanta pressa de me casar e deixar que eu tenha meu próprio negócio. Mas, nos tempos de guerra, ela é supersticiosa. Acha que o Anjo da Morte deixou passar seus primeiros dois filhos nesta guerra, então certamente virá atrás de mim se eu não estiver protegido. Ela conhece a lei mais do que os advogados, e diz que um homem precisa ter uma esposa que dependa dele, além de filhos, o mais rápido possível, para pedir isenção. Bom, por mim, tudo bem. Eu nem queria ter que ir matar pessoas no país de onde vieram meus ancestrais. Não quero matar ninguém. Bom, eu mataria Hitler – acrescentou ele, melancólico: – Talvez, afinal, eu seja apenas um plebeu. Porque só quero ficar em paz para fazer meu trabalho e viver minha vida. É impossível, sendo o mais jovem; todo mundo quer me dizer como devo viver.

Minha mãe é possessiva com todos nós, como você viu, mas pensa que sou diferente dos meus irmãos, então fica mais em cima de mim.

– Sua irmã também fica em cima de você – murmurou Filomena.

Mario pareceu feliz por alguém entender isso.

– Sim! E que bom que eu só tenho uma irmã, porque Petrina me trata como um cachorrinho de estimação! E meus irmãos gostam de mandar em mim. Meu pai só espera que os filhos andem na linha. Todos têm opiniões sobre mim e todos acreditam que um filho é sempre um garoto e pertence à família, e só se torna homem quando se casa. Então, quanto antes, melhor.

Claramente, ele a estava alertando sobre a família possessiva com quem ela teria que lidar; talvez fossem até mais difíceis do que pareciam.

Talvez isso tivesse desencorajado outras mulheres.

– Você já amou outra pessoa? – perguntou ela, timidamente.

Não queria descobrir que ele estava sofrendo por alguma garota que tivesse perdido.

– Ah, gostei de algumas garotas na escola, mas todas pareciam não ter nada na cabeça exceto compras e fofocas. Minha mãe ia mastigar todas elas vivas – respondeu ele, com franqueza. Aí, sorriu malicioso. – Ela acha que, se trouxesse uma garota do velho país, essa noiva ia ficar grata e intimidada, virar a empregada dela. Mas, assim que vi o rosto da sua prima na foto que ela me enviou, percebi uma mulher capaz de dizer não à minha mãe quando necessário. Vejo isso no seu rosto também. Além do mais, você não é fácil de enganar.

Filomena percebeu que ele esperava que ela fosse sua aliada, sua passagem de liberdade, a mesma esperança que ela tinha em relação a ele.

– No dia em que você chegou, durante o jantar, percebi que você vê tudo. Acho que talvez você veja corretamente, mas mesmo assim é gentil com todos. E acho que você tem paixão por viver. É o que eu quero: estar vivo de verdade, e não apenas fazer o que todos fazem. Não importa o quanto um dia seja ruim, quero acordar no dia seguinte feliz por estar vivo.

Filomena engoliu em seco. Ninguém jamais tinha atribuído a ela tantas coisas. O tom de Mario agora era sedutor, inegavelmente indicando uma química física possível entre eles. Ela sentia uma forte atração por ele e torceu que não estivesse, de alguma forma, sendo enganada ou traída.

– Então – disse ele, vendo a vela da mesa bruxulear –, o que *você* mais quer do casamento?

– Quero ficar a salvo do perigo – sussurrou ela. – E nunca, nunca ter dívida com alguém que possa levar meus filhos de mim ou machucar quem eu amo.

– *Certo!* Então, acha que poderia ser feliz se tentássemos ter um casamento real, não apenas de conveniência? Acho que seria muito melhor, e você? Mas será que é possível para mim e para você, Filomena? O que você acha? – perguntou Mario, sincero.

Ela ficou surpresa de se ouvir dizendo:

– Sim, acho que é possível.

Mario sorriu.

– Então, vamos ser bons um com o outro, está bem? Porque, com ou sem a guerra, a vida é curta demais para ser infeliz. Quero ser feliz. Você não quer?

– Sim – concordou ela, sentindo a primeira onda forte e ousada de esperança que já tivera.

Mario fez sinal para o garçom lhes trazer uma garrafa pequena de licor de anis chamado *sambuca*. Então, colocou a mão no bolso e puxou uma caixinha de joia.

– Eu mesmo que fiz – explicou ele. – Para minha namorada imaginária. Mesmo antes de minha mãe começar a falar de casamento, pensei: "deve existir alguém no mundo procurando por mim, como eu procuro por ela. Um dia, vou querer lhe dar isto".

As mãos de Filomena tremiam de leve quando ela abriu a caixa. O anel lá dentro tinha um aro de ouro antigo, no qual se encaixavam três pedras pequenas, mas lindas, cujos nomes ele lhe disse: uma safira azul, um rubi vermelho e um diamante amarelo.

– São as únicas cores de que um pintor precisa – disse Mario. – Vamos pintar uma vida. Quer se casar comigo, Filomena?

A mão dele estava estendida sobre a mesa e, embora ele não esperasse que ela lhe desse a mão, ela fez isso.

– Sim, Mario – respondeu. – Eu adoraria me casar com você.

***

E, assim que a família ficou sabendo que Mario e a garota tinham concordado em se casar, a casa entrou em ação, para fazer em questão de semanas o que normalmente levaria meses: planejar um casamento. Tessa, é claro, assumiu o controle, delegando papéis a cada familiar. Estava claro que se esperava que Filomena só ficasse fora do caminho, ainda como uma criada.

Ela não ligava. Ficava nervosa de se envolver; quando visitaram uma costureira para fazer uma prova de um vestido de noiva, Filomena percebeu que estar com Tessa, Lucy e Amie era completamente aterrorizante. Nova-iorquinos falavam bem mais rápido do que as pessoas em casa, em Nápoles. Essas mulheres americanas também eram bem mais diretas; diziam o que quer que pensassem, sem medo de ofender. Era para ser libertador, mas Filomena achou opressivo. Até quando as mulheres comentavam sobre a altura e as lindas curvas de Filomena, ela se sentia apreensiva, como se, sob a admiração delas, o "mau-olhado" da inveja pudesse estar trabalhando.

Então, quando Filomena suspirou de alívio porque as coisas estavam sob controle e sua parte tinha acabado, a irmã mais velha de Mario entrou em cena.

– Pelo amor de Deus – disse Petrina a Tessa –, essa menina ainda parece que acabou de descer do barco. Me dê um dia com ela para eu fazê-la parecer uma pessoa normal, está bem?

Tessa acenou com a mão no ar, ocupada demais para ouvir direito.

– Faça o que quiser – respondeu, distraída.

– Ótimo – disse Petrina, triunfante, virando-se para Filomena. – *Você*, venha comigo.

Petrina julgara que a garota de Mario fosse como uma daquelas criaturas obedientes que pais e homens aprovavam e que ela, Petrina, nunca poderia ser. Também tinha ciúme sempre que a mãe e Filomena se comiseravam numa versão de italiano diferente do italiano elegante que Petrina aprendera na escola. Ouvindo de perto, ela conseguia pegar a maior parte do que estavam dizendo, mas notava com melancolia que Tessa parecia confortada por suas trocas com Filomena, revelando um lado quase infantil que Petrina nunca vira na mãe antes.

Filomena era educada e respeitosa com Petrina; aparentemente, a menina não tinha ideia da batalha que Petrina instituíra para fazer Mario mudar de ideia sobre aquele casamento ridículo. Petrina tinha inclusive convocado uma reunião com Johnny e Frankie para falar sobre o assunto, mas sem chegar a lugar algum.

– Mario está apaixonado, você não está vendo? – dissera Frankie.

– Apaixonado? Todos nós somos muito jovens quando nos apaixonamos – respondeu Petrina, com amargura.

– Não é só amor. Mario quer ser deixado em paz. Mas é bem esperto – explicou Johnny, com um gesto sábio de cabeça. – Viu que a rebelião aberta não funcionou para você, Petrina; só serviu para que papi te mandasse para uma escola rígida. Mario descobriu que a melhor forma de ficar em paz é se casar com essa menina que mama achou para ele, porque Rosa é tão grata que não vai encher o saco dele.

Petrina tinha saído do encontro enojada, mas não se dera melhor ao confrontar Mario diretamente e ele de repente ficar veemente.

– *Basta!* – exclamara ele, com os olhos pegando fogo com a emoção. – Vou te dizer, essa é a única garota da minha idade que já conheci que é capaz de ter os próprios pensamentos. Não os pensamentos da mamãe, nem os pensamentos das amigas ou as ideias de alguma revista. Então, pare com isso, Petrina, e acho bom tratá-la bem.

Ele falava absolutamente sério, ela percebeu. Petrina não conseguiu deixar de ficar impressionada e desejar que seu próprio marido tivesse dito exatamente aquilo para a família *dele*. Então, ela decidiu que, já que não conseguiria impedir, podia pelo menos moldar aquela menina e transformá-la numa esposa apropriada para Mario.

Agora, tendo obtido permissão de Tessa para fazer isso, Petrina conduziu decididamente Filomena até seu próprio carro, dirigido por seu próprio chofer.

– Aonde estamos indo? – perguntou Filomena, apreensiva, sentindo-se presa enquanto o motorista de Petrina saía com o carro.

– Para a parte alta da cidade, *uptown*, é claro! – respondeu Petrina. – Primeira parada, Bergdorf Goodman.

Horas depois, quando elas saíram da loja de departamentos para o sol da Fifth Avenue, Filomena sentia que tinha sido sequestrada e vendida em algum tipo de mercado de escravos brancos. Suas unhas das mãos e dos pés estavam pintadas de vermelho-sangue. Seu rosto tinha sido esfoliado, polido e pintado, e os lábios estavam com a mesma cor vermelho-sangue.

A mulher do spa tinha até depilado os pelos das pernas de Filomena, para sua vergonha aguda. Aparentemente, homens americanos preferiam que suas mulheres parecessem coelhos escalpelados. De onde ela era, apenas prostitutas faziam uma coisa tão estranha.

O cabelo dela, por sua vez, tinha sido cortado mais curto – não tão curto quanto Petrina queria, porque, quanto a isso, Filomena havia batido o pé; então, o cabelo dela ainda estava abaixo do ombro, mas agora com um formato que o fazia balançar como um sino, com uma divisão lateral marcada, criando uma longa cortina de cabelo que caía por cima de um dos olhos.

– Nada mal, ela parece uma Veronica Lake morena – dissera a cabeleireira a Petrina.

Inicialmente, Filomena pensou que elas estavam dizendo que ela parecia "irônica", até lhe ser explicado que estavam falando de uma atriz de cinema.

Tonta com todos os perfumes, as borrifadas e os sprays, Filomena tinha seguido Petrina para ter mais experiências estonteantes – como entrar numa gaiola assustadora com portas barulhentas chamada de "elevador", pilotada por uma pessoa de uniforme que puxava agilmente alavancas e apertava botões, fazendo os passageiros chacoalharem para cima e para baixo num poço. Quando os elevadores ficavam cheios demais, Petrina arrastava Filomena para uma escada "rolante". No início, ela empacou como mula, recusando-se a seguir, para a exasperação de todos atrás. Com firmeza, Petrina contou em voz alta:

– Um, dois, três, *passo*!

E Filomena saltara como se sua vida dependesse daquilo. De loja em loja, Petrina supervisionava a compra de um extenso guarda-roupa, incluindo meias-calças, camisolas e lingerie de seda. Ela estava vestindo Filomena como uma menininha veste uma boneca, permitindo que vendedoras, com suas unhas afiadas, abotoassem e desabotoassem várias roupas em Filomena, enquanto Petrina ficava atrás avaliando o efeito, aceitando ou rejeitando as ofertas com um sim ou não breve e firme.

A cada compra, Filomena se perguntava como iam conseguir colocar mais uma caixa no carro. Mas o motorista de Petrina com experiência ia enchendo o porta-malas e pilotava as caixas pelo trânsito temerário, depois se sentava impassível atrás do volante esperando cada aventura, até Petrina enfim declarar:

– Última parada. Vamos tomar drinques no Copa.

O Copacabana era uma boate, decorada, como Petrina lhe disse, com características brasileiras, mas que inexplicavelmente servia comida chinesa. O público que o frequentava em busca de coquetéis era muito glamoroso:

mulheres com casacos de pele e homens com ternos de seda, todos muito espirituosos e fazendo os outros rirem. Petrina acenou para várias pessoas em banquetas de bar e em mesas enquanto um garçom a levava a uma cabine privilegiada. Ela sentou-se deslizando no banco de couro curvado, puxou Filomena junto de si e jogou os casacos das duas do outro lado.

– Dois coquetéis de champanhe – pediu ela ao garçom.

Filomena só tinha dado dois goles cautelosos quando um homem bem-vestido num terno completo, com cada fio de cabelo no lugar e rosto de imperador romano, entrou no salão e começou uma rodada impressionante de apertos de mão, tapinhas nas costas e conversinhas até chegar à mesa de Petrina.

– Olá, Universitária! Como vai seu pai? – perguntou.

Ele parecia ter cinquenta e poucos anos. Petrina deu um sorriso enigmático.

– Vai bem, obrigada. Esta é a garota que vai se casar com meu irmão mais novo, Mario. Rosamaria, dê oi ao sr. Frank Costello.

Pela primeira vez, Filomena ficou feliz por ter suportado todo o embelezamento do dia, porque o homem a olhou de cima a baixo e depois disse em aprovação:

– É mesmo?

– Ela acabou de chegar da Itália – completou Petrina, expressiva.

O rosto do homem imediatamente se suavizou e ele se dirigiu a Filomena pela primeira e única vez, falando em italiano.

– Ah! Eu era bem pequeno quando vim. Não tinha muito espaço na terceira classe. Então, sabe onde eu dormia? Dentro de uma panela! Que tal? Bom, parabéns! Saudações ao Mario. – Ele se virou para Petrina e fez um gesto de cabeça. – Hoje, seu dinheiro não vale nada aqui. – Ele beijou a mão de Petrina de forma afável e seguiu em frente.

– Ele disse que seu dinheiro é ruim? – perguntou Filomena, preocupada.

Petrina riu.

– Quer dizer que a gente pode beber de graça hoje! – disse ela, depois cochichou: – Dizem que ele é o sócio oculto do Copacabana! Quer dizer que é proprietário parcial – explicou, impaciente, vendo a tentativa atrapalhada de Filomena de entender.

Sério, aquela garota era uma ovelhinha perdida. Isso suscitava o lado protetor de Petrina, algo parecido com o que ela tinha por Mario, e a fazia sentir que, se não explicasse o mundo para aquelas almas inocentes, os dois seriam comidos vivos.

Um garçom apareceu carregando um balde cheio de gelo e uma garrafa inteira de champanhe, que ele abriu habilmente e serviu em duas taças. Petrina levantou sua taça de champanhe, deu um gole satisfeito e suspirou.

– Olha, *esse* – disse ela – é do bom. Experimente e aprenda, menina.

A cabeça de Filomena já estava girando com o turbilhão do dia. Elas viram a passagem do sr. Costello pela multidão suscitar o respeito bajulador de muita gente, não apenas de quem trabalhava lá, mas também dos clientes elegantes.

– Ele é muito importante, não é? – sussurrou Filomena.

Petrina disse baixinho, em tom de conspiração:

– Pode apostar! Frank Costello é o homem que as pessoas chamam de "Primeiro-Ministro". – Percebendo o olhar confuso de Filomena, Petrina completou: – Porque ele tem todos os *uomini importanti*, todos os políticos, juízes e policiais que valem a pena conhecer, *in tasca*, no bolso. É o Grande Chefe dos nossos lados. Mas ele começou como *un povero immigrato*, igual a todo mundo. Conhece meu pai dos dias da Lei Seca. Sempre foi justo, é o que o papi diz.

Filomena fazia que sim, mas, quando mostrou um olhar vazio ao ouvir as palavras *Lei Seca*, Petrina completou com impaciência:

– Lei Seca foi uma lei idiota, anos atrás, que tornou ilegal vender bebidas! Então, depois disso, o sr. Costello ganhou uma *bolada* nos caça-níqueis. Ah, pelo amor de Deus, você sabe, máquinas em que se põe moedas para apostar, como máquinas de doce. Você nunca viu uma? Bom, enfim, agora ele mora numa cobertura maravilhosa no melhor dos apartamentos do Majestic. Eu te mostro no caminho para casa.

Petrina tinha adotado um tom professoral, e isso de alguma forma fez Filomena lembrar-se de Rosamaria. Pois, apesar da altivez de Petrina, parecia haver uma sinceridade pura oculta em suas tentativas de instruir a futura cunhada, então Filomena fez um grande esforço para entender.

– As pessoas pagam tributo a ele? – perguntou, finalmente entendendo e se lembrando de algo que Rosamaria lhe dissera.

"Todo mundo precisa pagar tributos a alguém."

Petrina fez que sim.

– Vamos passar pelo prédio dele, o Majestic, no caminho de casa. Dizem que Costello tem caça-níqueis até na cobertura, para os convidados dos jantares apostarem. Mas são viciadas: para garantir que os convidados dele *nunca* percam!

11

Greenwich Village, outono de 1943

No início da manhã seguinte, a própria Tessa arrancou Filomena da cama.

– Vista-se, rápido! Você vem *comigo* agora. É dia de feira – anunciou Tessa. Ela esperou, no início em silêncio, vendo Filomena se vestir, observando suas novas roupas da expedição com Petrina no dia anterior. – Sim, é ótimo uma esposa estar bonita – disse secamente –, mas tem coisas mais importantes na vida. Venha, vou te mostrar.

Elas saíram a pé, passando pela parte aconchegante de Greenwich Village, com suas graciosas casas antigas construídas em torno de parques tranquilos e serenos, às vezes escondidas em ruas de paralelepípedos excêntricas, sinuosas. Tessa, vestida com um terno de lã leve e usando um chapéu com véu, se portava orgulhosamente ereta, sem falar, exceto por momentos em que assentia com a cabeça a outros vizinhos bem-vestidos. O silêncio parecia reinar naquelas ruas abastadas. Mas não muito longe daquelas residências elegantes ficavam as movimentadas ruas de feira, fervilhando de negócios e vida.

Entre lojas, barracas e carrinhos, Filomena logo viu que era muito mais do que uma expedição de compras normal. Tessa andava com agilidade pelo bairro como uma empresária séria, parando em cada fornecedor especializado para avaliar o que encomendar e para ensinar Filomena, dizendo incisivamente:

– Isso é o que Mario gosta de comer.

Mas Tessa só colocou na cesta algumas frutas e poucas outras coisas; pediu que todo o restante fosse entregue em casa.

Às vezes, ela perguntava a Filomena, ao selecionar o melão mais maduro ou uma caixa dos melhores tomates:

– Você sabe como ver se isto está fresco? – Mas, quando chegaram ao peixeiro, Filomena levantou a mão, e foi ela quem selecionou o peixe. Afinal, vinha de uma família de pescadores. – *Bene!* – disse Tessa em aprovação.

Elas seguiram. Tessa nunca precisava esperar na fila. Todos os mercadores a tratavam com muita deferência. Não importava quanto estivessem ocupados, eles largavam o que estivessem fazendo para vir pegar a mão de Tessa, cumprimentá-la e atendê-la pessoalmente. O padeiro careca e rotundo contornou o balcão de vidro para colocar um filão quentinho na cesta dela. O açougueiro alto e bigodudo foi até a sala dos fundos e cortou para ela sua carne mais fresca, depois mandou um funcionário entregar à cozinheira de Tessa para estar lá antes de elas chegarem em casa. Numa época em que todo mundo usava cupons de racionamento para pagar suas porções restritas de tudo, desde gasolina e sapatos a carne, manteiga e açúcar, Tessa parecia ter crédito ilimitado. Filomena não podia deixar de sentir admiração por Tessa, e tinha a sensação que o próprio prestígio aumentara quando os vendedores sorriram para ela com cortesia.

– Respeito – comentou Tessa ao saírem da feira – é o que nos separa dos animais. Lembre que você nunca deve fazer nada que prejudique o respeito que os outros têm pela nossa família.

Elas viraram uma esquina e estavam quase em casa quando algo emergiu de um beco e bloqueou o caminho. Era um mastim perdido, com o pelo turvo manchado e emaranhado. Ele se plantou nas quatro patas fortes e grandes, rosnando através de lábios pesados e salivando, como se as desafiasse a passar. Quando Tessa deu um passinho, ele grunhiu, mostrando os dentes afiados, e latiu ferozmente. Tessa paralisou. Um momento tenso de temor pareceu suspenso no próprio ar enquanto a criatura selvagem e irada evidentemente tentava decidir qual das duas atacaria primeiro.

A decisão tremeu na garganta dele quando o animal saltou na direção de Tessa. Mas ela conseguiu dar um passo para o lado e desviar, de modo que o animal acabou batendo a cabeça poderosa na cesta. Isso momentaneamente distraiu a criatura, e laranjas e limões bateram nele como mísseis. Nessa confusão momentânea, Filomena calculou rápido. Quando menina, ela tinha visto uma matilha de cães selvagens trucidarem um menino. Mas aquele animal estava sozinho, era um estranho no bairro. Não estava no território dele. Era o dela.

– Vá pra casa! – gritou ela, alto, firme e decisiva. – Agora! Vá!

O cão virou os olhos avermelhados e furiosos para ela, as narinas se dilatando enquanto ele mostrava os dentes longos e feios. Ela se endireitou e ficou mais alta, mas manteve-se no lugar.

– Vá pra casa! – berrou, a voz clara e destemida soando na rua como um sino.

O cão, ainda rosnando, pausou, analisando-a; depois, abaixando a cabeça, ele se virou e saiu trotando.

– *Brava* – disse Tessa em voz baixa, como se tivesse visto Filomena pela primeira vez.

Enquanto Tessa fazia compras com Filomena, os irmãos ficaram encarregados das outras preparações.

– Sabe, Mario – falou Johnny no início da noite, acendendo um cigarro –, Frankie e eu queríamos conversar um pouco com você, está bem?

Mario tinha sido convocado a um lugar aonde quase nunca ia: à casa em que Johnny morava com Amie e seus filhos no primeiro andar. Naquele dia, todas as crianças estavam no andar de cima, no apartamento de Lucy e Frankie, jantando cedo com a empregada. As mulheres estavam na casa de Tessa. Então, aquela reunião era claramente só para homens.

– O que foi? – perguntou Mario, com uma leve suspeita.

– Antes de mais nada, entenda que apoiamos suas ideias – continuou Johnny. – Papi diz que você quer abrir seu próprio negócio; tudo bem.

Mario olhou divertido para os irmãos. Certamente não tinha sido convocado lá para debater negócios; eles nunca fariam isso sem a presença do pai. Mas tinham tirado um tempo de seu dia atribulado para o encontro, fazendo seus papéis de sempre: Johnny, o "pensador" comedido da família, e Frankie, o "sedutor" e negociador.

– Em segundo lugar – continuou Frankie, como se os dois tivessem ensaiado entre si antes de chamar Mario –, queremos ter certeza de que você vai se casar porque quer, e não apenas porque a mama arranjou, entende?

De novo, isso pareceu a Mario uma formalidade, e ele respondeu:

– Sim, é o que eu quero.

Os irmãos trocaram um olhar cheio de significado.

Frankie disse:

– Jesus, Johnny, dá para apagar esse cigarro? Você fuma demais. – Então ele entrou diretamente no assunto: – Olha, rapaz – começou, desconfortável

–, a gente levou você para sair no seu aniversário de dezesseis anos, então sabemos que você conhece os fatos *básicos* da vida.

Mario, que preferia não pensar muito em sua primeira e única experiência com prostitutas, fez um aceno de mão, sem comentar.

– Mas o casamento – começou Johnny –, com alguém que você ama, quer dizer, é diferente de tudo aquilo.

Frankie completou rapidamente:

– O que Johnny quer dizer é que a maioria das jovens como a sua Rosa não entende nada do assunto. Então, não dá para simplesmente atacar como um elefante numa loja de cristais, como dizem.

Mario suprimiu um sorriso.

– Certo – disse, sóbrio.

Ele decidiu que não era a hora de contar que também tivera um caso breve com a professora de arte viúva da escola, até ela se casar com o professor de música e os dois fugirem para a Filadélfia. Mario não tinha ficado triste de vê-los irem embora; ele aprendera muito, mas era bom terminar de um jeito leve.

– Então, vá com calma – disse Johnny. – Não espere demais da sua noiva na noite de núpcias; todo mundo está exausto na hora de ir para a cama, sabe? Leva tempo para um conhecer o outro. E, falando em tempo, mesmo que *ela* comece a se preocupar com quando vão vir os bebês, não ligue. Eles vão chegar em breve.

– Está bem? Entendeu? – perguntou Frankie, apressado.

– Entendi. Obrigado – respondeu Mario.

Os dois irmãos deram um suspiro de alívio. Frankie foi até o aparador e serviu bebidas para todos.

– *Salute!* – disse Frankie.

– Amém – replicou Johnny, dando um tapinha nas costas de Mario.

Quando Lucy chegou de seu turno no hospital naquele dia, passou primeiro na casa de Tessa; era seu costume fazer isso antes de ir para a própria casa. Encontrou Amie sozinha na sala de estar.

– Nada de Tessa hoje – relatou Amie. – Ela levou a garota do Mario para a feira, depois para a prova final na costureira. Johnny disse que é para nós duas ficarmos longe de casa até a hora do jantar, porque ele e Frankie estão tendo uma "conversinha" com Mario. Não é uma gracinha?

Lucy sabia que Amie tinha adotado o hábito de tomar um pouco de xerez àquela hora. Naquela dia, o que a própria Lucy mais queria era um uísque. Não só porque o hospital estivera lotado, já que Lucy estava acostumada a lidar com todo tipo de crise: pacientes sofrendo, equipe nervosa, as catástrofes variadas de sangue e carne que ela sempre dava seu melhor para resolver.

Mas, naquele dia, quando o turno estava quase encerrando, ela tinha entrado no pronto-socorro para uma última checagem num procedimento da equipe quando uma ambulância chegou com a polícia atrás, e Lucy de certa forma se alarmou. Uma garota tinha aparentemente se afogado no Rio Hudson.

Lucy estava parada ao lado da porta do hospital quando a maca chegou e, quando o lençol foi puxado do corpo, ela reconheceu aquele pobre rosto inchado. Era a garota que dera à luz Christopher havia quase uma década. Lucy nunca nem soubera seu nome.

– Outra indigente. Acho que já a vi antes; é uma prostituta do West Side – disse o policial ao médico de plantão.

– Parece suicídio – comentou o médico após examinar o corpo.

O policial fez que sim.

– Vou interrogar algumas pessoas para ver se ela tinha família, mas essas garotas nunca têm.

Lucy sentiu uma crescente vertigem e precisou sentar-se. Fingiu que estava olhando prontuários, para assim ter um tempo e se recompor. Mesmo depois de se controlar e correr para casa, ela ainda estava trêmula, olhando por cima do ombro, como se fosse culpada de assassinato.

O que isso quer dizer?, perguntou a si mesma. *Será que ela realmente pulou ou alguém a empurrou? Se foi isso, por que, coitada?* Essas garotas logo ficavam "gastas", envelheciam antes do tempo. Lucy sabia que ela mesma podia ter acabado nas ruas se não tivesse tido sorte.

Era um alívio estar agora em casa tomando seu uísque e matutando em silêncio.

Mas Amie estava a fim de conversar.

– A garota de Mario está ficando muito glamorosa – comentou. – Petrina a embonecou toda. Até esmalte! – Ela fez uma pausa. – E então? O que você acha dessa garota nova com quem Mario vai se casar?

– Hum? Ah, ela é ok, acho. – Lucy assentiu, pensativa, tentando resolutamente esquecer o rosto inchado da mulher afogada.

No brilho quente e protetor da luz do abajur daquela sala de estar, a família de Frankie sempre parecera uma fortaleza onde ela e Christopher estariam protegidos para sempre. Mas aquela noite era um lembrete de que lá fora ainda havia um mundo horrível que podia bater na janela dela como galhos de árvore numa noite de ventania. Lucy refletiu que já deveria estar mais do que acostumada aos pequenos choques da vida.

Mesmo os choques que aconteciam *dentro* de sua própria casa. Certa vez, ela encontrara armas escondidas embaixo da cama. Frankie jurou que nunca mais aconteceria, e não aconteceu. Ainda assim, certas vezes ela descobria alguma quantia impressionante de dinheiro vivo escondida em latas de café vazias ou empilhada num velho baú no armário; uma vez encontrou até numa caixa de chapéus. Mas já fazia um tempo que isso não acontecia.

– O filho da cozinheira está com problemas. Ele é drogado – Amie tentou iniciar outra conversa. – Tenho muita pena dela. Ela precisou mandá-lo morar com amigos em Nova Jersey. Eles conhecem um padre que ajuda pessoas a largar das drogas. – Amie suspirou. – É mais difícil controlar meninos do que meninas. Você tem sorte de ter uma filha como Gemma. Espero que um dia eu tenha uma menina.

Lucy sentiu um baque familiar. Depois do nascimento da filha, Gemma, os médicos haviam dito que ela não poderia mais ter bebês, pois sofrera uma ruptura uterina causada por sequelas complicadas do parto anterior na Irlanda. Lucy suspeitava que tinha a ver com o atendimento médico lamentável que recebera na casa de meninas; as freiras sempre procuravam os médicos mais baratos que conseguiam encontrar, e eles agiam como se tivessem sido chamados numa favela e mal pudessem esperar para finalizar o trabalho e ir embora.

Para Lucy, era um castigo injusto, porque ela não podia dar filhos homens a Frankie. Ela tinha soluçado no ombro dele, que garantira que não tinha importância, dizendo que amava Gemma e Chris, e isso era suficiente. Mesmo assim, ela o fez prometer não contar sobre o "defeito" dela para a família.

– Eu amaria ter uma menininha para vestir – dizia Amie, sonhadora.

– E por que não tem? – perguntou Lucy, curiosa.

Amie ficou vermelha.

– Johnny era muito apaixonado quando a gente se conheceu. Mas, depois que os gêmeos nasceram, não sei... Ele ainda é muito amoroso, mas age como se agora eu fosse a Virgem Maria. Frankie é assim?

Lucy ficou envergonhada.

– Não, Frankie é insaciável – admitiu. – Sinceramente, ele me esgota às vezes. Mas não consigo resistir. É como se eu não tivesse controle.

Amie sentiu uma pontada de inveja, pois Johnny antigamente era assim também. Homens tão lindos, tão cheios de vida e alegria, mas havia em todos eles algo esquivo. Essa nova garota e Mario pareciam tão apaixonados. O que poderia interferir na harmonia marital *deles*?

– Homens são complicados demais. – Amie suspirou.

– Não – disse Lucy, pesarosa –, homens são simples demais.

Quando Filomena e Tessa voltaram, Tessa foi direto a seu escritório particular nos fundos da casa. Filomena encontrou Lucy e Amie conversando cordialmente na sala de estar da família, mas elas ficaram em silêncio total ao vê-la e só voltaram a falar quando ela subiu. *Talvez achem que eu seja espiã de Tessa*, pensou Filomena, melancólica.

Na hora do jantar, Lucy e Amie voltaram para suas casas para comer com os maridos. Filomena jantou com Mario e os pais dele, quase o tempo todo em silêncio, o que era um alívio depois de dias tão turbulentos.

– Mario – disse Gianni, com certa formalidade –, fizemos arranjos para você e sua nova esposa morarem com a gente aqui nesta casa.

Mario, sem se deixar perturbar, virou-se para Filomena e explicou:

– Esta casa é a maior, e o quarto dos meus pais fica no primeiro andar. O nosso vai ser lá em cima, então vamos ter privacidade. Com a guerra, achamos que é o melhor jeito.

Filomena fez que sim. Mas, quando os pais tinham se retirado para o quarto, Mario lhe disse em voz baixa:

– Vou economizar nosso dinheiro e, assim que conseguirmos, vou comprar uma casa só nossa, se decidirmos que é nossa vontade. Está bem?

De novo, Filomena consentiu. Mario a abraçou e a beijou nos lábios pela primeira vez. Ela gostou dessa intimidade inesperada e sentiu que estava correspondendo ao beijo, e, como ele ainda era meio que um estranho, foi uma emoção nova, quase ilícita.

– Vou dar boa-noite agora – sussurrou ele.

O quarto de Mario, ela ficou sabendo, era o terceiro cômodo no andar de cima, um quarto pequeno que ele ocupara a vida toda desde criança; no fim do corredor havia outro quarto bem maior, que já tinha sido de Petrina, mas em breve seria deles.

Filomena se virou e seguiu o corredor que levava à casa de hóspedes. Ela subiu as escadas até seu quartinho com um suspiro de alívio, ansiosa por dormir. Mas, pela janela que dava para a rua, a luz lá fora estava tão forte que ela foi fechar a cortina.

Então viu, à luz dos postes de iluminação, dois homens corpulentos lá embaixo, parados na esquina da rua com o rosto encoberto pelas sombras. Estavam olhando para a casa ou para o nada; ela não conseguia saber. Viu o brilho vermelho da ponta de um cigarro que um deles fumava. Instintivamente, afastou-se da janela, não querendo que a vissem de camisola. Com cuidado, espiou pela lateral. Os homens se comunicaram por um tempo, depois enfim se afastaram e desapareceram numa esquina.

Sentindo-se um pouco perturbada, Filomena fechou a cortina, voltou para a cama e puxou as cobertas, tremendo um pouco. Mas logo voltou a sentir-se quentinha e segura, e pegou no sono.

12

Greenwich Village e Lago Candlewood,
Connecticut, outono de 1943

O dia do casamento de Filomena amanheceu claro, fresco e ensolarado.

– Você está tão linda, senhorita – sussurrou Donna, a empregada, ajudando a noiva a vestir-se.

As coisas de Filomena já tinham sido tiradas do quarto de hóspedes, pois ela não era mais hóspede. A partir daquele dia, seria família.

O pai de Mario, Gianni, ia levá-la até o altar, então esperava lá embaixo, na sala de estar. A casa estava sinistramente silenciosa; todos os outros já estavam na igreja.

Enquanto Filomena descia as escadas, a empregada segurou o véu do vestido e apoiou no braço de Filomena, depois a deixou sozinha na sala com Gianni. Ele tinha se arrumado orgulhosamente para a ocasião, com um terno escuro, e sua cabeleira elegante, tão cheia para um homem daquela idade, o fazia parecer um leão régio.

Filomena esperou, nervosa, enquanto ele se levantava, pois ele ficara lá parado deliberadamente, embora Sal, o motorista, esperasse lá fora com o carro ligado.

– Minha querida – disse Gianni, olhando o rosto dela antes que fosse coberto com o véu –, eu sei que todo mundo nesta família falou com você e lhe deu as boas-vindas. Eu mesmo não sou homem de muitas palavras e discursos. Mas quero que saiba que estou feliz por você estar aqui e vejo que você faz Mario feliz. – Ele fez uma pausa. – Só queria dizer que, se você tiver qualquer razão para não querer fazer isso hoje, não tem problema. Eu ainda vou ser seu patrocinador se você desejar ficar no país e ser independente. Então, por favor, se preferir não ir em frente, não tenha medo de dizer, pelo menos para mim.

Filomena viu que ele estava sendo sincero. Ficou tocada e chocada. Uma consideração tão genuína pelas necessidades e pelos desejos *dela* a fazia sentir-se como uma pessoa de verdade, não apenas um joguete. O coração dela inchou com uma gratidão que só aprofundou sua lealdade àquela família impressionante.

– Agradeço por sua bondade. Mas, sim, eu quero mesmo me casar com Mario – respondeu apenas.

Gianni assentiu, com apreciação; então disse algo que Filomena só compreenderia muito depois.

– Há coisas que acontecem na vida e não podemos evitar – comentou em voz baixa. – A vida do Mario teve suas complicações. Ele ainda não entende isso por completo. Mas, independentemente do que aconteça, por favor, sempre esteja com ele para recordá-lo de como é importante ter a família por perto, pois só queremos amá-lo e protegê-lo.

Filomena não tinha ideia do que dizer, então só fez que sim. Gianni disse:

– Muito bem, então. Precisamos ir. Tranquila e calmamente. Vai ser um lindo dia.

Sal abriu a porta do carro para ela e esperou, e, pela primeira vez, ele deu a ela um breve sorriso e acenou com a cabeça. Sentada lá, cercada por metros e metros de tecido de seu vestido precioso, Filomena sentiu que estava sendo levada numa nuvem de tule.

Quando chegaram à igreja, com suas lindas colunas e torre, as portas estavam escancaradas. Na calçada, algumas poucas meninas brincavam de amarelinha entre as folhas caídas. Quando pararam para admirar a noiva, Filomena se lembrou de que brincava de amarelinha quando era criança. Mas sentiu um momento de pânico; tinha medo de entrar em uma igreja desde que o bombardeio a Nápoles literalmente derrubara uma em cima dela. Ela parou involuntariamente, tremendo, e Gianni levantou os olhos, questionador. Filomena quase conseguia ouvir Rosamaria ralhando com ela: *ele acha que você está mudando de ideia sobre a família dele*. Então, com uma oração silenciosa a Rosamaria, Filomena fez um esforço para endireitar a coluna e sorrir, certa de que a prima estava com ela agora, dando-lhe um empurrãozinho para que seguisse em frente.

Determinada, Filomena subiu os degraus de pedra e espiou lá dentro. Os corredores estavam decorados com rosas brancas e cor-de-rosa, além de faixas de cetim branco. Os bancos estavam todos ocupados por várias pessoas completamente estranhas a Filomena, mas que a família de Mario obviamente conhecia bem. Os convidados esticaram o pescoço para conseguir olhá-la. Filomena se esgueirou às pressas.

Petrina, inicialmente irritadiça e impaciente naquela manhã, agora tinha se reagrupado e esperava nos fundos da igreja, insistindo em verificar o vestido, o cabelo, o véu de Filomena. Lucy e Amie eram as damas, e Lucy inesperadamente deu um passo à frente para apertar a mão de Filomena.

– Não tenha medo – sussurrou ela. – É mamão com açúcar.

– Ela quer dizer que é moleza – explicou Amie, para não ficar de fora.

Filomena não reconheceu nenhuma das gírias, mas a expressão no rosto das duas era reconfortante.

Com as primeiras notas alarmantes do órgão, as crianças seguiram: Pippa e Gemma entraram espalhando pétalas de rosas cor-de-rosa pálido de pequenas cestas na passadeira de cetim branco estendida aos pés de Filomena. Depois foi Christopher, carregando as alianças presas numa almofadinha de cetim branco. A seguir, as madrinhas, Amie e Lucy, com os irmãos de Mario como padrinhos. Gianni ofereceu o braço a Filomena e, conforme foram andando, ela ouviu a multidão se levantar em resposta.

Com toda aquela gente olhando para ela, Filomena ficou feliz de ter o acompanhamento calmo e estável de Gianni até o altar. Pelo véu transparente, ela viu Tessa numa pose de rainha num banco da frente. Mario esperava no altar, o rosto inteligente brilhando, mas parecendo estar levemente nervoso.

Quando Filomena chegou até ele, entregou o buquê para Amie e colocou a mão no livro de orações que Tessa lhe tinha dado, e Mario colocou a mão dele sobre a dela. Seu toque reconfortante derreteu o gelo dos dedos dela, que pareciam picolés. O padre falou, e Filomena e Mario começaram a murmurar suas juras de amor um ao outro. E de repente Mario a estava beijando e a música rompeu do órgão. Ao saírem da igreja, o sino começou a ressoar.

A festa de casamento aconteceu num restaurante novo e bonito em Greenwich Village. No pátio, as árvores e os arbustos tinham sido decorados com luzinhas; lá dentro, as mesas do bufê estavam pontilhadas de flores. Num canto, tocava um quarteto de cordas. Os irmãos de Mario dançaram com Filomena; foram graciosos e elegantes.

Quando Mario a pegou de volta, Frankie falou num tom baixo, parabenizando-o:

– Sua boneca é uma boneca, Mario.

Isso pareceu agradar demais a Mario.

– Ele nunca fala isso a não ser que seja verdade – explicou a ela.

Até o marido de Petrina tinha ido – um homem alto e garboso chamado Richard, que foi arrastado para a pista de dança pela filha, Pippa. O banquete durou o dia todo. Amie tinha deixado escapar que o bolo custara uma fortuna, pois tinha sido feito com os melhores ingredientes, apesar do racionamento de manteiga, açúcar e farinha. Filomena não ousava calcular os gastos totais da família com o filho mais novo, o último a se casar, mas teve alguns ataques de pânico com o custo impensável daquele único evento.

Mario ficava agora o tempo todo ao lado dela, levando-a de um ritual a outro, até chegar a hora de eles colocarem as roupas de viagem e escaparem. O fiel Sal os estava esperando para levá-los a seu destino, onde enfim estariam a sós.

– Bem – disse Mario quando se acomodaram no banco traseiro do carro –, conseguimos!

***

O chalé onde passariam a lua de mel no Lago Candlewood parecia encantado à luz oblíqua do outono. Não havia muitos hóspedes em dias de semana, o que deu aos recém-casados a privacidade e tranquilidade que desejavam. A natureza também foi boa com eles, com dias de um calor fora de época, de modo que puderam pegar uma canoa e remar pelo lago, que brilhava sob o céu azul-claro do outono. O lazer ainda era para Filomena um luxo incrível – estar ao ar livre apenas por diversão, e não para executar as tarefas da fazenda. Eles faziam piquenique, depois boiavam no lago, preguiçosos; e, à noite, sentavam-se na varanda depois do jantar para terminar o vinho. Instintivamente, o corpo deles seguia o ritmo do sol, então iam dormir cedo. Naquelas noites frescas e aromáticas, eles se deitavam na escuridão tênue, fazendo planos, fazendo amor.

Na primeira noite, quando Filomena foi ao banheiro colocar a camisola, teve um momento de pânico, embora Rosamaria tivesse havia muito tempo lhe explicado os fatos da vida e, inclusive, contado como "domesticar" um homem para ele não apressar as coisas.

Mas, quando Filomena se deitou na cama, Mario lhe murmurou coisas doces e demorou-se acariciando o corpo dela, explorando seu desejo; e Filomena, no início tímida, ficou completamente surpresa de descobrir seu próprio prazer vindo de uma fome que ela não precisava mais reprimir. Depois, ela dormiu tão profundamente, satisfeita, que parecia uma memória de um passado primitivo.

Foi fácil entrar numa rotina de acordar cedo com o delicado nascer do sol, tomar um café da manhã rápido juntos e ir para o lago com uma canoa para observar a natureza fervilhante. Patos patinhavam sociáveis ao lado deles; outros pássaros passavam apressados voando em formato de V acima da cabeça deles; e sapinhos saltavam para sair do caminho enquanto faziam sons engraçados de "ping".

Às vezes, Filomena e Mario mal se falavam no lago, trocando olhares felizes sempre que viam algo inesperado e miraculoso – um cisne num voo repentino com um forte ruído das asas, um peixe saltando num arco gracioso. Mario era um pescador experiente, e os dois cozinhavam o que ele pescava. Filomena não entrava num barco de pescaria havia anos; sentia saudade sem perceber. Mas também era uma lembrança dolorosa de seu pai. E, certa noite, um comentário casual de Mario a levou a revelar mais do que ela jamais pretendera.

Ela estava deitada na cama, no escuro, agradavelmente exausta do dia passado ao ar livre. Mario estava à janela, olhando as estrelas, e comentou, reflexivo:

– Quando eu era criança, fingia que não pertencia à minha família. Eu lia muitos livros sobre órfãos que acabavam sendo príncipes ou guerreiros. Eu tinha certeza de que, um dia, iria embora de casa e puxaria uma espada de uma pedra, ou atravessaria os mares num barco a vela até o reino mágico do meu pai verdadeiro.

Quando ele foi para a cama e se deitou ao lado dela, Filomena disse, numa explosão repentina:

– Você não sabe do que está falando! Não é alegria nenhuma ser órfão. É horrível. Você devia se ajoelhar e rezar a Deus para que o perdoe de sua ingratidão.

Mario virou-se chocado para ela quando, sob o manto da escuridão, ela caiu em lágrimas. Instintivamente, ele a aconchegou nos braços, fazendo sons tranquilizadores até, enfim, perguntar:

– O que foi, *cara mia*? O que a deixou tão triste?

E, numa pressa repentina, ela contou a ele como seus pais tinham brigado, e como sua mãe a tinha levado embora e soltado sua mão para entregá-la a estranhos. Ele ficou em silêncio, ouvindo como um cavalo, numa empatia muda, mas palpável, até as lágrimas dela cessarem.

– Pobrezinha – sussurrou, ainda a ninando como se ela fosse uma criança. – Nem imagino alguém fazer uma coisa dessas com uma garota tão doce e amorosa como você! Eles deviam estar horrivelmente desesperados. Ninguém nunca mais vai te abandonar nem te magoar, eu juro.

– Você não vai contar para ninguém, não é? – sussurrou ela de volta, ansiosa.

Já tinha sido desprezada tempo suficiente para saber que, se as pessoas descobrem que você foi abandonada, o mundo inteiro passa a pensar que você é indesejável.

– Claro que não. O passado já se foi – disse ele, firme. – Agora, você é uma de nós. – Ele fez uma pausa. – Eu não quis ser ingrato com minha família – continuou, hesitante, como se devesse uma explicação a ela. – Mas, sabe, quando eu nasci, minha mãe já tinha certa idade e não queria mais ter bebês. Já tinha perdido dois no parto. Então, quando eu cheguei, ela não teve muita paciência no início. Eu sempre fui lento demais. Demorava muito para amarrar os sapatos, trocar de roupa e até comer. Ela mandava a empregada levar meu prato embora antes de eu terminar. Ela ficava muito brava comigo. Eu não entendia por quê. Ela queria me mandar para um seminário para se livrar de mim. Foi então que eu pensei em fugir.

Filomena agora entendeu e comentou baixinho:

– Mas ela parece gostar tanto de você...

Mario suspirou.

– Hoje em dia, sim. Ela tinha muita dor de cabeça quando ficava trabalhando na contabilidade no escritório. Ela se deitava num sofazinho e ficava gemendo sozinha. Os médicos não ajudavam. Certa vez, quando eu tinha seis anos e não havia mais ninguém em casa, fiz um "chá de sol" para ela. É só colocar boas verbenas num jarro com água e deixar no sol para fazer a infusão. Levei uma xícara para ela. Depois, coloquei uma toalha de rosto numa tigela de água com gelo, torci e coloquei a toalha fria na testa dela. E cantei uma musiquinha que Petrina tinha me ensinado. Mamãe ficou tão surpresa que chorou. Depois disso, as coisas melhoraram muito para mim.

Filomena, olhando o rosto dele pelo luar que entrava pela janela, viu ali uma mágoa verdadeira. Ela entendia por que Mario tentava um equilíbrio cuidadoso entre agradar a si mesmo e agradar a mãe. Terrores de infância são parte da carne e dos ossos das pessoas. Mesmo atualmente, já adulto, ele não queria que a amorosa Tessa voltasse a ficar irritada e impaciente com ele. Talvez, pensou Filomena, a família dele fosse um pouco mais complicada do que ela percebera.

E então, certo dia, tocou o telefone na loja do vilarejo, e o homem que era dono do chalé e da lojinha do outro lado do lago pegou a lancha para ir dizer que eles precisavam ligar para casa. Os dois voltaram com ele, atravessando o lago calmíssimo no sol da manhã. Um casal idoso pescava numa enseada próxima, parecendo estar lá desde o início dos tempos. Algumas pessoas que moravam o ano todo ao redor do lago se cumprimentavam alegres naquele dia que parecia ter sido feito para aproveitar. Quando viam Mario e Filomena passando, todos sorriam com sabedoria e diziam "recém-casados", como se o mundo todo amasse aquele casal só porque eles amavam um ao outro.

Quando o barco atracou, eles desceram e entraram na loja, que tinha, de um lado, um longo *dispenser* de refrigerantes e, do outro, uma cabine telefônica. Mario ligou para casa, e Filomena viu o brilho do rosto do marido se extinguir, como se alguém tivesse desligado um abajur dentro dele. Ela sabia que apenas uma coisa tinha esse terrível poder.

– O que você disse? – perguntou Mario, segurando o telefone de modo que ela pudesse também escutar.

– Mario, é o papi – prosseguiu Frankie, com urgência. – Ele morreu. Estava vindo para casa com uma caixa de doces da padaria no domingo. Eu o vi subindo pela calçada. Ele falou: "Não estou me sentindo muito bem", e aí caiu, igual uma maçã cai de uma árvore. O médico disse que provavelmente tenha sido um derrame. Mama está arrasada. Johnny chora igual a um bebê quando acha que ninguém o está ouvindo. – Ele fez uma pausa. – A mama disse que o papi estava recebendo umas ligações estranhas no meio da noite que o deixavam aborrecido, mas ele nunca dizia quem era. Petrina está mandando o motorista dela pegar vocês. Precisamos ficar com Sal aqui. – A ligação terminou com essa observação sinistra.

– Mario, sinto muito – disse Filomena, abraçando-o.

Ele deixou que ela o apertasse por um tempo.

– Precisamos ir – anunciou enfim, parecendo atordoado.

– Claro que sim – concordou ela. – Vou arrumar nossas malas.

Ela soube imediatamente que era sua vez de cuidar dele. Até então, fora Mario quem pagara as contas, pedira o jantar e conversara com as pessoas, mas, no primeiro choque do luto, não dava para esperar que o marido dela enfrentasse o mundo; cada pequeno movimento pareceria um grande esforço, ela sabia.

Então, ela falou rápido com o homem atrás do balcão de refrigerantes e pediu alguns sanduíches para levar – ovos e bacon para o café da manhã de Mario, com uma garrafa térmica de café quente e alguns sanduíches de rosbife para o caminho de volta. A esposa do proprietário, que preparou os sanduíches, estalou a língua em solidariedade e fez atenciosamente coisas extras, como adicionar alguns biscoitos de açúcar e chocolates para eles comerem com o café.

O dono da loja deixou que eles atravessassem o lago com seu barco. Quando chegaram ao chalé, Filomena fez Mario se sentar à mesa de piquenique de madeira com o café e o sanduíche de ovo enquanto ela rapidamente fazia as malas.

– Coma, porque você precisa ficar forte pela sua mãe e por nós – pediu ela.

Mario comeu mecanicamente, olhando para o lago sem parecer ter ciência do que estava fazendo, como se não tivesse forças para ir contra as instruções dela. Quando ele estremeceu, Filomena colocou um casaco sobre seus ombros e chegou mais perto, para aquecer seu querido jovem marido – enquanto o mundo ficava mais gelado.

13

Cidade de Nova York, outono de 1943

O velório de Gianni teve mais convidados do que o casamento de Mario, mas Filomena não deixou de notar que muitos deles eram homens que tinham ido sozinhos, sérios e bem-vestidos, prestar suas homenagens.

Mesmo agora, deitado ali no caixão cercado de flores, Gianni ainda era bonito, seu belo cabelo arrumado, as roupas impecáveis, como ele se vestia em vida. Filomena ficou esperando que ele se levantasse e retomasse seu papel de sábia âncora da família, dizendo a eles o que fazer.

Mario ficou parado como sentinela ao lado do caixão, à cabeceira do pai, e não falava muito quando as pessoas passavam arrastando os pés e se revezavam em dizer a ele o quanto sentiam; ele só assentia com a cabeça.

Tessa, que em casa parecera inesperadamente fragilizada, Filomena observara – quase como se um sopro de vento pudesse reduzi-la a pó –, agora se mostrava à altura das circunstâncias, colocando-se ereta sem nunca derramar uma lágrima nem mostrar sinal algum de sua devastação. Era como uma estátua, imóvel, em prol da multidão, como se dizendo: "Ainda estou aqui e, agora, estou no comando". Filomena ficou mais embasbacada com sua atitude do que nunca.

Johnny sentou-se a um lado da mãe e Frankie, ao outro. As esposas estavam atrás deles com as crianças, todas também vestidas com formalidade e sem ousar se mostrarem irrequietas. Filomena sentou-se com as esposas e viu cada um dos pequenos ser levado para se despedir do avô com um beijo e depois voltar ao seu lugar. Pareciam solenes, assustados, mas determinados a agir como os adultos.

Em certo momento, Johnny foi aos fundos do salão para fumar, parecendo devastado. Seu corpo alto estava agora encurvado, como se literalmente estivesse com o peso da família nos ombros; ele ficou lá, estático, perdido em pensamentos.

Em contraste, Frankie, sempre tão cheio de energia vital, parecia incapaz de se conter naquele dia, andando para lá e para cá, observando, conversando com as pessoas, sempre em movimento. Lucy desistiu de tentar aplacá-lo. Ela tinha tido contato suficiente com a morte no hospital para saber que precisava deixar o marido expulsar a energia de luto e só depois estar lá com ele, quando ela finalmente se extinguisse.

Petrina usava um véu escuro na frente do rosto manchado de lágrimas, mais uma vez sem o consolo do marido, pois, embora Richard tivesse ido com ela prestar brevemente suas homenagens, tinha levado o carro de volta ao bairro deles, deixando Petrina e Pippa com a família dela. Vestida de seda preta, Petrina estava belíssima sem nem tentar – altíssima sobre os saltos, exalando um leve aroma de algum perfume que evocava flores roxo-escuras. A filha dela, Pippa, parecia triste e ansiosa com seu primeiro vestido preto, segurando a mão da mãe antes de se sentar entre as outras crianças, numa fileira reta e silenciosa como de passarinhos.

Tessa tinha insistido que o velório durasse apenas uma manhã, para que a missa funerária pudesse ser no mesmo dia e o enterro, no fim da tarde. As jovens esposas sentiam que era como se, de algum modo, Tessa estivesse protegendo Gianni.

– Dá uma olhada – cochichou Lucy de repente quando, na última hora do velório, houve um agito repentino entre os visitantes que permaneceram nos fundos da sala.

Um homem esguio tinha entrado. Toda a sala ficou atenta, como soldados em formação quando um general chega para a inspeção. Todos olharam em silêncio enquanto o recém-chegado avançava.

Filomena o analisou disfarçadamente. Tinha quarenta e tantos anos, altura e peso medianos, cabelo castanho-claro, mas uma cabeça "alta", achou ela – uma testa grande com sobrancelhas duras e angulosas em cima de olhos escuros e pensativos –, um nariz bem longo e lábios cheios e sensuais. Em silêncio e respeitosamente, ele se aproximou de Tessa sem abrir mão de nem um pingo de sua autoridade. Inclinou-se de leve para murmurar algum consolo a ela, depois falou em voz baixa com os filhos.

Quando ele se endireitou, o olhar do homem deu uma volta rápida pela sala, absorvendo tudo. Por uma fração de segundo, seu olhar caiu em Filomena como uma abelha numa flor, como se ela fosse uma planta nova no jardim. Não durou muito; evidentemente, ele a considerara desimportante. Mas foi o suficiente para ela se arrepiar.

Filomena olhou para as outras mulheres, questionadora. Lucy balançou a cabeça em alerta, mas Amie não resistiu a cochichar no ouvido dela:

– É Anthony Strollo. Ele é conhecido como "Tony Bender". Ele lidera a equipe do Greenwich Village. É com ele que todos nós temos que lidar.

Petrina se inclinou à frente e sussurrou para Filomena:

– Mas ele é só um *capo* do sr. Costello, o "Primeiro-Ministro" do submundo. Lembra?

– Pelo amor de Deus, senhoras, silêncio! – sibilou Lucy, incrédula. – Vocês querem que ele ouça o que nós, gralhas, achamos dele?

Mas Strollo já tinha ido até o caixão. Ele parou, tirou uma flor branca da lapela e a colocou no peito de Gianni.

Filomena viu Mario se encolher, quase imperceptivelmente, pois ninguém mais notou. Mas, quando Strollo outra vez acenou com a cabeça para a família e saiu, ela viu Mario discretamente estender a mão e tirar a flor de cima do pai, logo antes de o caixão enfim ser fechado.

Mais tarde, saindo da igreja e ainda meio enjoada pela quantidade abundante de fumaça de incenso que o padre havia espalhado no funeral, movendo um impressionante incensário dourado numa corrente de ouro pesada, Filomena seguiu as esposas e as crianças e entrou num carro que as levou ao cemitério. Ela ficou surpresa por Tessa ter escolhido enterrar o marido bem longe da cidade, num bairro de classe média em Westchester County. O cemitério tinha um grande portão de ferro arqueado.

Enquanto eles caminhavam pelo lugar bucólico e pacífico, Filomena viu que uma seção inteira tinha sido reservada para a família, circundada por um portão de ferro menor. Tessa devia ter desembolsado muito pela localização privilegiada, sombreada por uma grande árvore. Um enorme mausoléu se erguia imponente lá; Gianni ia ser enterrado acima do solo, como um papa. A porta da estrutura se abriu como se num bocejo, e Filomena viu uma série de alcovas de pedra com estátuas de santos padroeiros, acima de vários sarcófagos de pedra, muitos dos quais ainda sem inscrições. Ela segurou a respiração quando entendeu o plano.

– Todos nós vamos acabar aqui – sussurrou Lucy, como se estivesse tendo o mesmo pensamento.

Amie tremeu. Petrina passou para elas um frasquinho prateado cheio de gim.

O diretor funerário e seus assistentes se moviam com experiência, colocando o caixão de Gianni numa plataforma estreita temporária diante da porta da cripta, para que o padre pudesse fazer as orações e as bênçãos finais.

Fileiras de cadeiras dobráveis foram dispostas em frente à cripta, para que a família se sentasse. Nenhum dos vizinhos tinha sido convidado para o enterro; essa parte da cerimônia era apenas para familiares, que se sentaram lá, exaustos, ouvindo o padre entoar palavras sobre uma vida daqui em diante, de uma forma cansada e nada convincente, até para os ouvintes devotos que acreditavam naquilo.

Então, um carro preto veio descendo pela rua que contornava aquele cemitério tranquilo e remoto. Filomena viu Johnny, Frankie e Mario trocarem um olhar de dúvida, balançando a cabeça para indicar que não reconheciam o trio estranho que emergira – uma mulher mais velha e dois jovens que vinham marchando decididos na direção deles.

Os estranhos se sentaram quase em desafio, em cadeiras vazias do outro lado do caixão. Todo mundo ficou olhando. A mulher não era tão mais jovem do que Tessa, mas seu cabelo loiro descolorido e rosto com maquiagem espalhafatosa não disfarçavam a aparência inchada de uma mulher que, na juventude, bebera demais e agora sofria as consequências. Suas roupas, outrora formais, pareciam brilhosas de tão usadas.

Seus acompanhantes tinham mais ou menos a idade de Mario e, evidentemente, eram filhos dela, já que se pareciam com a mulher, exceto pelo cabelo escuro, espetado e cheio de gel; um parecia pouco mais velho que o outro, mas ambos eram atarracados e pareciam animais de estimação superalimentados. Uma rajada de perfumes sintéticos misturados emanou do grupo todo e fez Pippa espirrar.

Filomena analisava os jovens. Algo na circunferência do corpo deles e em seus gestos parecia estranhamente familiar.

– Ah! – disse ela, baixinho.

Ninguém a escutou. Ela tinha quase certeza de que eram os dois homens que ela vira na rua sob sua janela naquela noite de luar não havia muito tempo, rondando sob o poste de iluminação e olhando a casa. Ia ter que contar a Mario assim que a missa acabasse.

O padre tinha parado por um momento, após ter concluído seu sermão de despedida. Mas, quando ele mencionou o nome de Gianni, a mulher desmazelada começou primeiro a fungar, e depois a gemer. Os filhos dela, um de cada lado, continuaram impassíveis, mas ocasionalmente a mulher estendia ambas as mãos, de modo dramático, como se quisesse se estabilizar e evitar um desmaio.

– Pelo amor de Deus – murmurou Petrina. – Quem é essa mulher horrenda e por que está aqui fazendo cena?

Os outros deram de ombros, perplexos.

– Mama, quer que eu a expulse? – sussurrou Frankie.

Tessa fez que não.

– Não dê a ela o prazer de se sentir tão importante.

Agora, os assistentes funerários entregavam uma rosa branca a Tessa e a cada um dos filhos dela, para poderem se revezar colocando a flor no caixão. Filomena teve orgulho de Petrina, Johnny, Frankie e Mario, que se comportaram com graça ao colocar suas flores.

Tessa foi a última. Ela colocou a rosa, depois hesitou, somente por um momento, antes de levar os dedos aos lábios e tocar o caixão. Esse pequeno gesto fez Filomena e as outras esposas irem às lágrimas, que elas rapidamente secaram.

Os assistentes se apresentaram, um para acompanhar a família de volta aos carros e os outros para cuidar do caixão. A cerimônia tinha acabado; era hora de ir embora.

Mas agora a loira, como que aproveitando a deixa, saltou da cadeira e se jogou em cima do caixão, espalhando as rosas colocadas com tanto cuidado.

– Não! – Ela soluçava alto, agarrando as laterais. – Não se vá, Gianni, não se vá!

Frankie imediatamente foi até lá, parecendo decidido a arrancar a mulher do caixão do pai, mas os dois acompanhantes dela se moveram para impedi-lo. Johnny se adiantou para ajudar Frankie, mas o diretor funerário, vendo homens se mobilizando para brigar, interveio rápido e pegou o braço da estranha, para consolá-la.

– Sinto muito – disse ele suavemente, entregando-a com habilidade para que os filhos a afastassem de Frankie.

A mulher, ainda uivando, agora se virou, com os olhos avermelhados de fúria, indo em direção à Tessa. E quando falou, pensou Filomena, foi como uma atriz saída de um melodrama, ansiosa por declamar uma fala cuidadosamente ensaiada:

– Gianni pertence *a mim* tanto quanto a você! – gritou ela. – Estes são os filhos *dele*!

14

Conselho Familiar, Greenwich Village, 1943

Assim que a família voltou para casa, foi convocada uma conferência no escritório de Tessa, que era uma sala de estar menor e secundária no primeiro andar dos fundos do imóvel. Mas Filomena descobriu que "família" queria dizer apenas Tessa, Johnny, Frankie, Mario e Petrina. As esposas e crianças não estavam convidadas.

Lucy e Amie se retiraram deliberadamente para a grande sala de jantar de Tessa, onde Stella, a cozinheira, tinha deixado comida disposta em um aparador para todos. Depois de comerem, Christopher, Gemma e os gêmeos de Amie, Vinnie e Paulie, já caíam de cansaço do longo dia, então não ofereceram objeções quando as mães finalmente anunciaram que era hora de dormir, e Lucy e Amie os levaram para a casa ao lado.

Portanto, Filomena viu-se sozinha na sala de jantar de Tessa com Pippa, filha de Petrina, que ia dormir na casa de hóspedes com a mãe. No meio do rebuliço, Pippa tinha conseguido ir sem ninguém notar até a porta do escritório particular de Tessa e ficou escutando descaradamente até se entediar.

A própria Filomena se perguntava o que estaria acontecendo naquela reunião familiar. Antes de ir embora do cemitério, Tessa tinha falado brevemente com a estranha, parada com ela longe dos outros, sob uma árvore. Filomena dissera a Mario que achava ter reconhecido os homens. Ele absorveu a informação em silêncio. Então, abruptamente, todo mundo entrou nos carros e partiu.

– A mulher gorda é de Staten Island! – reportava agora Pippa, sorrateira, a Filomena, dando piruetas como se ensaiasse um movimento de balé para estabilizar os nervos. – O tio Johnny deu uns telefonemas e agora vai dar um relatório completo para a vovó. – Ela franziu o nariz. – Aquela gente esquisita no cemitério fedia a perfume!

– Fedia, mesmo – admitiu Filomena.

Pippa suspirou fundo, como se fosse sábia além de seus onze anos.

– Bem, vou dormir – declarou, despreocupada, inclinando a cabeça de uma forma desafiadora, como a mãe dela faria. – Vamos voltar amanhã para Rye, porque eu tenho aula de balé.

Ela beijou a bochecha de Filomena, como se prestasse homenagem a uma tia velha, depois foi para a casa de hóspedes dormir na cama que Filomena ocupara quando era recém-chegada.

Filomena terminou o último gole de vinho. Donna, a empregada, tinha ido com Lucy e Amie ajudar com as crianças, então Filomena levou os pratos para a cozinha. Encheu a pia de água quente com detergente e deixou os pratos de molho um pouco. Depois, foi até a despensa pegar um pano de prato.

Parada lá na despensa, ela ouviu as vozes distintas de Tessa e dos filhos conversando do outro lado da parede. Filomena ficou parada. Sabia o que Rosamaria diria. *Sobrevivência é mais importante do que boa educação.*

Johnny falava como se estivesse se dirigindo a um comitê.

– O sobrenome deles é Pericolo. A mulher se chama Alonza. Os filhos são Sergio e Ruffio. Ela disse para a mama lá no cemitério que os filhos têm certidões de nascimento com nosso sobrenome e a assinatura de papi.

– Ah, por favor! Qualquer babaca poderia forjar isso – explodiu Frankie.

– Aqueles rapazes têm antecedentes criminais, e é por isso que não estão na guerra na Europa; foram considerados 4F, "inadequados para servir devido a comportamento antissocial" – continuou Johnny.

– Eles foram presos pelo quê? – perguntou Frankie.

– Ruffio, o mais novo, foi pego roubando bolsas e carros. Nada sério. Mas o mais velho é violento: brigas de faca, agressões apenas por diversão, essas coisas, que nem um doente mental. Sensível demais, emotivo demais, o pior inimigo dele mesmo. Quanto à mãe, pessoas que a conheceram dizem que ela passou a vida tentando se grudar a um homem depois do outro, e todos a desprezaram. Usava sexo para conquistá-los quando era jovem, mas agora ela depende unicamente daqueles filhos inúteis que não consegue mais controlar.

– Mãe – disse Petrina, em tom gentil –, *você* ainda não disse o que acha.

Houve um silêncio, e depois Tessa disse:

— Acho que aquela mulher matou Gianni.

Houve um coro de exclamações, e então Tessa continuou:

— Seu pai recebeu vários telefonemas que nunca me explicou, em geral à noite. Falou para eu não me preocupar, mas sempre parecia aborrecido depois das ligações. Acho que era ela.

Petrina perguntou, chocada:

— Você acha que é possível que os filhos daquela mulher realmente sejam...

Ela não conseguiu se forçar a finalizar o pensamento.

Tessa disse numa voz estável e dura:

— Não. Se fossem, por que ela não teria entrado em contato com ele antes, quando eram pequenos e precisavam ser sustentados? Eu faço a contabilidade e nunca vi nada que indicasse que Gianni tenha dado dinheiro a ela em momento algum. Além disso, seu pai, em todo esse tempo, não achou por bem trazer esses garotos para seus negócios. Todos vocês sabem que seu pai é um homem honrado. O que acham que ele teria feito se realmente acreditasse que os filhos eram dele?

Johnny respondeu, reflexivo:

— Mama tem razão. Mesmo que ele quisesse esconder tudo isso de nós, o papi teria tentado ajudar os caras, sem causar nenhuma dor real à nossa família.

— Essa Alonza pode ter conhecido seu pai em algum momento do passado. Mas suspeito que recentemente tenha ficado sabendo que ele se tornou um homem rico e respeitado – continuou Tessa, com seu tom comedido. – Pelo que você disse, ela parece o tipo de mulher fraca que procura se agarrar, a qualquer custo, ao homem de maior sucesso que conhecer, do jeito que puder, inclusive com mentiras e ameaças. Como uma mulher que está se afogando e acha que viu um colete salva-vidas.

Petrina, que ouvia atentamente, achou que era bem possível Gianni ter tido um caso breve com aquela mulher promíscua, talvez até tivesse sido visto em público tomando um drinque com ela, e apenas isso, no mundo emaranhado da máfia, podia ser problemático se alguém armasse confusão. Mas Petrina também estava convencida que esse caso não havia produzido filhos. Ela sentia isso visceral e completamente.

— Aquela Alonza tem cara de mentirosa que nem mesmo acredita na própria mentira – comentou em voz alta.

– Ela não vai parar – alertou Johnny. – Disse para mama que vai processar a gente.

– Como essa mulher ousa ameaçar esta família? – disse Frankie, revoltado. – Processar a gente, ela está brincando? Papi não deixou nada para eles no testamento. O que ela acha que vai fazer num tribunal?

– Ela não vai processar de verdade – avaliou Johnny. – É só chantagem. Ela está ameaçando colocar os negócios de papi sob escrutínio.

– Então, é uma idiota – retorquiu Frankie. – Não sabe que pessoas desaparecem todo dia por muito menos do que isso?

– Talvez alguém sinta falta dela – objetou Johnny. – Ela é conhecida no bairro dela em Staten Island. Olha, não queremos que ela ande por aí fazendo barulho sobre a gente para ninguém. Isso atrairia a atenção, e não podemos aceitar isso; não agora, com tanto dinheiro entrando.

– Por que não falamos com Strollo? – sugeriu Frankie, impaciente. – Strollo foi ao velório de papi, não foi?

– Strollo vai dizer que temos que resolver sozinhos – comentou Mario, inesperadamente.

– Como você sabe? – quis saber Frankie, irritado. – Podemos perguntar, não?

– Não. – Era a voz de Tessa, fria e firme. – Quando você pede um favor a um homem assim, fica em dívida com ele, e o que ele pede em troca sempre vai ser algo que você não quer fazer. Vocês, rapazes, já receberam um favor há pouco tempo, já se esqueceram? Podem ter certeza de que *eles* não esqueceram. Um dia, aquele favor vai ser cobrado. Querem lembrar a eles agora e acordar quem está quieto?

– Do que ela está falando? – questionou Petrina, parecendo perplexa.

– Deixe para lá – disse Johnny rapidamente, sem desejar contar a ela o que tinha acontecido na noite quando o primeiro marido de Amie teve de ser eliminado.

Mario falou de seu jeito calmo e deliberado.

– O que exatamente ela quer de nós?

– Ela quer ser *eu* – explicou Tessa. – Ela nunca poderá ser eu. Mas podemos fazê-la sentir que ganhou algo de mim. Podemos fazê-la sentir que os filhos dela são tão importantes quanto vocês. Ela disse que quer que a gente deixe os dois "entrarem" nos nossos negócios.

– Por que faríamos isso? – disse Frankie, desacreditado. – Se a gente der a mão, eles vão querer o braço. Quando pessoas que não estão acostumadas com dinheiro conseguem algum, sobe à cabeça. E, de algum jeito, eles vão derrubar todo mundo junto com eles. É isso que os cupins fazem.

– *Silenzio,* Franco – ordenou Tessa, agora mais vigorosamente. – Você acha mesmo que eu daria algo importante a essa gente? Acha que eu daria a ela a pedrinha da sola do meu sapato? Diga a ele, Johnny. Diga o que podemos fazer.

Johnny pigarreou.

– Podemos colocar Alonza numa casa melhor. Uma casa boa em Staten Island, para impressionar os amigos dela. Vamos ser os donos, mas ela vai morar sem pagar aluguel.

– Além disso, vamos dar algo aos filhos – disse Tessa. – Não em algum dos nossos negócios; vocês sabem que seu pai estava trabalhando para passarmos a um trabalho mais legítimo, longe dos Chefes. Não podemos deixar ninguém arriscar nossos planos. Então, precisamos levar os filhos de Alonza a algum outro empreendimento que os mantenha ocupados e longe de nós. Coloquem os dois num trabalho suficientemente respeitável como teste, para ver se são confiáveis e trabalham duro, e se são ou não honestos. Senão, bem, um homem preguiçoso sempre acaba achando problemas, como queijo numa ratoeira.

Frankie assoviou em admiração ao ouvir a estratégia.

– Dar a eles corda suficiente para escalar ou para se enforcar. Tá. Para onde mandamos? Chicago? Nova Orleans?

Johnny respondeu rápido:

– Flórida. Eles podem trabalhar para Stewie, que deve um favor a papi. Ele está procurando gente para administrar as sorveterias e lojas de suvenires. São legítimas, na maior parte. Se esses rapazes economizarem, vão se dar bem. E isso vai deixar os dois a mais de mil quilômetros de nós. Mas se os irmãos Pericolo estiverem procurando um ganho fácil, vão se desviar, com as corridas de cavalos, os apostadores, os sequestradores de caminhão que roubam cigarros, bebida, eletrônicos. A escolha é deles.

– Você viu a cara deles. Aqueles idiotas nunca trabalharam duro na vida. Aposto que não sabem nem amarrar o sapato. Alguma aposta? – comentou Frankie.

– Mas vamos dar a eles uma chance de se tornarem alguma coisa – disse Johnny.

– Pode funcionar – admitiu Mario. – Até que pode funcionar.

– Está bem, então. Concordamos – declarou Tessa, em tom definitivo. – Resolver sem sangue. Colocá-los num negócio com aquele homem na Flórida. Se forem honrados, vão se tornar independentes e ter sucesso. Mas, se desperdiçarem essa oportunidade, bem, dívida é algo que a maioria das pessoas contrai sem nem notar.

– É, as águas da Flórida estão lotadas de isca – observou Frankie. – Mas se os Pericolo não forem corretos com os jacarés de lá, não vão sobreviver para continuar nos atormentando.

Um silêncio caiu sobre o grupo. Tessa empurrou a cadeira para trás e se levantou.

– É hora de dormir – disse ela com firmeza. – Amanhã, teremos muito a fazer.

Filomena, que estava segurando a respiração, correu até a pia da cozinha para voltar a lavar os pratos. Tessa foi direto para o quarto. Os irmãos saíram com Petrina bem quando a empregada voltou da casa de Lucy e Amie, depois de as ter ajudado com as crianças.

– Pelo amor de Deus – disse Petrina, impaciente, a Filomena. – Você não tem que lavar louça aqui! Mario, diga à sua esposa que ela agora é a dama da casa.

A voz de Petrina tinha uma ponta de exaustão e amargura. A empregada se adiantou para pegar o pano de prato de Filomena. Os outros foram para a sala de jantar, gratos por poder pegar alguma comida ou bebida no aparador, com bandejas repletas de sanduíches, azeitonas e saladas, garrafas de água e vinho, e café na garrafa térmica. Filomena fez um prato para Mario.

– Mamãe parecia exausta – comentou Johnny ao se sentar, cansado. – Ela não precisa desses palhaços se intrometendo na vida dela. Mas ela solucionou muito bem.

– Você acha que ela sabia dessa tal Alonza desde o começo? – perguntou Frankie, curioso.

– Não dava para dizer, pela cara dela – admitiu Johnny.

Petrina respondeu rápido:

– Talvez ela sentisse e não quisesse saber de verdade.

– E do que importa, hein? – questionou Mario, também parecendo exausto.

– Quem dera eu soubesse que papi precisava da nossa ajuda. Eu teria acabado de vez com aquela vaca e os bastardos dela – disse Frankie, sombrio.

– Pare com isso, Frankie! – repreendeu Petrina. – Foi exatamente *por isso* que ele não discutiu o assunto com você. – Ela fez um gesto brusco de cabeça na direção de Filomena. – E não fale assim na frente da noivinha inocente do Mario.

– Mama tem razão, precisamos todos dormir antes de falar algo idiota – disse Mario, calmo como sempre. – Vá para a cama, Petrina. Foi um dia longo.

Ele falou gentilmente; no início, Petrina ficou relutante em receber ordens de ir para a cama como uma criança travessa. Mas, quando Mario tocou o braço dela com as pontas dos dedos, a expressão dela imediatamente suavizou. A voz de Mario tinha assumido aquela característica ressonante de carícia que Filomena amava; mas, agora, ela se irritou de ouvi-lo usar aquele mesmo tom como ferramenta para aplacar a irmã possessiva e volúvel.

Será que é só isso?, perguntou-se Filomena. *Uma voz pensada para domesticar um cavalo ou uma mulher?*

Pela primeira vez, ela desejou poder fugir daquela família animada e possivelmente perigosa que a tinha trazido para aquele estranho novo mundo – que, talvez, não fosse assim tão novo ou diferente do velho mundo, afinal.

15

Greenwich Village, novembro-dezembro de 1943

A temporada de festas começou com uma explosão de energia na cidade de Nova York, pois havia dinheiro a ganhar e gastar, num frenesi que não se podia igualar em nenhuma outra época do ano. A família de Gianni teve que realmente se mobilizar para ajudar uns aos outros a lidar com a perda e seguir com os negócios. Tessa agora estava claramente no comando, e seus filhos estavam determinados a tornar aquilo o menos doloroso possível para ela. Era importante também que o restante do mundo entendesse que os filhos de Gianni estavam ali – prontos, dispostos, capazes e determinados a proteger seus vários empreendimentos.

Filomena ficou tocada com a coragem que todos mostravam, apesar do luto palpável. A lealdade dela se tornou mais forte, e ela queria ajudar de qualquer forma possível. Sentia que precisava se aproximar das outras esposas, então pediu a Mario que encontrasse uma aula de inglês que pudesse fazer duas vezes por semana. Ajudou.

Amie aconselhou:

– Trabalhe com Mario. Assim, vocês vão ficar próximos.

Filomena levou o conselho a sério. A joalheria de Mario na Thompson Street a enchia de orgulho. Ele tinha alguns designs próprios e outras peças lindíssimas para venda, e era excelente em ajustar o que o cliente quisesse. Aquele primeiro ano seria crítico para o sucesso dele. Eles tinham aberto em outubro e agora estavam fechando negócios rapidamente, com o início das compras volumosas do Natal. Filomena tinha ajudado em todas as fases da abertura, incluindo decorar as vitrines com estrelas prateadas, douradas e vermelhas, e até ramos de pinheiro de verdade.

Todos os dias, Mario abria a loja e tirava as joias do cofre, e Filomena as dispunha em mostruários de vidro e madeira. Na hora de fechar, eles trancavam tudo de novo e iam para a sala dos fundos repassar os pedidos, notas fiscais, pagamentos e lucros. Sentavam-se com a cabeça próxima um do outro, somando tudo.

Tessa contou ao bairro todo sobre a nova loja de Mario, o que se mostrou uma publicidade excelente. Certa noite, Tessa surpreendeu Filomena aparecendo por lá, imediatamente puxando uma cadeira na sala dos fundos e se postando diante da máquina de fazer somas, parecendo pronta para fazer um trabalho sério enquanto mostrava um livro-caixa novinho.

Mario explicou paciente:

– Mãe, já temos um livro para a contabilidade. Eu te mostro.

Ele desapareceu para pegar os registros num armário. Tessa se virou para Filomena e sibilou baixinho:

– Por que você está aqui? Devia estar em casa. Por que ainda não está grávida? Seu trabalho é ter bebês e manter meu filho longe da guerra.

– Bom, não posso produzir bebês sozinha em casa – respondeu Filomena com leveza, surpresa, mas tentando não ficar magoada.

Tessa a olhou com ressentimento enquanto Mario voltava com os registros.

– Mario, leia os números de hoje – exigiu Tessa. – Vou somá-los. – Ela deu um olhar de relance, dispensando Filomena. – Vá para casa e ajude fazendo o jantar do seu marido.

Vendo a expressão ofendida de Filomena, Mario abriu o livro-caixa e disse rapidamente:

– Não, mãe, olhe! Minha esposa tem um dom. Ela consegue somar de cabeça colunas inteiras de números de três dígitos. É melhor do que qualquer máquina, e mais rápida também! Ela fez tudo isso.

Agora, Tessa pareceu cética.

– Quero ver.

Mario virou a página de uma das listas do dia, que ainda não tinha sido somada, e entregou a Filomena.

– Aqui está faltando um total – apontou ele, sorrindo.

Filomena estudou a página, absorta. Então, depois de um momento, pegou o lápis que Mario lhe deu, desenhou uma linha no fim da coluna e escreveu o total que estava em sua cabeça. Números para ela tinham personalidades individuais e, quando agrupados em combinações da casa das centenas, pareciam dançar e cantar em coros organizados, todos num relance.

– Vá lá, mãe, cheque com sua máquina – disse Mario, orgulhoso. – Vai levar três vezes o tempo que ela precisou! Estou falando, ela tem um dom. – Depois, sentindo que era preciso diplomacia, completou: – Você foi tão esperta de me achar esta esposa!

Tessa pegou o livro e colocou os números na máquina, impassível. Quando chegou ao fim, Mario espiou:

– Viu? – disse ele, triunfante. – Eu disse!

Tessa respondeu abruptamente:

– Você esqueceu uma coisa, Mario.

Mas ele já tinha colocado a mão no bolso interno do casaco e puxado um grosso envelope cheio de dinheiro.

– Não esqueci, não. – Ele se abaixou para beijar a bochecha de Tessa. – Como eu poderia esquecer?

Tessa pegou o envelope e colocou em sua bolsa preta de seda com moldura dourada, que soou um clique satisfeito. Ela agora se levantou e sorriu, segurando o rosto dele entre as mãos antes de beijá-lo. Mas, assim que Mario se afastou para atender o telefone, Tessa olhou com dureza para Filomena.

– Lembre qual é seu trabalho de verdade.

Enquanto Tessa saía, majestosa, sua longa saia e o casaco pretos esvoaçando como a plumagem de algum pássaro régio, Filomena pensou em tudo que tinha ouvido sobre mau-olhado; era o olhar da inveja, quando as pessoas cobiçavam sua boa sorte – amor, saúde, juventude ou dinheiro – e lhe desejavam mal. Esse olhar, dizia a superstição, era capaz de causar ferimentos corporais, a não ser que você o desviasse rápido. Então, Filomena fez o sinal da cruz, e depois fez o mesmo na frente da barriga.

Quando Mario voltou do telefone, Filomena perguntou:

– O que tinha no envelope? Você deu nosso dinheiro para a sua mãe?

– Eu não *dei* dinheiro para ela – respondeu Mario, com cuidado. – Eu paguei de volta.

– O que isso quer dizer? – perguntou Filomena sem piscar.

– Ela financiou a abertura desta loja – explicou Mario. – Você não acha que dinheiro nasce em árvores, não é? Ou estes mostruários de joias? Ou o aluguel da loja?

– Não entendo. Você compra pedras e ouro dos comerciantes, não?

– Eles vendem para a minha mãe – disse Mario, corrigindo-a. – Porque a maioria deles deve dinheiro para ela, então fazem um preço bem melhor para a nossa matéria-prima do que a gente conseguiria no mercado. Veja, minha família ajudou muitos dos nossos vizinhos a começar um negócio quando banco nenhum queria dar empréstimos a eles. Papi foi sócio oculto de vários deles, por anos, até conseguirem nos pagar de volta.

Filomena analisou o rosto dele, que estava calmo e não revelava nada. Mas ela sentia que havia algo mais que ele não estava lhe contando.

– E o aluguel? – questionou ela. – O proprietário deste prédio deve dinheiro à sua família também? Foi por isso que conseguimos um preço bom no aluguel?

– Não – respondeu ele. – Não foi por isso.

Filomena sentiu que começava a ficar irritada.

– Então... *como* a gente conseguiu? – insistiu ela.

– Ela é dona do prédio – disse Mario, simplesmente.

– Sua mãe é nossa *locadora*? – perguntou Filomena.

Pela primeira vez, Mario pareceu incomodado.

– E por que você deveria ligar para essas coisas? Você não sabe nada do mundo. Tem alguma ideia de quanto seria o aluguel deste lugar se nosso locador fosse um estranho? A gente está em Nova York, minha querida!

Enquanto eles trancavam tudo e saíam para voltar a pé para casa, Filomena pensou em todos os comerciantes que faziam mesuras, elogios e deferências a Tessa. Aquilo tinha feito Filomena se sentir também uma senhora importante. Agora, ela se sentia apenas mais uma entre os comerciantes. Endividada também!

– Mario, achei que você quisesse que fôssemos independentes – objetou ela.

– Eu quero, claro. – Havia, agora, nuvens negras de advertência na expressão dele.

– Mas como poderemos ser...? – persistiu ela.

– Quando tivermos nossos lucros, vamos poder abrir mais lojas, quem sabe até comprar nossos próprios prédios – explicou Mario, com mais do que uma ponta de impaciência. – Sério, você não precisa pensar nessas coisas. Eu vou cuidar de tudo isso. – Então ele completou, mais gentil: – Vamos para casa agora. Estou com fome!

Uma semana depois, Tessa chamou Filomena a seu santuário – o pequeno escritório nos fundos da casa –, onde estava sentada a uma escrivaninha de tampo móvel. Filomena nunca tinha entrado no cômodo. Ela pegou a cadeira ao lado da mesa. Por um momento, Tessa não disse nada enquanto ordenava alguns papéis.

Mas então ela se levantou e entrou num armário. Filomena por acaso olhou para a janela, que àquela hora estava sombreada por uma árvore lá de fora, de modo que servia como um espelho, refletindo Tessa em seu armário. Fascinada, Filomena viu Tessa tirar uma chave do bolso de um avental pendurado ali e usá-la para abrir um grosso livro-caixa, vermelho e preto.

– Mario e eu tivemos uma conversinha – começou Tessa, num tom levemente reservado. – Ele explicou que você é bem parecida comigo, no sentido de que trabalha para proteger o marido. Quando eu era uma jovem esposa, também trabalhei ao lado do meu marido. No trabalho e em casa, uma boa mulher deve saber quais são as necessidades do marido antes mesmo de *ele* saber.

Filomena continuou em silêncio, esperando para ver se, de fato, Mario tinha seduzido a mãe para ela aceitar o trabalho da esposa. Tessa abriu o livro-caixa, mas colocou outro livro em cima da página da esquerda, para escondê-la. Ela apontou apenas para a página da direita e disse:

– Vamos lá. Some estes números e escreva o total.

Filomena respirou fundo e fez o que era mandado.

– Muito bem. – Tessa anotou, depois virou a página, outra vez cobrindo a da esquerda e revelando só a da direita. – Agora, some estes.

Elas continuaram por algumas páginas. Quando terminaram, Tessa fechou e trancou o livro.

Ela tinha cronometrado perfeitamente, porque agora conseguiam ouvir Frankie e Sal, o chofer, chegando por uma porta lateral que dava na grande cozinha, por onde entravam a maioria das provisões. Sal estava evidentemente fazendo várias viagens para descarregar o carro com caixotes de suprimentos para a cozinheira. Mas Frankie entrou no escritório de Tessa.

Casualmente, ele colocou na mesa uma pilha de envelopes amarrada com elástico, que parecia aquele que Mario dera a Tessa, então Filomena entendeu que esses também estavam cheios de pagamentos em dinheiro.

– Está tudo aí – anunciou Frankie brevemente, esperando.

– Pode ir – disse Tessa a Filomena.

Assim que ela se levantou da cadeira, Frankie se sentou ali. De saída, Filomena viu que Frankie relatava cada total escrito em cada envelope, para Tessa poder registrar em seu livro-caixa.

Filomena escutou Tessa perguntar ao filho:

– Teve algum problema?

Frankie respondeu:

– Não, mama. Eu coleto aluguéis desde que aprendi a andar. Mas precisamos fazer pagamentos extras em dinheiro nesta semana. "Presentes" de Natal para a polícia, sabe?

Quando Filomena passava pela cozinha, Johnny e Amie chegaram. Johnny carregava despreocupadamente sacos de lona, que também levou para o escritório de Tessa.

Amie viu Filomena seguindo Johnny com o olhar. O mês inteiro, os apostadores no salão dos fundos do bar estavam rugindo alto com a alegria do Natal, tão brincalhões que não ligavam para quem os ouvisse – pois o pote de dinheiro pelo qual estavam apostando era incrivelmente alto nessa época do ano. Tudo isso estava escrito no rosto de Amie, e Filomena intuiu.

– As pessoas apostam em qualquer coisa – comentou Amie baixinho. – Especialmente perto do Natal. Até as velhinhas. Elas amam números de loteria e dias dos santos de devoção, e acreditam tanto na sorte grande quanto os apostadores altos.

Com o ano se aproximando de seu festivo fim, a cidade ficou ainda mais brilhante e animada, zumbindo como uma colmeia na expectativa do Natal. Homens vestidos de Papai Noel tocavam sinos de som estridente, pedindo contribuições; vendedores ambulantes empurravam suas mercadorias insana e perigosamente, enquanto desviavam do trânsito arrebatador, cheio de buzinas; e o vento frio fazia os pedestres guincharem e saírem correndo.

Filomena nunca vivera em um clima tão frio, mas também nunca tivera roupas tão luxuosas para se manter aquecida: saias de boa lã forradas de seda; casacos de cashmere macio e meias de lã; sobretudos de modelos suntuosos e chapéus com borda de pele de verdade. Até os pés e os dedos dela estavam bem acomodados em couro macio como manteiga e forrado de lã. Esses bens de alta qualidade eram ainda mais preciosos em tempos de guerra.

– Temos parceiros no distrito das vestimentas – explicou Mario, lacônico, quando Filomena perguntou como tudo aquilo era possível.

Cestas de presentes enormes com laços de fita e pacotes embrulhados começaram a aparecer na casa, às vezes entregues pessoalmente pelos comerciantes, com a intenção de fazer uma homenagem especial de Natal a Tessa e sua família. Com frequência, Sal e os "garotos" – Johnny, Frankie e Mario – recebiam esses presentes no trabalho, o bastante para encher o banco de trás e o porta-malas do carro, que tinha que ser descarregado em casa.

Os pacotes eram depositados dentro da despensa da cozinha ou colocados embaixo da enorme árvore de Natal na sala de estar, que ainda nem estava decorada.

– A família toda precisa esperar até a véspera de Natal para decorar a árvore junta – contou Lucy. – É uma tradição sagrada, como tudo por aqui!

De fato, era a temporada quando Johnny e Frankie faziam a ronda de doações generosas para as instituições de caridade da família – a igreja, a escola, um clube de senhoras que alimentava idosos, um fundo para viúvas e órfãos de guerra.

Por sua vez, Filomena e Mario continuaram fazendo boas vendas na joalheria, mantendo a loja aberta até tarde, inclusive na véspera de Natal. Naquela noite, compradores de última hora entraram apressados, escolheram rapidamente e partiram felizes com seus pacotinhos embrulhados em papel brilhante, em que Filomena amarrou laços vermelhos, azuis, dourados e prateados.

– Foi o último cliente! – ela enfim ofegou, depois de a porta da frente se fechar com um tilintar atrás do comprador que saía.

– Ótimo! – disse Mario, puxando-a para um beijo.

Filomena o abraçou, desejando poder dar-lhe um presente especial: a criança que ele e sua família desejavam. E, ainda assim, ainda não. Mas logo certamente viria! Ela enterrou o rosto no pescoço dele.

Mario, com sua forma extraordinária de intuir exatamente o que ela estava pensando, falou:

– Eu sei que minha mãe anda pressionando você para que tenhamos filhos. Você é tão paciente com ela.

– Toda semana, quando vou ajudar com o "livro", ela me pergunta se tenho alguma "novidade" – confessou Filomena. – Ah, como eu queria ter!

– Em que mundo vivemos, não é? Todo mundo acha que pode falar alto sobre algo que precisamos fazer tão intimamente em nosso quarto! Muito bem – continuou Mario, provocador –, então vamos ter que passar bem mais tempo juntos na cama, *è vero*? – Ele a beijou de novo.

Filomena suspirou contente e olhou pela vitrine bem a tempo de ver duas figuras robustas saindo de um café do outro lado da rua e, antes mesmo de entender quem eram, ela sentiu um tremor gelado passar pelo corpo sob as roupas quentes de lã.

– São os irmãos Pericolo – disse Mario, seguindo o olhar dela.

– Achei que você tivesse dito que eles foram para a Flórida – respondeu Filomena em voz baixa.

– E foram. Arrumamos um esquema bom para eles.

– Rápido, tranque a porta antes de eles nos verem! – sussurrou ela.

– Não, a gente nunca se esconde – disse Mario de súbito e endireitou-se. Ele apertou o maxilar quando o sino da frente tilintou com a entrada dos homens na loja.

– *Ciao*, Mario! – cumprimentou o mais velho, Sergio, num tom insultantemente familiar.

– *Ciao!* – ecoou o mais jovem, Ruffio, esticando o queixo.

Filomena não conseguiu deixar de notar os punhos da camisa de Sergio, saindo por baixo da manga do casaco com os botões nas casas erradas. Os dois exalavam café, óleo de cabelo e perfume.

Enojada, ela se ocupou indo pegar o casaco e o chapéu dos ganchos e entregando os de Mario, como uma óbvia indicação de que a loja estava fechada e ela queria ir para casa. Mas manteve os olhos desviados. Estava se lembrando do que tinha escutado Johnny contar à família, sobre como Sergio, em particular, era um homem violento.

Sergio gesticulava para os mostradores de joias quase vazios.

– Só sobraram algumas peças! Você mesmo faz todas estas joias? *Bella!* – disse ele, num tom horrível.

– Não, bem que eu queria – respondeu Mario, modesto.

O olhar de Ruffio percorreu a loja como se cobiçando o espaço, os equipamentos, a decoração de Natal.

– Vimos da nossa mesa ao lado da janela que você teve muitos clientes nesta sua lojinha de doces – comentou ele, com um sorriso irônico. – Deve estar tendo um bom lucro! *Ti saluto!*

– E tenho certeza de que vocês também estão indo bem na Flórida – comentou Mario, indiferente.

– Ah, não tão bem quanto você, meu amigo! – retrucou Sergio, mostrando as palmas da mão.

– Nesta época, está bem quente por lá – replicou Mario. – Vão ter mais sorte no ano novo.

Os irmãos tinham ido para a sala dos fundos, proibida para clientes.

– Não. As coisas lá não deram muito certo para a gente. Não podemos voltar – disse Sergio com firmeza e de forma meio ameaçadora. – Mas temos uma coisa que vai te interessar.

O mais jovem, Ruffio, colocou a mão no bolso e puxou um pano preto, colocando-o na mesa de trabalho de Mario. Ruffio desdobrou os quatro cantos e revelou um emaranhado irreverente de joias, nenhuma delas em caixas – relógios de ouro, vários anéis, fivelas de cinto de prata de lei, um sortimento de correntes e pulseiras, tudo misturado.

– Sabe – disse Sergio –, seu exemplo aqui nos inspirou, Mario. Estamos dispostos a te dar uma parte. Só precisamos de um homem como você para tirar essas pedras do aro. Derreter o ouro e a prata. Você sabe do que estou falando, hum? Aí, vamos todos ter um bom lucro – finalizou, com um gesto amplo que incluía Filomena.

Muito calmamente, Mario voltou a dobrar os quatro cantos do pano por cima do lote roubado.

– Não sou receptor – respondeu, firme.

Sergio abriu o casaco e mostrou a arma no coldre.

– Pode começar – ordenou.

– Calma, calma! – disse Ruffio numa voz falsa, como se tivessem ensaiado a cena toda.

Mario, ainda imperturbável, respondeu:

– Bom, você me mostrou sua arma. Então eu e meus irmãos vamos te mostrar as nossas. Do que vai adiantar? Se vocês fossem mesmo filhos do meu pai, lembrariam o que ele sempre dizia: "Valentões morrem cedo".

– Aham, claro, ele falava isso para a gente – comentou Sergio, nada convincente. – Pode começar a trabalhar na muamba.

– Vou dizer, eu não sou muito bom nisso.

Mas, para a surpresa de Filomena, Mario ligou a luminária da mesa, sentou-se em sua cadeira e pegou um anel. Ele estudou a peça, segurou-a embaixo da lupa, depois pegou uma ferramenta. Começou a narrar como se desincrustava uma pedra, mas, no meio da frase, exclamou: "Ai!", e sua ferramenta fez um terrível som de arranhar.

— Ei, cuidado! — repreendeu Sergio.

Mario entregou-lhe de volta a peça danificada, dando de ombros, como se estivesse compungido.

— Eu sou apenas lojista — disse, com uma impotência fingida. — Vocês precisam de alguém com mais talento para esse trabalho.

Filomena ficou impressionada com a expressão de coitadinho convincente do marido.

— É, isso dá para ver — respondeu Ruffio, com desgosto.

Sergio pareceu desconfiado, mas disse, impaciente:

— Estamos perdendo tempo. Vamos embora daqui. — Mas lançou a Mario um olhar de alerta e falou de forma significativa: — Você não pode deixar sua mãe tomar conta da sua vida. — Ele apontou para Filomena com a cabeça, antes de voltar o olhar para Mario e adicionar: — Mulheres são boas para algumas coisas, como cozinhar e fazer bebês. Mas você e eu precisamos falar de negócios, de homem para homem. E, depois, chegamos a um acordo melhor.

Filomena não conseguiu evitar um arquejo de indignação com aquela ofensa óbvia tanto a Tessa quanto a ela. Resoluta, colocou o casaco. Mario subiu o dele com um gesto de ombros, depois desligou a luminária. Os dois foram decididos até a porta da frente, de modo que os irmãos Pericolo, parecendo irritados, tiveram que ir atrás. Mario apagou as luzes do showroom.

— Boa noite, senhores — disse firme, segurando a porta aberta para eles saírem.

Um policial de patrulha passou, levantou os olhos e tocou a ponta do cassetete no chapéu para cumprimentar Mario, que fez um aceno de cabeça de volta. Filomena tinha visto esse policial pegar o pagamento de Natal de Mario no dia anterior.

A presença da polícia pareceu fechar a noite para os dois visitantes.

— A gente vai se ver de novo — prometeu Ruffio, apressado.

— *Buon Natale* para sua família, especialmente sua mãe — desejou Sergio cheio de significado ao sair calmamente.

Mario apertou as chaves e, por um momento, Filomena achou que ele talvez fosse partir para cima do cara que mencionara a mãe dele com tanta insolência. Mas ele apenas parou na porta, olhando os dois desaparecerem na esquina.

Filomena, mal conseguindo esperar até eles irem, falou atabalhoada:

– Quem eles pensam que são? Como ousam entrar aqui e insultar todo mundo? – Mario não respondeu, apenas a puxou de volta para a loja, fechou a porta da frente e a trancou, puxando a cortina para baixo. – A gente não vai para casa? – perguntou Filomena, ansiosa.

– Ainda não – respondeu ele, decidido. – Quero levar a caixa-forte das nossas joias para o cofre de mama em casa. Vamos levar todo o dinheiro também. Os bancos não abrem amanhã para depósitos nem nossa loja. Não quero deixar nada de valor aqui hoje. Vamos ligar para Sal vir nos buscar com o carro.

Filomena murmurou:

– A loja toda fede a perfume! Todos nós notamos no cemitério, porque fez Pippa espirrar muito. Mas achei que fosse a mãe deles que usasse. Tanta vaidade para homens tão banais!

Mario observou:

– São desesperados demais para serem empresários bem-sucedidos, e esquentados demais para serem criminosos bem-sucedidos. Estavam inquietos; devem ter alguém bem ruim atrás deles, muito provavelmente porque devem dinheiro.

– O que vamos fazer se eles voltarem? – quis saber Filomena. – Não podemos deixar que eles fiquem perto da gente aqui.

– Vou falar com meus irmãos. Vamos ter que dar conta disso – disse Mario.

Filomena o ajudou a reunir os bens de valor. Ela só relaxou quando Sal chegou e eles se abrigaram em segurança no carro, partindo na noite gelada.

16

Natal de 1943

Quando Filomena e Mario voltaram para casa na véspera de Natal, a família já estava reunida na sala de estar maior para decorar a árvore de Natal gigante, que pairava sobre todo mundo, até os adultos. Havia fogo crepitando na lareira, e a prateleira em cima dela estava decorada com ramos de bálsamo e pinhos dourados. A poltrona no canto, favorita de Gianni, estava enfeitada com seu melhor xale, como se ele tivesse apenas se levantado para pegar um jornal e logo fosse voltar. Por algum motivo, aquilo era reconfortante.

– Entrem e peguem um pouco da alegria natalina! – entoou o jovem Christopher para Filomena e Mario, parado na frente da porta, fingindo ser o anfitrião e imitando a altivez de Frankie, apesar de parecer um pequeno tocador de tambor com seu terno azul novo.

Lucy falou para Frankie, significativamente:

– Esse menino acha que andar por aí igual a um gângster faz dele um homem. Hum, acho que ele viu muitos caras durões... nos filmes!

Frankie, que estava servindo bebidas para os adultos numa mesa redonda coberta com uma toalha de renda branca como neve, disse a Christopher:

– Ei, menino. Durões vão atrás de dinheiro rápido, carros rápidos, mulheres rápidas... e conseguem uma viagem rápida para o cemitério. Entendeu?

Mario sorriu enquanto Filomena escutava o aviso familiar de Gianni de novo. Inabalado, Chris enfiou os dedões nos suspensórios de Natal e disse:

– Entendi, cara!

– Venha aqui que eu mostro quem é o "cara"! – disse Frankie, com afeto.
– E vou mandar o Papai Noel levar todos os seus presentes de Natal de volta para o Polo Norte.

– Eu vou ganhar um taco de beisebol? – quis saber Chris.

– Depende. Vá pegar mais gelo para mim – respondeu Frankie.

Chris foi saltitando, obediente, para a cozinha.

– Cadê nosso arremessador e o nosso interbase? – perguntou Frankie. – Vinnie, como está seu braço de arremessar? Deixe-me ver. Paulie, vamos ver como você pega.

Ele jogou um enfeite de rena de pano e viu Paulie pegar.

– Boa, garoto!

Lucy observou a camaradagem, melancólica. Frankie amava os três meninos e tinha gostado de escolher os presentes de Natal deles. Mas ela sabia que ele queria ter seu próprio filho, não importava quanto lhe garantisse que já havia "crianças suficientes nesta família".

Amie também observava, mas preocupada que seus filhos, em geral incontroláveis, estivessem um pouco desanimados, falando só um com o outro em murmúrios baixos, e empurrando sem vontade seus caminhõezinhos pelo chão embaixo da árvore.

– Espero que os gêmeos não estejam ficando doentes – disse, preocupada, a Johnny.

– Imagina – respondeu ele, olhando os filhos enquanto entregava-lhes fios de ouropel prateado para pendurar na árvore –, só estão acostumados a presentes demais. A gente mimou muito esses meninos.

– Ei! – protestou a filha de Lucy, Gemma, sentada num canto contando o conteúdo de um envelope verde e vermelho. A testa dela estava franzida, numa confusão sincera. – Por que a vovó deu a todos os meninos o dobro de dinheiro que deu para mim?

– Shiu, ela pode ouvir – repreendeu Lucy. Vendo o olhar de Filomena, ela disse à filha em tom de desculpas: – É porque eles são meninos, meu bem. A vovó é antiquada.

– Mas que droga! – declarou Gemma, desconsolada. – Eu sou mais velha que os gêmeos.

– Olha a boca, menina – comentou Frankie.

Lucy confidenciou a Filomena:

– Tessa nunca dá brinquedos para eles no Natal. Só dinheiro. Ela diz que quer ensiná-los a ser "sérios".

– Cadê a mama? – perguntou Mario.

– No escritório dela, onde mais? – respondeu Frankie.

Filomena e Mario foram depositar seus tesouros da loja no cofre de Tessa. Mas, no corredor, viram um homem de voz sedosa e cabelos sedosos com um casaco de pelo de camelo parado ao lado da mesa de Tessa.

Mario fez sinal a Filomena para que desse um passo atrás e esperasse discretamente que o visitante fosse embora, mas antes disso Filomena viu Tessa entregar ao homem uma pilha impressionante de envelopes grossos, e ele colocar tudo dentro de uma maleta.

– Leve isso a Strollo hoje à noite, certo, Domenico? – Tessa dizia ao homem.

– É claro. Agora mesmo, aliás – respondeu ele, com uma mesura.

Então, é a vez de Tessa pagar tributo, pensou Filomena, lembrando o nome de Strollo. Era o *capo* que cuidava de Greenwich Village; ele tinha entrado no funeral de Gianni e colocado uma flor em cima do corpo. Tessa agora serviu um drinque para Domenico numa taça de licor de cristal, e educadamente bebeu um licor ela mesma enquanto eles se desejavam "*buon Natale*". Então Domenico saiu, acenando com a cabeça para Mario na passagem.

– Quem é *ele*? – perguntou Filomena a Mario enquanto iam na direção da sala de Tessa.

– Advogado de papi – respondeu ele, em voz baixa.

Mario deu um beijo em Tessa quando entrou.

– Preciso deixar algumas coisas no cofre hoje. Preferi não manter na loja enquanto está fechada. – Ele entregou os sacos de joias e a caixa-forte de dinheiro, que ela guardou no cofre grande do armário. Quando ela saiu, Mario contou: – Os Pericolo voltaram. – E explicou o que havia acontecido na loja. – Falaram como se tivessem feito merda na Flórida.

Tessa não pareceu surpresa.

– Pedi a Johnny que desse uma investigada, e o amigo dele na Flórida disse que esses rapazes são incapazes de aceitar ordens de alguém. Os Pericolo se recusaram a continuar trabalhando para o nosso amigo lá, aí apostaram o que ganharam, perderam mais do que tinham e pegaram dinheiro emprestado com alguém, que precisam pagar.

Tessa olhou os itens em sua mesa e continuou:

– Recebi um cartão de Natal da mãe deles, Alonza. Era só uma desculpa para fazer mais exigências. – Ela pegou o cartão e leu em voz alta a mensagem escrita à mão: – "Todo ano, no Natal, Gianni nos dava presentes e dinheiro. Espero que você faça o mesmo, em memória dele". – Ela pôs o cartão na mesa. – Não tenho registro do seu pai jamais ter feito uma coisa dessas. Mas combinei de encontrar com Alonza depois do Natal para tomar um chá. Ela e aqueles rapazes precisam de uma mão mais firme. Vamos conversar sobre isso com seus irmãos antes de eu ir vê-la.

Em frente à casa, Petrina disse ao motorista, enquanto ela e Pippa desciam do carro:

– Obrigada, Charlie. – E ele se foi. Petrina notou Domenico, o advogado, entrando em seu próprio automóvel, e fez um sinal para que ele esperasse. – Pippa, leve os presentes lá para dentro. Eu já vou – disse à filha.

Então, Petrina correu pela calçada, ainda escorregadia da neve caindo, para encontrar o advogado da família.

– Podemos conversar dentro do seu carro? – pediu ela.

Domenico abriu a porta do passageiro, e ela deslizou lá para dentro. Ele contornou o carro para sentar-se em seu banco e ligou o motor para aquecer. Era um homem bonito, mais velho que Petrina, mas mais jovem que a mãe dela.

– O que posso fazer por você? – perguntou ele.

Petrina respirou fundo.

– Richard me deu um grande presente de Natal hoje. Queria me surpreender, então mandou entregar hoje de manhã, quando eu estava sozinha em casa. Quando a campainha tocou, achei que fosse um florista. Mas não, era um homem para me entregar estes papéis. É o que eu estou pensando? Ele quer se divorciar de mim?

Domenico olhou para as páginas de relance.

– Sim – confirmou ele, e fez uma pausa. – Preciso fazer uma pergunta. Você fez alguma coisa? Teve um caso, negligenciou sua filha...?

– *Eu?* É claro que não! – negou Petrina, revoltada. Ela esperava que aquele homem fosse profissional, mas ele soava tão antiquado quanto os pais dela, culpando *ela*, a esposa. Indignada, ela continuou: – Se tem algum culpado nessa história, é Richard. É *ele* que está tendo um caso! Com uma garota de vinte e dois anos, filha de um juiz. A família de Richard está por trás disso, todos querem que ele se divorcie de *mim* para poder se casar com *ela*. Os pais dele esperam que ele concorra ao Senado um dia! Dizem que ela é "mais adequada" para ser esposa de político. Basta ficar mais de cinco minutos perto da família dele e vão mencionar que vieram todos no raio do *Mayflower*. Só vou dizer que esse *Mayflower* deve ter sido um barco gigantesco, porque *todo mundo* alega que veio nele. Richard antigamente era mais modesto e dizia que seus ancestrais eram todos ladrões de cavalo. Agora, não! Agora, ele é ambicioso. Diz que não sou *eu* o problema, mas que ele não pode ter nem um resquício de conexão criminosa com *uma família como a minha*.

Domenico esperou pacientemente que o fôlego de Petrina acabasse.

– Está bem – disse ele. – Nesse caso, você pode acusá-lo de infidelidade. Eles sabem disso, então imagino que vão querer fazer um acordo o mais discreto possível. Isso pode ser uma vantagem para você.

– Mas eu não quero me divorciar! – exclamou Petrina. – Isso é apenas uma ideia da mãe e da irmã dele. Elas ficam bicando nós dois que nem galinhas. Elas me criticam e elogiam *ela*, sem parar, e isso afeta Richard. Se pudéssemos apenas nos afastar da família dele e ficar sozinhos... – As palavras dela foram sumindo, com a impossibilidade óbvia disso. Então ela completou, num fio de voz: – Ninguém nunca se divorciou na paróquia da minha família. O padre não vai me deixar comungar.

Domenico deu um tapinha sem jeito na mão dela.

– Como advogado, e como amigo, eu a aconselho a não tentar forçar um homem que já não quer ser seu marido a ficar com você. Pelo que me disse da família de Richard, eles não teriam feito estes documentos se não estivessem preparados para brigar e vencer. Vou ler com mais calma e cuidar disso para você. Mas precisa me ajudar. Quero que você escreva tudo o que puder sobre qualquer coisa ruim que seu marido tenha feito. Se tiver evidências do caso que ele está tendo, quero que me traga o que conseguir, como recibos de presentes que ele deu para a moça, por exemplo. Me avise se tiver alguma amiga influente que possa depor contra seu marido, dar provas do mau comportamento dele, e do seu bom comportamento. Me entregue qualquer coisa que o faça parecer ruim, qualquer coisa que possa envergonhá-lo se for tornada pública.

Petrina sussurrou:

– Mas eu não o *odeio*. Richard e eu... não é como se fôssemos *inimigos*.

– Agora, são – disse Domenico, direto. – Deixe de lado seu coração partido e trate isso como um negócio. Seu interesse de negócios é proteger você e sua filha financeiramente. Colete todas as provas que tiver. Não espero que você as tenha que usar no tribunal. Mas, se eles souberem que as temos, podem ficar mais inclinados a ser... mais razoáveis.

Quando Petrina entrou na sala de estar, viu que a filha tinha causado uma pequena comoção. Depois de depositar vários pacotes sob a árvore, Pippa tinha tirado o casaco e dançado pelo cômodo com seu vestido de veludo verde, mostrando as novas sapatilhas de balé de cetim cor-de-rosa feitas especialmente para que fosse possível dançar *en pointe*. Todas as crianças estavam impressionadas com o som que as sapatilhas de ponta produziam no chão de madeira.

– Nunca ouvi a fada açucarada bater no palco desse jeito – comentou Gemma.

– É porque a orquestra abafa o som – informou Pippa, com arrogância, então virou-se para os primos e anunciou: – Meu pai me levou a um clube e me ensinou tiro ao alvo. – Vendo o olhar vazio deles, ela continuou: – Vocês não *sabem* o que é? – E fez a mímica do processo de tiro enquanto dizia: – Você diz para um empregado "puxar" e ele solta um tipo de canhãozinho que dispara um alvo de argila redondo no ar, e você precisa atirar para destruir. Se chama pombo de argila.

– Que idiotice – comentou Christopher. – Por que alguém ia querer atirar num pedaço de argila?

– Para não matar pássaros *de verdade*, seu burraldo – retorquiu Pippa.

– Prefiro atirar em ursos – respondeu Chris, dando de ombros.

– E eu prefiro atirar no Richard – resmungou Petrina baixinho. Em voz alta, ela disse à empregada: – Não precisa colocar um prato para o meu marido, Donna, ele vai passar o Natal em casa com os pais dele. – Donna vinha carregando uma bandeja com taças de champanhe cheias. Petrina pegou uma, grata, e tomou um longo gole.

– Chega de blá-blá-blá, pessoal, e vamos colaborar – disse Johnny a todos. – Senão, não vamos conseguir enfeitar esta árvore antes da meia-noite, e o Papai Noel vai passar voando direto pela nossa casa.

Filomena notou imediatamente que Petrina estava transtornada, embora parecesse uma rainha renascentista com seu vestido de veludo vermelho-escuro e um colar maravilhoso com pequenas peças de ouro em formato de leque que pareciam raios de sol, emanando sob seu lindo, porém perturbado, rosto. A boca de Petrina parecia triste, apesar do batom alegre, cor de cereja. O olhar dela varreu a sala e caiu em Filomena, parada de braço dado com Mario, a cabeça no ombro dele.

Petrina disse, maldosa:

– Mario, sua esposa não vai beber? Ou ela só gosta de ficar olhando? Ela observa tudo, sabia?

– Recolha as garras, gatinha – comentou Frankie, colocando a mão no ombro dela.

– Estou cansada do trânsito. Preciso retocar a maquiagem – declarou Petrina abruptamente, terminando a bebida.

Como se recusando-se a ir ao banheiro da casa de hóspedes, ela subiu as escadas até o quarto que já tinha sido dela, mas agora pertencia a Filomena e Mario.

Mario puxou a esposa de lado e falou em voz baixa:

– Petrina pode ser desagradável, às vezes, mas ela só está tentando esconder que tem um coração de ouro. E é corajosa. Vou te contar um segredo que você precisa manter entre nós. Uma vez, quando eu era criança, um Grande Chefe foi assassinado num restaurante em Coney Island. A gente estava lá. Tinha balas voando. Sabe o que ela fez? Se jogou em cima de mim. Ela teria levado um tiro por mim. Petrina é assim.

Filomena murmurou:

– Eu entendo. Você contou aos seus irmãos que os Pericolo vieram à nossa loja hoje? – Ele fez que sim. – O que eles acham?

– Concordamos em deixar mama ver se consegue argumentar com Alonza, pois um encontro entre elas já foi arranjado – disse ele. – Mas estamos preparados para uma luta.

De repente, houve uma discussão atrás do sofá. Frankie tinha pegado Christopher ensinando os gêmeos a jogar dados e depois exigindo que Vinnie, de quatro anos, "pagasse" o que devia. Chris havia levantado o indicador em ameaça e, numa paródia perfeita de Frankie, fixava um olhar significativo em Vinnie.

– Passe pra cá, senão vai receber uma visitinha do meu colega Sal – ameaçou ele.

Vinnie riu, mas Frankie, vendo isso, ficou branco de vergonha, depois agarrou Chris pelos ombros.

– Ei! – repreendeu Frankie, severo. – Não é para *você* tentar ser um figurão. *Você* não é assim. Entendeu?

Chris pareceu completamente assustado, as orelhas vermelhas de vergonha. Filomena compreendeu que Frankie estava horrorizado de ver a criança emulando a própria vida da qual Frankie tentava protegê-la, mas Chris entendeu errado, ouvindo só que, como era enteado, não era, nem nunca poderia ser, aceito como membro verdadeiro da família.

– Venham, pessoal! – chamou Amie rápido, indo até uma pianola que tinha recebido naquela manhã como presente de Johnny.

Eles tinham decidido colocá-la na casa de Tessa para comemorações familiares. Amie agora demonstrava como se inseriam os rolos de música para fazer as teclas do piano se moverem sozinhas, magicamente, como se houvesse um fantasma tocando. Isso fascinou as crianças.

Os adultos pararam o que estavam fazendo para se reunir em torno da pianola e cantar músicas favoritas de Natal que todos conheciam. Cantaram algumas, e Tessa enfim saiu do escritório.

– Cadê Petrina? – perguntou Tessa, levemente irritada. – Achei que tinha ouvido a voz dela.

– Está lá em cima, mama – respondeu Mario. – Vou lá dizer que você a está procurando.

– Eu vou – ofereceu-se Filomena.

Ela era a única que não sabia as letras em inglês daquelas canções natalinas, o que a fazia se sentir levemente excluída. Além disso, os ombros caídos de Petrina lhe tinham parecido dignos de pena, e ela quase ouvia a voz de Rosamaria aconselhando: "Vá ajudá-la. Você precisa de uma mulher amiga nesta família. Petrina também".

Então, Filomena subiu de fininho. As roupas de Petrina estavam jogadas na cama que Filomena dividia com Mario. Um par de saltos vermelhos tinha sido chutado num canto, perto de meias de seda abandonadas num formato de mola, como cobras. Uma linda bolsa com contas estava aberta no toucador com tampo de vidro. A porta que dava para o banheiro estava entreaberta, e havia alguém chapinhando na banheira de Mario. No silêncio, Filomena ouviu uma mulher soluçando de leve. Filomena hesitou, depois bateu à porta parcialmente aberta.

Petrina se inclinou para espiar lá fora. Parecia uma garotinha, com o cabelo amarrado de qualquer jeito no topo da cabeça com uma fita e o rosto boiando por cima de um mar de bolhas com aroma de violeta vindas de um frasco que Mario dera a Filomena. Quando Petrina viu Filomena, não disse nada. Só cobriu o rosto com as mãos.

– Para o inferno com o Natal – disse ela numa voz abafada.

Filomena, em silêncio, pegou a toalha maior e mais macia, segurando aberta para ela. Petrina suspirou e se levantou do banho de espuma ondulante, o corpo tão lindamente esculpido que lembrava imagens do nascimento de Vênus, chegando à espuma do mar. Régia, mas desconsolada, ela permitiu que Filomena enrolasse a toalha ao redor dela como uma criada faria. Mas Filomena automaticamente fez algo que remetia à infância: deu um tapinha nas costas de Petrina e um breve abraço, como se faria com um bebê depois de um banho.

Petrina comentou, surpresa:

– Minha mãe fazia isso.

– A minha também – disse Filomena ao voltar para o quarto. Petrina ficou lá parada, agarrando a toalha, a boca trêmula. – *Che successe?* – perguntou Filomena, suavemente.

– O que aconteceu? Ah, nada de mais – respondeu Petrina, amarga, enquanto se secava e colocava de volta as roupas. Mas suas palavras seguintes acabaram num lamento queixoso. – Meu marido não me quer mais. Ele pretende se casar com outra mulher. Diz que isso vai fazer com que se sinta mais jovem, como se pudesse recomeçar.

Filomena comentou:

– *Bella ragazza! Meritate un principe, non un animale di un uomo!*

O ditado familiar, dito de forma tão maternal, atingiu em cheio Petrina. Mas sua própria mãe provavelmente não teria dito aquilo naquelas circunstâncias; Tessa sem dúvida seria tão dura quanto foi Domenico.

– Sim, você tem toda a razão! – gritou Petrina. – Eu *sou* uma mulher linda e eu *mereço* um príncipe, e não aquele *animal* de marido. – Ela começou a rir, mas aí, engolindo em seco, caiu em prantos e se jogou na lateral da cama.

Filomena sentou-se ao lado dela.

– Fale, para o seu coração não se partir tentando segurar – sugeriu.

E, de fato, Petrina *estava* sentindo uma dor insuportável no peito e na garganta.

Incapaz de continuar segurando, Petrina desabafou:

– Ah, meu Deus, eu ando tão *cansada* de tanto esforço. Como Richard me torturou! Eu sabia que tinha algo errado. Quando achei que fosse um caso, tentei conversar com ele, mas ele não parava de me dizer que eu estava imaginando coisas.

Filomena comentou baixinho:

– É um tapa na cara.

– É, eu devia desafiá-lo para um duelo. É o que os homens fazem. Nós, mulheres, só ficamos com toda a dor e a culpa quando alguém *nos* machuca.

Como posso contar à minha família que Richard quer o divórcio? Mama vai dizer que eu devo ter feito algo de errado, sido uma má esposa. Johnny e Frankie vão me tratar como uma mulher em desgraça. Não vão acreditar em mim, não importa o que eu diga. Nesta família, todo mundo só fala. Nenhum deles escuta. Só você. Você vê tudo, com esses seus olhos grandes, não é? Eu já te observei olhando a gente. Vejo que você ama Mario de verdade. Queria que alguém me amasse assim tão verdadeiramente.

Filomena perguntou, tímida:

– Você ainda ama Richard?

Petrina suspirou profundamente.

– Eu o achava lindo. Ele disse que queria compartilhar o mundo comigo. Falou que eu parecia uma estrela de cinema e seria a estrela-guia dele. Eu pensei: *finalmente, aqui está minha chance, vou estar segura com ele*. Como eu fui idiota.

– Você quer lutar por ele, pelo seu casamento? – perguntou Filomena.

Petrina fez que não.

– Já tentei. Eu perdi. Agora, só tenho o meu orgulho.

– E Pippa? – questionou Filomena. – Vai ficar bem se os pais não estiverem mais juntos na mesma casa?

– Pippa é uma alma velha e sábia, e é igual a você: ela vê tudo – disse Petrina, irônica. – De todo modo, nas últimas semanas, meu marido e eu mal ficamos juntos naquela casa. Então, para Pippa, eu e o pai morarmos separados não vai ser nada novo. Não, acho que não vai prejudicá-la mais do que ela já foi prejudicada.

– Então – começou Filomena –, talvez seja para melhor. Agora, você vai estar livre para amar outro homem, alguém que ame *você* ainda mais do que você imagina ser possível.

Petrina ficou um pouco em silêncio antes de dizer baixinho:

– Eu já tive esse amor, mas era menina. O nome dele era Bobby. Ele cantava numa banda. Podia ter sido um grande astro, mas fiquei sabendo que ele foi para uma escola militar. Nunca mais o vi.

– Então, você vai achar outra pessoa para amar. Três é o número da sorte – sugeriu Filomena.

Petrina riu com uma apreciação genuína.

– Ah, Rosa! – exclamou. – Talvez você possa ser a irmã que eu nunca tive. Eu sempre quis uma irmã. – Ela lançou um olhar afiado a Filomena. – Como estão as coisas com você e Mario? – perguntou, delicadamente. – Está tudo... bem entre vocês, como deveria estar entre marido e mulher? Vocês vão ter filhos?

Embora estivesse preocupada com isso, Filomena disse, resoluta:

– *Certo.* E, quando o primeiro bebê vier, você seria madrinha do meu filho?

Petrina ofegou, depois pegou a mão de Filomena, que sentiu as unhas longas e afiadas dela, pintadas de vermelho, quando Petrina respondeu:

– Sabe, Lucy e Amie convidaram uma à outra para ser madrinha dos filhos delas. Ninguém nunca me chamou. E deviam ter chamado. Eu sou a mais velha. Mas é compreensível, acho; elas têm medo de mim e de mama.

– As crianças vão nos unir, tudo em seu tempo – declarou Filomena.

– *Brava!* – disse Petrina, inspirando fundo. – Vamos descer e ter um feliz Natal e um Ano-Novo melhor ainda.

Filomena sorriu, mas guardava uma leve superstição do velho país. Nunca se desejava feliz Ano-Novo a alguém antes do primeiro dia de janeiro de verdade. Senão, você pode acabar levando alguns de seus problemas antigos deste ano para o próximo.

17

Inverno–primavera, 1944

Tessa era uma mulher de palavra e, portanto, combinou de encontrar-se com Alonza numa bela casa de chá na Fifth Avenue, decorada com tapeçaria rosa e branca e mesas com tampo de mármore, sobre as quais haviam frágeis vasos e xícaras de porcelana. Na plataforma, uma mulher tocava harpa para senhoras com grandes chapéus e peles – tudo para desencorajar a entrada dos homens.

Tessa escolheu uma mesa no centro desse mundo decoroso, onde os murmúrios das clientes bem-nascidas só eram pontuados pelo tilintar delicado de suas colherinhas, induzindo, assim, as recém-chegadas a manter a voz baixa em suas conversas profundas.

Mas Alonza estava atrasada, então entrou fazendo estardalhaço no restaurante, alheia à atmosfera, e deu seu nome, alto e indignada, para a recepcionista, que fez sinal para a garçonete levá-la às pressas à mesa de Tessa.

Alonza vestia uma pequena peça de pele de um animal indeterminado que mordia a própria cauda, além de um chapéu exagerado, mas estava sem luvas. Quando jogou o casaco para trás e, arrogantemente, o entregou ao garçom, Alonza revelou com orgulho um colar de prata grande e caro no pescoço, com turquesas verdadeiras.

– Um presente de Natal de meus filhos amados – anunciou ela, em vez de cumprimentar Tessa. – Eles gastaram o último dinheiro que tinham nisso.

Tessa estava com pena genuína dela, mas, à menção do colar, falou:

– Segundo minhas fontes, seus rapazes roubaram uma boa quantidade de joias. Este talvez não seja o lugar certo de desfilar essa peça. Você pode encontrar a verdadeira proprietária.

A expressão preocupada de Alonza revelou que ela não havia considerado essa possibilidade. Mas ela se recuperou e insistiu:

– Mais um motivo para meus filhos precisarem de sua ajuda e orientação.

Tessa disse calmamente:

– Apresentamos seus filhos à melhor ajuda que eles poderiam conseguir no clima bom e ensolarado da Flórida, mas, pelo que fiquei sabendo, eles não valorizaram esse favor nem o aproveitaram.

– Não é culpa deles! Aquela gente da Flórida era dura demais com meus meninos – reclamou Alonza. – O lugar deles é aqui, em Nova York, e eles têm direito de ser tratados como os outros filhos de Gianni. – Pegando um doce de creme da bandeja dourada de três andares, Alonza exigiu: – Você precisa fazer a coisa certa em nome de Gianni e levar os dois filhos dele para seus negócios de família aqui em Nova York, para meus meninos terem a parte justa.

– Não – negou Tessa com firmeza –, isso é simplesmente impossível. Ouvi dizer que seus filhos já estão andando pela cidade e falando a agentes de apostas que nossa família vai garantir as apostas e dívidas deles. Saiba que já esclareci por aí que absolutamente *não* vamos sustentá-los financeiramente nem nos responsabilizar por eles.

Alonza, ainda mastigando ruidosamente, cuspiu furiosa:

– Você empresta dinheiro todo dia para gente que não conhece. Para criminosos! Por que não para os filhos do seu marido? Você se acha toda-poderosa. Gianni nunca tratou a gente assim.

Tessa disse, devagar:

– Meu marido sempre fez questão de estar presente no hospital no nascimento de todos os filhos dele. Duvido que você possa dizer o mesmo.

– Ah, sim, Gianni *estava* comigo! – Alonza pulou direto na armadilha. – Ele ficou no hospital o dia todo durante o nascimento de Sergio. E fez o mesmo com Ruffio, um ano depois. Ele veio à minha casa e me levou de carro ao hospital nas duas vezes.

Tessa se debruçou na direção dela.

– Sergio nasceu em julho, não foi? E Ruffio nasceu um ano depois, em agosto. Essas são as datas nas cópias dos documentos que você me deu. Foram assinados em Nova York. Mas meu marido estava viajando comigo nessas duas épocas. Estávamos num chalé de verão no Maine, e definitivamente posso provar isso.

Alonza parou de mastigar e, em pânico, engoliu o chá.

– Mas ele *teria* estado ao meu lado, se pudesse – gritou. – Ele *queria* estar comigo. E me disse que colocasse o nome dele nas certidões de nascimento! – Então ela recuperou a ira e exclamou: – Se você não ajudar os filhos de Gianni, é melhor dar logo um tiro na cabeça deles!

Alonza falava tão alto que as outras mulheres com casacos de pele nas mesas próximas levantaram os olhos, assustadas, e, por um momento, até a harpista parou de puxar as cordas.

Tessa disse em voz baixa:

– Meu marido nunca, nunca *deu* dinheiro algum para os filhos queimarem. Se eles precisassem de nossa ajuda, tinham que devolver o dinheiro depois, parcelado, igual a todo mundo. Sem dúvida, Gianni lhe disse isso quando você o assediava por telefone.

O olhar culpado de Alonza revelou que ela de fato tinha feito as ligações. Então, sem dispor de mais nenhum outro recurso, ela caiu em lágrimas.

– Você *não é* uma boa mulher! – choramingou.

Sem se abalar, Tessa disse:

– Você deve ser uma mulher infeliz para contar essas mentiras a uma família em luto. Mas, em memória do meu marido, vou dar a seus filhos a orientação que você me pediu, porém da forma como Gianni faria. Eu vou fazer um último empréstimo a *você*, mas entenda que é o último e que é um empréstimo, portanto deve ser pago. Eu mesma não colocarei esse dinheiro na mão dos seus filhos. Essa tarefa será *sua*. Sugiro que você entregue a eles em parcelas e garanta que eles entendam que é um empréstimo, e não um presente, e que terão de achar um trabalho bom e honesto para devolverem o dinheiro a *você*, Alonza; para você, por sua vez, poder me devolver em parcelas mensais, com juros. Agora, entenda: esta é a última vez. Se eles tiverem problemas de novo, estarão sozinhos. Acredite em mim quando eu digo que estou falando sério. Se você tentar entrar em contato de novo com a minha família ou criar confusão, vou exigir o pagamento total imediatamente e, se não receber, todos vocês sofrerão as consequências.

Teatralmente, Alonza dava batidinhas nos olhos com o lenço amarrotado. Agora, viu com uma fascinação indisfarçada Tessa colocar a mão na bolsa, puxar um envelope e deslizá-lo à mesa. Alonza agarrou o envelope como se fosse carne crua.

– Quanto tem? – sussurrou, pondo o envelope no colo.

Tessa fez sinal para a garçonete, pedindo a conta. A garçonete chegou prontamente, serviu o restante do chá nas xícaras e levou o bule vazio.

Enquanto Tessa pagava a conta, Alonza contou o dinheiro. Não conseguiu resistir a um sorriso de satisfação.

– Lembre – disse Tessa –, é um empréstimo. Você precisa devolver.

O tom decisivo de Tessa pareceu acordar Alonza para a realidade. Primeiro, ela pareceu estar em pânico. Depois, deliberadamente, cuspiu na xícara de Tessa antes que ela pudesse dar o último gole.

Quando Tessa voltou para casa naquele dia, soltou o chapéu, cansada, e foi para o escritório. Depois do jantar, ela pediu que os filhos a encontrassem lá. Explicou o que havia acontecido e como tinha enganado Alonza e feito com que ela revelasse a verdade.

– Eu *sabia* que ela estava mentindo sobre os filhos. Mas, mãe – disse Petrina, suavemente –, a gente só foi ao Maine um verão, você e eu, e o papi *não* foi com a gente.

– É verdade – concordou Johnny. – Eu lembro, mama não conseguia suportar o calor da cidade, então levou Petrina para visitar parentes à beira-mar. Vocês duas ficaram fora de maio até fim de setembro, porque mama ajudou Petrina a entrar naquele internato chique de New England. Mas Frankie e eu ficamos com papi, e ele nos levou a todos os grandes jogos.

– Correto – respondeu Tessa, rapidamente. – Mas Alonza não sabia disso. Então, confessou que Gianni não estava com ela no dia do nascimento dos filhos. Agora, acredito que ela tenha mentido sobre tudo.

– Aqueles idiotas não são filhos do papi, então – desdenhou Frankie.

– Isso já não importa – disse Tessa. – Está tarde. Hora de dormir.

Mario subiu e transmitiu a informação a Filomena, e concluiu:

– O importante é que não temos mais nada a ver com os Pericolo. Eles não vão conseguir mais nada de nós.

Filomena perguntou, com cuidado:

– Esses empréstimos que Alonza diz que sua família faz... foi assim que seu pai construiu o negócio dele? E, agora que ele se foi, sua mãe assumiu?

Mario explicou:

– Não. É a única parte do negócio da qual minha mãe sempre cuidou. Ela tem aquele livro de empréstimos desde que consigo me lembrar.

Filomena não disse nada quando apagaram a luz. Mas ficou lá deitada lembrando como Tessa sempre cobria o lado esquerdo do livro-caixa para esconder as páginas. Quaisquer segredos que houvesse lá, aquele livro valioso vivia trancado e, evidentemente, ninguém além de Tessa sabia a história toda do que ele continha.

***

Certa tarde, enquanto Lucy voltava correndo do trabalho para casa, ela passou pela loja de doces locais, e o proprietário, um homem alegre, sempre de avental, saiu apressado para falar com ela.

Mas, naquele dia, ele parecia sério.

– É sobre seu filho, Christopher – disse, em voz baixa, puxando-a de lado para os outros não ouvirem o que ele tinha a dizer. O coração de Lucy bateu apreensivo. – O menino está passando dinheiro falso – continuou o homem.

– *O quê?* – sobressaltou-se Lucy, depois completou, severa: – Você deve estar enganado.

O homem fez que não, sentindo muito.

– Não tem engano – garantiu. – Estou observando Chris desde a primeira vez. Ele entra com uma nota falsa de vinte dólares, compra cinco centavos de doce e vai embora com o troco. Assim, consegue ganhar dinheiro de verdade em troca. E não sou a única vítima; outras crianças fizeram isso na loja de charutos. Achamos que algum escroque manda esses garotos trocarem o dinheiro para ele e lhes dá um trocado por isso. – Ele fez uma pausa. – Não contei isso à polícia, Lucy. Conheço sua família, e ela foi boa para mim. Mas você precisa conversar com seu menino.

Lucy pegou dinheiro na bolsa para pagá-lo, depois murmurou um agradecimento e saiu correndo num borrão primeiro de confusão, depois de fúria. Quando chegou em casa, ela agarrou Chris pelos ombros e o arrastou para a cozinha. Ele sempre fora tão angelical, com aqueles olhos azuis e as sardas salpicadas pelo nariz redondinho.

– Escute, que história é essa de você passar dinheiro falso na loja de doces, hein, garotinho? – ela exigiu saber.

Chris pareceu surpreso, depois teve a dignidade de corar.

– Só fiz um favor para um homem – respondeu ele com um gesto amplo, numa imitação de um Frankie de meio metro.

Lucy o pegou pelos dois ombros e o sacudiu de leve.

– Um favor! Desde quando você faz o que homens estranhos e maus pedem? Não sabe que é contra a lei dar notas falsificadas como se fossem reais? Você podia ser preso!

– Ele não disse que eram falsas. Disse que conhecia nossa família. E precisava de dinheiro trocado para jogar na loteria – protestou Chris.

Lucy disse, severa:

– E você espera que eu acredite que você não sabia como isso é suspeito? Mesmo que você acreditasse nele, apostar também é ilegal.

Agora, Chris lançou a ela um olhar sábio.

– Bem, se é tão ruim assim, por que o papi e o tio Johnny recebem dinheiro de apostas? – contrariou ele. – Por que só é ruim quando as crianças fazem?

Lucy ficou chocada quando Chris completou, malicioso:

– "Você precisa arriscar na vida se quer chegar a algum lugar." Eu ouvi você dizer isso para a madrinha Amie.

Lucy sentiu agora as próprias orelhas queimando. Ela *tinha* dito exatamente isso, quando Amie certa vez expressara preocupação com as operações de apostas de Johnny no bar. Além disso, Lucy não podia negar que parte da emoção da corte com Frankie tinha sido a aura de perigo e risco que acompanhava o redemoinho glamoroso de ser vista com um homem influente. Mas, até então, ela não tinha percebido o quanto Chris observara e absorvera tudo aquilo.

Mais gentilmente, ela disse:

– Você teve sorte, porque o homem da loja de doces gosta da gente. Mas não pode depender da sorte para sempre. É por isso que Frankie quer que você tenha uma infância melhor do que ele teve. Se eu contasse para ele o que você fez, ele te daria uma surra. Então, não vou incomodá-lo com isso. Eu também tenho grandes sonhos para você. Mas, por enquanto, meu menino, você só tem que ser bonzinho e andar na linha.

– Tá bom – murmurou Chris.

Mas, quando ele saiu, embora estivesse compungido, seu olhar indicava que ele não estava inteiramente convencido.

***

As notícias de guerra naquele inverno foram sombrias; a Europa parecia decidida a se destruir, com bombardeios ferozes por todo o continente

– incluindo um local antigo perto de Roma chamado Monte Cassino, onde um monastério beneditino histórico foi explodido até restarem apenas ruínas. A luta era especialmente ferrenha na cidade de Anzio, onde soldados americanos estavam presos em cavernas, sob ataques do exército nazista.

Filomena sentia uma solidariedade aguda, lembrando como era horrível olhar para o céu e pensar em quem seria o próximo a morrer. Doía nela pensar se sua família na Itália teria sobrevivido. Ela se forçou a afastar esse sentimento. Conseguia ouvir Rosamaria falando do túmulo: *Sua família não ligava se você ia ficar viva ou morta. O mundo que você deixou para trás já não existe. Então, faça o que Tessa disse. Viva a vida que escolheu e dê seu amor apenas àqueles que amam você.*

Então, quando Tessa alistou as noras para arrecadar roupas, comida e brinquedos de Páscoa para órfãos de guerra italianos e para famílias americanas cujas mães eram viúvas de guerra, Filomena ajudou. Elas também fizeram pacotes de bolos e doces para mandar aos soldados no exterior. Os netos de Tessa, ansiosos por ajudar, tinham ficado sabendo da guerra na escola, na igreja e nos filmes.

Tessa também estava determinada a tornar a esperançosa temporada de Páscoa linda para os netos, então levou-os a uma loja de departamentos chamada Best & Company, para que os pequenos tivessem roupinhas completas para a Páscoa. Ela escolheu peônia rosa para Pippa, amarelo-manteiga para Gemma e ternos azul-marinho com colarinhos de veludo escuro para Chris, Vinnie e Paulie. Todo mundo cortou o cabelo. E as mães receberam lenços em tons pastel e novos chapéus de Páscoa estilosos.

O *gran finale*, claro, era a comida. Tessa insistiu que todas as mulheres a acompanhassem nas compras para *la domenica di Pasqua*.

– Ela faz isso todo ano – explicou Amie a Filomena enquanto as esposas se reuniam no vestíbulo da casa de Tessa, abotoando os casacos. – Ela é antiquada; diz que, quando *ela* era criança, a Páscoa era bem mais importante que o Natal.

A filha de Petrina, Pippa, ia junto; o ano letivo tinha acabado um pouco mais cedo para ela do que para os mais novos, então ela e Petrina estavam passando o feriado de Páscoa na casa de hóspedes.

– Como estão as coisas com Richard? – cochichou Filomena para Petrina depois de Amie entrar no carro, já que aparentemente ninguém mais sabia do divórcio iminente.

– Os advogados ainda estão resolvendo – disse Petrina, melancólica.

– Venham, moças! – chamou Tessa enquanto Sal abria as portas do carro para elas.

A última a embarcar foi Lucy, que veio correndo pela rua para juntar-se a elas, tendo acabado de voltar do turno da manhã no hospital.

– Escutem – disse, sem fôlego –, adivinhem quem acabou de ser internada na ala cardíaca? Alonza! Ela teve um infarto. Os médicos acham que ela não vai resistir.

Tessa ficou estática.

– Então, precisamos rezar por ela na missa da Sexta-feira Santa.

Elas se empilharam no carro, e Sal as levou às lojas favoritas de Tessa. Elas encheram cestas com os primeiros vegetais e frutas mais frescos da primavera, depois seguiram para o açougueiro para encomendar cordeiro para o assado. A próxima parada era a padaria, para pegar um pão doce pascal em formato de trança com um ovo inteiro assado no centro e a massa recheada de uvas-passas, cascas de laranja e lascas de amêndoas, tudo levemente glaceado com mel. Depois, biscoitos para as crianças, em formato de coelhos e pintinhos. Os ágeis assistentes da padaria colocaram tudo em caixas brancas com fitas vermelhas retiradas de dispensadores que pareciam colmeias douradas penduradas em correntes no teto.

As mulheres depositaram as compras no carro e se jogaram no banco, prontas para ir para casa. Tessa disse:

– Ah, olhem o novo carregamento do florista! Só quero ver as tulipas. Esperem aqui. Pippa, você vem comigo.

– Não sei de onde ela tira tanta energia – gemeu Petrina no banco traseiro do carro, tirando os sapatos e massageando os calcanhares.

Quando Tessa enfim saiu da loja, Pippa carregava as tulipas para ela.

– Pode ir na frente – disse Tessa, parando na calçada para admirar a exposição de mudinhas e arbustos: azaleias, lilases, magnólias.

Pippa estava na metade do caminho para o carro quando uma van de entregas preta, sem placa, até então estacionada na ponta oposta da rua, de repente saiu cantando pneus. As pessoas pararam, assustadas com a imprudência. Tessa, ainda na banca de flores, levantou os olhos e franziu a testa, porque a van guinchou e parou bem ao lado dela.

Dois homens de óculos escuros, com o chapéu puxado para baixo e cachecóis bem altos, saltaram do veículo. Num flash, levantaram as armas e dispararam. E tão rápido quanto tinham aparecido, eles pularam de volta na van e saíram. Um deles derrubou Pippa no chão durante a fuga.

Tessa só teve tempo de registrar uma expressão de surpresa antes de cair inerte na calçada, desmantelada como uma boneca abandonada.

– *Nonna!* – berrou Pippa.

– Pippa! Mama! – gritou Petrina, precipitando-se para fora do carro sem se dar ao trabalho de pôr os sapatos. Sal tinha saltado e corrido até onde estava Tessa. Lucy apareceu e, depois de olhar com cuidado ao redor, abaixou-se para checar os sinais vitais de Tessa.

– Pelo amor de Deus, chamem uma ambulância! – gritou Lucy para os passantes horrorizados que tinham saído correndo das lojas. – Alguém chame uma ambulância!

Filomena já tinha entrado na floricultura para ligar e pedir ajuda.

Petrina segurava a mãe nos braços, de modo que ambas estavam cobertas de sangue. Amie tinha ido até Pippa e tentava arrastá-la de volta para o carro. Pippa lutou para ficar de pé, mas só conseguiu ficar ali parada na calçada gritando sem parar. Finalmente, todos escutaram o som agudo de uma ambulância e as sirenes da polícia.

Tessa não havia recuperado a consciência.

– *Nonna, nonna*! – Pippa ainda gritava quando a avó foi levada numa maca para a ambulância, com Petrina ainda agarrada à mão da mãe ao subir no veículo ao lado dela.

– Liguei para Mario na loja – disse Filomena a Amie. – Ele e os irmãos vão encontrar Petrina no hospital.

Gentilmente, elas conseguiram conduzir Pippa de volta para o carro.

– Senhoras, preciso levar vocês direto para casa – explicou Sal às esposas. – Depois, vou à delegacia. Mas, por favor, mantenham todo mundo dentro de casa e longe das janelas. Não sabemos quem eram aqueles selvagens e nem se eles vão voltar.

18

Abril de 1944

Nos dias que se seguiram à morte de Tessa, a casa dela foi engolfada por um silêncio terrível e pesado, quebrado apenas pelos sussurros ocasionais da família lutando para superar o choque. Depois do suplício exaustivo de hospital, polícia, funerária e enterro, a família debateu a pergunta que continuava sem resposta, mas que Amie articulou:

– Quem faria algo tão terrível?

Eles listaram os possíveis suspeitos, dizendo uns aos outros que não podiam contar à polícia: podia ser um sem-número de pessoas – as que deviam dinheiro a Tessa e não podiam pagar, ou a quem fora recusado um empréstimo, ou aqueles, como os Pericolo, que cobiçavam o negócio da família.

– Minhas fontes me dizem que esse ataque definitivamente não veio dos Chefes; ainda estamos bem com eles – explicou Johnny, acendendo um cigarro ao sair do escritório de Tessa. Todos os cinzeiros da casa se enchiam com as guimbas dos cigarros dele mais rápido do que a empregada conseguia esvaziá-los. – Então, duvido que tenha vindo de qualquer outro com quem a gente esteja fazendo negócios. Eles saberiam que é melhor não, simplesmente não ousariam.

Mas certa noite, depois de um jantar em família silencioso e enlutado, quando as mulheres e crianças tinham ido para a sala de estar e os homens estavam novamente no escritório de Tessa, foi Pippa – que desde o incidente soluçava durante o sono, e vinha tendo pesadelos terríveis por noites a fio – que finalmente fez a afirmação definitiva.

– Todos nós *sabemos* quem foi. Aqueles dois gordos que foram ao funeral do vovô – disse ela, furiosa. – Eu senti o cheiro nojento do perfume deles na rua no dia em que mataram a coitada da *nonna*.

– Pode ter sido apenas o cheiro da floricultura – advertiu Petrina.

Pippa bateu o pé e gritou:

– Não, *não era* das flores. Estou falando, foram aqueles gordos malvados! – E saiu correndo para o quarto e bateu a porta.

Lucy sinalizou para a empregada que colocasse as outras crianças para dormir antes que elas se chateassem demais.

– Os atiradores pareciam *mesmo* ter o tamanho dos Pericolo – lembrou Amie quando Johnny, Frankie e Mario voltaram à sala.

Petrina contou aos homens o que Pippa havia dito.

– É, a gente imaginou que devia ter sido os Pericolo – respondeu Frankie, com amargura.

– Mas é uma idiotice – comentou Lucy. – Por que eles fariam isso tão publicamente, tão brutalmente? O que ganhariam com isso?

Johnny disse, breve:

– Vingança. Por causa da mãe deles. Aposto que aqueles filhinhos de mamãe culpam mama pelo infarto de Alonza e estavam com medo de que a mãe morresse.

Mas, conforme Lucy tinha averiguado no hospital, Alonza havia se recuperado e voltado para casa.

– Talvez achem que podem fazer negócios com a gente, os homens, melhor do que com uma mulher antiquada como mama – sugeriu Mario, lembrando a todos o que Sergio dissera ao sair da loja no Natal: "Você não pode deixar sua mãe tomar conta da sua vida... Você e eu precisamos falar de negócios, de homem para homem. E, depois, chegamos a um acordo melhor".

– Podemos pedir a Strollo que se livre dos Pericolo, dizer que eles estão tentando entrar à força nos nossos negócios – disse Frankie, impaciente.

– Não, isso pode sair pela culatra – respondeu Mario rapidamente. – Se os Chefes acharem que dá para ganhar dinheiro me tornando receptador de joias roubadas, *eles* podem querer que eu seja receptador *deles*. Não notaram meu negócio ainda, por ser tão pequeno. Quero que continue assim.

– Então, vamos cuidar disso sozinhos – retorquiu Frankie. – Vamos só resolver.

– Podemos marcar uma reunião com os Pericolo na loja de Mario – sugeriu Johnny. – Pedir a eles que cheguem depois de fechar para uma "conferência de negócios". Eles podem ficar lisonjeados o bastante para irem. Aí, a gente finaliza os dois.

As mulheres, até então em silêncio, agora pareciam completamente horrorizadas.

– Vocês estão todos *loucos*? – disse Petrina, numa explosão repentina de escárnio. – Vocês sabem quanto mama e papi trabalharam para impedir que vocês virassem bandidos assassinos?

– Certo, e você viu no que deu tentar resolver esse problema sem derramamento de sangue. Mama derramou o sangue *dela*! – gritou Frankie.

– Pare com isso, Frankie – pediu Lucy ao marido pavio curto. – Não grite com Petrina. Ela só está tentando impedir que os irmãos esquentadinhos acabem na cadeia.

– Não vamos ser pegos – garantiu Johnny. – A polícia não podia ligar menos para os Pericolo, não percebem? Eles não querem nem saber quem matou mama.

Petrina pegou um cigarro.

– Bom, Johnny e Frankie, façam o que quiserem – disse ela, furiosa. – Mas *você*, Mario, não vai se envolver, está me ouvindo?

– Eu já estou envolvido – respondeu Mario em seu tom racional. – Eles entraram na minha loja e disseram que voltariam. Rosamaria não pode trabalhar lá com aqueles canalhas por perto.

– Então feche a loja e leve a sua esposa embora! – retorquiu Petrina. – E afaste-se o máximo possível desta família. Eles só vão te arruinar, Mario! Você nunca vai chegar "do outro lado" para ser livre, seguro e feliz.

O rosto de Petrina estava agora molhado de lágrimas. Os irmãos pareciam chocados.

– Você está chateada por causa de mama – disse Johnny, sensato.

– Não é isso – irritou-se Petrina. Ela se virou para Mario. – Uma vez na sua vida – insistiu – você vai me *ouvir*. Feche a loja, entre num trem com a sua mulher e vá construir uma vida em algum lugar bem longe desta confusão.

– Chega, Petrina! – disse Mario em tom firme. – Não sou mais seu irmãozinho bebê. Eu sei me defender. Então, por favor, cuide da sua vida.

Petrina visivelmente se encolheu, depois levantou as longas unhas vermelhas como se quisesse arranhar o rosto dele.

– Você não sabe *do que* está falando! – gritou. – Estou cheia desta família e de todos os segredos e mentiras. Você tem razão em *uma* coisa, Mario, você *não é* meu irmão. Nunca foi. Mas é meu bebê, e sempre vai ser!

– Do que diabos ela está falando? – quis saber Frankie. – Ela enlouqueceu.

– Estou falando, ela está histérica por causa de mama – sugeriu Johnny.

Petrina continuou, furiosa:

– Vocês me enojam! Eu sou a pessoa mais sã desta família. Mama era uma mentirosa. Papi era um mentiroso. E eles *me* obrigaram a mentir! Eu só tinha quinze anos, o que poderia ter feito? Seus idiotas – disse, virando-se para Johnny e Frankie com os olhos em chamas –, vocês eram burros demais para ver o que estava acontecendo bem na frente dos seus olhos. Vocês dizem que se lembram daquele verão quando a mama me levou ao Maine, mas esquecem que foi nessa época que ela anunciou que estava grávida de Mario. Foi por isso que ela disse que a cidade estava quente demais para ela e que precisava descansar à beira-mar. Ela me levou para o Maine, sim, e nenhum de vocês notou nem ligou, porque o papi levou vocês a todos os jogos de beisebol e apresentou vocês a jogadores famosos. E quando mama e eu voltamos com o bebê, eles me obrigaram a dizer que o pequeno Mario era filho dela. Bom, não era! Ele era *meu*, meu!

Pesou na sala um silêncio atordoado. Amie estendeu uma mão confortadora a Petrina, que a dispensou, com o cigarro formando uma trilha de fumaça.

Frankie foi o primeiro a falar.

– *Você* que é mentirosa – exclamou. – Papi nunca ia...

– Ah, ia, sim! – berrou Petrina. – Eles colocaram o nome deles na certidão de nascimento de Mario. Aí, me mandaram para aquele internato rigoroso em Massachusetts. Me obrigaram a morar lá, dormir lá, longe do meu bebê, para eu não resolver falar a verdade. Eles só me deixavam voltar para casa para vê-lo nas férias da escola...

Ela fez uma pausa, soluçando. Por um tempo, ninguém ousou falar.

Finalmente, Mario disse, horrorizado:

– Mas... Petrina... então... quem é meu pai?

Petrina olhou para Filomena antes de responder:

– Bobby. Um garoto que eu amava. Um garoto doce, tão doce quanto você, Mario. Ele era bom, mas não o bastante para nós! A mama disse que ele era "inferior a nós" porque era "do lado errado" da cidade. O papi disse que ia "matar o menino". E estava falando sério. Tudo por causa do orgulho dele. Em nenhum momento o papi ou a mama pensaram em *mim*, no que eu queria. Disseram que *eles* sabiam o que era melhor para mim; e também que, se eu ousasse desafiá-los e falar disso, me mandariam para um hospital psiquiátrico, onde eu viveria como prisioneira, uma louca que ninguém ouve, pelo resto da vida.

– Ah, Petrina, meu Deus! – disse Lucy, chocada, lembrando seu próprio destino quando garota.

– Eles mataram o garoto? – perguntou Mario, desacreditado.

Petrina parecia estar tirando energia do prazer vertiginoso de enfim falar a verdade.

– Bobby tinha a minha idade. Ele não tinha pai, ninguém para nos ajudar. Eu mandei Bobby fugir. Fugir, fugir! Ele falou que voltaria para me buscar. Nunca voltou. Ele tinha uma voz linda, podia ter sido um ótimo cantor, mas precisou fugir, fugir para longe, o mais longe possível daqui. Recebi uma carta dele, meses depois, garantindo que estava seguro. Ele entrou para o exército. Só tive notícia dele mais uma vez depois disso, para me agradecer. Hoje, ele é um homem importante no exército. Casou-se com uma garota inglesa. Então, Mario, digo a você o que disse a ele. Fuja, fuja! Fique o mais longe possível desta família, desta vida em Nova York!

Johnny e Frankie, ainda perplexos, se entreolhavam, parecendo revisitar rapidamente o próprio passado com todas aquelas novas informações.

E, de repente, Filomena se lembrou do que Gianni havia dito a ela no dia do casamento, na sala de estar, pouco antes de saírem de casa rumo à igreja: "Há coisas que acontecem na vida e não podemos evitar. A vida do Mario teve suas complicações. Ele ainda não entende isso por completo. Mas, independentemente do que aconteça, por favor, sempre esteja com ele para recordá-lo de como é importante ter a família por perto, pois só queremos amá-lo e protegê-lo".

– Mario, esta ainda *é* a sua família – disse Filomena suavemente. – Essas pessoas amam você.

Mario, ainda em choque, falou devagar:

– Petrina, se o que você está dizendo for verdade...

– É claro que é verdade – irritou-se Petrina. – Por que eu inventaria algo assim? Só para vocês me chamarem de louca mentirosa? Pense bem, Mario. Alguma irmã já amou um irmão como eu te amo? Qual irmã se preocupa tanto com o que o irmão usa quando faz frio? Quando você teve sarampo naquele ano, quem cantou para você dormir? Que garota abre mão das férias de Páscoa para cuidar do irmãozinho tonto?

– *Basta!* – gritou Mario de repente, tremendo. Ele jogou contra a lareira o copo vazio do uísque que estava tomando, e Amie se encolheu com o som dos estilhaços. Aparentemente, ninguém nunca tinha ouvido Mario levantar a voz, porque todos pareceram atordoados. – Está bem, então – continuou ele, como se lançasse um desafio. – Se isso é verdade, então me leve ao meu pai. Agora!

– A única coisa que eu tenho é o nome dele – disse Petrina. – Da última vez que soube, ele estava morando em Washington, D.C. Não tenho o endereço. Não tenho notícias dele há anos.

– Só preciso disso. Eu o encontro – disse Mario com amargura. – Me dê o nome. E então vou descobrir se você é só uma mentirosa ou se o nome desse homem é mesmo o *meu* nome.

19

Abril-maio de 1944

A situação com os Pericolo exigia uma ação decisiva, então, no dia seguinte, Johnny mandou uma mensagem para a casa de Alonza, que respondeu que os filhos encontrariam Mario na loja dele. Foram combinados um dia e um horário. Frankie conseguiu armas.

– Não tem um jeito de a gente impedir nossos maridos? – quis saber Amie.

– Claro – respondeu Lucy. – Podemos chamar a polícia. Fora isso, não.

Às seis da tarde do dia marcado, Johnny, Frankie e Mario jantaram juntos calmamente à mesa de Tessa. Depois, saíram. Estavam tão carrancudos que as mulheres nem ousaram dar-lhes beijos de despedida. Amie sobressaltava-se cada vez que ouvia uma sirene soar lá fora.

– Qual é o plano, eles vão simplesmente matar os dois? – perguntou Lucy a Petrina, lembrando como era difícil se livrar de um corpo. – E se alguém vir ou ouvir?

– Vão ter que subornar – respondeu Petrina, breve.

Ela se deu conta de que a vida toda tinha temido exatamente isto: que os irmãos fossem forçados a cruzar aquele limite e se tornar mafiosos.

Então, o que eu sou?, pensou ela. Será que todos estavam amaldiçoados, incapazes de escapar do destino?

– E se eles atirarem de volta? Não vale a pena arriscar! – gritou Amie. – Podemos perder um de nossos homens.

Filomena, em completa agonia, imaginou Mario destrancando a porta da loja que amava, encontrando-se com aqueles homens horríveis. Sergio tinha mostrado a ele que carregava uma arma. Ele era conhecido por ser violento, vingativo, tão perigoso que nem o exército dos Estados Unidos o queria. Ela imaginou um tiroteio, com a imagem insuportável do doce Mario caindo ao chão, mortalmente ferido.

Apesar disso, ouviu-se dizer:

– Nossos homens estão fazendo o que acham necessário para proteger a nós e nossos filhos. Todos sabemos que eles não podem permitir que os Pericolo continuem ameaçando esta família para sempre. A vida assim seria impossível.

As outras concordaram com a cabeça, mas ficaram chocadas pelo tom frio dela tanto quanto pelas palavras.

Às oito, as crianças foram mandadas para a cama. Às nove, as mulheres se reuniram na sala de estar para ouvir sem vontade o rádio. Amie tentou costurar um pouco. Lucy e Petrina tomavam seus uísques. Filomena fechou os olhos e rezou à Madonna.

– *Por que* está demorando tanto? – gritou Amie. – Eles podem estar numa vala em algum lugar. A gente nunca vai nem saber até ser tarde demais.

À meia-noite, elas ouviram o carro encostando. Os homens entraram. Filomena contou rápido: Johnny, Frankie, Mario. Estavam todos lá, parecendo estranhamente alegres enquanto iam direto ao aparador e se serviam de drinques.

– E então? – quis saber Amie. – O que aconteceu?

Johnny deu um gole longo.

– Absolutamente nada – disse ele.

As outras ficaram incrédulas. Na tensão insuportável, Lucy socou o braço de Frankie.

– O que está acontecendo?

– Aqueles palhaços não apareceram – anunciou Frankie, tirando o casaco.

– E agora...? – insistiu Petrina. – Precisamos fazer tudo isso de novo outra noite?

– Não. Os irmãos Pericolo acabaram de conseguir ser presos – contou Johnny. Incapaz de se controlar, ele gargalhou, depois teve um ataque de tosse.

As mulheres o olharam, chocadas.

– Do que *raios* você está falando? – quis saber Amie. – Você acha isso engraçado? Eu não acho. *O que* está havendo?

– Aqueles babacas – disse Johnny, arfando – entraram numa briga bem feia com Alonza depois de ela ordenar que eles se encontrassem com a gente. Falaram para a mãe que não precisavam mais de nós porque tinham achado um receptador melhor para a pilhagem deles, em Hell's Kitchen. Só que chegaram num receptador irlandês de que tinham ouvido falar e agiram como se fossem os mandachuvas. Então, claro, o receptador contou para os amigos que uns idiotas estavam andando pelo bairro *deles*, tentando se impor no território deles.

– Como você sabe disso? – perguntou Petrina.

– Porque colocamos uns caras nossos atrás deles a semana toda – explicou Johnny. – E temos um contato num bar que eles frequentam. Hoje à tarde, quando os irlandeses bebiam juntos e ficavam cada vez mais bêbados, nosso cara os ouviu dizendo que precisavam botar aqueles trouxas para correr do bairro deles antes que atraíssem a polícia. Então, o receptador ligou para os Pericolo, mandou trazer as coisas para serem receptadas, e os Pericolo entraram direto numa tempestade em Hell's Kitchen.

Filomena falou pela primeira vez.

– Então... onde *vocês* estiveram a noite toda?

Mario olhou para Filomena meio que pedindo desculpas.

– Quando os Pericolo não apareceram na joalheria, pedimos a Sal que nos levasse ao bar dos irlandeses. Ficamos escondidos no carro estacionado, esperando notícias do nosso contato e assistindo. E que show nós vimos.

Frankie interrompeu.

– Imagine aqueles babacas numa briga, mesmo com um bando de bêbados? Eles quebraram o bar inteiro. Quando estávamos lá fora, sentados, uma mulher que passava viu a confusão e gritou para um policial. A gente se mandou. Mas nosso espião ficou no bar. Ele contou que, quando os policiais chegaram, o receptador apontou para os Pericolo e disse: "Esses caras tentaram me coagir a receptar a pilhagem deles, mas eu sou um joalheiro honesto". Os Pericolo negaram. Então, os policiais saíram e acharam as malditas joias no *porta-malas* do carro dos dois, que, por sinal, era um carro *roubado*!

Frankie caiu na gargalhada e precisou se apoiar no ombro de Johnny. Mario, circunspecto até então, se permitiu um sorriso triste. Lucy e Amie trocaram um olhar apreensivo. Petrina jogou as mãos para o alto. Filomena entendeu que os irmãos estavam simplesmente soltando toda a energia acumulada de que já não precisavam naquela noite.

– Então – disse Johnny com um sacudir de mão irônico –, nossos melhores planos foram cancelados. Pelo que nossos contatos na delegacia nos disseram, os irmãos Pericolo, com os históricos de prisão anteriores, vão ficar presos por muito tempo.

– Ainda sinto muito por não ter tido a chance de matar os dois – admitiu Frankie. – Por mama.

– Não, assim é melhor – discordou Mario. – Ela teria preferido que os Pericolo acabassem na cadeia, em vez de a gente se meter num assassinato.

Com a menção a Tessa, os homens ficaram quietos e se serviram de mais uma bebida. Finalmente, apagaram as luzes e todos foram para a cama. Pela primeira vez naquela semana, Filomena dormiu assim que se deitou.

Pouco tempo depois, Mario localizou o homem que Petrina dizia ser seu pai e ligou para ele. Quando desligou o telefone, parecia visivelmente mais calmo.

– O homem diz que Petrina está falando a verdade a respeito de tudo – contou Mario a Filomena. – Bobby, quero dizer, Roberto é general no exército. Ele foi muito gentil. Perguntou se Petrina estava bem. Depois, me convidou para ir encontrá-lo em Washington na segunda-feira.

– Quer que eu vá junto? – perguntou ela suavemente.

Mario fez que não.

– Preciso fazer isso sozinho. Petrina também se ofereceu para ir. Não quero nenhuma mulher por perto. Espero que você entenda.

– Tudo bem – disse Filomena, preocupada, pegando a mão dele. – Tente não esperar demais desse homem, Mario. Você ainda é *você*, independentemente do que tenha acontecido no passado.

– Eu sei – respondeu ele baixinho, ainda parecendo vulnerável.

Então, naquele fim de semana, ela o ajudou a fazer a mala. Na segunda, quando ela servia o café da manhã a Mario, ouviu uma batida na porta.

Os adultos tinham criado o hábito de tomar o café da manhã rapidamente na sala de estar de Tessa, depois de as crianças estarem alimentadas e terem sido levadas para a escola por Sal. Apenas Petrina não estava; tinha levado Pippa de volta a Rye, para que a menina pudesse terminar o ano letivo.

Era o correio na porta.

– Para Mario – anunciou o entregador, parecendo aflito, como se reconhecesse o tipo de envelope que entregava.

Ele tirou o chapéu e foi embora rápido. Mario rasgou o envelope e depois riu sem alegria.

– Perfeito – disse, jogando o documento na mesa.

Filomena o pegou.

– O que é? – perguntou, com medo de ler pela expressão dele.

– Minha convocação – contou ele.

– Mas... você é casado – disse ela em pânico. – Não era para ter sido convocado!

– A gente não tem filhos – respondeu Mario. – Não sei, talvez seja por isso.

– É um erro – falou Frankie, rápido. – Você precisa resolver, só isso.

– Não é tão fácil assim – alertou Johnny. – Tentamos para o filho de Sal, lembra?

– Mario, você disse que esse tal de Roberto é meio que um figurão no exército, não? Veja se ele consegue consertar essa convocação para você – sugeriu Frankie.

– Vou falar com ele – disse Mario, dando de ombros. – Talvez ele possa me aconselhar.

Filomena foi com ele até a porta. O marido parecia tão sério, tão suscetível, que ela sentiu vontade de beijá-lo e abraçá-lo apertado.

– Eu te amo muito – murmurou.

– *Ti amo anch'io* – respondeu ele, beijando-a outra vez.

Depois que ele se foi, Filomena ficou pensando em como tinha fracassado em fazer a única coisa que Tessa lhe dissera que precisava fazer. Ainda não estava grávida. Talvez, se estivesse, fosse mais fácil para Mario lidar com aquela convocação. Ela torcia para Frankie ter razão e o pai de Mario poder ajudá-lo.

Mas, quando Mario voltou de Washington, Filomena e ele tiveram sua primeira grande briga. Ele chegou tarde da noite com cheiro de trem, cigarro e couro. Filomena o escutou andando pela casa, então desceu de robe e pantufas. Ele tirou o casaco e o chapéu, e metodicamente os colocou nos ganchos no vestíbulo.

– Está com fome? – perguntou ela. – Tem cozido de vitela, posso esquentar.

– Seria bom comer algo quente – disse Mario, seguindo-a até a sala de jantar e servindo uma taça de vinho tinto para cada um.

Eles se sentaram juntos à mesa enorme, que tinha parecido tão reconfortantemente permanente quando Filomena a viu pela primeira vez, como se os móveis e aquela família nunca pudessem ser desarraigados. Agora, as duas cadeiras grandes nos extremos da mesa estavam sempre vazias. Ninguém queria assumir os lugares de Tessa e Gianni.

– Como foi? – perguntou ela, com gentileza.

– Esse homem Roberto, meu pai, é um bom homem – respondeu Mario, hesitante, enquanto comia. – Ele me contou quanto amava minha... quer dizer, Petrina. – Mario parecia estar sofrendo, como se ainda não suportasse pensar em Petrina como nada além de uma irmã. – Eles o chamam de Bobby, como Petrina contou. Enfim, ele construiu uma carreira sólida no serviço militar – explicou Mario. – Tem orgulho do uniforme. Ele treina homens para a batalha e diz que esta guerra mundial terrível precisa ser vencida, ou nossos filhos vão ter um futuro infernal, se Hitler for vitorioso. Bobby conseguiu sustentar bem a família; ele e a esposa têm duas filhas, e os maridos *das duas* estão na guerra agora.

Filomena, sentindo que não ia gostar do que estava por vir, perguntou:

– Ele vai ajudar você a explicar ao comitê de convocação que tem uma esposa e logo teremos um bebê? Você sabe que um dia, logo, vamos ter, Mario.

Mario bebeu um pouco de vinho antes de falar.

– Filomena – disse gentilmente. – Entendo agora que não posso dar as costas para esta guerra. Decidi que quero seguir o exemplo do meu pai, cumprir meu dever, servir ao meu país, como ele está fazendo.

Filomena sentiu um pânico crescente. Será que estaria fadada a ser sempre abandonada por todos que diziam amá-la? Primeiro, os pais. Depois, até Rosamaria a abandonara, por causa daquela ideia insana de ir para os Estados Unidos, que as fizera ir a Nápoles e levara Filomena a fugir para cá, para esse homem, que agora ia abandoná-la por orgulho. Então, a resposta dela foi ressentida, e não amorosa.

– Não minta para si mesmo – disse ela duramente. – Você só quer fugir dos seus problemas, da sua família, e me largar aqui para que me defenda sozinha, porque não liga mais para nós.

– Não é verdade! Só quero andar com minhas próprias pernas. Filomena, aquela noite em Hell's Kitchen, sentado lá num carro escuro, de tocaia no bar e pronto para matar os Pericolo... foi a primeira vez na vida que me senti um gângster.

Filomena ficou em silêncio. Depois, perguntou:

– Então, você vai *me* deixar sozinha aqui, nesta cidade perigosa?

– Você não vai estar desprotegida. Eu sei que meus irmãos vão cuidar de você como se fosse uma irmã – respondeu Mario, rápido. – Até eu voltar da guerra.

— *Se* você voltar! – gritou ela. – *Se* alguém não explodir a sua cabeça! E *se* você voltar inteiro, e não aleijado, ou cego, ou Deus sabe o quê!

— Eu *vou* voltar inteiro e, enquanto isso, você vai receber meu soldo – disse Mario, firme. – Vai ter dinheiro honesto do qual nunca precisará se envergonhar.

— E a loja? – quis saber ela. – Você não liga mais? Talvez também não ligue mais para *mim*!

— Foi nela que todos os nossos problemas começaram – argumentou Mario com amargura. – Eu estava me enganando. Achei que pudesse ter independência enquanto ficava bem aqui no meu próprio quintal, onde Petrina e meus irmãos mais velhos podiam me segurar se eu tropeçasse. – Ele fez uma pausa. – Irmãos! Nem é isso o que eles são. Aparentemente, são meus tios!

— Pare com isso. São só palavras – repreendeu Filomena, severa. – Palavras de homens, ideias rígidas de homens. Que diferença faz qual das mulheres amorosas que te criou deve ser chamada de "mamãe"? Quem se importa se os meninos que cresceram com você e o amaram não sejam "oficialmente" seus irmãos?

— Acho que eu ligo. Mas, independentemente de qualquer coisa, estou fazendo isso por você, por nós, pelos nossos filhos – explicou Mario, agora parecendo perturbado.

— Não me diga que você está indo matar pessoas por mim e pelos nossos filhos! – berrou Filomena. – Não me diga que está indo *se matar* pelo meu bem.

Ele a pegou pelos ombros.

— Eu prometo. Eu vou voltar. E, quando voltar, vou ter um salário de verdade, você não entende? Posso construir uma vida honesta de que nossos filhos nunca vão se envergonhar.

Eles brigaram mais, cada um tentando convencer o outro. Depois, os dois pediram desculpas, fizeram as pazes, fizeram amor e choraram nos braços um do outro. No dia seguinte, ninguém conseguiu fazer Mario mudar de ideia sobre seus planos, nem os irmãos, nem Petrina, nem Filomena.

Antes de sair, Mario disse a Filomena que fechar ou não a joalheria era escolha dela; Johnny e Frankie a ajudariam em qualquer um dos casos. Ele ficou em silêncio por um momento.

— Mais uma coisa. Você sabe onde mama guardava o livro? Consegue pegar, se precisar?

Surpresa, Filomena perguntou:

– O livro-caixa? Sei, sim.

– Os outros talvez perguntem dele – explicou Mario. – Se perguntarem, diga a eles que eu falei que agora o livro é seu. Escrevi uma carta dizendo isso. Aqui está, mas não a entregue a eles a não ser que peçam o livro de mama. – Ele estendeu a ela um envelope fechado. – Ela só confiava em você para trabalhar no livro dela. Então, agora é seu. Faça o que achar melhor com ele.

Ele foi até o armário, pegou uma caixa de sapato e tirou algo envolto em flanela. Era uma arma. Ele mostrou a ela como usá-la e como guardá-la em segurança quando não estivesse em uso. Disse, tentando controlar a voz:

– Era para eu usar contra os Pericolo. Não pode ser rastreada, o que é bom. Então, a mantenha na loja, para se proteger. Se precisar, chegue perto e mire reto.

Mario foi embora no dia seguinte.

20

Maio de 1944

Num domingo à tarde, quando os gêmeos estavam no cinema com os primos, Amie encontrou Johnny ainda na cama, ouvindo o rádio, o cigarro apoiado num cinzeiro, fumado só pela metade. Sentou-se ao lado dele, aconchegando-se, e, quando começou a beijá-lo, sentiu não só a própria excitação, mas também a dele. Apesar disso, ele a afastou de um jeito gentil, mas enlouquecedor.

– Ei, garota – censurou ele. – As crianças vão voltar já, já. Não vá criar problema.

– É uma sessão dupla, e Frankie vai levá-los para comer pizza depois – murmurou Amie. – Não estou criando problema. Mas talvez a gente faça um bebezinho lindo. Você não quer que eu tenha uma menininha para vestir com roupas bonitas, como Lucy e Petrina têm?

– Desculpe, amor. Estou muito cansado.

Amie decidiu que era hora de ter uma conversa com o marido.

– Johnny, já faz muito tempo que não fazemos amor – disse diretamente.

– Ah, vai, não faz tanto tempo – respondeu ele, olhando pela janela. – E, de todo jeito, você não está cansada de mim? – provocou ele.

Amie ficou ainda mais irritada com aquela desculpa absurda dele.

– Faz tanto tempo – insistiu ela – que talvez seja *você* que esteja cansado de *mim*!

Ela não pretendia deixar a voz terminar num lamento patético, mas terminou. Johnny virou-se para ela, perplexo, depois se apoiou no cotovelo e disse, em tom tranquilizador:

– Ah, meu bem, é claro que não estou cansado de você. Só estou doente, só isso.

– E não se esconda atrás dessa sua gripe – retrucou ela, recusando-se a ser apaziguada. – Ou você vai ao médico, ou para de falar disso!

Ele ficou em silêncio por um momento, depois falou mais rude:

– Não é gripe, está bem?

– Então o que é? – quis saber Amie.

Johnny se sentou e tirou as cobertas.

– Esquece – disse, bruscamente.

Amie também se sentou e levou a mão à testa dele.

– Você não está com febre – declarou, acusadora.

– Não, não estou. Só estou tossindo sangue de novo, só isso! – exclamou ele. – Feliz agora?

Amie o olhou atordoada.

– Tossindo *sangue*? Como assim, *de novo*? – Ele estava tossindo o inverno todo, era verdade, mas ela não tinha visto sangue e supusera que fosse a gripe que todo mundo andava pegando. – Johnny, responda! – exigiu ela.

– Esquece – respondeu ele, irritado, procurando o cigarro aceso.

– Pare com isso! – mandou ela, arrancando o cigarro da mão dele. – Você vai me responder agora. Eu sou sua esposa. Tenho o direito de saber.

Ele ficou olhando para ela por muito tempo, depois disse às pressas:

– É a tuberculose de novo. Eu tive quando era criança. Eu me curei há muito tempo, mas agora voltou, pelo jeito.

Amie olhou bem para o marido, o que, percebeu, não fazia havia algum tempo. Johnny sempre fora magro, mas agora parecia um pouco macilento e pálido, com sombras escuras sob os olhos. Ela tinha atribuído tudo isso ao luto pelos pais, ao estresse, ao frio do inverno.

– Por que você nunca me *disse* que ficou tão terrivelmente doente quando era criança? – Mas, ainda agora, ele a conteve.

– Achei que tivesse superado! Eu não quero que *você* pegue. Não suportaria pensar que passei isso para você.

A voz dele pareceu um pouco instável de emoção, e Amie de repente compreendeu por que ele estava tão distante.

– Vou chamar o médico agora mesmo – disse ela, em tom de urgência.

Ele ia se opor, mas, quando tossiu de novo, concordou, resignado:

– Está bem, Amie.

Amie ligou para o médico, depois, enquanto esperava, ficou atendendo Johnny; esquentou uma porção de canja de galinha, colocou-o na cama e lhe serviu um copo de conhaque quente, e quando as crianças chegaram, pediu a elas que fizessem silêncio. Contou que o pai estava "indisposto" e as colocou mais cedo na cama.

Johnny se entregou com gratidão aos cuidados reconfortantes e maternais dela. O médico veio, e Amie trocou algumas palavras com ele para explicar. E enquanto o médico ainda estava com o marido, Amie, pela primeira vez na vida, convocou uma reunião familiar dos adultos, na casa de Tessa, para as crianças não os escutarem.

Frankie perguntou imediatamente:

– O que foi? Por que Johnny não está aqui?

– Johnny está muito doente – explicou Amie, tremendo. – O médico está com ele agora. Johnny diz que é a tuberculose voltando. Por favor, me digam: o que é tuberculose?

Filomena, Lucy e Amie viam pela expressão de Frankie que isso não o chocava por completo.

– É, o Johnny pegou quando era criança – balbuciou Frankie.

– O que aconteceu? – perguntou Lucy, sentindo que havia algo mais.

Frankie olhou para Amie, antes de responder:

– Johnny se meteu numa briga quando tinha dez anos. Uma briga de escola com um menino bem maior. O cara deu uma surra violenta em Johnny, mas ele conseguiu dar um empurrão nele, e o menino bateu no chão e desmaiou na hora. Ficou meses no hospital, e dizem que depois disso nunca mais "se endireitou", mas acho que ele só calou a boca e ficou com medo, como todos os valentões. Enfim, a família apresentou queixa e Johnny foi mandado para o reformatório. Era um lugar ruim. Ele quase morreu. Voltou muito magro e doente de tuberculose. Mas ele *ficou* bem. Até agora.

– Ele fuma demais – comentou Amie, preocupada.

– Simplesmente não consegue parar. Outro hábito que veio do reformatório – contou Frankie.

– Às vezes, pacientes com tuberculose se automedicam – disse Lucy, com seus instintos de enfermeira alertas. – Em geral, com bebida.

Mas aqueles irmãos, ela sabia, tinham sido criados para evitar a bebida, exceto durante as refeições, onde tudo era moderado e cuidadosamente calibrado.

Amie estava em pânico.

– O médico disse que não acredita que Johnny dure até o fim do ano! – Todos ofegaram. – Eu mandei ele não dizer isso ao Johnny. Vocês sabem como ele é. Mas preciso voltar, para garantir que o médico não conte a Johnny todas as coisas terríveis que me falou. Como dizer a um homem que ele não tem chance de se recuperar?

– Amie – disse Lucy –, tem um bom sanatório no norte do estado, um lugar nas montanhas, onde tiveram sucesso com pessoas que estavam terrivelmente doentes. É difícil conseguir uma vaga, porque os leitos estão sempre cheios. Mas eu conheço algumas pessoas lá; acho que posso conseguir um lugar. Johnny provavelmente teria que ficar muito tempo. Mas pode ser que isso salve a vida dele.

Os olhos de Frankie estavam cheios d'água, e ele piscou para se livrar das lágrimas.

– Você acha mesmo, Lucy? Não quero vender uma ilusão ao meu irmão.

– Sim, tenho certeza – respondeu Lucy, com firmeza. – Johnny deve ir para lá assim que puder.

Filomena perguntou:

– Por que você não conversa com o médico, Lucy?

– Sim – concordou Amie, se levantando. – Ele vai ouvir você. É seu trabalho saber dessas coisas. Rápido, antes que aquele médico comece a tirar as medidas para a mortalha de Johnny.

No início, Johnny resistiu violentamente à ideia de um sanatório. Pensar em outra instituição o lembrava do reformatório, e ele estremeceu.

– Não vou para um lugar onde as pessoas são obrigadas a dormir na varanda debaixo de um frio congelante – negou-se ele depois de o médico ter ido embora e os adultos se reunirem ao lado de sua cama. – Foda-se essa merda. Vocês acham que eu vou deixar meu trabalho, minha mulher, meus filhos para ir viver com outros doentes que eu não conheço? Já venci essa tuberculose uma vez sozinho. Posso vencer de novo.

– Você era mais novo antes, seu tonto – disse Frankie, com um carinho brutal. – Se fizer gracinha desta vez, está tudo acabado para você, a não ser que faça exatamente o que Lucy está dizendo.

– Pense nas crianças – Amie o lembrou. – Você quer que eles peguem tuberculose?

Johnny virou o rosto para o outro lado e ficou em silêncio por um tempo, e depois falou, numa voz pouco audível:

– Não... – Ele fez mais uma pausa. – E se a comida for uma droga? E é claro que vai ser. Afastando-se quinze quilômetros de Nova York, o pão já fica intragável.

– Eu levo algo bom para você comer toda semana – prometeu Amie.

– É? – perguntou Johnny, cético. – E como você vai levar até lá? Voando?

– Sal me leva de carro – respondeu Amie, resoluta.

– Eu a levo – ofereceu-se Frankie. – Nós dois vamos ver você. A gente joga pôquer. Você vai até enjoar de nós. Vai engordar também, com toda a comida que vamos levar.

– E quem vai cuidar dos meus negócios, hein? – argumentou Johnny.

– Eu – respondeu Amie, inesperadamente. Todos se viraram para ela, chocados. – Eu sempre fui sua sócia oculta, lembra? Bom, agora vou ser sua sócia *visível*. E estou dizendo, você vai aonde Lucy mandar, Johnny. Não vai me deixar viúva, porque eu fico péssima de preto. – Ela mordeu o lábio para ele não a ver chorar.

– Ah, vou pensar – resmungou Johnny. – Agora, caiam fora, todos vocês. Estão todos aí parados me fazendo achar que já estou deitado num caixão.

– Não pense demais – disse Frankie por cima do ombro ao sair.

Alguns dias depois, Amie foi surpreendida quando Johnny a chamou da cama e falou:

– Precisamos falar de trabalho, nós dois.

Ela se sentou ao lado dele e pegou sua mão.

– Falar te faz tossir – alertou ela.

– Bom, você precisa ouvir isto, enquanto eu ainda tenho algum fôlego. Quero que você entenda minha parte dos negócios. Sim, sim, você acha que sabe, mas precisa me escutar. Eu sei que você pode cuidar sozinha do bar; nossa equipe é boa. Mas desde o primeiro dia você precisa mostrar que não é uma dama ingênua. Provavelmente vai conseguir lidar com os apostadores na maior parte do tempo, mas eu já falei para o Frankie aparecer e mostrar a eles que ainda tem um lobo protegendo o lugar. Mesmo assim, você precisa ficar de olho em cada um deles, todo mundo que trabalha para você, e garantir que não comecem a roubar; todo mundo, dos ajudantes de garçom ao bartender. – Ele agora tossiu de fato, mas bebeu um pouco d'água e parou.

– Entendo tudo isso – disse Amie. – Era melhor você ter guardado suas forças.

– Escute. Um dia, em breve, não vamos mais precisar aceitar apostas. Aí, não vamos mais ter que responder aos Chefes que lubrificam as engrenagens que fazem esta cidade funcionar. Mas, por enquanto, aceitamos as apostas, e os Chefes e os policiais ainda querem a parte *deles*. E nós damos, para manter a paz, de modo que não haja problemas. Se eu não tivesse ficado doente, você nunca teria que se preocupar com isso. Mas, agora, precisa fazer o que eu faria se estivesse aqui.

Amie queria não precisar ouvir aquilo. Havia muito tempo aprendera a simplesmente tirar da cabeça as coisas desagradáveis. Mas desta vez era sério; ela entendia. Falou baixinho:

– Não sou esperta como Petrina, nem durona como Lucy, nem corajosa como a esposa de Mario.

Johnny bebeu mais água.

– Você é mais esperta e forte do que pensa. Veja, funciona assim. Os mensageiros coletam as apostas dos agentes e lojistas. Quando Mario era pequeno, ele era meu mensageiro. Mas Petrina colocou um fim nisso. Enfim, não usamos mais familiares como mensageiros, então, não importa o que alguém te diga, não deixe nossos gêmeos fazerem isso. Mantenha-os na escola e obrigue-os a fazer a lição.

– É claro – murmurou Amie.

– Enquanto isso, mantenha registros precisos do que entra e do que sai da operação de apostas. A gente reportava tudo à mama, que fazia os arranjos para pagar os nossos tributos aos Chefes. O advogado dela, Domenico, era o transportador e mediador. Frankie faz todas as coletas de dinheiro, então provavelmente vai ficar com o livro de mama. Vou falar com ele. Sal tem a força física. Mas você, Amie, precisa ser meus olhos e meus ouvidos. Vou te mostrar como funcionam os números. Claro, você pode contar com Frankie, até para ajudar com nossos filhos. Mas, no fim, não confie em ninguém – advertiu Johnny, olhando fixamente para ela. – Nem na família. E não vá dar com a língua nos dentes para as outras esposas. Isso não é fofoca. É sobrevivência.

Sal levou Johnny de carro até o norte, com Amie e Lucy junto, para garantir que Johnny se acomodasse adequadamente. Elas decidiram passar a noite numa pousada local.

Enquanto isso, em casa, depois que a empregada colocou todas as crianças na cama, Frankie foi à casa principal, onde Filomena agora morava sozinha na maior parte do tempo, exceto quando Petrina a visitava por uma noite ou um fim de semana. Frankie se perguntava como a esposa de Mario suportava ficar sozinha naquela casa enorme na maioria das noites.

Ele entrou na sala de jantar, onde Filomena estava tomando café. Ela ficou surpresa ao vê-lo.

– Quer comer alguma coisa? – perguntou ela, pensando que talvez ele estivesse se sentindo solitário, com Johnny e as esposas fora.

Frankie fez que não.

– Comi no bar de Johnny. Estou bem. – Mas ele se sentou e aceitou uma xícara de expresso. Filomena se sentou na cadeira ao lado dele. – O aniversário de Lucy está chegando. Será que tem alguma coisa na sua loja de que ela iria gostar?

– Ah, sim – respondeu Filomena. – Um lindo par de brincos de esmeralda, perfeitos para ela!

Frankie comentou:

– Não sei, não. Lucy é *unica: una ragazza bellissima acqua e sapone*. Será que uma garota assim realmente gostaria de brincos?

Filomena sorriu para o homem que achava que a esposa era uma em um milhão, dona de uma verdadeira beleza de "água e sabão" tão natural que podia chegar a fazê-la resistir a um enfeite.

– É *claro* que ela gostaria de brincos – disse. – Essas esmeraldas são especiais. Têm aquela chama azul rara no centro, que combina com os olhos irlandeses dela!

– Está bem, passo lá amanhã para buscar. – E Frankie continuou, casualmente: – Você decidiu o que fazer com a loja de Mario? Posso vender para você, se quiser.

– Não, obrigada. Decidi ficar com ela, Frankie – explicou Filomena. – É o negócio de Mario, e eu o conheço bem, já que sou sócia dele.

Mas Frankie balançou a cabeça em alerta.

– É muita coisa para assumir sozinha. – O tom dele deixava implícito: para uma *mulher*.

Ouvindo a mensagem patriarcal dele, Filomena pensou com ironia: *você não sabe da missa a metade*. Ela tinha ido recentemente a um médico, que confirmara o que ela suspeitava. O bebê dela e de Mario nasceria em setembro. Logo, seria impossível guardar segredo dos irmãos, mas ela queria escrever a notícia para Mario primeiro. Especialmente porque ali estava Frankie, dizendo a ela o que uma mulher conseguia ou não conseguia fazer.

– Não vou cuidar sozinha do meu negócio, na verdade – explicou Filomena, sorrindo para ele com um olhar claro e direto. – Petrina vai trabalhar comigo na loja. – Ela não adicionou: *porque sua irmã vai se divorciar e quer ganhar o próprio dinheiro.* Isso também ainda não havia sido anunciado.

– Petrina! Ela sabe comprar coisas, mas não vender – desdenhou Frankie.

Serena, Filomena comentou:

– Na verdade, ela é uma ótima vendedora. As mulheres querem ser lindas, como ela, então pedem o conselho dela. E os homens gostam de mostrar que podem gastar muito, para impressioná-la. A gente vai se virar bem, Frankie.

– Até Petrina se entediar – contrapôs Frankie. – E ela vai, sabe. Pelo menos, você pode confiar em mim e em Johnny.

– Eu só fico entediada com pessoas entediantes – comentou uma voz de mulher no corredor. Petrina tinha saído do escritório e estava parada na porta com um brilho triunfante nos olhos por ter pegado o irmão no pulo. – Mas pedras preciosas nunca são entediantes! E, sim, Frankie, eu *sei* comprar joias. Estou fazendo aquele curso no instituto de gemologia em que Mario estudou para garantir que nossos fornecedores não nos passem a perna. Quanto a eu não ser confiável, bom, tenho diploma universitário, querido Frankie. E me formei com louvor. Eu sei como trabalhar duro. E minha sócia aqui é a mais inteligente que se pode ser com números.

Petrina sorriu para Filomena. Naquela noite, elas tinham jantado juntas, e Petrina havia desabafado todos os sofrimentos do divórcio com ela, depois perguntado de Mario. Então, Filomena decidira contar apenas à Petrina que estava grávida, anunciando: "Tenho boas notícias. Você vai ser madrinha, enfim".

Frankie agora sentia essa nova camaradagem entre a irmã e a esposa de Mario, e pareceu desconfortável. Pigarreou e falou com Filomena:

– Ok. Tudo bem. Fique com sua loja. Mas, sabe, esta família relata todos os lucros junta, para podermos fazer nossos pagamentos juntos. A gente relatava à mama, mas agora eu preciso ser o responsável pela família, até Johnny e Mario voltarem para casa. Então, preciso de mais uma coisa. Será que você sabe onde está?

Petrina levantou a cabeça, alerta. Filomena disse, cautelosa:

– Sim?

– O livro de mama. Você ainda pode me ajudar com os números, como ajudava minha mãe – disse ele, com um aceno de mão, como se estivesse sendo generoso.

Filomena respirou fundo e falou:

– Espere aqui.

Ela entrou no escritório de Tessa e destrancou a gaveta da escrivaninha. Quando voltou sem o livro de Tessa e entregou a Frankie apenas um envelope, ele pareceu perplexo.

– Eu disse que quero o *livro* de mama – repetiu ele, agora impaciente.

– Não, Frankie – respondeu Filomena com firmeza, dando-lhe a carta selada de Mario. – Mario achou que você talvez me pedisse isso, então escreveu uma carta a você e a Johnny.

Frankie rasgou o envelope e leu a carta rapidamente, depois a enfiou de volta no envelope com irritação. Quando ele falou, foi com a voz de um homem que a alertava que poderia perder a cabeça, uma ameaça que a maioria das pessoas acatava.

– Como eu disse, você pode continuar fazendo as somas, mas ainda tem que responder a alguém nesta família. Mario não está mais aqui, nem Johnny, mas Johnny concorda que eu deveria assumir.

Petrina acendeu um cigarro.

– Eu sou a mais velha da família – disse, soltando um anel de fumaça e vendo-o tremular no ar. – Então, ela pode responder a *mim*.

– Você é louca! – falou Frankie, rude. Petrina ficou tensa com o insulto familiar. Sem perceber, Frankie continuou: – Você simplesmente não entende. Os Chefes sabem que papi e mama se foram. Vão ficar de olho para ver se a família consegue continuar tendo lucro, manter as coisas correndo tranquilamente. Um só deslize e eles vão querer tomar toda a nossa operação.

Petrina disse, calma:

– E, como era trabalho de mama, é mais adequado que eu, filha dela, assuma. Portanto, você e Johnny vão se reportar a *mim*.

Com um aceno de cabeça para Petrina, Filomena anunciou com firmeza:

– Então, pode dizer a Johnny que o livro de Tessa nos pertence agora.

21

Maio–junho de 1944

– Não sei quem diabos aquela mulher do Mario acha que é – disse Frankie a Lucy algumas semanas após ter falado com Johnny sobre a situação. – Que direito ela tem de ficar com o livro de mama, a casa de mama, tudo?

– Ah, vamos, meu amor – disse Lucy, razoável. – Você não quer mesmo dormir no antigo quarto dos seus pais, não é? E quem quer ser o contador da família, de todo jeito? Tessa disse que a esposa de Mario é boa com números, então deixe que ela ajude a família.

Lucy estava mais preocupada com o temperamento de Frankie. Ele estava havia muito tempo guardando as preocupações, como um cachorro roendo o mesmo osso velho. Além disso, havia comprado um carro próprio e tinha o péssimo hábito de "ir dar uma volta" quando queria desanuviar.

– Você não entende. – Ele soltava fogo pelas ventas. – Ela devia estar respondendo a nós! Em vez disso, Petrina diz que *ela* vai assumir o trabalho de mama, ela e a esposa de Mario. Dá para acreditar nisso?

Lucy fez uma pausa. Sempre fora próxima de Amie; e Petrina, embora ultraglamorosa, era americana, afinal, e era fácil o suficiente lidar com ela. Mas a esposa de Mario, por mais calma, amorosa e generosa que fosse, era mais intimidante, com um centro de aço que fazia Lucy lembrar da formidável Tessa. Se essa garota da Itália estava agora se unindo a Petrina, isso podia mudar o equilíbrio entre as esposas.

– Por que você não me contou isso antes? – perguntou ela.

– Porque não acreditei que Petrina ia mesmo assumir o comando! – respondeu Frankie. – Achei que ela ia dar uma olhada em toda aquela matemática e voltar direto para a turma do clube de campo.

– O que Johnny tem a dizer sobre isso? – quis saber Lucy.

– Que as deixe fazer o que quiserem, e a gente checa no mês que vem – murmurou ele. – Diz que, no primeiro sinal de problema, Petrina vai vir chorando atrás da gente, de todo jeito. É só esperar até alguém não fazer um pagamento! Só esperar até ela ter um mês de lucros ruins e aí precisar enfrentar nosso advogado, Domenico, quando ele vier fazer a coleta para Strollo, que vai querer a mesma quantia de tributos, independentemente de qualquer coisa. – Lucy tremeu com a frieza dessas possibilidades.

Frankie se perguntava silenciosamente por que Lucy não havia usado os brincos que ele lhe dera. Ela garantia que tinha amado, mas nunca os colocava. Ele culpava a esposa de Mario e Petrina também por isso. Hoje, ele estava somando todos os seus rancores.

– E enquanto isso – continuou –, Johnny está vivendo uma vida de rei. Ele fica lá deitado todo coberto na varanda dele, com gente atendendo a todos os seus pedidos; depois, vai para a cama e passa o dia lendo.

– O que ele lê? – perguntou Lucy, achando divertido.

Ela sabia como era a vida no sanatório, como era dura a luta só para respirar, imagine ter energia para qualquer outra coisa. Ainda assim, quase por milagre, as pessoas que padeciam achavam um jeito de manter as esperanças. Mas, estranhamente, os parentes dos inválidos, e às vezes até a equipe de enfermeiras, tinha inveja dos doentes, como se estivessem se deleitando indolentes, e não lutando pela vida.

– O que Johnny lê? – repetiu Frankie, incrédulo. – Jesus, tudo! História, geografia, arte, ciência e todos aqueles escritores: Dickens, Hardy, Shakespeare, o que tiver direito. Ele acha que finalmente está descobrindo os segredos do universo com "todas as grandes mentes".

Lucy sorriu.

– Que *ótimo* para o ânimo dele. Mas como ele *está*, como está a cor dele?

– Sei lá – respondeu Frankie, cansado. – Não sei mais dizer. Amie está convencida de que ele vai cair morto a qualquer dia. Mas é porque o primeiro médico, aquele aqui da cidade, a assustou desde o começo. – Frankie suspirou pesadamente. – Talvez você devesse vir comigo e com Amie em uma dessas viagens para você mesma ver Johnny.

– Eu vou. Mas, por enquanto, não quero assustá-lo – disse Lucy suavemente. – Levar a enfermeira da família é como levar um padre.

Filomena enfim criou coragem para entrar no armário de Tessa. Pegou a chave no bolso do avental ainda pendurado no gancho, como que esperando pela volta da dona. Sentiu-se uma ladra e meio que esperou que o fantasma de Tessa se levantasse em revolta. Mas a casa estava silenciosa quando Filomena foi à mesa e destrancou a gaveta que continha o livro-caixa vermelho e preto.

Petrina chegou alguns momentos depois, toda glamorosa com um terno de linho creme.

– Pronta para trabalhar? – disse vigorosamente.

– Sim. Agora, vamos ver o que tem naquelas páginas da esquerda deste livro – confidenciou Filomena.

Sentada na cadeira de Tessa na escrivaninha, ela abriu o livro. Petrina olhou por cima do ombro dela.

– Uau! – disse Petrina. – Nomes. *Muitos* nomes de pessoas.

As duas ofegaram enquanto Filomena virava as páginas. Começava com os lojistas locais e os vizinhos, como Filomena tinha imaginado, pelo tratamento real que Tessa recebia quando aqueles mercadores lhe davam o melhor peixe ou filão de pão ou corte de carne. Mas a lista de devedores também incluía professores e encanadores, bartenders e carpinteiros, donas de casa e viúvas idosas, motoristas de táxi e apostadores pequenos, até mesmo clérigos.

Chocada, Petrina disse:

– É como ver o bairro todo de roupa de baixo. É horrível! Como ser um médico sem estetoscópio ou padre num confessionário.

Enquanto Filomena virava mais páginas, elas viram devedores grandes, agora de mais longe: mercadores do distrito de vestuário que precisavam pagar as contas dos tecidos, caminhoneiros e funcionários. Proprietários de boates e donos de restaurantes com aluguéis altos. Grandes jogadores de baralho da parte alta da cidade que iam ao salão dos fundos do bar de Johnny e às vezes precisavam de ajuda para pagar o que perdiam. Juízes e advogados, médicos, políticos, policiais. Também havia agentes que nem sempre conseguiam pagar apostadores quando uma luta de boxe ou uma corrida de cavalos tinha um resultado inesperado. Até outros agiotas que tinham sido enrolados e não podiam procurar a polícia para forçar a restituição de um empréstimo ilegal; todos procuravam Tessa para cobrar as dívidas. Peixes grandes, peixes pequenos. Todos endividados.

A coisa toda deixou Filomena muito horrorizada, e a sua respiração estava agora entrecortada, porque aquilo a lembrava do que seus pais, e os pais de

Rosamaria, tinham sido forçados a fazer quando já não podiam pagar o que deviam.

Petrina ficara muito quieta. Não tinha ideia do escopo daquela operação, e ficou um pouco assustada. Como havia sido ingênua, gastando suas horas estudando e jogando tênis, numa vida de comparativa tranquilidade. Imagine se as amiguinhas de escola dela soubessem! Ela sentiu ao mesmo tempo orgulho do poder dos pais e vergonha da forma como eles tinham conseguido aquele poder. Aí, lembrou-se da festa de aniversário de Pippa, quando seu pai apontara todos aqueles convidados "respeitáveis" que secretamente o tinham procurado – ou procurado os Grandes Chefes – pedindo ajuda, e pensou, sarcástica: *as operações de empréstimo e investimento de papi podiam ter sido perfeitamente respeitáveis se o nome dele fosse Banco Tal.*

Petrina comentou, hesitante:

– Acho que esse pessoal precisa ter alguém como mama para procurar, porque os bancos não emprestariam dinheiro para financiar um pequeno negócio ou cobrir uma dívida de jogo. Olhe: até meus irmãos pegam emprestado, às vezes!

Ela percorreu o dedo pela página.

Filomena seguiu o gesto e viu que os empreendimentos imobiliários de Frankie, as parcerias de Johnny com boates e até a joalheria de Mario às vezes os forçavam a pegar empréstimos com Tessa para pagar os fornecedores em dia. O livro indicava que em geral eles pagavam os empréstimos em mais ou menos um mês. Mas aquilo tornava os filhos de Tessa três de seus mais constantes devedores.

Tessa tinha rastreado tudo detalhadamente. Seus clientes não só tinham que pagar de volta o que haviam tomado; também pagavam algo chamado "juros" pelo privilégio de ser um devedor. E era assim, Filomena viu, que os agiotas tinham seus grandes lucros.

– Ah – disse ela, quando, enfim, chegaram às páginas de tinta vermelha em vez de preta, indicando altas despesas pagas por Tessa.

– Esse é o tributo que ela paga aos Chefes, certo? – perguntou Petrina em voz baixa. – Vai para Strollo, mas na verdade para o sr. Costello, o primeiro-ministro do submundo, que a gente encontrou no Copacabana, lembra?

– Sim. – Filomena apontou os números em tinta azul. – Estas são as contribuições de Johnny, Frankie e Mario, para cobrir nossos tributos aos Chefes e o "fundo beneficiário" da polícia.

Petrina assentiu, com um novo respeito pelos irmãos.

– Eles se saíram bem, porque entendem a força um do outro e aceitam seus novos papéis – confidenciou ela. – Sabe, Johnny sempre foi mais próximo do meu pai, mais parecido com ele: sensato, bom tomador de decisão, vê o cenário mais amplo. Frankie segue os instintos; é impulsivo e age rápido, e as pessoas se sentem atraídas por isso, então é um ótimo negociador, faz os outros entrarem no negócio. E Mario, bom, *você* sabe, ele é inteligente e criativo, é um bom estrategista, sabe manobrar discretamente uma posição sem causar confusão.

Ouvindo Petrina avaliar os homens, Filomena olhou as páginas cheias de números. Eles sempre lhe proporcionavam alívio, eram seus amigos com personalidades distintas. Agora, pareciam até incorporar os membros da família; Johnny e o pai, ela achava, tinham a personalidade de um 7, sábios e reflexivos; o carisma de Frankie era capturado na curva dramática de um 6; Mario tinha a arte de um 5.

Não era a primeira vez que a mente dela funcionava assim. Mesmo quando criança, ela via Rosamaria como um inspirador número 1; depois, ao chegar a Nova York e enfrentar uma casa cheia de mulheres animadas, achara que Tessa era um poderoso 8; Lucy, um 4 trabalhador; Petrina, um 3 aventureiro; e Amie, um 2 sensível. Estranhamente, Filomena não conseguia ver um número para si mesma, mas, como devia ser Rosa, devia aspirar ao número 1.

Por algum motivo, essas imagens estabilizavam suas emoções. Pois ela amava profundamente não apenas Mario, mas cada membro perturbado e vulnerável da família dele, então tinha necessidade de protegê-los, até de si mesmos. Essa onda de amor maternal surpreendente às vezes ameaçava assoberbá-la. Mas aqueles números ajudavam a manter sob controle. Sendo guardiã do livro-caixa da família, ela podia ajudar seus amados a evitar os bancos de areia e chegar a portos tranquilos. *Quem controla as dívidas controla o destino*, pensou.

Enquanto trabalhavam juntas, Petrina observou:

– Nossos homens são como patos, deslizando serenos na superfície, fazendo parecer que é fácil fazer negócios; mas, embaixo d'água, batem os pés como loucos para não afundar. – Ela entendia até as socialites do clube de campo; elas também não queriam saber o que os maridos *delas* precisavam fazer para continuar nadando. De repente, sentiu compaixão por todos. Suspirou. – Vou fazer nosso almoço. É o dia de folga da cozinheira.

– Sim, eu termino tudo por aqui – disse Filomena.

Ela continuou absorta no livro a manhã toda até ouvir o carteiro colocar a correspondência pela abertura. Trancou o livro e correu para pegar. E lá estava a carta que as duas estavam esperando.

Uma mensagem de Mario.

– Está tudo bem com ele? – perguntou Petrina, tentando não ser superprotetora.

Mas só conseguia pensar em Mario criança, se safando de balas com ela em Coney Island. Mas, desta vez, aquela criaturinha doce estava sozinha.

– Esta carta deve ter se cruzado com a que eu mandei a ele – disse Filomena, com os olhos úmidos ao corrê-los pela página. – Ele não parece saber do bebê ainda. – Ela franzia o cenho porque, no início, o que Mario tinha escrito não fazia sentido. *Vou à casa de Amie dar um alô para os pais dela.* Então, ela percebeu que ele tinha criado uma espécie de código por causa da censura militar. Estava dizendo que seria enviado à França, terra de onde Amie vinha. A um oceano de distância, onde estavam acontecendo tantas batalhas e mortes.

– Ele está bem. Mas vão mandá-lo para a França – explicou ela. – Vou escrever a notícia de novo, caso minha carta anterior não o encontre.

A mão dela tremia quando ela pegou a caneta e escreveu de volta: *não corra riscos. Você vai ser pai em setembro.*

***

No último dia de escola de junho, os meninos de Amie voltaram para casa com notícias estranhas. Tinham vindo a pé para casa sozinhos pela primeira vez desde a morte de Tessa.

– Onde está Christopher? – quis saber Amie. – Por que ele não veio com vocês?

Dois pares de ombros subiram e desceram, a forma de os gêmeos dizerem que não sabiam.

– Sei lá. Ele só não veio com a gente – respondeu Vinnie, sentando-se para devorar seu leite com biscoitos.

– Mas onde ele está? – exigiu saber Amie. – Ele sabe que tem a responsabilidade de cuidar de vocês.

– Os amigos dele disseram que ele entrou num carro chique com um homem ruivo que tinha anéis grandes em todos os dedos, e usava sapatos brilhantes – relatou Paulie.

Amie, que era madrinha de Chris e Gemma e se sentia responsável, telefonou imediatamente para o hospital.

– Você viu Christopher? – perguntou ela.

Lucy sentiu a pergunta cair como uma pedra em seu peito. E quando Amie descreveu o homem que atraíra Chris para o carro dele, Lucy saiu com tanta pressa do hospital que o salto de seu sapato quebrou. No metrô, ela pensou em cada coisa terrível que poderia acontecer a meninos que eram sequestrados. Podiam acabar no hospital ou no necrotério.

No caminho para casa, ela parou na escola e encontrou uma das administradoras, que estava trancando o prédio.

– Achamos que o homem fosse um tio que tinha vindo levá-lo para passar o verão em casa – explicou a mulher. – Ele se parecia tanto com Chris, e agiu como se o conhecesse.

Lucy começou a tremer. Quando chegou em casa, Amie contou a ela que tinha pedido a Frankie e Sal que fossem procurá-lo.

– Eles disseram que, se até agora não tivéssemos notícias dele, você devia ir falar com o policial que faz a ronda ao redor daquele prédio residencial que é de Frankie, onde você morava quando não era casada – disse Amie, preocupada.

Lucy sabia de quem Frankie estava falando.

Então, ela correu para achar Pete, o policial atarracado com rosto redondo e alegre, e olhos verdes alertas. Ele estava fazendo sua ronda de sempre. Ela contou-lhe sobre o estranho no carro.

– Como ele era? – perguntou Pete. Lucy repetiu a descrição que tinha ouvido. – Parece Eddie Rings – disse ele instantaneamente. – De Hell's Kitchen. Usa aqueles anéis como se fossem soqueiras. Extorque sindicatos, vende cigarros "com desconto", mexe com mercado negro e mata por dinheiro no tempo livre. Cobre bem os próprios rastros, então ninguém consegue culpá-lo.

Lucy conhecia esse oficial bem o bastante para suplicar:

– Por favor, ache meu filho. Você sabe o que pode acontecer com meninos nesta cidade.

– Vou fazer meu melhor – prometeu. – Nunca ouvi falar que Rings esteja no negócio de sequestros, então talvez só queira que o menino faça alguma tarefa para ele, sabe, tipo passar dinheiro falso. Alguns desses gângsteres aliciam meninos aos poucos para ser sua linha de frente e, se forem pegos, eles ficam quietos e não são os figurões que vão presos.

Essas palavras fizeram Lucy engolir em seco, pois ela lembrou-se do incidente com o dono da loja de doces. Correndo para casa, ela se repreendeu por não ter contado aquilo a Frankie.

– Podia ter sido melhor se Frankie *tivesse* dado uma sova no Chris naquela época – murmurou, preocupada.

Quando Frankie chegou em casa, Lucy não sabia como contar a ele seus piores medos. Estavam todos jantando juntos na casa de Filomena, onde agora Petrina e Pippa iam passar parte do verão.

– Não se preocupe, Lucy, vamos encontrá-lo – disse Petrina, mas olhou perdida para Frankie, como se sinalizando para ele que confortasse os medos dela.

– Não acho que seja sequestro. Ninguém ligou pedindo resgate, certo? – considerou Frankie.

Lucy fez que não, muda. Fora a "adoção" de Chris, ela nunca evitara falar a verdade, suavemente dando más notícias a pacientes no hospital ou repreendendo médicos, se necessário. Mas, naquele dia, estava absolutamente aterrorizada e não conseguia falar.

Por fim, Filomena fez a pergunta certa:

– Você sabe por que esse homem pegaria Chris, em vez de qualquer outra criança no parquinho? – Ela olhou com os olhos claros para Lucy, não sem empatia, mas sentindo que a outra escondia algo.

Lucy deixou escapar toda a história do homem que pedira a Chris que entrasse na loja de doces com dinheiro falsificado. Frankie, previsivelmente, ficou furioso, mas Petrina falou:

– Viu? Lucy sabia que você perderia a cabeça. Acalme-se, Frankie. É uma boa informação, e vai ajudar Sal a achar Chris. Vamos ficar focados nisso.

Mais tarde, naquela mesma noite, Sal apareceu na casa de Lucy, tendo feito os tipos de ligações e perguntas na rua que Johnny normalmente teria feito para os contatos deles no submundo de fofocas de bar e conversas de malandros. Sal deu o relato a ela e a Frankie.

– Foi Eddie Rings. Ele opera em Hell's Kitchen, e foi com a gangue dele que os irmãos Pericolo tiveram problemas quando tentaram receptar as joias roubadas lá – explicou Sal. – Acontece que aqueles Pericolo tinham se vangloriado de ter um "contato" com Tessa. Disseram que tinham o apoio financeiro dela. Então, naquela época, Eddie decidiu checar a família e mandar alguém da equipe dele para cá, para investigar nossas operações.

Frankie disse, impaciente:

– Então, o que esse cara quer com a gente agora? Ele está com Chris esperando resgate ou algo assim? Tipo um sequestro? Ou acha que temos algumas das joias que aqueles idiotas dos irmãos Pericolo mostraram para ele receptar?

– Não. Eddie sabe que os policiais acharam a muamba no carro dos Pericolo e confiscaram tudo. Mas, desde que a equipe de Eddie entrou naquela briga feia de bar com os Pericolo, os policiais estão enchendo o saco deles. É difícil fazer negócios sendo vigiado! Eddie culpa *a gente* pelos problemas, porque ainda acredita que nós mandamos os Pericolo para o território dele; talvez ele ache que estamos querendo assumir as operações dele. Talvez você tenha sido visto naquela noite da briga de bar, andando pela área dele, Frankie, quando você, Johnny e Mario foram atrás dos Pericolo.

– Aqueles Pericolo! – exclamou Lucy. – Para cada uma que eles arrumam, *nós* pagamos o preço.

Sal continuou:

– Enfim, Eddie agora tem problemas maiores. Há algumas semanas, Eddie matou um cara dos sindicatos que tinha dado um cano nele, e agora apareceu uma testemunha. Então, os policiais estão em seu encalço para prendê-lo. Mas alguém o deve ter alertado, porque dizem por aí que Eddie está foragido. Talvez para sempre.

– Descubra o que ele está escondendo e o que quer de nós – pediu Frankie, lacônico.

– Já estou trabalhando nisso.

Foi uma noite terrível. Gemma tinha ficado sabendo pelos gêmeos que seu irmão, Chris, tinha matado aula, mas Lucy só pôde dizer a ela que Frankie resolveria tudo.

O dia seguinte foi abominavelmente tranquilo até o fim da tarde, quando Sal enfim retornou. Amie tinha levado Gemma e os meninos para a casa de Filomena, para que pudessem brincar juntos antes do jantar e não ouvissem nada de terrível quando os homens voltassem para falar com Lucy. Frankie estava coletando o dinheiro do aluguel dos bares e boates, e aproveitava a oportunidade para verificar se alguém sabia de algo. Sal e seus homens tinham se espalhado mais longe. Então, quando Sal apareceu na casa de Lucy para relatar o que tinha ficado sabendo, encontrou-a sozinha, após recém ter voltado do trabalho.

Parecendo um pouco desconfortável, Sal perguntou:

– Cadê o Frankie?

– Ele vai chegar a qualquer momento. Sal, me diga, o que houve? – perguntou ela, exasperada.

Sal respondeu com cuidado:

– Lucy, não sei o que achar disso. Quando Eddie mandou aqueles caras da equipe dele checarem a família, aparentemente viram *você* andando por aí com um menininho que se parecia muito com Eddie. Eles reconheceram você como a enfermeira que tinham levado ao Harlem para... lidar com... uma garota que Eddie havia engravidado.

Lucy, já um pouco tonta de uma noite quase em claro, agarrou as costas de uma cadeira para se estabilizar. Sal a estava examinando, e evidentemente o olhar dela confirmou que ele estava na pista certa. Ela disse devagar:

– Como você sabe disso?

– Um dos policiais na nossa folha de pagamento interrogou algumas pessoas. Um padre em Hell's Kitchen é primo de Eddie. Ele contou que, depois que os homens de Eddie viram você e Chris, ficaram preocupados de terem feito merda, então pediram a esse padre que falasse com as freiras do orfanato para onde você disse que levaria o bebê. O padre perguntou para a madre superiora se um bebezinho tinha sido levado para lá em março de 1934. Ela verificou os registros e negou que um bebê tivesse sido deixado lá nessa época. Então, o padre ficou com o trabalho de dizer a Eddie que ele talvez tivesse um filho andando pelo Greenwich Village; o padre tentou até convencer Eddie de que era um sinal de Deus para que ele se arrependesse e mudasse de vida. Nem em sonho!

Lucy se encolheu só de lembrar os bandidos com quem tivera de lidar naquela noite no Harlem; seu próprio papel também soava terrivelmente sórdido. Sal prosseguiu:

– Então, Eddie foi ao pátio da escola ver por si mesmo. Contou ao primo padre que ver Chris foi como se olhar num espelho. Eddie também tem um ego enorme. Mas Chris *realmente* se parece com aquele cara, Lucy. Nosso amigo policial furtou uma foto do arquivo de prisão de Eddie, para nos dar um rosto para buscar. Preciso devolver a foto hoje, mas achei que você fosse querer ver. Foi tirada há quase dez anos, mas... dá para entender.

Lucy olhou a foto e seu coração afundou. Eddie era igualzinho a Christopher, ainda mais porque a foto tinha sido tirada quando o gângster era muito jovem.

– Acho que Eddie gostou de se vingar de nós – disse Sal. – Acho que ainda vamos ouvir falar dele, porque, logo antes de sair da cidade, ele falou: "Um homem na minha posição não pode deixar um estranho, especialmente uma mulher, levar a melhor em cima dele".

– Ou seja, eu? – arfou Lucy.

Se aquele homem queria vingar-se dela e de sua família, podia facilmente conseguir isso machucando, ou até matando, o pobre Chris.

Frankie estava agora na porta da frente, entrando. Sal disse:

– Quer que eu conte a ele?

– Não – respondeu Lucy num sussurro. – Eu conto. Preciso conversar sozinha com ele.

– Claro. Vou sair para fumar. – Depois de uma pausa, Sal acrescentou: – Grite, se precisar de mim.

Frankie viu Sal sair às pressas pela porta dos fundos.

– Qual é o problema dele? – perguntou.

– Precisamos conversar, só nós dois – disse Lucy, trêmula.

– Por quê? – quis saber Frankie. – Aconteceu mais alguma coisa?

Lucy foi direto ao ponto.

– A gente acha que aquele homem, Eddie, é pai do Christopher.

– Mas... mas... você disse que o pai dele tinha morrido – disse Frankie, parecendo confiar tanto nela que Lucy caiu em prantos imediatamente, e contou que Chris não era filho dela.

Frankie se jogou numa cadeira, tão confuso e devastado que Lucy desejou de todo coração poder morrer naquele momento, se fosse possível Frankie não precisar mais estar daquela forma. Mas ele levantou a cabeça como num sonho, e perguntou:

– O que está dizendo, Lucy?

E ela soube que precisava contar tudo a ele o mais diretamente possível, a começar pelo filho que ela tinha perdido na Irlanda, que a levara a dar todo o seu amor a um bebê que resgatara e a olhara com tanta inocência em seus braços que ela simplesmente não podia entregá-lo.

Frankie ficou em silêncio por muito tempo. Por fim, falou baixinho:

– Sabe, Lucy, você não precisava ter me feito de bobo. Eu teria amado você e Chris de qualquer jeito.

– Ah, Frankie, eu fiz *a mim mesma* de boba – choramingou ela. – Pensei mesmo que Chris era um presente de Deus. Que ele *era* meu. Dá para acreditar?

Pensei que Deus me amasse porque ele sabia o quanto eu sofrera quando era apenas uma garotinha.

Frankie ficou de novo em silêncio, muito imóvel. Então, disse numa voz engasgada:

– Se você tivesse me contado isso antes, eu poderia ter protegido Chris melhor. Você mentiu para mim, Lucy, não apenas uma vez, mas várias e várias vezes esse tempo todo!

– Mas você não entende? Depois de um tempo, Chris realmente era *nosso* – sussurrou ela.

Frankie respondeu grosseiramente:

– Pelo jeito, Eddie Rings também não gostou de terem mentido para ele.

Lucy disse, numa explosão:

– Ah, Frankie, eu não ligo se você for me odiar pelo resto da vida, mas *temos* que achar Chris antes que aquele homem horrível o mate só para se vingar de nós.

– Pare com isso. Eu não a odeio. Ele não vai matar Chris, porque perderia a vantagem que tem sobre nós. E o menino é sangue do sangue dele. Isso faz diferença. Agora, Eddie está encrencado com os policiais e precisa ser discreto até achar que é seguro reaparecer. Então, eu vou encontrar Chris. Coloquei nossos melhores homens na busca. Todo mundo tem inimigos, até dentro da própria equipe. Vamos descobrir quem são os inimigos de Eddie.

Resoluto, Frankie se levantou e, sem mais palavra, foi até onde estava Sal. Lucy os observou saírem com o carro. Ela sabia que eles ficariam a noite toda fora, passando um pente-fino na cidade.

Incapaz de se mover, Lucy ficou sentada à mesa da cozinha até Amie voltar para casa com as crianças e colocá-las na cama. Depois de contar a história toda a Amie, Lucy, pela primeira vez na vida, tomou um calmante e foi para a cama, esperando por um sono que parecesse a morte.

22

Junho–julho de 1944

– Não entendo por que preciso ir a um médico – reclamou Pippa, balançando o rabo de cavalo longo e escuro. – Não estou doente. É um péssimo jeito de passar o verão. E por que é um segredo tão grande eu ter vindo aqui ver a dra. Nora?

– Não é exatamente um segredo – respondeu Petrina enquanto saíam do táxi no Upper East Side. – É apenas algo particular. É o *seu* momento de dizer ao médico o que quiser, sem se preocupar com outras pessoas ouvindo o que você tem a dizer.

– É pior do que todas as lições que o tutor me obriga a fazer – reclamou Pippa enquanto entravam no elevador. – Eu preferiria ir ao acampamento de dança.

– Ok, você pode ir ao acampamento de dança no mês que vem – prometeu Petrina quando chegaram à recepção. – Só termine primeiro essas sessões com a doutora, está bem?

Pippa deu de ombros e entrou atrás da dra. Nora no consultório dela. Petrina, sozinha na sala de espera, se perguntou se aquelas visitas à psiquiatra infantil estariam realmente fazendo algum bem à filha. Pippa ainda sofria com pesadelos, que tinha desde a morte de Tessa. As notas de Pippa tinham piorado, e por isso Petrina havia contratado um tutor. E a pequena, em geral diplomática, agora estava tímida com todo mundo, adultos e crianças.

– O que será que ela realmente fala à médica por trás destas portas fechadas? – murmurou Petrina enquanto esperava.

Richard e a mãe dele surtariam se descobrissem sobre aquelas sessões. Eles achavam que apenas doentes mentais e intelectuais judeus iam a psiquiatras desabafar seus problemas pessoais. Se o advogado de Richard soubesse, sem dúvida usaria isso como prova contra Petrina, no que estava se transformando numa batalha de campo pelo acordo de divórcio.

– Tudo é sempre minha culpa – divagou Petrina. Ela tinha sido tratada como delinquente incorrigível pela própria família apenas por ter engravidado de Mario aos quinze anos. Nenhum outro motivo; ela fora muito obediente a vida toda, mas ninguém jamais notara isso. Então, ela não queria que Pippa recebesse o rótulo de "problemática". – Aposto que a esposa de Mario me culpa por tê-lo obrigado a ir para a guerra – afligiu-se Petrina.

Se Mario fosse morto, nem ela se perdoaria. Mas, para ser honesta, era um alívio enorme abrir mão daquela porcaria de segredo que pesara nos ombros dela por tanto tempo. Talvez, pensou, seus pais lhe tivessem feito um favor, afinal, assumindo Mario como filho *deles*, pois ela nunca tivera que contar a Richard sobre o filho que havia tido com outro homem. Imagine só o que os sogros achariam disso *agora*, se um dia descobrissem!

– Mas não vão descobrir – jurou Petrina.

Quarenta e cinco minutos depois, Pippa saiu do consultório, inescrutável como sempre, e a dra. Nora chamou Petrina, pois precisava dar "uma palavrinha" com ela. Pippa suspirou pesadamente, se jogou numa poltrona na sala de espera e ficou folheando uma revista.

– Ela está muito doente? – perguntou Petrina no instante em que a porta se fechou atrás dela.

A dra. Nora respondeu com gentileza:

– Eu diria que está machucada, mas é uma menina corajosa, forte. – Petrina exalou aliviada, até a médica continuar: – Acho que agora o que a está incomodando é o divórcio iminente. Ela acha que o pai não a quer.

– E não quer mesmo – disse Petrina, direta. – Tudo por causa da noiva dele, que não quer Pippa por perto. E a mãe de Richard também não; Pippa faz todos eles se lembrarem de mim, entende? Mesmo nas melhores épocas, todos a tratavam como um poodle de estimação que talvez ganhasse um troféu na exposição de cachorros. Agora, não estão nem aí. Mas isso não impede o advogado deles de me ameaçar com a questão da custódia. Eles usam isso para eu andar na linha com o dinheiro, que é a única coisa com que realmente se importam.

– E a sua família? – perguntou a dra. Nora, com delicadeza. – Como eles se sentem sobre Pippa?

– Eles a adoram – respondeu Petrina, suavemente. – Os primos, em especial.

A médica sorriu.

– Sim, ela também os ama. Ela me falou com muita firmeza que quer ficar com você. Mas você acha que você e sua família podem proporcionar um ambiente estável e seguro à sua linda filha?

Os olhos de Petrina se encheram d'água.

– Olha, eu entendo o que você está perguntando. Minha família tem suas falhas. Mas são pessoas de bom coração. Tem muito afeto naquela casa. Já a casa dos pais de Richard parece um palácio de gelo. Já viu um desses?

A dra. Nora fez que não, parecendo intrigada. Petrina explicou:

– Uma vez, visitei uma amiga em Minnesota. Os ricos da cidade tinham construído um grande palácio de gelo no inverno, para se divertir, como nós, nova-iorquinos, fazemos bonecos de neve. Não é possível perceber imediatamente o quanto é frio. Porque, olhando de fora, ele brilha no sol e encanta qualquer um. Mas lá dentro é totalmente escuro e frio como um caixão.

Dra. Nora assentiu com a cabeça como se compreendesse tudo o que Petrina estava tentando dizer. Gentilmente, a médica concluiu:

– Eu acho, sim, que Pippa estaria melhor com você. Mas uma criança de doze anos precisa de um ambiente em que se sinta confiante de que vai ficar tudo bem. Ela não pode viver numa montanha-russa, pensando se vai ter mais um grande baque na próxima volta. Veja, acho que ela pode sobreviver a esse choque que sofreu. Mas não tenho tanta certeza de que suportaria mais um.

Petrina absorveu isso, mas olhou a médica bem nos olhos quando respondeu:

– Acho que você subestima minha filha. O coração dela é cheio de coragem. E uma coisa que aprendi é que a vida é uma montanha-russa. A gente precisa descobrir como lidar com as quedas tanto quanto com as subidas. Quando o passeio é plano e gostoso, significa estar morto.

***

Gemma estava sentada no degrau da frente de casa, esperando Pippa aparecer. Gemma amava ter uma prima com quem brincar, que pudesse ensiná-la todos os jogos divertidos e as músicas populares. Gemma não se importava de participar de brincadeiras de meninos com os primos gêmeos, mas meninos em geral ficavam chateados quando uma menina era melhor do que eles.

Ainda na semana passada, o pai dela tinha levado ela, Vinnie e Paulie ao parque, onde todos se revezaram enquanto Frankie arremessava uma bola de beisebol para eles poderem treinar como rebater. E Gemma tinha acertado a bola para lá do campo externo e por cima da cerca. Um *home run*! E qual foi a reação do pai e dos primos? Um silêncio mortal, como se ela tivesse caído em desgraça.

– Você vai ter que ir buscar a bola – disse Vinnie.

Então, ela fez isso e, quando retornou, todos voltaram a jogar, mas o pai dela não lhe deu outra chance com o taco.

– Sua rebatida já está boa – tinha alegado Frankie. – Você não precisa de mais prática.

Gemma agora suspirou, jogando o cabelo loiro-avermelhado como um cachorro se secando. Ela olhou para a casa atrás e viu Donna, a empregada, a olhando com preocupação da janela. Desde que o irmão dela, Chris, fora "viajar" para algum lugar sem a permissão da família, agora todo mundo estava com olhos de águia em cima de Gemma, como se ela pudesse também desaparecer por aí. Então, embora ela tivesse quase seis anos, não podia fazer nada sozinha, nem se sentar ali no degrau da frente sem ficar sendo observada.

– Por que, quando Chris faz algo errado, *eu* sou punida? – reclamara ela.

– Não seja espertinha comigo, mocinha – retorquira Lucy. – É para o seu próprio bem.

Gemma havia conseguido convencer os pais a comprarem patins para ela, mas ninguém tinha tempo para ensiná-la a usá-los. Donna tinha tentado ajudar, mas era inútil, porque nunca tivera patins e não fazia ideia de como andar. Então, ali estava Gemma, com os patins novinhos, torcendo muito para Pippa poder ensiná-la. Pippa tinha doze anos e sabia tudo sobre tudo.

– Oi, Pippa! – gritou Gemma quando a prima chegou.

A tia Petrina foi imediatamente conversar com Filomena, então as meninas tinham um tempinho glorioso para brincar e falar abertamente. Pippa tinha trazido seus próprios patins e, agora, ensinou Gemma a se equilibrar e a fazer lindos giros.

– Olha, um giro não é igual a um ângulo reto. Você vai numa curva, de lado, assim – explicou Pippa, passando para algo parecido como uma segunda posição de balé –, depois faz um semicírculo de ré para sair do giro – disse, guiando Gemma.

Fez toda a diferença. Gemma ficou emocionada com esse novo poder, e elas ficaram um tempinho andando para lá e para cá.

– As calçadas são irregulares – reclamou Pippa, enrugando o nariz de desgosto. – É melhor num rinque de patinação. É todo liso. Mas nos rinques também tem muita gente.

Quando elas se cansaram de andar de patins, sentaram-se no degrau da frente. Donna, reconfortada de ver a esperta Pippa encarregada, deu a elas uma tigela de uva para comerem, depois entrou de volta.

As duas meninas ficaram lá sentadas cuspindo as sementes das uvas roxas graúdas, até duas senhoras carregando sacolas de compras passarem e uma dizer à outra:

– Essas meninas não são fofas? Esta aqui parece a pequena Elizabeth Taylor. – E apontou para Pippa, que lhes deu um sorriso contido e tolerante por ter sido comparada a uma atriz infantil.

– E a outra é igualzinha à Shirley Temple – comentou a companheira. – Você canta e sapateia, garotinha?

– Não – respondeu Gemma, direta –, mas sei andar de patins.

– Ela não é um amor? – As mulheres riram e seguiram caminho.

– Que pena você ser nova demais para o acampamento de dança, Gemma – disse Pippa, pensativa. – É para lá que eu vou quando acabar toda essa coisa da médica.

– Por que você fica indo na médica? Você está muito doente? – perguntou Gemma.

– Não. – Pippa balançou o rabo de cavalo, resoluta. – Eu só vou porque assim os adultos se sentem melhor. A médica me pergunta sobre meus sonhos, essas coisas, só.

– Eu tive um sonho ontem à noite – comentou Gemma. – Eu vi a *nonna*.

Pippa pareceu assustada.

– Você viu a vovó?

Gemma fez que sim com vigor.

– Vi, e ela me disse para te falar que ela está bem.

Pippa ficou tensa como pedra e, no início, Gemma achou que a prima tivesse engolido uma semente. Mas então Pippa falou baixinho:

– Ela falou para você *me* dizer isso?

– Sim – respondeu Gemma com naturalidade. – Ela disse: "Fale para Pippa que eu estou muito bem, então ela pode parar de chorar, e fale para Pippa que ela deve cuidar de todos vocês, agora que eu estou no Céu". E daí ela disse que a tia Rosamaria ainda pode dar para a gente aqueles presentes em dinheiro no Natal.

Pippa olhou de lado para Gemma.

– Ei, Gemma – disse, respeitosamente –, não deixe ninguém falar que você não é inteligente. Você é a mais inteligente de todas.

– Eu sei – suspirou Gemma. – Mas ninguém gosta de mim quando eu sou inteligente.

– Preciso achar um novo lugar para morar – anunciou Petrina a Filomena, com mais coragem do que sentia ao entrar no escritório de Tessa. – Richard e eu não somos donos da nossa casa. É dos pais dele. Agora, eles a querem de volta!

Filomena levantou os olhos do livro de números.

– Nossa casa de hóspedes aqui está disponível.

Petrina fez que não, pesarosa.

– A médica de Pippa acha que é melhor eu mantê-la na escola particular do nosso bairro; menos rompimentos. Além disso, a dra. Nora acha que a cidade tem "memórias traumáticas" demais para Pippa, embora ela ame visitar os primos. Então, tenho que ir atrás de uma casa em Westchester, e as boas não são baratas.

– Tudo bem, vamos achar um jeito – disse Filomena, pensando.

– Precisa ser perto o bastante para eu conseguir continuar vindo à cidade trabalhar com você – disse Petrina.

Ela pegava o trem junto com todos os banqueiros e corretores que eram seus vizinhos. Exceto pelos passageiros do vagão de fumantes, aqueles homens iam para o trabalho em silêncio, pontuado apenas pelo farfalhar de seus jornais; e até nisso, pareciam todos virar a mesma página ao mesmo tempo. Mas ela gostava da jornada para o trabalho. Ganhar dinheiro era mais desafiador do que fofocar nos clubes femininos e do que as rodadas intermináveis de jogos de bridge.

– Mesmo com a pensão, vou precisar vender muita joia para pagar por minha nova vida. Mas vou conseguir – anunciou Petrina, resoluta. – Já cansei de Richard e da família dele.

Filomena, vendo que Petrina estava verdadeiramente preocupada com Pippa, falou:

– Precisamos todos arranjar um novo tipo de vida para os nossos filhos. Agora, é só isso o que importa.

Ela sabia que não dava para fazer isso sem correr o risco de mais problemas lá na frente. Mas não disse em voz alta o que estava pensando: *o que quer que aconteça, não vou morrer igual a Tessa.*

* * *

– Johnny está ficando tão magro – sussurrou Amie a Frankie enquanto voltavam do sanatório num domingo à tarde.

– Eu sei – respondeu Frankie baixinho. – Mas ele sempre foi meio magrelo. Não se preocupe, Amie. Ele é mais forte do que você imagina. Já venceu a tuberculose uma vez. Vai conseguir de novo.

Amie olhou de relance para o perfil de Frankie – era lindo como Johnny, Mario e Gianni, mas tinha ficado muito desanimado desde o desaparecimento de Christopher.

Frankie tinha conseguido suportar todas as outras tragédias familiares, mas esta parecia ser demais para ele. Na superfície, ele aceitara a situação, perdoara Lucy e era carinhoso com ela; aliás, por andar tão circunspecto, ele estava incomumente paciente com todas elas. Mas, por mais estoicos que Lucy e Frankie fossem, era fácil ver a tensão da preocupação conforme as semanas se passavam e ainda não havia novas pistas.

– Não se preocupe. Chris vai voltar para nós. E Lucy ama muito *você* – disse Amie para consolá-lo, estendendo a mão para dar um tapinha no ombro dele.

– Eu sei que Sal e meus homens vão achar Chris – respondeu ele, pensativo. E, num desabafo, completou: – E eu entendo, sim, por que Lucy no início não me contou a história toda. Entendo mesmo. Mas, diabos! Preciso dizer, depois que nos casamos, ela podia ter confiado em mim. Isso me incomoda. Quer dizer, se Lucy foi capaz de mentir para mim uma vez e seguir com a mentira, não consigo deixar de pensar que ela poderia mentir para mim de novo a qualquer momento. Como eu saberia?

– Ela não vai fazer isso – garantiu-lhe Amie. – Ela se sente muito mal pela situação. Os segredos machucam principalmente quem os guarda. Os rancores também. Eles roem as entranhas. Você precisa perdoá-la.

O carro serpenteava por estreitas estradas montanhosas, e Frankie parou de falar para poder se concentrar; era um lugar traiçoeiro mesmo num dia ensolarado, mas o céu de repente tinha enegrecido e o vento estava aumentando. Um estrondo ominoso de trovão parecia estar rolando na direção deles.

– Parece ruim – comentou Frankie, exatamente quando um raio cortou o céu e piscou violentamente antes do próximo trovão, ainda mais forte. – Não vamos conseguir chegar à rodovia – gritou ele quando a chuva começou a cair, repentina, ruidosa e forte.

– Tem uma pequena pousada no fim do morro – gritou Amie de volta.

A estrada tinha ficado lamacenta e escorregadia, e eles escorregavam perigosamente com cada ziguezague da descida. Amie segurou a respiração por todo o caminho, se abaixando no banco e se encolhendo com a chuva que golpeava forte o para-choque. Ela se perguntava como Frankie conseguia ver um palmo à frente através daquele véu de água. Mas ele seguiu determinado e conseguiu guiar pela ladeira escorregadia até finalmente entrar no estacionamento da pousada local.

Um estrondo ensurdecedor de trovão bem acima da cabeça deles fez Amie dar um gritinho. Frankie desligou o carro, saltou e correu para o outro lado, segurando a jaqueta no alto para poder criar um toldo sobre os dois enquanto eles corriam até a pousada. A estrada já estava enchendo. Eles tinham acabado de entrar no lobby antes de outro flash de raio criar uma luz branca repentina, como uma lâmpada gigante se acendendo porque Deus estava tirando uma foto deles.

– Quer um quarto, senhor? – perguntou o homem baixinho e careca atrás do balcão.

– É só uma tempestade de verão, certo? – perguntou Frankie, esperançoso.

O homem fez que não, severo.

– Este é o clima das montanhas, filho. No rádio disseram que caíram árvores e linhas elétricas por todo lado. A polícia fechou a rodovia, e os trens não estão correndo hoje.

– É melhor ligarmos para casa enquanto dá – disse Frankie a Amie. – Tem um telefone que eu possa usar para ligar para Manhattan, senhor?

– Você vai querer um quarto?

– Claro – respondeu Frankie, depois acrescentou: – Dois quartos.

O homem fez um gesto de cabeça na direção de um telefone numa mesa.

– Então, fique à vontade.

Amie foi acordada no meio da noite por um som agudo que a aterrorizou. Era o vento, parecendo estar se enrolando em si mesmo e ganhando velocidade. Instintivamente, ela pulou da cama e parou ao lado do armário, procurando os sapatos. Um minuto depois, houve um som de estilhaço quando a janela de vidro quebrou e caiu bem na cama, exatamente onde ela estava dormindo havia apenas alguns momentos.

Tropeçando no escuro, ela encontrou o interruptor, mas as luzes não se acenderam. A chuva caía de lado, entrando no quarto. Ela tateou até a porta, a abriu com força e arrastou os pés pelo corredor acarpetado, depois bateu tímida à porta de Frankie. Se ele estivesse dormindo, não ia escutá-la com todo o barulho da tempestade.

Mas Frankie abriu a porta, parecendo sonolento e desgrenhado, só de shorts.

– Amie, o que aconteceu? – perguntou.

– Minha janela estourou! – exclamou ela, tremendo. – Tem vidro por todo lado, até na cama! E a luz também acabou.

Frankie a puxou para dentro do quarto e a pôs sentada numa poltrona.

– Você está ensopada. Vou pegar uma toalha.

Amie escondeu o rosto nas mãos. Ela se perguntou se Johnny estaria assustado lá no sanatório naquela tempestade. Ele tinha parecido quase esquelético, o rosto tão pálido, com olheiras escuras. Não estava comendo o bastante. Será que ele queria morrer? Será que estava sofrendo tanto assim? Ele ia mesmo deixá-la, sozinha com os meninos, neste mundo terrível onde bandidos tiram os filhos das mães, como haviam feito com a coitada da Lucy?

– Ah, Frankie! – choramingou ela, cheia de emoção, quando ele voltou com uma toalha grande e um roupão, depois educadamente deu um passo para o lado para ela poder se trocar no banheiro. Quando ela voltou, disse: – Estou tão preocupada. O que vai acontecer com todos nós?

Ela tinha começado a chorar. Frankie, parecendo levemente alarmado pelas lágrimas, pegou um frasco do bolso e ofereceu um gole, colocando o braço ao redor dela, para consolá-la e para que parasse de tremer.

– Não se preocupe – disse, reconfortante. – Somos todos sobreviventes.

– Você tem sido tão bom com Vinnie e Paulie – sussurrou ela. – Não sei dizer o quanto você é importante para os meninos. Eles absolutamente o idolatram.

– É, eles jogam bola muito bem – comentou ele. – Me lembram de mim e Johnny quando éramos pequenos...

Quando ele se interrompeu, engasgando de emoção, ela se deu conta de que as visitas ao irmão moribundo estavam também cobrando seu preço. Talvez por isso essa questão com Lucy fosse simplesmente demais para Frankie. O destino atualmente parecia estar contra eles, em especial naquele dia, com o vento ainda uivando ao redor como uma matilha de lobos ameaçadores.

– Sinto muita saudade de Chris – confessou Frankie. – É tudo culpa minha.

Amie ficou chocada.

– Como pode dizer isso?

– Não paro de ver o rosto dele no Natal. Lembra? Quando ele estava jogando dados com os seus filhos, e eu gritei com ele. Você viu a expressão dele? Chris só queria ser homem; ele acha que ser durão é o único jeito de provar que é mesmo um de nós. Por que não consigo fazê-lo entender que ele não tem nada a provar? Eu sempre quis um filho. Sempre achei que ele fosse meu, sabe? E, caramba, ele *era* meu menino também. Ele é! – corrigiu-se, horrorizado.

– *Claro* que é! – Amie tocou o rosto bonito dele.

Mas ela não estava preparada para a forma como ele se virou para ela, como um animal grato por uma mão gentil.

Antes que ela percebesse, os dois estavam se procurando – atrás de amor, de conforto, do instinto de ficar vivos, quando a mágoa, a doença e a morte estavam perto demais. A paixão dela foi reacendida por essa faísca, embora fizesse muito tempo que um homem não a tocava e não fazia sua pele reagir ao toque. Era como se ela tivesse estado em jejum e, agora, alguém a alimentasse outra vez; ela só sentiu falta quando aquilo voltou, e então descobriu que estava mesmo morrendo de fome havia tempo demais.

Na manhã seguinte, o sol brilhava forte, como se nada tivesse acontecido, como se a noite anterior não tivesse nada a ver com o novo dia. Amie e Frankie dormiram até quase meio-dia, quando houve uma batida repentina à porta.

– Deve ser a arrumadeira – disse ele enquanto Amie corria até o banheiro para se esconder.

Mas era Sal. Ele devia ter saído bem cedo de manhã para trazer mais más notícias.

– Frankie – disse ele, sério –, você não pode voltar.

– Do que diabos você está falando? – quis saber Frankie. – O que aconteceu *agora*? O que foi? É Lucy?

– Não, é você – respondeu Sal, parecendo preocupado. – A polícia recebeu uma "denúncia anônima" e fez uma batida no seu escritório no prédio residencial na MacDougal Street. Acharam algumas das joias roubadas da porcaria dos irmãos Pericolo na sua mesa.

De seu esconderijo no banheiro, Amie suprimiu um ofego e pressionou a orelha contra a porta para ouvir.

– *O quê?* – disse Frankie, incrédulo.

– Os irmãos Pericolo estão fazendo como canários, cantando para os policiais e o promotor, contando o tipo de mentira que eles querem ouvir, sabe, para bajular. Estão falando que *você* ordenou aquele roubo de joias deles, que você era o Chefe e os obrigou por causa do dinheiro que te deviam. Eles contaram aos policiais que tinham achado a última parte da pilhagem escondida naquele seu escritoriozinho e, surpresa, quando os policiais fizeram a batida, acharam um colar grande e valioso. Aqueles idiotas tinham roubado o colar e algumas das outras muambas da mansão de alguma viúva do Upper East Side; dizem os boatos que a cabeleireira da mulher era parte do esquema.

– Que colar? – quis saber Frankie, desnorteado.

– Alguma coisa enorme de prata com turquesas gigantes. E não foi só isso. Os policiais acharam uma pilha de cupons de racionamento falsificados na sua mesa, para completar. Então, agora, Frankie, a polícia está atrás de *você* por todo canto – repetiu Sal, enfaticamente. – Um investigador foi à sua casa e perguntou a Lucy onde você estava. Ela respondeu que não tinha ideia. Todo mundo o encobriu. Então você precisa largar o seu carro num fosso em algum lugar por aqui, fazer parecer que você sofreu um acidente. Não deve ser difícil. Amasse o para-choque para parecer que foi ruim. Eu posso levar Amie para casa. Posso dizer que precisei pegá-la depois de ela ter ido visitar Johnny.

Sal olhou ao redor.

– Onde diabos está Amie, aliás? O cara da recepção disse que ela estava no quarto do outro lado do corredor, mas aquilo lá está destruído.

Amie saiu, vermelha, do banheiro. Sal registrou o fato brevemente e se recuperou, mas foi o bastante para Frankie se envergonhar. Sal continuou fingindo não estar afetado, o que era pior, de certa forma. Frankie disse, tenso:

– Os Pericolo estão na cadeia. Como diabos colocaram um colar dentro do meu escritório?

Amie agora falou:

– Alonza – sugeriu. – Quando Tessa a encontrou na casa de chá, contou que Alonza estava usando um caríssimo colar de turquesa bem grande. Tessa imaginou que fosse parte das joias que os filhos de Alonza roubaram, lembra?

Sal concordou.

– Os Pericolo provavelmente fizeram Alonza plantar as joias no seu escritório, junto com os cupons de racionamento falsificados.

Frankie falou com amargura:

– Eu sabia que devíamos ter matado aqueles caras.

– Frankie, contrabandear cupons de racionamento falsificados em tempos de guerra é sério – advertiu Sal. – Precisamos tirar você do país, *agora*. Normalmente, o enviaríamos à Itália, mas a Itália está em ruínas, com Mussolini e tudo o mais.

– Não, a Itália não – disse Frankie, devagar. – Você teve mais notícias de Chris e Eddie?

– Tive, sim – respondeu Sal, às pressas. – Dizem que Eddie Rings tem família na Irlanda, onde pode confiar que as pessoas vão escondê-lo. Nosso amigo policial descobriu de que cidade Eddie veio, no interior de Dublin. Conforme as notícias mais confiáveis, ele foi para lá com o menino.

– Irlanda – repetiu Frankie, resoluto, como se pagando uma penitência. – Então, é para lá que eu vou, Sal. Diga a Lucy que fui pegar o Christopher.

***

– Espero que Sal tenha encontrado Frankie antes da polícia – comentou Filomena em voz baixa.

– Encontrou. Sal ligou para dizer que está trazendo Amie para casa – disse Petrina. Ela suspirou. – Mas não é a cara de Amie sair e largar a gente com *essa* gente? Nunca achei que fosse trabalhar num bar!

Embora o bar de Johnny em geral fechasse aos domingos, um grande grupo de homens tinha alugado o salão dos fundos para uma tarde de jogatina particular que havia se estendido pela noite. Doze homens estavam sentados ao redor da mesa, apostando, comendo e bebendo muito, gargalhando quando ganhavam e xingando alto quando perdiam a mão. O salão estava denso de fumaça. O bartender contou a Filomena que o homem que marcara o jogo tinha sido educado o bastante, mas sem dar indicação da grosseria daquela turma.

– Por que eles não vão logo para *casa*? – gemeu Petrina.

– Sim, não gosto da cara desse grupo – concordou Filomena em voz baixa.

Ela sentira que aquela gente era problemática desde o momento em que entraram. Não se pareciam em nada com os clientes regulares, os homens bem-sucedidos e bem-vestidos que normalmente usavam aquele salão.

Não, os clientes daquela noite eram rudes e pouco refinados, endurecidos a ponto de desrespeitar todo mundo, especialmente mulheres. Tinham rostos brutos e atitudes ainda mais feias, casualmente abusivas; eram o tipo de grupo que achava engraçado fazer o garçom tropeçar e vê-lo cair, estilhaçando uma bandeja de copos e depois tendo que varrer tudo enquanto eles faziam troça.

– Não são grandes gângsteres – sussurrou Petrina com desprezo, confirmando a opinião de Filomena. – São um tipinho comum, e é por isso que são tão cruéis. Eles sabem que nunca vão ser chefes de ninguém, exceto as esposas e os filhos que surram e os pobres coitados que trabalham para eles. Mas *nosso* bartender não é soldado raso deles!

Conforme a noite avançava, ficou claro que aqueles clientes consideravam que Petrina e Filomena também eram suas criadas. Eles pediam cada vez mais pratos de comida, que engoliam rápido com os modos de um urso. Mas, pior do que a pilha de louça suja acumulada na cozinha, os cinzeiros transbordando e as garrafas de cerveja vazias era a tensão crescente que enchia o ar com mais peso do que a fumaça dos charutos baratos deles. Um homem chegou a rasgar as cartas num ataque infantil de melindre por causa da mão ruim que tinha tirado.

– Isso não tem como terminar bem – comentou Petrina, dando voz ao temor que todos os que trabalhavam naquela noite sentiam nos ossos.

E, de fato, quando alguns dos homens enfim jogaram as cartas, se levantaram, se espreguiçaram e se encaminharam para fora, o garçom, nervoso, suando, entendeu como um sinal para depositar a conta na mesa deles – e finalmente a tempestade irrompeu.

– Coloque na minha conta, meu bom homem – disse um dos jogadores que restavam ali.

– O senhor não tem uma conta – respondeu o garçom, ansioso.

– *Não tenho?* – O homem lhe lançou um olhar assassino, então caiu numa gargalhada horrenda e virou-se para os companheiros. – Alguém tem uma conta aqui? – gritou.

Um homem virou os bolsos do avesso, fingindo miséria. Outro berrou:

– Claro, eu tenho, sim, uma conta, mas deixei em Cincinnati! – E gargalhou estrondosamente.

Todos do grupo começaram a perguntar um ao outro: "Você tem uma conta?", "Ele tem uma conta?", "Quem tem uma conta?".

Petrina e Filomena, vendo o garçom de sua estação, fingiam polir os copos limpos e os talheres, como sinal de que o bar estava prestes a fechar.

– Ei, querida! – chamou um dos três homens que continuavam sentados, contando seus ganhos e olhando para elas. – Vamos pagar no mês que vem, captou?

Petrina fez uma careta e depois balançou a cabeça.

– Não fazemos pendura aqui – disse ela. – Vocês pagam agora.

– Eu pago agora? – ecoou o homem, lançando o mesmo olhar assassino para ela. – Eu *não* pago agora. Eu acho que eu não pago até seu marido voltar para casa. Que tal isso, sua vaca burra?

Vuum. A resposta a essa pergunta veio tão rápida e ágil que o salão todo ofegou em uníssono. Uma faca de carne cortou o ar, e por pouco não cortou fora o nariz do fanfarrão ofensivo. O que aconteceu foi que a lâmina parou na parede, tão perto do rosto do homem que, por um momento, ele não ousou mexer a cabeça.

Petrina virou-se chocada para Filomena, cuja expressão continuava impassível. Antes de alguém poder dizer uma palavra, ela arremessou outra, que cravou do lado oposto da cabeça do homem, tendo o efeito psicológico de imobilizá-lo por medo de onde uma terceira pudesse parar.

– Você paga agora – repetiu Filomena, com voz clara e dura – ou corto mais do que aquelas cartas para você.

Os outros também não se moveram. O bartender pegou embaixo do bar o taco de beisebol que guardava lá, mas raramente precisava usar.

– Querem brincar que nem os meninos grandes? – disse Petrina, desdenhosa. – Querem saber o que acontece neste bairro a homens pobres demais para pagar as próprias contas?

A palavra *pobre* atingiu o marco com tanta eficácia quanto a faca. O linguarudo pegou um punhado de seus ganhos e jogou o dinheiro numa mesa vazia com desdém, antes de coletar o restante dos lucros e sair pela porta dos fundos. Os outros homens o seguiram rapidamente, murmurando entre si, mas agora com o cuidado de não deixar ninguém ouvir.

O garçom aterrorizado trancou imediatamente a porta atrás deles. No silêncio que se seguiu, Filomena pegou os casacos dela e de Petrina. Por fim, disse:

– Vamos precisar fazer algumas mudanças por aqui.

– Certo – concordou Petrina. – Nunca tivemos problemas com os peixes grandes. Mas esses girinos precisam ir. Vamos dizer para Amie que, de agora em diante, chega de receber jogos de cartas amadores aos domingos. Se aqueles imbecis quiserem apostar, que vão jogar bingo na igreja. – Olhando para Filomena, ela acrescentou com respeito: – Mas que bom que uma de nós sabe jogar uma lâmina e prender um inimigo na parede!

23

Julho de 1944

O incidente da faca deu a Filomena status lendário por um tempo. Inspirou Lucy, que, ainda lutando para compreender os desaparecimentos tanto de Chris quanto de Frankie, achou uma forma de canalizar seus medos dizendo às outras que todas elas deviam fazer aulas de boxe para autodefesa.

– Estou falando sério! – insistiu. – Pete, o policial, conhece um ex-lutador que está disposto a nos dar aulas. Não estou falando que precisamos subir num rinque para lutar com alguém. Mas se soubermos que somos capazes de um bom soco, as pessoas vão perceber isso na nossa voz. Minha teoria é que os homens mandam nas mulheres e nas crianças porque sabem que não vamos dar um soco na cara deles como um homem faria. Então, vamos aprender a fazer isso. Aí, ensinamos às crianças!

– É melhor a gente fazer o que ela quer – observou Petrina às outras. – Ela está no limite.

Então, todas concordaram cautelosamente e fizeram oito aulas com um lutador adolescente peso meio-pesado que tinha mentido a idade para entrar no rinque. Ele tinha se dado bem e ainda morava no bairro com a mãe, que conhecera e admirava Tessa. O nome do lutador era Vincent Gigante, e ele era educado e encorajador, dando aulas a elas bem cedo, quando não havia homens ali.

– Só lembrem, senhoras – aconselhou –, que devem se concentrar nos olhos do oponente, e não apenas nos punhos. E não se esqueçam de se esquivar dos socos. Ou seja, não sejam pegas paradas, porque vão absorver a força completa do soco dele. Quando um soco vier na sua direção, mexam-se antes, de modo que, mesmo que ele as atinja, não chegue tão forte.

Uma tarde, quando Lucy terminou o trabalho no hospital e voltou para casa, ficou surpresa ao encontrar Petrina lá, esperando por ela. Amie ainda estava no bar de Johnny. Petrina disse cautelosa:

– Lucy, eu estava na joalheria com a esposa de Mario hoje e ficamos nos perguntando: por que você nunca usa os brincos que Frankie te deu?

Lucy mordeu o lábio antes de explodir:

– Porque meus lóbulos são grandes e grossos demais para o diabo da tarraxa! Eu não sou toda esguia e delicada como vocês, com suas orelhinhas de filhote.

Petrina explicou, com delicadeza:

– Não, não! Suas orelhas não são grossas demais. É a tarraxa que é curta, só isso. Acontece o tempo todo. Podemos consertar isso! A gente só precisa soldar uma tarraxa mais longa.

– Dá para fazer isso? – perguntou Lucy. – Que ótimo! Eu não queria contar a Frankie que tenho orelhas gorduchas.

Ela parou abruptamente de falar ao pensar no marido desaparecido. Petrina não deixou de notar isso; era o real motivo pelo qual ela estava ali, na verdade, para dar apoio. Ela tinha visto que, em geral, a estoica Lucy estava visivelmente abatida por culpa e preocupação, mas, como sempre, Lucy evitava falar sobre seus sentimentos quanto a Chris. Elas não tinham tido notícias de Frankie, porque ele era fugitivo e ainda não podia arriscar entrar em contato. O plano era que, assim que conseguisse, mandaria uma mensagem pela rede de contatos de Sal. Lucy odiava aquela espera impotente.

– Venha comigo, minha querida Lucy – chamou Petrina, enérgica e decidida. – Você e eu vamos caçar uma testemunha. E, possivelmente, um traidor em nosso meio.

– O que isso quer dizer, hein? – questionou Lucy, pega de surpresa. – O que você está aprontando agora?

– Vamos descobrir quem plantou aquele colar no escritório de Frankie! – declarou Petrina, cheia de ousadia.

– Aposto que foi Alonza – disse Lucy, indo atrás dela. – Mas, claro, não posso provar.

Petrina assumiu uma expressão cética.

– Você não lembra como é Alonza?

– Claro. – Lucy tremeu. – Quem poderia esquecer? Aquela maquiagem ofuscante. Já vi máscaras de Halloween menos assustadoras.

– Exato. Se uma estranha como Alonza aparecesse naquele prédio residencial, uma comunidade muito unida, para plantar aquilo no escritório de Frankie, não ia conseguir entrar e sair desapercebida. O prédio todo ia tagarelar. Os filhos dela já estavam na cadeia, então *eles* não podem ter plantado. Talvez Alonza tenha pagado alguém que mora lá para fazer isso por ela – sugeriu Petrina.

Lucy suspirou.

– Ah, céus, hoje em dia, qualquer um está suscetível a um suborno. Johnny contou a Amie que podia ser alguém que "conhecemos e em quem confiamos", como Sal, Domenico ou o filho drogado da cozinheira. Ou até o zelador, que seria um suspeito óbvio, já que tem todas as chaves à disposição. Pobre Fred. Trabalha lá há séculos. A esposa morreu há três anos, e a sala de estar dele ainda é um templo a ela, bonitinho. Você tem que ver. Ele guardou as imagens emolduradas dos santos de devoção dela e acende as velas embaixo deles toda sexta, igual ela fazia. Mas uma coisa que Fred *não* faz é espanar aquele lugar!

– Vamos conversar com ele – anunciou Petrina ao chegar ao apartamento.

Quando elas bateram à porta da casa de Fred, ele obedientemente as deixou entrar. Ele permitiu que elas lhe fizessem uma xícara de café e até limpassem um pouco seu covil empoeirado, mas não deixava que tocassem na cômoda da esposa, onde estavam a escova de cabelo, o pente e o espelho de prata – os únicos itens de valor que ela teve. Eles nunca tiveram filhos.

Fred era um homem alegre, e ouviu e respondeu pacientemente a todas as perguntas delas.

– Você trancou o escritório de Frankie naquele dia, antes da batida policial? – perguntou Lucy com seus melhores modos. – Não tem problema se esqueceu de trancar, Fred.

– Sim, tranquei – respondeu ele. – Só entrei lá uma vez naquela tarde, para usar o telefone. Mas tranquei de novo. Quando a polícia veio fazer a busca, disse que a janela estava destrancada. Não sei quem fez isso. Com certeza não fui eu.

– Vamos dar uma olhada – sugeriu Petrina.

Elas seguiram os passos arrastados de Fred até o escritório nos fundos do prédio onde Frankie fazia suas ligações profissionais. Lucy não estava preparada para a onda de emoção que a engolfou quando ela entrou no lugar em que conhecera Frankie. A sala era espartana: apenas um mancebo, um telefone, um abajur, uma calculadora, uma mesa com materiais, como canetas e papéis espalhados. Ele nunca deixava nada importante ali, mas ela conseguia sentir sua presença pairando como um fantasma.

Deve ser assim quando o cônjuge morre, pensou Lucy, com uma pontada de dor. *Será que vou acabar como o velho Fred, para sempre lamentando a perda do meu companheiro?* Os homens naquele bairro desapareciam o tempo todo; se a guerra não os levasse, eles podiam ir presos ou acabar no hospital, como Johnny, ou simplesmente desaparecer sob circunstâncias suspeitas, mas nunca investigadas.

Era o preço de se estar "no meio". Qualquer que fosse a causa, os resultados eram basicamente iguais. As esposas ali sabiam, torciam pelo melhor, mas quase nunca reclamavam; apesar disso, carregavam esse peso nas rugas do rosto e no cair dos ombros, e isso as envelhecia.

"Frankie, cadê você? Para onde eu o mandei? Você está aí sozinho? E, Christopher, meu amado menino, pode sobreviver sem mim e esta família o protegendo?"

Petrina tinha ido até a janela do escritório. Ela a abriu, colocou a cabeça para fora e olhou para cima.

– Hum. Vamos nós duas conversar com os inquilinos, Lucy.

– Já falei com eles. E todos dizem a mesma coisa – comentou Fred, taciturno. – Ninguém viu nada.

Sem se deixar deter, Petrina continuou olhando para cima.

– Quais apartamentos ficam imediatamente em cima deste escritório? – perguntou ela.

– Números 15, 17 e 19 – respondeu Fred.

Lucy disse:

– Já vim aqui com Sal coletar os aluguéis. São todos bons inquilinos.

– Está bem. Vamos lá bater um papo – disse Petrina, determinada, fechando e trancando a janela.

Fred entregou a elas seu molho de chaves.

– Não sei do que vai adiantar, mas aqui está. Sempre batam antes.

Enquanto ela e Lucy subiam as escadas, Petrina confidenciou:

– Não acho que tenha sido Fred quem plantou o colar.

– Nem eu – concordou Lucy. – Mas todos me parecem inocentes. Você vai ver.

Elas começaram pelo número 15, onde moravam uma jovem e sua sogra, já que o marido da garota tinha sido convocado para a guerra e estava no exterior. As duas trabalhavam e só chegavam em casa à noite. Tinham começado a fazer o jantar havia pouco. A garota tinha uma fotografia do marido soldado no porta-retratos. As duas mulheres pareciam cautelosas demais para serem suscetíveis a estranhos como Alonza e sua laia.

O casal idoso no número 17 era tão devoto que ia à missa todas as manhãs. Não se lembravam de nada incomum naquele dia também, mas isso não era surpreendente: o homem ouvia mal, e a mulher usava óculos fundo de garrafa.

A costureira no andar mais alto, número 19 – um apartamento minúsculo, mas que era grande o suficiente apenas para uma mulher diminuta como ela –, passava o dia todo encurvada sobre uma mesinha repleta de costuras e peças de renda, então não conseguia ouvir muito por causa do ruído da máquina, que funcionava com um pedal e uma joelheira. Ela estava costurando naquele momento, então Lucy teve de bater várias vezes à porta antes de a mulher atender.

– Sim? – inquiriu ela, tirando alguns alfinetes da boca.

O nome dela era Gloria.

– Podemos conversar? – começou Lucy, como tinha feito com todos os outros.

A mulher tinha um halo de cabelo delicado, encaracolado, castanho-claro, e parecia ter quase sessenta anos. Deixou-as entrar e ofereceu um pouco de limonada. Elas se sentaram à mesa da cozinha.

Petrina comentou com admiração:

– Que lindo o seu trabalho. Acha que poderia fazer um colarinho de renda para a minha filha? Ela ia amar.

Elas conversaram sobre amostras de renda, para o completo tédio de Lucy. Ela olhou pela janela aberta, que quase não ajudava a aliviar o abafado do apartamento.

– Belo quintal lá embaixo – tentou Lucy, vendo o pequeno pátio. – Você tem uma boa vista. Deve ver todo mundo que entra e sai.

– Sim, no verão as pessoas gostam de se sentar à sombra daquela árvore grande – replicou Gloria, tirando uma fita métrica do pescoço e marcando com giz uma amostra de colarinho para Petrina ver. – Eu mesma gosto de ir lá me refrescar. Levo uma jarra inteira de limonada – contou Gloria, como se gostasse da companhia dos vizinhos. – Nossa, este calor é muito duro para as crianças. E para os cães e gatos. Coloco água para todos os animais. Eles precisam, com todo aquele pelo.

Gloria pegou um rolo de renda e começou a fixar o colarinho nela.

– E tenho pena especialmente das freiras neste calor. Elas usam uns hábitos tão pesados. E aquelas toucas na cabeça! Nunca se vê um padre com aquele negócio na testa. Os padres sempre podem tirar os chapéus. As freiras, não, pelo menos não em público.

Lucy pareceu confusa. Petrina perguntou, curiosa:

– Você viu uma freira recentemente?

– Vi, uma Irmã de Caridade veio aqui receber doações para as viúvas de guerra. Eu a vi lá no pátio quando voltei das compras e dei algum dinheiro a ela, embora Deus saiba que não tenho muito para dar. Era bem jovenzinha, jovem demais para desistir tão cedo do casamento, na minha opinião. Dei também um pouco de limonada a ela.

– Que Irmã era? – inquiriu Lucy. – Conheço as que dão aulas na escola.

Gloria fez que não.

– Não, não era uma dessas. O hábito e a touca eram pretos, e não brancos como os das professoras. Eu não a conheço. Ela falou que os outros inquilinos não foram tão amigáveis quanto eu. Fiquei com pena, por ela ser tão jovem e sozinha.

Petrina se levantou, resoluta.

– Obrigada. Por favor, avise quando o colarinho de minha filha estiver pronto, e a gente volta. Até lá, acho melhor você não mencionar essa conversa que acabamos de ter. Especialmente com estranhos. Está bem?

Gloria fez que sim, e Petrina fez a perplexa Lucy sair às pressas e voltar ao carro.

– Qual o problema? – perguntou Lucy. – Vejo freiras estranhas na rua o tempo todo pedindo doações para a caridade, agora em tempos de guerra.

– Eu também. Freiras, *no plural*. Pense nisso. Você já viu alguma saindo sozinha para pedir dinheiro? Elas nunca fazem isso. Sempre são mandadas em pares – disse Petrina, triunfante. – Quando eu era bandeirante, as freiras nos mandavam ir em duplas vender os biscoitos, como elas fazem. Caso um "homem mau" tentasse atacar uma de nós, a outra poderia pedir ajuda.

– Você acha que temos uma freira rebelde trabalhando para os Pericolo? – questionou Lucy, cética.

– Ela pode trabalhar para os Pericolo, mas posso apostar que não é freira coisa nenhuma – respondeu Petrina, em tom firme. – Agora, temos pelo menos uma testemunha que a viu. Precisamos achar essa freira falsa e ver se

Gloria consegue identificá-la. Tenho algumas ideias, mas agora preciso ajudar Pippa a fazer as malas para o acampamento de dança. Eu aviso se surgir alguma coisa. Enquanto isso, fique de olhos abertos, Lucy.

Comida fresca naquele verão era algo escasso, então Filomena gostava de fazer as compras logo cedo. Amava especialmente ir à banca de frutos do mar, com suas fileiras de peixes brilhantes com pele prateada e reflexos reluzentes na cor do arco-íris; aquilo a lembrava dos dias mais felizes de sua infância. A peixeira percebia a apreciação de Filomena e seu olhar entendedor, então guardava os melhores para ela.

Filomena começava a se afastar da banca lotada quando um homem alto e pesado veio atrás dela e falou em seu ouvido. A voz dele instantaneamente a gelou.

– Então, agora as galinhas estão tomando conta do poleiro, hein? Dizem por aí que você é muito boa com facas. Mas sempre pode aparecer alguém com uma faca maior.

Assustada, Filomena levantou os olhos. A aba do chapéu cobria o rosto dele, mas, quando o estranho levantou brevemente a cabeça para olhá-la nos olhos, um relance foi o bastante para deixar uma impressão indelével: olhos negros e fixos que pareciam friamente impassíveis, mas, estranhamente, um pouco tristes; nariz afilado; queixo agressivo. O corpo dele era grande, amplo e ameaçador, como um trem de carga próximo, avançando com propósito.

Mesmo antes de ele voltar a falar, sua mera presença deixou Filomena enjoada. Ela confiava absolutamente nesse instinto, pois ele nunca a deixara na mão.

– Vocês todas têm filhos lindos – disse ele num sussurro ao abaixar a cabeça de novo para os outros não o notarem, e seu tom continuava distintamente ameaçador quando ele completou: – E fiquei sabendo que vocês, garotas, estão ganhando mais dinheiro hoje em dia. Então, pode ser o caso de a esposinha de Johnny pagar por mais proteção. Só lembre a ela que *eu sei onde o corpo está enterrado*.

Ele pegou um peixe, com seus olhos mortos e boca aberta, deu um tapinha na cabeça e depois o devolveu. Filomena escaneou a rua, procurando o carro estacionado onde Sal esperava o sinal dela para vir ajudar com os pacotes; com alívio, avistou-o e acenou. Mas, quando ela se virou de volta para o estranho, ele já não estava mais lá. Tinha desaparecido tão rápido quanto chegara.

– Sal, quem era aquele homem falando comigo? – perguntou ela, ainda trêmula.

– Não vi homem algum, *signora*. – Mas, quando Filomena o descreveu, Sal olhou apreensivo pela rua toda, lívido. Satisfeito por quem quer que fosse ter ido embora, Sal a levou às pressas. Ele esperou até estarem seguros dentro do carro antes de dizer devagar: – Espero que eu esteja errado. Mas parece que você acabou de ser abordada pelo Supremo Carrasco.

– Quem? – perguntou Filomena.

– Albert Anastasia, chefe da Murder Inc. Ele estava havia alguns anos no Exército americano, mas ouvi dizer que voltou à cidade. O que ele queria?

– Não tenho certeza – Filomena respondeu evasiva, pensando: "mas vou descobrir".

Sal a estudou por um momento. Então, estreitou os olhos.

– *Signora*, precisamos conversar.

Mais tarde naquele dia, Filomena foi ao bar de Amie. Uma multidão estava reunida em torno do rádio que Amie mantinha no bar, que transmitia em alto volume os resultados da corrida de cavalos.

– Amie, preciso te perguntar uma coisa – começou Filomena, mas todos a silenciaram.

– Agora, não – disse Amie, tensa. – Temos muito em jogo nessa.

Depois de sua visita mais recente a Johnny – depois daquela tempestade, depois de estar no quarto de Frankie e de se comportar como se Johnny já estivesse morto e enterrado –, Amie tinha se enchido de remorso, e agora estava determinada a compensar Johnny fazendo o que ele pedira, cuidando do negócio dele com tanta atenção que ele teria orgulho quando voltasse para ela.

– E-e-e lá vão eles! – entoou o locutor do rádio. – *Carolina Quickstep na liderança, com Shadow Boxer atrás e Blue Daydreamer por fora.*

Filomena viu todo mundo no bar segurar a respiração. Viu a expressão de Amie ficar sombria quando o locutor monótono de repente quebrou seu fraseado para exclamar incrédulo:

– *Mas lá vem Wrecking Ball avançando por dentro!*

– Quem é Wrecking Ball? – perguntou Filomena, com um mau pressentimento.

Um jovem agarrado ao formulário da corrida disse, pesadamente:
– Uma possibilidade remota. Mas talvez nem tão remota assim.
– *Carolina Quickstep ainda à frente, Shadow Boxer na cola e Blue Daydreamer agora pescoço a pescoço com Wrecking Ball!* – exclamou o locutor. – *E, contornando a volta, são Quickstep e Boxer... com Wrecking Ball ultrapassando Blue Daydreamer.*
– Meu Deus do céu – disse Amie baixinho. – Isso nunca acontece. Mas todos os nossos agentes fizeram apostas grandes nesta corrida pela colocação de Wrecking Ball. Então, se esse cavalo realmente chegar em primeiro ou segundo, estamos lascados.
– *E agora vem Wrecking Ball se aproximando de Shadow Boxer.*
O locutor riu, parecendo fora de si de descrença. Amie agarrou a mão de Filomena com tanta força que os nós dos dedos dela ficaram brancos.
– *Vindo no trecho final, Carolina Quickstep abre a liderança, com Wrecking Ball ficando para trás... e-e-e cruzando a linha de chegada, temos Carolina Quickstep, seguida por Shadow Boxer em segundo e Blue Daydreamer em terceiro!*
Houve um suspiro de alívio comunal. Amie caiu sobre o balcão.
– Aquele Wrecking Ball podia ter nos quebrado.
Filomena absorveu tudo aquilo.
– Mas... com que frequência algo assim acontece? – perguntou Filomena.
– Quase nunca, mas pode acontecer a qualquer momento – respondeu Amie. – Embora estejamos lidando com os agentes mais "profissionais", e embora as probabilidades estejam sempre assombrosamente a nosso favor, sempre há uma chance de as coisas darem errado. Muito errado, com apostas tão altas. Porque, no fim, um jogo é sempre um jogo.
A multidão ruidosa agora exigia bebidas, então Filomena disse em voz baixa:
– Não podemos conversar aqui. Precisamos nos sentar com Lucy e Petrina, na minha casa. Hoje, no jantar.

24

Julho de 1944

Quando Lucy voltou para casa, Amie estava lá e disse gentilmente:

– Gemma está lá em cima com meus meninos. Todos já jantaram e estão jogando cartas.

Lucy ficou contente por Amie estar sendo especialmente gentil com Gemma. Aos domingos, Amie levava todas as crianças para curtirem os prazeres do verão: às vezes à praia Jones, para tomar ar fresco e dar um mergulho nas ondas tumultuosas do Oceano Atlântico, ou a uma sorveteria chique na cidade, ou a um piquenique no verdejante Central Park, com todas as suas trilhas de caminhada.

Mas uma vez por semana Amie instruía Donna a levar as crianças à biblioteca, para encontrarem bons livros de história para praticar as habilidades de leitura. Gemma era diligente e esforçada, mas sua mente questionadora sofria com as rígidas restrições das lições de casa.

– Obrigada por cuidar tão bem da minha menininha – disse Lucy, grata.

– Bom, ela é minha afilhada, afinal de contas! – respondeu Amie, alegre, mas ficou vermelha.

Amie estava fazendo um esforço especial de ser legal com Lucy e Gemma, em parte para amenizar a culpa por aquela noite tempestuosa na pousada no norte do estado que a levara ao quarto de Frankie.

Resoluta, ela afastou aquilo da cabeça. A verdade era que Amie achava *mesmo* a companhia alegre de Gemma um alívio em comparação a estar com os próprios filhos. Vinnie e Paulie ficavam mal-humorados facilmente naqueles tempos, especialmente quando mandavam que praticassem aritmética e leitura, já que os professores tinham dito que eles "podiam, e deviam, ir melhor".

Amie imaginou que estivessem irritadiços porque sabiam que o pai estava seriamente doente, doente demais para vê-los. Os dois sentiam falta dele, mas resistiam a procurá-la, como se fosse algo de maricas confiar na mãe, mesmo no alto de seus cinco anos de idade.

– A esposa de Mario convocou uma reunião especial para hoje, com você, eu e Petrina – anunciou Amie. – Ela veio até o bar só para me dizer. Então, tem alguma coisa acontecendo.

– Acabamos de revisar a contabilidade faz alguns dias – respondeu Lucy, apreensiva. – O que ela quer?

Ela não conseguia deixar de admirar a jovem esposa de Mario, cujo autocontrole de aço era quase assustador, e cujo olhar afiado detectava qualquer estratagema. Mas Lucy tinha o que ela própria chamava de "espírito de batalha irlandês", que a deixava alerta com qualquer um que tentasse mandar nela.

Amie comentou em voz baixa:

– Aquela menina é osso duro de roer.

– Osso duro? Bem, a gente também é – disse Lucy cheia de coragem, e Amie se sentiu melhor.

– Talvez, quando o bebê nascer, ela dê um tempo daquele livro-caixa! – disse Amie, esperançosa.

Filomena havia recentemente anunciado a gravidez.

– Venha, vamos acabar logo com essa reunião – chamou Lucy, enérgica.

No início, as quatro mulheres só falaram dos filhos durante o jantar composto por sopa de *pasta fagioli* seguida por uma truta tostada com limão e *pinoli*. Mas, depois de Stella, a cozinheira, tirar os pratos e ir para o seu quarto, Filomena pediu às outras que a atualizassem de seus lucros, para ela poder registrar tudo no livro de Tessa. Então Filomena relatou as finanças da joalheria de Mario. Tudo parecia bem.

– Alguma pergunta? – questionou Petrina, como sempre fazia como chefe da família.

Lucy olhou desconfortável para Filomena, antes de dizer:

– Recebi uma reclamação de um de nossos sócios num restaurante, sobre *você*. Ele diz que você está obrigando os grandes devedores a pagarem em dia, mas sendo mais leniente com alguns devedores pequenos. Ele quer saber se somos um bando de socialistas. Você não contou muito para a gente sobre o livro de empréstimos de Tessa.

– Pode falar para esse homem que estamos fazendo nossa parte na guerra contra Hitler. Esses "pequenos devedores" são pessoas cujos filhos ou maridos foram convocados, então as famílias nem sempre conseguem pagar as contas – explicou Filomena. – Eles fazem os pagamentos, apenas com um pouco de atraso.

– Preciso dizer que também não gosto muito de cobrar aluguel de gente pobre – admitiu Lucy. – Mas acho, sim, que alguns estão nos testando. Eles sabem que nossos homens estão longe. Um inquilino me disse que eu devia "ter o coração mais mole". Nunca teriam dito isso a Frankie!

– Então, o que *você* faz com quem não paga? – quis saber Petrina.

Lucy pareceu desconfortável.

– Deixo Sal falar com a pessoa. Felizmente, ele só precisa conversar, sem quebrar nenhuma perna. Por enquanto.

Amie confessou:

– Também precisei da ajuda de Sal. Um de nossos maiores apostadores me disse que ia pagar as dívidas quando Johnny voltasse! Ouvi falar que Sal precisou, sim, ser firme com ele. – As mulheres trocaram um olhar de preocupação. Amie logo completou: – Não tenho pena dele! Ele tem dinheiro para pagar. E foi tão escroto que devia esperar uma visita de Sal.

Filomena continuou calma. Lucy também entendia as leis das ruas. Mas Petrina se perguntou quão longe seus pais e irmãos precisaram ir para proteger seus interesses. Nunca haviam falado disso com ela. Mas ela sabia haver certos homens na folha de pagamento que por vezes "endireitavam" as pessoas para eles, discreta e eficientemente. Em geral, esses episódios serviam de alerta a outros: uma loja incendiada, um carro achado com os pneus rasgados. Será que a família já tinha precisado cumprir uma ameaça e realmente machucar alguém? Ela nunca achara que sim, dada toda a boa vontade em relação à família de Gianni; mesmo assim, não podia de fato ter certeza.

Amie, com um relance temeroso para Filomena, continuou:

– Também recebi uma reclamação de você. Gus, um dos agentes que devem dinheiro para nós, disse que você perdoou a dívida de um cara que concordou em intimidar Gus a pagar.

– Perdoei, mesmo – confirmou Filomena, calmamente. – Foi uma troca de serviços. Não podemos confiar demais em Sal e seus homens como capangas.

Vou dizer por quê. Quando voltei hoje do mercado, Sal teve uma conversinha comigo. Ele diz que os negócios estão indo bem, mas, como estamos lidando com pessoas que acham que podem se aproveitar de mulheres, dependemos mais dos "músculos" de Sal do que nossos maridos. Então, Sal agora quer, além do salário, uma parte da nossa operação.

– Que ousadia! – disse Amie, indignada. – Ele nunca tentaria isso com Johnny.

– Quanto ele quer? – perguntou Petrina, desconfiada.

– Fiz ele descer para dois por cento dos novos negócios. Ele queria dez! – contou Filomena.

Lucy assoviou.

– Ele está intimidando *a gente*, agora, então?

Filomena respondeu, com naturalidade:

– Sal está se preparando para conflitos. Porque, hoje, um homem estranho me abordou no mercado. Albert Anastasia. Ele aparentemente também queria uma parte.

Houve um arfar coletivo.

– Ah, meu Deus! É melhor pagar o que ele quiser – respondeu Lucy exasperada, lembrando aquele homem grande e aterrorizante que supervisionara o descarte do corpo de Brunon. Só a forma como ele sorrira para o cadáver a fazia estremecer. Mas ela não podia contar isso sem expor o segredo de Amie, então explicou: – Ele é o assassino-chefe da máfia há anos. Sempre que querem matar alguém, os cinco Chefes procuram Anastasia, que designa um de seus assassinos para o trabalho. Mas, às vezes, ele mesmo faz, só pelo prazer de torturar as pessoas. Dizem que ele gosta de ouvir as vítimas gritando.

– E como ele nunca é pego? – arriscou Amie, sem conseguir conter a curiosidade.

Lucy respondeu:

– Você não lê jornal? Ele é pego, às vezes, mas sempre consegue se safar, assim, numa brecha. Chegou a escapar da cadeira elétrica! Mas porque Lucky Luciano e os Chefes pagaram um advogado caro. – Lucy arregalou os olhos azuis quando se inclinou à frente e sussurrou: – A última testemunha contra Anastasia estava sob proteção policial no Half Moon Hotel em Coney Island. Guardas vinte e quatro horas por dia e, mesmo assim, ele voou pela janela. O chamaram de "o canário que canta, mas não sabe voar".

– Coney Island de novo – murmurou Petrina. – Qual é a daquele lugar?

– Os homens de Anastasia não apenas matam pessoas – disse Amie, sombria. – Johnny me contou que cometem assassinatos horríveis para mandar sinais. Por exemplo, se alguém vai ser testemunha, eles atiram nos olhos. Se alguém rouba, eles cortam as mãos. Esse tipo de coisa.

– Você se esqueceu dos picadores de gelo – disse Lucy, olhando para Filomena. – Eles usam um picador de gelo no ouvido da vítima para fazer parecer uma hemorragia cerebral, para simular uma "causa de morte normal". Já vi essas certidões de óbito no hospital. É Anastasia. Entende?

Filomena ouvia com atenção e um horror tão crescente que mal conseguia respirar. Mas naquele momento ela sentiu nascer um instinto feroz de proteger seus amados.

– Quanto Anastasia quer? – perguntou Petrina, preocupada.

– Não tenho certeza – respondeu Filomena. – Não entendi algo que ele falou. Ele mencionou você, Amie – continuou ela, olhando questionadora. – Diz que você está indo bem, então talvez precise de mais "proteção". Agora, a gente já paga Strollo pela proteção. Mas Anastasia disse: "Só lembre a ela que eu sei onde o corpo está enterrado". Do que ele estava falando, Amie?

Amie ficou pálida como um fantasma. Lucy olhou deliberadamente para ela e disse:

– Precisamos contar para elas.

Amie fechou os olhos e balançou a cabeça.

Petrina comentou, enérgica:

– Olha, quando os homens fazem negócios, precisam saber que podem confiar uns nos outros. Bom, a gente também. Frankie me disse que os Grandes Chefes tomam muito cuidado com quem deixam entrar na equipe e obrigam cada homem a fazer um juramento de lealdade e silêncio. Chamam isso de *omertà*. Tem até uma cerimônia. Eles são todos guardiães dos segredos uns dos outros. Então, é isso que precisamos fazer. Vocês já sabem do meu maior segredo, que Mario é meu filho. – Ela ouviu a própria voz falhar de emoção, mas seguiu em frente, resoluta. – Todas sabemos que Lucy roubou Chris. Roubou, sim, Lucy... Você o resgatou, mas também o roubou.

– Certo – disse Lucy, agora com os olhos cheios de lágrimas –, e posso perder tanto meu menino *quanto* Frankie por causa do que fiz. Então, vocês sabem meu pior segredo. Estão satisfeitas?

Filomena tinha ficado em silêncio, pensando primeiro em Chris, e nos horrores que ele estava enfrentando, e depois no bebê que estava para nascer dormitando tranquilamente em seu útero. Estar grávida por algum motivo a tinha deixado extremamente sensível aos sofrimentos das crianças, como se ela tivesse perdido uma camada de pele e fosse capaz de sentir tanto a doçura quanto a dor deste mundo perigoso com mais força do que nunca. Ela simplesmente não conseguia imaginar colocar um recém-nascido nesta arena de traições. Anastasia tinha dito: "Vocês todas têm filhos lindos". Então, todas corriam perigo.

Petrina disse:

– Agora é sua vez, Amie. Qual é esse grande segredo que Anastasia sabe? É melhor você contar antes que isso mate todas nós.

Mas Amie só olhou para Lucy e cochichou, em súplica:

– Às vezes, eu vejo Brunon com o canto do olho. Quer dizer que ele ainda está aqui ou eu apenas estou louca?

Lucy respondeu com suavidade:

– Talvez seja porque eu a fiz prometer que nunca falaria do que tinha acontecido, então impedi sua confissão. Mas aqui, só entre nós, se você disser o que precisa e conseguir se perdoar, Brunon pode desaparecer para sempre.

Amie ofegou.

– Foi um acidente! Eu mal me lembro daquela noite horrenda. Conte *você*, Lucy, eu não quero ouvir. – Ela tapou os ouvidos, tremendo.

Então, Lucy contou às outras sobre Brunon, com cuidado, em sua voz de enfermeira séria, mas mesmo assim todas estavam boquiabertas e em choque quando ela terminou.

– Ele realmente era um completo animal – concluiu Lucy. – Ele levou Amie a fazer isso. Não deu a ela nenhuma saída.

Amie, com o rosto molhado de lágrimas, viu agora pela expressão delas que todas sabiam. Cuidadosamente, baixou as mãos das orelhas.

– Já acabou? – perguntou.

Lucy respondeu em tom de advertência:

– Naquela noite, Frankie previu que lidar com Anastasia era um problema. A forma de ele colocar foi: "acabamos de tirar o diabo do inferno".

– Bom, não é exatamente o inferno – disse Petrina, irônica. – É só Nova Jersey. Anastasia mora numa mansão cercada de guarda-costas e dobermanns.

Filomena questionou, calmamente:

– Então, esse homem fez um favor à nossa família, certo? Mas Sal me disse que Anastasia não é de fato um Chefe. Ele tem de responder à Comissão de todos os Chefes. – As outras pareceram perplexas até ela explicar: – Então, se ele está nos pedindo uma parte, talvez esteja ultrapassando algum limite, pisando no pé de Costello.

Lucy disse:

– Sabe, Frankie me contou que eles pagaram Anastasia pelos serviços naquela noite; isso foi feito através de Strollo. Então, acho que você tem razão. Anastasia não pode ficar com uma parte de nossos negócios sem irritar gente importante. Será que devíamos reclamar com Strollo?

– Não – respondeu Filomena –, devíamos ir direto a Costello.

– Mas não é assim que funciona – comentou Amie, trêmula. – Existe um protocolo, ouvi os homens falando. Nunca se deve procurar diretamente o Chefe. É preciso seguir a cadeia de comando.

– Ah, não – disse Petrina. – Até onde sabemos, Strollo pode estar mancomunado com Anastasia. E não seria uma estupidez se ele estivesse e, sem saber, a gente fosse reclamar com ele? Essa ameaça não parece ter vindo de Costello. Se eu tivesse que apostar, diria que, se viesse, Anastasia logo diria isso. Então, concordo em procurarmos Costello. Eu o conheço; ele gosta de mim. E pode colocar Anastasia na linha.

Amie e as outras levantaram o olhar, esperançosas.

– Estamos de acordo? – perguntou Filomena. Elas assentiram, solenes. – Então, é só isso.

Lucy se pronunciou:

– Ainda não. Você disse que precisamos confiar umas nas outras e revelar nossos segredos mais profundos. Bom, todas fizemos isso, menos você.

Ela apontou com a cabeça para Filomena, cheia de coragem. O justo era o justo, afinal. Ela podia apostar que aquela menina tão segura de si tinha um ou dois segredinhos.

Petrina olhou Filomena de relance.

– Bom, é verdade, Rosamaria.

Filomena estava acostumada a ser chamada pelo nome da prima, mas, agora, enquanto todas a olhavam cheias de expectativa, ela percebeu que sempre soubera que, um dia, aquele momento da verdade chegaria. *Não posso confiar cegamente nelas, suponho. Mas, ah, Rosamaria, estou tão cansada de atender pelo seu triste nome. Você está com os anjos e sempre foi meu anjo da guarda*. *Então, acho que vou lhes contar a verdade, mesmo que seja apenas pelo peso que me impõe; porque um segredo começa tendo o peso de uma pedrinha, mas acaba se transformando num rochedo no coração.*

– Está bem – disse ela. Todas se inclinaram para a frente. Ela quase sorriu com a ânsia das outras, depois continuou baixinho: – Meu nome não é Rosamaria. Rosamaria era minha prima; foi *ela* que Tessa mandou buscar. Ela era corajosa e amorosa. Nós fomos criadas juntas, tratadas como escravas numa casa cruel. Rosa me manteve viva quando eu quis apenas morrer. Mas, no fim, foi Rosamaria quem morreu.

Ela as ouviu arfar. Então, contou que tinha sido abandonada, por causa do pagamento de uma dívida; e falou sobre o bombardeio a Nápoles, quando a igreja ficou reduzida a escombros; e de como acabou tomando o lugar de Rosamaria.

– Meu nome real é Filomena. Agora, vocês sabem meu segredo. Mario também sabe. Mais ninguém. Quando nossos homens voltarem da guerra, e quando as crianças tiverem idade para entender, vamos contar a elas, e dizer que "Rosa" era apenas o meu apelido. Está bem? – disse ela, suavemente.

As outras, agora solidárias, murmuraram em concordância. Especialmente tocada, Lucy agarrou a mão de Filomena e contou em voz baixa:

– Minha mãe deixou meu pai me expulsar de casa. Quando eu mais precisava dela! Eu era uma garota. Eu *nunca* faria isso com a minha menina!

Petrina apertou a mão de Lucy e disse, compadecida:

– Eu também. Mama me escondeu longe de casa como se eu tivesse cometido um crime terrível! O que é mais natural do que ter um bebê?

Os olhos de Amie já brilhavam com lágrimas de solidariedade, mas, agora, ela segurou a mão de Petrina e sussurrou:

– Eu perdi minha mãe aos quatro anos. Acho que me lembro da maciez dela em contato comigo, mas meu pai só tinha uma foto borrada dela, então nunca pude nem ver seu rosto.

Elas ficaram um bom tempo em silêncio, e automaticamente formaram um círculo, dando as mãos para conseguir suportar o insuportável. Mas algo fortalecedor imprevisivelmente acontecera; a dor compartilhada lhes dava uma nova sensação de poder contido dentro daquele círculo.

– Eu sempre quis ter irmãs – disse Petrina por fim, olhando ao redor da mesa. – E aqui estão vocês. *Sentem* como somos fortes? Jurem que jamais quebraremos este círculo.

Lucy fez que sim vigorosamente e levantou o queixo.

– Está bem, então! Se vamos jurar nossa lealdade, vamos fazer uma cerimônia oficial. Precisamos de um nome para a nossa sociedade secreta.

– As Madrinhas – sugeriu Amie, tímida.

Petrina foi até um aparador e pegou uma faca pequena e afiada, uma vela, uma caneta, um dos cartões de visita de Tessa e fósforos.

– Ouvi falar que os homens usam santinhos – disse Amie. – Tessa tinha uns da Virgem Maria.

– Não. Não posso queimar um santinho! Especialmente um da Virgem Maria – opôs-se Petrina. – As freiras disseram que a gente queimaria no inferno. Isto vai ter que servir. Lucy, você é enfermeira. Pode esterilizar a faca.

Petrina pegou a caneta e escreveu um M grande no verso do cartão.

– Cada uma de nós vai colocar o sangue no cartão da minha mãe – declarou ela – e jurar lealdade a ela e a cada uma de nós.

As outras olharam com uma fascinação horrorizada enquanto Lucy diligentemente preparava a faca. Petrina usou a ponta para tirar sangue do dedo e passar por cima do primeiro traço do M.

– Vocês – disse ela – terminam de traçar a letra.

Lucy limpou a faca e passou o sangue por cima do segundo traço do M. Aí, foi a vez de Filomena furar o dedo e passar o sangue pelo terceiro traço do M. Amie, pálida, insistiu que Lucy furasse o dedo dela, depois completou apressada a tarefa de traçar a última perna do M.

– Juramos solenemente nunca revelar os segredos de família e ficar ao lado umas das outras, independentemente do que aconteça – entoou Lucy.

As outras repetiram as palavras com a voz sussurrada.

Petrina acendeu a vela e instruiu cada uma a segurar uma ponta do cartão. Juntas, guiaram o papel para a chama. Ficaram olhando em silêncio enquanto o M manchado de sangue chiava e queimava, até o cartão murchar e virar cinzas. Dando as mãos de novo, elas sopraram a chama e sentiram que se seguravam com força.

25

Agosto de 1944

Quando Petrina marcou um horário para falar com o sr. Costello, insistiu que Filomena fosse junto.

– Ele não quis falar ao telefone. Então, tenho que ir até *ele*. Talvez ele seja mais gentil com uma grávida. A reunião é na cobertura onde ele mora, no Majestic. Fica em Central Park West, lembra? A gente viu quando foi comprar seu vestido de casamento.

– Sim, eu vou com você – respondeu Filomena.

Ela colocou um vestido leve de linho azul, que tinha um casaquinho combinando. Petrina usou um terno de seda preto bem-cortado. As duas estavam de chapéu e luvas.

Quando saíram à rua naquele dia alegre de verão, tanto homens quanto mulheres pararam na calçada para olhar com admiração as orgulhosas e bem-vestidas Petrina e Filomena.

O táxi as deixou na Seventy-Second Street. O Majestic era um arranha-céu elegante em estilo *art déco*, com duas torres de apartamentos exclusivos e caros, lar do que Petrina chamava de "os mandachuvas" de Nova York.

Um porteiro uniformizado apressou-se para deixá-las entrar. Filomena ficou impressionada com a opulência deslumbrante do saguão de entrada. Sob tetos altíssimos, o piso tinha azulejos com formas hexagonais brancas, douradas e pretas. Havia uma escadaria acarpetada dramática e arrebatadora com corrimões elaborados de ferro forjado e, no patamar, três enormes janelas em arco que faziam tudo parecer um templo da riqueza.

– Eu me sinto a Dorothy indo ver o Mágico de Oz – murmurou Petrina quando entraram num dos elevadores silenciosos que acelerava até o topo.

– *O Mágico de Oz* – repetiu ela. – É um filme. Ah, deixa para lá. – Petrina suspirou com o olhar vazio de Filomena.

– Petrina... e se realmente tiver sido o sr. Costello que mandou Anastasia nos "extorquir"? – sussurrou Filomena, de repente se sentindo em dúvida pela primeira vez.

– Aí, estamos condenadas – sibilou Petrina.

Um mordomo as levou até a cobertura, uma habitação suntuosa decorada com mobília *art déco*, equipada com muito bom gosto, exceto, como disse Petrina depois, pelo piano meia cauda folheado a ouro. As famosas máquinas caça-níqueis, supostamente fraudadas para os convidados nunca perderem, possivelmente ficavam em outra sala.

– Universitária! – exclamou Costello com aquela voz estranhamente rouca, emergindo de seu escritório com um charuto na mão. – Sabe, eu mesmo só estudei até a terceira série. Mas me formei em dez universidades da vida. Querem uma bebida? Não? – Ele cumprimentou Filomena com um aceno de cabeça educado. – O que posso fazer por vocês, senhoras? – inquiriu.

Com seu terno bem-cortado e gravata, ele parecia qualquer empresário poderoso que passava o dia cumprimentando políticos e outros figurões.

– Recebemos uma visita do sr. Anastasia – começou Petrina.

Costello, franzindo o cenho em desgosto, apoiou o charuto num grande cinzeiro de cristal, depois levou um dedo aos lábios.

– Venham ver minha vista – disse abruptamente. Temerosas, elas foram atrás dele por uma porta francesa que se abria para um terraço particular com uma vista para o horizonte de Nova York de tirar o fôlego.

Petrina e Filomena trocaram um olhar apreensivo. Daquele mirante lá no alto, sem dúvida era possível se sentir o rei da cocada. A cidade de trabalhadores se espalhava lá embaixo, com o barulho abafado pela distância, e as árvores e o lago do Central Park pareciam um jardim verdejante dos deuses. Lá em cima, o céu era de um azul-rosado suave e resplandecente, e as nuvens, de um branco e cinza luminoso e perolado. Ainda assim, passou pela cabeça de Filomena que seria possível jogar alguém daquele terraço, e a descida seria bem, bem longa.

Costello fechou a porta atrás de si. Com um olhar afiado e um tom sério, ele alertou:

– Eu não discuto negócios em casa. Hoje, fiz uma exceção para vocês, por respeito ao seu pai. – Ele olhou intensamente para Petrina. Com a expressão assustada delas, ele explicou resumidamente: – Equipamentos de escuta. Tem um promotor novo no centro. Grampeou meu telefone residencial, acreditam? Agora, o que é tão importante que vocês não podiam procurar Strollo?

Petrina de repente ficou tão zonza de terror que colocou a mão no braço de Filomena. Então, Filomena contou a Costello o que Anastasia tinha dito na feira.

– Como o sr. Anastasia foi pago anos atrás pelos... hum... serviços dele, achamos melhor verificar primeiro com o senhor – concluiu ela, com muita calma. – E acreditamos que devia saber disso por nós, para evitar qualquer confusão. Só queremos saber se foi o senhor mesmo que deu essa ordem.

– *Não* fui eu. Não precisam dizer mais nada, vou resolver – garantiu Costello, com firmeza. – Não se preocupem, senhoras. Está tudo sob controle. – Ele se permitiu um sorriso. – Só continuem trazendo a grana.

Filomena tentou não imaginar aquele homem cortês e simpático instruindo o terrível Anastasia a dar cabo dela se ela não fizesse os pagamentos. Ele abriu a porta do terraço e os três entraram de volta no apartamento dele, depois ele as conduziu até o corredor. Para a surpresa delas, ele também entrou no elevador.

Eles continuaram em silêncio até um homem com cara azeda e sobrancelhas pesadas e escuras entrar no elevador. Ele não tirou o chapéu nem ao ver as mulheres. O estranho disse, com vigor:

– E aí, Frankie? É verdade que Lucky Luciano está mandando na guerra da cela dele na prisão? Ouvi falar que ele está ajudando a Marinha americana a ser mais esperta que Mussolini. Eles vão tirar Lucky da cana por ser bonzinho? – Ele vociferava as perguntas como um policial.

Mas Costello sorriu simpático e respondeu:

– Me diga você! Talvez eles também deem uma medalha de honra ao nosso menino.

O homem deu uma risadinha.

Quando chegaram ao saguão e saíram para a rua, o porteiro rapidamente chamou um táxi para Costello, que deu um passo para o lado e falou:

– Senhoras, posso deixá-las em algum lugar no centro? – E entrou no táxi com elas.

– Não era Walter Winchell, o colunista de fofocas? – perguntou Petrina enquanto o carro dava a partida.

Costello fez que sim.

– Nunca conte àquele homem nada que você não queria ler nos jornais no café da manhã – aconselhou ele.

Eles seguiram pela avenida até virarem numa rua perpendicular e o táxi parar em frente ao Copacabana.

– Eu desço aqui – disse ele ao motorista. – Leve as moças para casa. Isto deve dar – completou, tirando notas de um bolo de dinheiro volumoso e organizado. Mas, antes de ele poder abrir a porta, um homem pálido e magrelo correu até o táxi. – Esse cara é agente da William Morris – murmurou Costello, baixando a janela. – Eles nunca sabem como usar um terno.

– Costello! – O homem arfou. – Preciso da sua ajuda. Sabe aquele cantor de boate novo que eu contratei? A noiva ofendeu a mãe dele, então ele cancelou o casamento. Mas, agora, o pai da noiva é que está ofendido. Ele pendurou o rapaz pelas pernas na janela do hotel.

Todo mundo, incluindo o taxista, virou o pescoço para olhar para o alto da rua sombreada. Nos fundos do beco do hotel, havia, de fato, um jovem pendurado de cabeça para baixo de uma janela, mais de doze andares acima. Filomena não via quem o estava segurando pelas pernas. Mas notou vários outros homens com cara de durões espiando de uma janela próxima no mesmo andar.

Costello, estranhamente nada surpreso, suspirou pesado. O agente implorou:

– Falei para os caras que eles precisam esperar você antes de votarem se Vic Damone vai viver ou morrer!

Petrina arfou, antes de dizer timidamente:

– Ele *tem* uma voz linda.

Costello pensou bem. O agente explicou:

– O rapaz precisava se posicionar. Não se pode simplesmente ofender a *mãe* de um homem!

Todo mundo segurou a respiração enquanto Costello saía em silêncio do táxi e parava embaixo da janela. Sem olhar para cima, ele levantou o punho, depois deliberadamente levantou o dedão.

– Pode deixar o rapaz vivo – concordou.

O agente, aliviado, mas transpirando, levantou o olhar afiado para os homens, que, olhando da segunda janela, assentiram e levantaram o dedão.

Quando Petrina contou essa história a Lucy e Amie na reunião delas, sua plateia arrebatada suspirou, em uma mescla de alívio e espanto.

— Então, pelo jeito, todo mundo está seguro! — disse Amie.

— Sim — disse Filomena —, enquanto o sr. Costello for Chefe. Mesmo assim, Petrina e eu estávamos conversando, e achamos necessário nós quatro começarmos a fazer algumas mudanças.

Lucy levantou uma sobrancelha. Petrina explicou:

— Enquanto estivermos conectadas a um negócio ilegal, podemos ser traídas ou chantageadas por gente como Anastasia a qualquer momento. Não podemos procurar a polícia quando formos ameaçadas. E imagine que, um dia, alguém como Anastasia assuma as operações de Costello e decida jogar a gente de uma janela também? Então, Filomena propõe que, aos poucos e com cuidado, a gente comece a sair de todos os negócios que exigem tributo e passemos a investir nosso dinheiro nos mesmos portos seguros dos investidores legítimos.

— Tipo o quê? — perguntou Lucy, cética. — Nos bancos? Você não estava neste país quando todos quebraram, Filomena. Economias de uma vida foram varridas num piscar de olhos. O mesmo vale para a bolsa de valores. É só um jogo de azar legalizado.

— Mas *é* legal — apontou Petrina. Ela respirou fundo. — Tenho uma necessidade pessoal de fazer isso. Meu marido, que em breve será meu "ex", achou formas inteligentes de esconder de mim, e de Pippa, todos os seus maiores ativos. Ele está fingindo ser mais pobre do que é para não ter que pagar o valor de pensão que deveria.

Amie, solidária, lamentou.

— Você falou com Domenico, nosso advogado?

— Falei, claro. Mas meu querido marido jogou seu trunfo — contou Petrina com amargura, ainda magoada pela traição. — O advogado de Richard diz que, se eu tentar expor os ativos ocultos de Richard, ele vai pedir a guarda exclusiva da nossa filha. Richard na verdade não quer Pippa, porque a noiva dele *realmente* não quer minha menina. Mas, se eu ameaçar o dinheiro dele, ele vai tirar Pippa de mim.

— Que absurdo! É *ele* que está tendo um caso, e não você — exclamou Lucy.

— Ele negou o caso — disse Petrina. — E diz que pode pedir a guarda por uma questão "moral". Sabe por quê? Ele diz que minha família é um "ambiente ruim" para Pippa, porque somos gângsteres e porque ela ficou traumatizada por ter testemunhado o assassinato de Tessa. Eles podem fazer tudo parecer ainda mais terrível do que foi.

As outras ficaram em silêncio.

– A questão – continuou Petrina – é que tudo isso tem um fundo de verdade. Pippa *ficou* traumatizada. Ela teve pesadelos durante meses. Começou a ir mal na escola. Precisou até consultar uma psiquiatra, que só ajudou um pouco. Se não fosse a professora de balé de Pippa, não sei o que eu teria feito. A dança é a salvação dela. A professora de Pippa acha que consegue uma bolsa numa academia no ano que vem, para ela estudar para ser bailarina profissional. Quanto a mim, preciso ganhar meu próprio sustento, porque vou receber uma ninharia de Richard. Esse é o acordo. Eu fico com Pippa, e ele fica com a porcaria do dinheiro dele. É por isso que quero que os *meus* ganhos sejam legítimos, para Pippa poder ter orgulho de nós e do legado dela.

Ela assentiu com a cabeça para Lucy e Amie.

– Vocês não querem o mesmo para os seus filhos? Querem que todos nós fiquemos em dívida com capangas para sempre?

Pensando em Christopher, Lucy não pôde ignorar a sabedoria daquilo. Não importava qual moralidade idealista um adulto *mandasse* as crianças seguirem, elas simplesmente imitavam o que viam em casa.

– Mas como vamos fazer isso? – perguntou Lucy, pensativa.

– A gente sai aos poucos das operações de apostas no bar da Amie – explicou Filomena –, cobrindo menos agentes. Precisamos pensar em um jeito de convencer nossos maiores jogadores de cartas a levarem seus jogos para outro lugar. Além disso, como o prefeito La Guardia agora está investigando "sociedades ocultas" em boates e bares, é melhor vendermos nossa parte neles e também alguns prédios residenciais, para podermos usar esse dinheiro e investir em imóveis nos bairros melhores de Westchester e Connecticut. Quando a guerra acabar, muitos soldados vão voltar para casa e querer se casar com seus amores, comprar uma casa e ter uma família.

– O presidente Roosevelt assinou a nova Lei de Reajuste dos Militares para ajudar veteranos a conseguir financiamento com juros baixos e sem entrada – contou Petrina. – Então, quando a guerra acabar, vamos conseguir vender nosso portfólio de imóveis nesses bairros com um bom lucro. E, sim, devíamos também investir em ações e bancos. Coisas das quais os Chefes não vão conseguir uma parte.

– Essencialmente – disse Amie, sarcástica –, estamos falando de lavar nosso próprio dinheiro por meio de imóveis e do mercado financeiro. Mas é um começo.

– Não podemos esperar demais – comentou Filomena, inabalável. – O maior dos poderes é a habilidade de ir embora, sem esperar "a última sorte grande", como dizem.

– Notei que você vai começar pela minha operação e a de Amie – disse Lucy, cáustica. – E o livro de Tessa, hã, Filomena? Você está operando o negócio mais perigoso que a gente tem!

– É exatamente por isso que eu preciso ir tão devagar – respondeu Filomena –, para não alertar os Chefes cedo demais. Mas eu *vou* descontinuar gradualmente, um pouco por vez, tomando cuidado de só aceitar novos devedores que eu sei que podem quitar a dívida rápido. Então, um dia, o livro de Tessa também será fechado.

A finalidade de tudo aquilo atingiu as mulheres de repente. Até então, elas tinham funcionado como guardiãs temporárias dos negócios dos maridos, segurando a onda até os guerreiros voltarem. Esse novo passo significava enfrentar a distinta possibilidade de que os homens nunca voltariam e que essa existência provisória podia, na verdade, ser permanente.

Lucy e Amie trocaram olhares intranquilos.

– O que os homens vão dizer se, quer dizer, quando voltarem para casa e descobrirem que desmontamos os negócios familiares deles? – questionou Amie, sentindo resistência à ideia de uma vida sem o marido ao lado.

– Bom, só tem um jeito de descobrir, querida – sugeriu Lucy. – Você pode contar esse plano a Johnny e ver o que ele diz.

Petrina revirou os olhos, mas Filomena concordou:

– Vá, pergunte a ele.

Então, Amie pediu a Sal que a levasse para visitar Johnny no domingo, quando o bar fechava. Ele estava sentado numa varanda, cercado de livros, mas tirando uma soneca à sombra. Ainda parecia muito frágil, mas ela achou que a cor dele parecia um pouco melhor, então respirou fundo e contou-lhe sobre Anastasia e os planos de Filomena de mudar os negócios.

Para sua surpresa, Johnny respondeu na hora:

– Ótimo. Deixe que ela faça isso. Não quero que nossos filhos acabem como agentes e agiotas, ameaçados por mafiosos e policiais. Quero que nossos meninos virem médicos, advogados, professores e banqueiros.

– São quatro profissões. A gente só tem dois filhos – provocou Amie.

Johnny sorriu, mas então aconselhou:

– Mas certifique-se de vender as boates e alguns prédios residenciais primeiro, não importa o que Lucy diga, para poder investir em ações e títulos por segurança. Quanto à nossa parte, espere passar o Natal, para aproveitar os lucros das festas. Aí, vocês vão precisar fazer um monte de coisas para garantir que os Chefes não se importem de estarmos fechando o bar. Tenho umas ideias. Quando chegar a hora, eu digo a você o que exatamente deve fazer.

* * *

Em um domingo tranquilo, alguém tocou a campainha e então, sem esperar, começou a bater com força à porta. As Madrinhas estavam reunidas na sala de estar, esperando o jantar. As crianças brincavam no quintal.

– Polícia! – gritou o visitante.

– Ah, meu Deus! – disse Amie, abalada. – O que eles querem com a gente?

Uma dezena de pensamentos passou na mente delas, mas foi Filomena quem falou:

– É melhor atendermos.

Ela foi até a porta da frente e abriu, mas bloqueou a entrada e não convidou os homens. Eram dois oficiais jovens e desconhecidos; talvez fossem novos recrutas, pois sua incerteza os fazia tentar parecer severos.

– Recebemos uma reclamação da igreja – anunciou o maior, que era loiro e musculoso e tinha a cara fechada. – Tem uma menina chamada Pippa aqui?

Petrina ouviu o homem, então levantou-se e foi até a porta.

– Por que querem saber? – perguntou ela.

O outro policial, mais baixo e moreno, abriu um bloquinho e recitou:

– O monsenhor da sua paróquia alega que essa menina danificou propriedade da igreja e ameaçou um santo padre lá. Precisamos falar com ela.

Petrina pensou em dizer que Pippa não estava em casa, mas havia gritinhos audíveis das crianças brincando no quintal. Pippa estava, sim, em casa. O acampamento de dança havia acabado, agora que as aulas logo voltariam. Os primos de Pippa, por sua vez, estavam felicíssimos de tê-la por perto. Era inteiramente possível os policiais já terem ouvido as crianças e, portanto, saberem onde elas estavam. Petrina olhou Filomena, que assentiu com a cabeça. Elas deram um passo para o lado para os policiais entrarem na sala de estar.

– Querem se sentar? – convidou Petrina, com cuidado. – Vou ver se minha filha está.

Ela foi ao quintal e encontrou Pippa ensinando Gemma a jogar cinco marias – jogando no chão cinco pedrinhas, ela instruiu a prima a escolher uma delas para lançar para o alto. Enquanto essa estava no alto, ela devia, com a mesma mão, pegar uma das outras quatro pedrinhas que estavam no chão antes que a pedrinha do alto caísse, fazendo assim até pegar todas as pedrinhas.

– Pippa, pelo amor de Deus – sibilou Petrina. – A polícia está aqui. Estão dizendo que você danificou a igreja e ameaçou um padre. O que está acontecendo?

Pippa pareceu assustada, depois ousada.

– Eu *não* danifiquei a igreja – respondeu, claramente.

– Então, por que eles estão aqui? – sussurrou Petrina discretamente.

Pippa se levantou e disse:

– Porque aquele padre é um nojento e um mentiroso, por isso.

– O que você *fez*? – questionou Petrina, chocada.

– Nada! – gritou Pippa, e nesse momento o policial mais alto veio até a porta.

– Queremos dar uma palavrinha com você, mocinha – declarou, sério.

Pippa o analisou, antes de berrar:

– Pode me prender, eu não estou nem aí! – Mas ela passou correndo por ele em direção da escada.

O policial estendeu a mão e pegou o braço dela com leveza, mas firme.

– Venha com a gente – disse, duro, e todos marcharam de volta à sala.

Sob o disfarce dessa confusão, Lucy cochichou a Filomena:

– Ligue para Pete, o policial. Ele está de folga, mas vai vir. Ele nos ajudou com Chris. O número dele está no bloquinho na minha bolsa.

Filomena fez que sim e saiu.

O policial mais baixo consultou de novo suas anotações.

– O padre Flynt nos diz que você destruiu o telhado da igreja – afirmou.

– Esse não é o novo padre que entrou para nossa paróquia perto do Natal? –perguntou Lucy.

– Sim, ele estava dando aulas de apoio durante o verão – contou Amie, perturbada.

Pippa disse:

– Bom, ele é um velho cruel e mau, e Gemma me contou que ele fez Vinnie e Paulie chorarem. Não é muito santo, se quer a minha opinião.

– Quem são Vinnie e Paulie? – perguntou o policial moreno, perplexo.

– Pippa, o que está havendo aqui? – exigiu saber Petrina, sem paciência.

Mas Pippa apenas caiu em prantos.

– Eu prometi que não ia contar! – gritou ela.

Vinnie, Paulie e Gemma estavam entrando nesse momento, mas os meninos, ao ouvirem seus nomes, se encolheram e voltaram à sala de jantar, escondendo-se embaixo da mesa, ocultos pela toalha.

Filomena, sendo a mais jovem das Madrinhas, falou com Pippa numa voz calma e casual, como uma irmã mais velha.

– Conte para a gente o que houve com o padre. Por que ele a chateou?

– Ele não *me* chateou – corrigiu Pippa, balançando o rabo de cavalo castanho. – Ele fez Vinnie e Paulie irem no telhado alimentarem os pombos nojentos dele. Aqueles bichos fedem.

– Ele só faz isso com meninos de que gosta – disse Gemma, apaziguadora.

– Os "favoritos" dele. Só *eles* podem alimentar os pombos – explicou Pippa, com pouca paciência para a estupidez dos adultos. – Faz meses que ele está tentando levar os gêmeos lá em cima.

– Então, esse padre escolheu Vinnie e Paulie para alimentar os pombos?

– É, ele gosta dos dois porque eles são gêmeos – contou Pippa, num tom sombrio. – Eles não queriam ir, mas o padre ficou bravo e disse que Deus ficaria "descontente" se eles não fossem.

– Então, o que *você* fez, Pippa? – perguntou Petrina, zangada.

Parecendo revoltada, Pippa exclamou:

– Eu não *quebrei* nada nem *danifiquei* coisa alguma na igreja. Só falei para aquele padre nojento que, se ele não parasse com aquilo, eu mataria as porcarias dos pombos dele. Ele se recusou a parar, então precisei fazer *alguma coisa* – explicou ela, com desdém.

– O padre Flynt diz que ela abriu todas as gaiolas e soltou os pombos – contou o policial moreno. – Também disse que ela ameaçou dar um tiro nele.

– Pippa, como você pôde fazer uma coisa dessas? – Petrina arfou.

Lucy agora olhava a menina com atenção e reconheceu algo que via, de vez em quando, no rosto de crianças no hospital.

– O que mais o padre obrigava os gêmeos a fazerem, Pippa – perguntou Lucy, agora entendendo –, além de alimentar os pombos?

– Não posso contar, é muito *feio* – respondeu Pippa, enfática, olhando para os policiais.

– Talvez ela possa contar só para mim – sugeriu Lucy. – Venha comigo, Pippa.

Os outros olharam, confusos, enquanto Lucy levava a menina ao jardim. Por algum tempo, Lucy e Pippa ficaram lá sentadas, conversando, e Pippa às vezes gesticulava. Então, Lucy deu um tapinha no ombro dela, e Pippa ficou lá enquanto Lucy voltava para junto dos adultos.

– Amie, que tal levar as outras crianças ao quintal e pedir à cozinheira que sirva o jantar delas na mesinha de lá? – sugeriu ela. – Porque *eles são pequenos mas têm orelhas grandes*.

Amie entendeu, então levou Gemma consigo, arrastou os gêmeos de baixo da mesa de jantar até o quintal e os deixou lá com a cozinheira.

Lucy virou-se para os policiais que esperavam.

– Aparentemente, esse padre tem o hábito de atrair meninos para aquele telhado e obrigá-los a abaixar as calças e se tocarem – disse ela, direta. – Às vezes, o padre os toca. Às vezes, ele os obriga a tocá-lo. Por sorte, desta vez, ele não foi tão longe. Pippa estava na igreja e viu o padre conversando com os meninos depois da missa e os obrigando a subir com ele ao telhado. Então, ela os seguiu e ficou olhando de trás do pombal. Interveio assim que o padre tentou desabotoar a calça deles.

Houve um arfar coletivo.

O policial maior murmurou:

– Bom, crianças inventam todo tipo de coisa. Sabe como são os meninos...

– Não os *nossos* meninos – corrigiu Amie bruscamente, agora tremendo com uma fúria contida.

– A única coisa que Pippa fez foi soltar os pombos – disse Lucy, conciliadora. – Eu diria que aquele padre tem muita sorte de ela não o ter empurrado do telhado. Ela estava apenas defendendo os priminhos. Eles são muito pequenos e não conseguiriam se defender sozinhos.

– E que história é essa de arma? – perguntou o policial moreno. – O padre disse que Pippa o ameaçou com uma arma. Sinto muito, mas vamos ter que prendê-la.

– Não! – gritou Petrina. – Ela é uma criança. Vocês não podem levá-la para a *cadeia*!

Ela olhou suplicante para Lucy, que também estava pensando no que o encarceramento havia feito com a saúde de Johnny.

– Ela não me contou nada a respeito de arma – mentiu Lucy, olhando com raiva para o policial. – Então, é a palavra dele contra a nossa. Honestamente, oficiais, acho melhor dizerem àquele padre que, se ele *pensar* em nos acusar por causa daquele pombal idiota e de suas fantasias absurdas, *nós* vamos abrir um boletim de ocorrência reclamando do comportamento lascivo dele. Eu sou enfermeira profissional, e minha palavra terá peso com a justiça.

Os homens trocaram um olhar de incerteza. Petrina, ainda apavorada com o que poderiam fazer, completou:

– Além do mais, diga ao monsenhor que, se aquele padre nojento não for tirado da nossa escola e da nossa igreja, e trancado em alguma cela de monge, onde nunca mais possa se aproximar de crianças, nosso advogado vai garantir que esses dois "homens santos" passem o resto da vida na prisão.

– Devo ligar para o sargento? – perguntou o policial mais baixo ao outro.

Nesse momento, houve uma batida à porta da frente. Era Pete, o policial que elas tinham chamado. Lucy resumiu rapidamente a situação.

– Pete – concluiu, dando peso às palavras –, será que você poderia explicar a seus colegas que somos uma família respeitada no bairro e que esse novo padre devia se considerar sortudo por nós não acusarmos *ele*?

Pete disse aos outros policiais:

– Vamos, rapazes, eu conheço essas pessoas. Sem grandes danos hoje. Eu resolvo com o monsenhor. Bom dia, senhoras.

Quando Amie fechou a porta atrás deles, soltou um longo suspiro de alívio.

– Lucy, por que não vamos acusá-lo? – perguntou indignada.

– Porque – respondeu Lucy, calmamente –, parece que Pippa *estava* carregando uma arma. Ela e Gemma acharam na *sua* casa, Amie, numa caixa de chapéu, quando estavam brincando.

– É a arma de Johnny – disse Amie instantaneamente. – A que ele levou quando ia matar os Pericolo. Ele me pediu que ficasse com ela, para o caso de haver algum problema. Não dá para rastrear, segundo ele.

Filomena se pronunciou:

– Mario me disse a mesma coisa. Eu guardo a dele na joalheria, caso alguém tente nos roubar.

Lucy olhou para Petrina.

– Então, Pippa sabe usar uma arma?

– Richard é caçador e, como não tem filho homem, ele levava Pippa para praticar tiro ao alvo – admitiu Petrina. – Ela é boa. Podia ter dado um tiro nas bolas daquele padre, se quisesse mesmo. – Ela completou com remorso: – Coitada da Pippa, eu gritei com ela. Devia saber que ela não faria coisas tão estranhas sem um bom motivo. O divórcio não tem sido fácil para ela. Ela não confia mais nos homens. Foi muito corajosa de ter enfrentado aquele tarado.

– Sim! Mas hoje ela ficou com muita vergonha e não conseguiu se defender na frente daqueles policiais – disse Lucy. – Agora ela está bem. Só precisava que acreditássemos nela.

– E Vinnie e Paulie estão bem? – perguntou Filomena a Amie.

Amie respondeu, preocupada:

– Acabaram de me contar que todos os meninos têm medo de serem chamados para subir no telhado da igreja. Aquele padre incomoda outras crianças desde que chegou, mas elas têm vergonha de contar para os adultos. Foi a primeira vez que os gêmeos subiram no telhado. Mas eles falaram que não têm mais medo, porque o padre foi "um chorão" quando ouviu Pippa dizer que ia dar um tiro nele. Os gêmeos só ficaram preocupados de Pippa ser presa hoje por causa deles. Falaram que é melhor todas nós ficarmos "bem quietinhas", para Pippa não se encrencar.

– Deus do céu. – Petrina respirou fundo. – Esse *não* é o tipo de educação que eu tinha em mente para os nossos filhos.

– Não. Mas eles conseguiram se defender – disse Filomena suavemente. – Ao menos sabemos que, se precisarem mesmo, eles conseguem.

26

Setembro de 1944

Em setembro, as Madrinhas haviam comprado várias casas em bairros de classe média para reformar e revender, e um prédio residencial para alugar. E numa cidade chamada Mamaroneck, Petrina descobriu quatro casas de praia que "precisavam de reforma", mas ocupavam um pequeno enclave promissor à beira-mar num trecho de terra totalmente privado, tão charmoso que as Madrinhas decidiram comprá-las para si.

Petrina supervisionava as reformas. Três das casas estavam bastante degradadas, mas a quarta estava em melhores condições, e ela conseguiu restaurá-la rapidamente para poder viver lá durante a semana, e assim Pippa continuar seus estudos na escola particular feminina que frequentava nos subúrbios. A cidade era apenas duas paradas de trem ao sul de Rye, onde elas viviam com Richard quando ainda eram uma família.

– Assim a vida de Pippa não será de modo algum perturbada pela mudança – disse Petrina triunfantemente às Madrinhas –, e eu vou ter um trajeto mais curto até Manhattan!

Nesse mesmo mês, Filomena deu à luz uma feliz menininha a quem chamou de Teresa, em homenagem a Tessa. Todos disseram que a criança se parecia com Filomena, e talvez se parecesse, mesmo; mas, quando a pequena a mirou com uma expressão contemplativa e curiosa, Filomena viu o rosto de Mario olhando para ela, e o efeito foi assustador.

– Como é estranho ver um reflexo daquele que se ama, e mesmo assim essa criança ser uma pessoa completamente nova – maravilhou-se ela.

Filomena não estava preparada para a ternura alegre que a pequena Teresa evocava; seu próprio calor e seu cheiro a dominavam de um amor físico.

Ao mesmo tempo, ela sentia uma ansiedade temerosa, pois a criança havia aberto a porta para um canto do coração de Filomena que ela mantinha resolutamente fechado, o lugar onde havia enterrado as próprias lembranças de infância. No início, isso a deprimiu. Ela não queria se lembrar de como se sentira ao ser abandonada.

– Não se preocupe – sussurrou ferozmente para a pequena Teresa –, não importa o que aconteça, eu nunca irei abandoná-la.

Como uma mulher podia abandonar o próprio filho? Filomena agora percebia o quanto a mãe devia ter ficado desesperada em deixá-la naquele dia. Assim, pela primeira vez, ela pôde ter pena de seus pais, mesmo que ainda não conseguisse perdoá-los.

Também sentiu, de maneira profunda, um novo parentesco aguçado com todos os seres vivos da Terra, especialmente agora, com o mundo em guerra, tão cegamente determinado a destruir-se a si mesmo. Ela sofreu de tristeza por aquelas belas cidades europeias antigas e por causa de cada criatura inocente apanhada no fogo cruzado. De repente, as cartas de Mario lhe eram mais vitais do que nunca, e ela escrevia de volta instando-o a fazer tudo o que fosse preciso para permanecer vivo.

Ela era grata pela companhia de Petrina e Pippa, que passavam os fins de semana na cidade com Filomena. Petrina levou a sério seu papel de madrinha de Teresa, aconselhando Filomena a como cuidar de um bebê que exigia tarefas tão delicadas como manter os ouvidos limpos e as unhas aparadas; e a como selecionar o carrinho e o berço certos, a cama de bebê mais fofinha e a roupa infantil mais macia.

Vizinhos e comerciantes enviaram uma infinidade de presentes para a casa de Filomena. Entre essas homenagens, destacou-se um item: um requintado baú de joias de marfim esculpido à mão que também era uma caixinha de música. Havia um minúsculo pônei num carrossel dourado no topo, que se movimentava com a música da peça da Broadway *Oklahoma!* A canção "Oh, What a Beautiful Mornin'", bem afinada e tilintante, ressoava clara e doce enquanto o pônei girava.

– Quem será que enviou? – perguntou-se Petrina. – O cartão deve ter caído. Ah, bem... Provavelmente um devedor que quer ficar nas suas boas graças! Ele logo vai se manifestar.

Mas ninguém ficou com o crédito pelo presente. Ninguém na família se incomodou com esse mistério, exceto Filomena, que se sentia estranhamente apreensiva. Alguém havia notado o nascimento de sua filha, e ela havia aprendido que a boa sorte também pode invocar o mau-olhado da inveja.

Naquela tarde, quando Petrina atendeu o telefone, sua expressão se tornou instantaneamente sulcada de preocupação.

– O quê? Onde ela está agora? O médico está com ela? Tudo bem, vou já para aí. – Ela desligou. – Amie desmaiou na rua. Ela está em casa. Eu vou.

Amie deitou-se na cama, tentando descobrir o que havia acontecido. Num momento, ela estava voltando para casa depois do trabalho no bar, sentindo-se perfeitamente bem, e então, no meio da rua, começou a ver pequenas manchas negras na sua frente, que tentou afastar como se fossem moscas. Mas depois havia tantos pontos negros que era como um pesado véu descendo, e ela se sentiu escorregando, caindo na escuridão.

Felizmente, o bartender tinha acabado de sair para fumar e a viu cair. Ele gritou para um ajudante de garçom, e chamaram Sal para levá-la para casa e chamar o médico.

Quando Petrina chegou, Amie estava dormindo. O médico explicou a situação, deu algumas instruções a Petrina e saiu. Então Lucy chegou em casa, e coube a Petrina lhe dar a notícia, lá em cima no apartamento de Lucy, para que Amie não pudesse ouvi-las.

– Lucy, o médico acha que Amie está grávida – disse Petrina, direta. – Ele fez alguns testes e saberá com certeza quando obtiver os resultados, mas... ele está bastante seguro.

Lucy sentiu que tirava o chapéu e o casaco mecânica e silenciosamente. Parecia que estava fazendo um grande esforço quando ela finalmente falou:

– Acho que de alguma forma eu estava pressentindo isso há semanas – disse ela, baixinho. – Eu fiquei tentando tirar da cabeça. Mas uma mulher grávida tem um certo olhar, mesmo antes de começar a aparecer.

Petrina não disse nada, simplesmente temendo o quanto Lucy tinha adivinhado.

– O bebê é de Frankie, não é? Tem que ser. De quem mais poderia ser? – Lucy disse sem rodeios.

– Amie tem dito o tempo todo que Johnny está se sentindo melhor. Talvez ela e Johnny... – sugeriu Petrina, depois parou, impotente.

– Sem chance – retorquiu Lucy, impiedosa. – Fui ver Johnny logo depois que Frankie saiu da cidade. O coitado mal conseguia respirar, quanto mais fazer amor.

Ela se surpreendeu ao ficar emocionada com a lembrança de Johnny tão emaciado; o roupão de banho cada vez maior sobre o corpo que definhava. No entanto, o pobre rapaz estava mais otimista do que nunca, ansioso para se recuperar, o que tornava tudo ainda mais desolador.

"Deixe eu lhe dizer uma coisa, Luce", ele havia dito a ela. "Eu tenho lido tudo sobre a vida, e agora entendo. Finalmente entendi. Você não pode deixar que as rodas da sociedade o moam e o transformem em pólvora. Assim que eu sair deste lugar, vai haver algumas mudanças. Vou ensinar meus meninos a ler e aprender também, e vou afastá-los dos bandidos e dos trapaceiros." Mas então ele caiu de volta em seus travesseiros, exausto apenas pela vontade de criar um futuro melhor.

– Pelo amor de Deus, eu não sou tola – disse Lucy a Petrina. – Eu sei contar os meses! A criança *tem* que ser de Frankie. – Lucy fez um cálculo rápido. – Deve ter acontecido naquela noite que os dois ficaram juntos nas montanhas, por causa da tempestade. Tive uma sensação esquisita naquela noite, mas disse a mim mesma que não era nada. Acontece que *foi* alguma coisa.

Seus olhos brilharam como se ela estivesse desafiando Petrina a contradizê-la. Durante meses, Lucy ficara preocupada com Frankie, até que finalmente Sal soube que ele estava "seguro", o que quer que isso significasse. Frankie não ousava dizer onde estava. Sal achava que isso significava que havia esperança de encontrar Chris. Lucy tinha sido atormentada pela culpa da heroica partida de Frankie. Agora, ela entendia.

– Não é de se admirar que aquele meu marido malandro tenha fugido para a Irlanda – disse ela secamente. – Imagino quem ele terá mais medo de enfrentar aqui: a polícia ou eu.

Petrina disse firmemente:

– Frankie é meu irmão, e às vezes é impetuoso, mas ele ama *você*. Sempre amou, desde o momento em que você entrou na vida dele. Se algo estúpido aconteceu, bem, aconteceu. É tudo o que há para se dizer. Agora ele está arriscando a vida e a integridade física lá fora, por amor a você e a Chris. Então, esqueça Amie. Ela escorregou; tem estado muito solitária sem Johnny. Pense nas crianças! Você é madrinha dos gêmeos de Amie, e eles adoram você absolutamente.

– As crianças sabem que um novo bebê está chegando? – perguntou Lucy. Petrina fez que não.

– Só contamos que Amie está um pouco gripada. Mandei os gêmeos e Gemma jantar na Filomena. Eles voltarão logo. Portanto, se quiser gritar, acabe logo com isso. Ainda não falei com Amie, então não sabemos nada ao certo. Mas, se você tiver razão, tente perdoar a todos, pode ser, Lucy? Porque, acredite em mim, o ódio só deixa *você* doente por dentro e não muda nada.

Curiosamente, Lucy sentiu algum conforto em saber que até mesmo a glamorosa e educada Petrina havia sofrido traição nas mãos de um marido e agora tentava ajudá-la. Não sem gratidão, Lucy disse:

– Ah, cale-se e me traga um uísque.

Ela observou Petrina manuseando os copos com os dedos longos e finos. Petrina era tão alta e esbelta que fazia Lucy sentir-se um pouco, bem, volumosa. Olhando para os próprios dedos robustos e atarracados, Lucy pensou com pesar que só era possível ser tão sofisticada quem não passava os dias enfiando a mão em sangue e entranhas no hospital. Ela gostaria de usar estas duas mãos agora mesmo para sufocar alegremente Frankie. Mas, mesmo naquele momento, ela sabia que Petrina estava certa – Frankie *de fato* a amava e amava Chris, o suficiente para arriscar a vida por eles. Lucy ainda queria desesperadamente os dois de volta.

E daí ela poderia torcer o pescoço dele. Ela até se viu com a esperança de descobrir que o bebê não era de Frankie, afinal de contas. Talvez Amie tivesse tido um caso com um médico no sanatório. Mulheres como Amie adoram médicos como salvadores.

Petrina, aliviada por ter terminado sua tarefa de dar a má notícia, deu uma palmadinha no ombro de Lucy e disse pensativa:

– Não sei se este é o momento certo para te contar. Mas Filomena e eu contratamos um detetive particular para ir atrás daquela freira estranha que estava no prédio residencial no dia em que a polícia encontrou aquelas coisas roubadas no escritório de Frankie.

Lucy realmente se sentiu esperançosa de haver algum perdão a Frankie.

– Vocês descobriram alguma coisa?

Petrina disse:

– Talvez. Eu vou me encontrar com o detetive na sexta-feira. Além disso, Gloria, a costureira, ligou para dizer que terminou aquele trabalho de renda para mim. Então, vou voltar para falar com ela. Você vem comigo e veremos o que está acontecendo.

– Tudo bem – concordou Lucy, sentindo-se de repente muito exausta pelo conflito de emoções.

Petrina levantou-se e foi ao forno, espreitou lá dentro, depois colocou luvas de forno e puxou uma travessa.

– Certo, hora do jantar – anunciou.

– Obrigada, mas acho que vou para a cama – disse Lucy, num tom cansado.

Mas o cheiro da comida realmente a deixou com fome. Sim, ela certamente estava com vontade de devorar algo.

– Você precisa experimentar isto – sugeriu Petrina, levantando a tampa e cheirando com prazer. – É uma receita secreta de lasanha bolonhesa. Minha tia favorita era de Bolonha, sabia? Ela é a ovelha negra da família porque voltou para lá para se casar com um comunista. De qualquer forma, você precisa comer. Não se pode ir para a cama só com uísque no estômago. Você corre o risco de acordar à noite e acabar enfiando a faca e o garfo na Amie.

No dia seguinte, Amie confessou a Petrina que o bebê era de fato de Frankie, e que o que havia acontecido fora apenas um momento de dor compartilhada entre ela e Frankie, nada mais. Então coube a Petrina, mais uma vez, contar a Lucy, que simplesmente se virou e não disse mais nada.

– Deus, eu preferiria que ela tivesse gritado – Petrina relatou de volta a Filomena. – Por algum motivo é pior Lucy estar tão calma e estoica.

– Dê um tempo a ela – previu Filomena.

Ela sempre sentira que, por baixo da personalidade robusta e dura de Lucy, havia uma criatura sensível tão horrorizada pela própria vulnerabilidade que não podia sequer admitir a si mesma quando estava ferida. Filomena sabia que ela e Lucy realmente tinham muito mais em comum do que a maioria das pessoas suspeitavam.

Foi precisamente três dias mais tarde que a tempestade finalmente irrompeu. As crianças estavam na escola quando Filomena realizou sua reunião semanal para revisar a contabilidade. Elas conseguiram superar o encontro de uma maneira profissional, até que Amie foi suficientemente desajeitada de lembrar Lucy que haveria uma noite de pais e mestres na escola de Gemma e que Lucy deveria comparecer, mesmo estando no turno da noite no hospital.

– Vá *você* – disse Lucy, irritada. – Você é a madrinha dela. Ela gosta mais de você do que de mim, de qualquer maneira, porque *você* não dá bronca nela.

– Ah, não – respondeu Amie sem pensar. – Você é a mãe de Gemma, significaria muito mais para ela se *você* estivesse lá na plateia.

– Sério? – explodiu Lucy. – Bom, Amie, você é a especialista em maternidade, não é? Então, talvez, quando tiver seu bebê, *você* possa explicar a Gemma por que eu não sou a mãe do novo irmãozinho dela, hein? Por que você não explica isso à minha filhinha, que tal, Amie?

– Pode não ser um menino – disse Petrina, querendo ajudar.

Filomena a olhou com incredulidade. Lucy a ignorou, com os olhos fixos em Amie, que se sentava com a cabeça curvada de uma maneira penitente que só enfurecia Lucy.

– E, aliás – continuou Lucy, e ficou de pé, pairando sobre Amie e descendo suas palavras sobre ela como um chicote –, talvez você possa explicar para *mim* também. Talvez você possa me explicar como ousou dormir com meu marido, quando o seu ainda está vivo. Talvez você possa explicar *por que*, dentre todos os homens de Nova York, você teve que escolher se jogar em cima do meu marido. Como *pôde*? – descontrolou-se Lucy, elevando a voz para abafar os sentimentos feridos, e odiando-se por se mostrar tão fraca. – Sempre confiei em você e fiquei ao seu lado, Amie. Diabos, mesmo quando...

– Não diga isso! – gritou Amie, levantando-se e tentando fugir da sala. – Não foi só por minha culpa que Frankie escorregou. Não é como se tivéssemos corrido atrás um do outro. Estávamos ambos chateados, só isso, por causa de Johnny e tudo o mais. Se você não tivesse mentido para ele sobre Chris, ele nunca teria me procurado.

Com um grito de ultraje, Lucy pegou Amie pelo braço e a forçou a voltar para a cadeira. A voz de Lucy rachou de dor e fúria agora.

– Você já tem dois filhos! Isso não é suficiente para você? Você tinha que ir e tentar Frankie com a única coisa que eu não podia dar a ele?

– Ah, Lucy, eu *sinto* muito, você simplesmente não sabe o quanto... – interrompeu Amie.

Lucy a cortou.

– Ah, é, mocinha, sente mesmo? Bem, aqui está sua chance de provar. Quando o menino nascer, diremos a todos que ele é meu.

– Não! – exclamou Petrina, horrorizada. – Você está louca? Não nesta casa de novo, eu não suportaria. Não pode mais haver segredos e mentiras nesta família! Você não consegue ver aonde tudo isso nos leva? Lucy, quer que o filho de Frankie fuja um dia, como fez Mario, para onde possa ser morto? Ah, Filomena, sinto muito, mas foi minha culpa Mario ter nos deixado. Penso nisso todas as noites, é um inferno.

Amie levantou os olhos e disse:

– Mas Lucy tem razão, Petrina. Você não entende? Se eu contar a Johnny a verdade sobre o bebê, *ele* vai morrer.

– *Basta!* – Filomena disse finalmente, batendo bruscamente na mesa para impor silêncio.

– Esse bebê pertence a todas nós. Vamos descobrir o que dizer aos homens quando eles voltarem para casa. Neste momento, somos tudo o que temos. Juramos "ficar ao lado umas das outras, não importa o que acontecesse". Foram suas palavras, Lucy. E você, Amie, esqueceu tão cedo? – Lucy jogou as mãos para o alto, mas Filomena lançou um olhar severo a ela e continuou: – Você não pode voltar atrás nesse juramento ao primeiro sinal de problemas. Não vê que é um teste no qual não podemos falhar? Lucy, você vai ter que encontrar uma maneira de perdoar Amie. E, Amie, você vai ter que se esforçar mais para recuperar a confiança de Lucy. Isso significa parar de usar suas fraquezas para conseguir o que deseja. Você sempre se apoiou em Lucy; agora é hora de ajudá-la. É tudo o que há a fazer. Temos trabalho pela frente. Todas devemos ser boas umas com as outras, pelo menos até que a guerra termine!

Lucy colocou o rosto nas mãos para esconder as lágrimas que lhe enchiam os olhos. O esforço para engolir os soluços fez sua garganta doer muito.

– Os homens são homens – disse Filomena, diminuindo o tom. – De agora em diante, devemos pensar primeiro nas crianças.

No dia seguinte, Petrina insistiu que Lucy fosse com ela ao prédio residencial. Lucy suspeitava que fosse principalmente uma distração para evitar que ela estrangulasse Amie. Mas Lucy concordou em ir, principalmente porque não suportava estar sob o mesmo teto que ela.

Enquanto se vestia, Lucy olhou o próprio reflexo no espelho e não pôde evitar examinar o corpo, perguntando-se se, aos olhos de Frankie, lhe faltava algo que Amie pudesse oferecer. *Desamparo*, pensou Lucy, cinicamente. Os homens não conseguem resistir a uma mulher delicada e submissa. Ela ficou grata quando Petrina a arrastou para longe de casa, para o ar fresco.

Elas caminharam em silêncio. O outono fazia os nova-iorquinos se mostrarem vivos, alegres e determinados. Mas Lucy ainda se sentia fatalista. Sal era o único que tinha tido contato com Frankie, mesmo que naquelas mensagens codificadas.

– E se toda essa coisa de freira for uma pista falsa? – disse Lucy enfim.

– Bobagem – respondeu Petrina quando chegaram ao prédio. – E eu a enganaria?

– Diga-me – começou Lucy enquanto se esquivava das crianças na calçada, algumas de bicicleta, algumas pulando corda –, quanto custa esse detetive particular, hã?

– Nada – respondeu Petrina piscando um olho ao entrarem no prédio.

– Nada? – repetiu Lucy. – Como é possível?

– Ele está no livro de Filomena – explicou Petrina. – Gosta de apostar em cavalos. Não tem escolhido bem ultimamente. Filomena disse que perdoaria a dívida dele se ele nos fizesse esse "favor".

– Espero que ele seja melhor em detectar criminosos do que em escolher cavalos – murmurou Lucy.

– Ah, ele é. É um fotógrafo da polícia aposentado. Está vigiando a casa de Alonza há uma semana, para ver quem entra e sai. Calma, você vai ver.

Petrina bateu à porta do apartamento mais alto. Gloria, que era viúva, parecia feliz por ter companhia. Ela mostrou o lindo colarinho de renda que tinha costurado e bordado cuidadosamente. Petrina elogiou, colocou-o ao redor do próprio pescoço e declarou que Pippa ia adorar. Gloria ficou de pé, corando com modesto prazer. Petrina lhe pagou pela peça e pela caixa de lenços de renda fina que havia encomendado, que dariam ótimos presentes de Natal.

Lucy estava irrequieta com o suspense insuportável. Enfim, quando Gloria lhes serviu chá e elas se sentaram à minúscula mesa da cozinha, Petrina colocou a mão na bolsa.

– Você daria uma olhada nisto? – pediu, casualmente. – Acho que uma dessas mulheres pode ser aquela freira de quem você nos falou.

Lucy assistiu, fascinada, enquanto Petrina, como uma vidente dispondo cartas de tarô, distribuía uma série de fotos que havia recebido do detetive particular. Eram imagens de várias mulheres, tiradas de improviso, enquanto as suspeitas faziam compras, ou corriam atrás de um ônibus, ou faziam uma pausa momentânea em uma porta da frente, uma loja de doces ou uma cafeteria. Gloria ajustou os óculos e estudou cada fotografia.

– Ah, meu Deus, esta, não – disse ela, apontando para a foto de Alonza, de pé, vestida com um roupão e falando arrogantemente com um carteiro na entrada de sua casa.

Gloria estreitou os olhos para a próxima foto.

– Não – repetiu ela, balançando a cabeça.

Cada vez que ela descartava a próxima, e a próxima, o coração de Lucy afundava, e ela se repreendeu mentalmente por ter qualquer esperança naquele esquema.

– Aquela – disse Gloria, de repente e com certeza, apontando para uma jovem mulher fotografada à espera em uma estação de trem. – É ela. Mas o que ela está fazendo sem a touca? Eu nunca vi nenhuma freira com a cabeça descoberta em público, você já?

– Tem certeza de que é ela? – perguntou Lucy, aturdida.

Gloria fez que sim com a cabeça, vigorosamente.

– Ah, sim. Não dá para ver aqui, mas ela tinha olhos bem verdes.

– Então, faça-nos um favor – disse Petrina, num tom sério. – Não diga a ninguém que estivemos aqui falando sobre isso. É para a sua própria segurança. Além disso, nunca abra a porta para pessoas que você não conhece. E, se vir algo suspeito ou fora do comum, ligue para mim imediatamente.

Gloria parecia assustada agora.

– Do que se trata tudo isso?

– Esta mulher não é freira. Estava apenas fingindo ser, porque foi paga por homens muito maus para fazer isso – explicou Petrina.

Gloria se voltou para Lucy com um olhar incerto.

– Foi por isso que seu marido fugiu? – perguntou ela. Lucy fez que sim. Gloria continuou, com um olhar inesperado: – Frankie era um bom garoto. Eu o conheci a vida toda. Ele nunca faria nada de ruim. Sempre cuidou de mim. Vou ajudá-lo o máximo que puder.

Lucy queria beijá-la. Petrina deu uma palmadinha na mão da senhora.

– Ficaremos em contato – disse ela. – Mas lembre-se do que eu disse. Mantenha os olhos abertos e a porta trancada. Fique longe de estranhos. Apenas durante as próximas semanas, se precisar fazer compras ou ir a algum lugar, não vá sozinha. Ligue para nós, e enviaremos alguém para ir com você.

– Céus, pensei que você estava prestes a colocá-la em algum esconderijo em Coney Island – disse Lucy depois que elas partiram. – Talvez *devêssemos* escondê-la em algum lugar.

– Ela vai ficar bem – garantiu Petrina. – Ela dorme com uma arma debaixo da cama. Era casada com um agente funerário, então, acredite, teve todo tipo de gente que vinha pedir um favor a seu marido, e ela costumava dizer-lhe em quais confiar. Ouvi dizer que o marido dela certa vez recebeu ordens para enterrar dois cadáveres em um caixão: um numa gaveta secreta embaixo da legítima.

– Deus nos ajude! – Lucy estremeceu. – Mas quem é a garota da fotografia?

– A cabeleireira de Alonza – explicou Petrina triunfante. – Nosso detetive acha que ela é namorada de um dos rapazes Pericolo, porque ela os visita. Nosso homem a seguiu desde a casa de Alonza até a estação de trem. Ela comprou um bilhete para Ossining, onde fica a prisão Sing, onde estão os Pericolo! O detetive acha que essa garota transporta mensagens que Alonza troca com os filhos. Agora descobrimos que a Pequena Senhorita Cabeleireira esteve *aqui*, pouco antes de os policiais entrarem no escritório de Frankie!

– Está bem. Vamos ter outra conversinha com Fred – disse Lucy, indignada.

Elas encontraram o zelador no porão, mexendo na fornalha para preparar o prédio para o frio que estava por vir. Quando lhe pediram que subisse ao escritório de Frankie, ele limpou as mãos em um pano e obedientemente as seguiu com a chave.

– Fred, você já viu esta mulher antes? – perguntou Lucy gentilmente enquanto Petrina colocava a foto na mesa de Frankie.

Fred se inclinou para a frente, depois pegou a foto para ver de perto.

– Ela se parece com aquela freira que veio aqui coletar doações para os órfãos de guerra – anunciou ele finalmente, parecendo surpreso. – Mas não está com o véu. Ela é uma irmã da Irmã ou algo assim?

– Ela não era uma freira de verdade – disse Petrina. – Só estava vestida como uma, para enganá-lo.

– Por que ela faria isso? – perguntou Fred, desconcertado.

– Fred, querido, você a viu no dia em que a polícia invadiu o escritório de Frankie? – quis saber Lucy. – Ouvimos dizer que ela esteve no pátio mais cedo naquele mesmo dia.

Fred coçou a cabeça.

– Sim, pode ser. Claro. É isso mesmo! Foi perto da hora do almoço. Porque os policiais entraram naquela noite.

– Você falou com ela? – Petrina perguntou, sem fôlego.

– Sim. Ela bateu à porta do escritório, procurando por Frankie – contou Fred. – Disse que sabia que ele era "generoso" com a igreja. Eu tinha usado o telefone e estava prestes a trancar tudo. Ela perguntou se podia usar o telefone para ligar para o convento. Então eu disse: "Claro, irmã". Ela me deu uma medalha da Virgem Maria, disse que era abençoada. Falou que eu poderia dá-la à minha esposa. Eu contei que minha esposa estava morta, e ela disse que rezaria por sua alma.

Fred ficou com os olhos um pouco enevoados.

– Você ficou no escritório enquanto ela fazia a ligação? – perguntou Lucy.

Fred balançou a cabeça, envergonhado.

– Não. Eu saí para ela ter privacidade.

– Por que você não contou à polícia sobre ela quando eles vieram aqui? – questionou Lucy.

Fred parecia chocado.

– Eu nem pensei nisso! Ela é *freira*.

Ele as viu trocar olhares e depois disse:

– Pelo menos, pensei que era. Vocês têm certeza de que ela não é?

– Sim – confirmou Petrina com firmeza.

Lucy explicou que a mulher era provavelmente uma amiga dos próprios homens que tinham "dedurado" Frankie e feito a polícia vir dar a batida naquela noite.

– Ah, caramba! Caramba! – disse Fred, angustiado, repetidas vezes. – Por favor, não digam aos irmãos de Frankie que eu fiz besteira!

– Mas você não fez – explicou Petrina. – Porque você vai ficar absolutamente calado sobre isso, até precisarmos de você. E aí vai contar à polícia exatamente o que nos disse hoje. E então Frankie poderá voltar e agradecer-lhe pessoalmente.

Ela repetiu as mesmas advertências que havia dado à costureira. Fred garantiu que faria tudo o que elas pedissem.

Quando saíram de volta, Lucy se sentia estranhamente energizada. Ela estava agora determinada a não deixar ninguém, nem Alonza, nem a polícia, nem Amie, tirar o marido dela.

– Por que não levamos nossas duas testemunhas à polícia agora mesmo, para que elas possam fazer uma declaração, antes que Alonza as procure e elas mudem de ideia?

– Se formos à polícia, alguém na delegacia pode avisar alguém para avisar os Pericolo. Nunca se sabe – respondeu Petrina. – Vou pedir a Domenico que cuide disso a partir de agora. Ele vai agendar depoimentos das nossas testemunhas diante de um juiz, para que não desperdicem o fôlego conversando apenas com policiais que possam enterrar o caso.

Lucy ainda parecia preocupada, até que Petrina disse:

– Vamos colocar Sal e alguns de seus homens para vigiar este lugar e proteger nossas testemunhas. Elas ficarão do nosso lado. São leais, você viu. Elas amam Frankie, e o nome da minha família ainda tem peso por aqui. Não se esqueça, Lucy: é sua família, também.

27

Outono de 1944

Certo sábado, Petrina estava na joalheria ajudando Filomena, quando Johnny telefonou inesperadamente e pediu para falar com Petrina.

– Donna disse que eu encontraria você aí. Garota, você tem que me tirar daqui – disse Johnny. – Estou cheio destas montanhas. Eu quero ver o mar. Quero ver meus meninos.

Petrina respondeu com cautela:

– Você não prefere discutir isso com Amie?

– Não. É exatamente isso o que acabaríamos fazendo, "discutindo". Ela não vem aqui me ver faz algum tempo. Ela está bem?

– Só um pouco gripada – mentiu Petrina. – Não queria que você pegasse.

– Ah. Bem, de qualquer maneira, eu te liguei porque preciso de alguém para me ajudar.

– Johnny, os médicos confirmaram se você está bem para sair? – perguntou ela.

– Para o inferno com os médicos. Eles não podem me manter aqui contra a minha vontade. Você é minha "parente", então pode me ajudar a sair. Mas venha sozinha. Entendeu? Não traga Lucy, ela vai me dizer para ouvir os médicos. Amie se preocupa demais, eu não quero ela em cima de mim me obrigando a descansar. Já tive "descanso" suficiente para o resto da minha vida, e já li todos os livros deste lugar, duas vezes. Me tire daqui *agora* ou juro que vou pular pela janela.

– Está bem, está bem, espere até eu chegar! – Petrina disse apressada.

Ela não achava que o irmão se mataria, mas ele podia tentar fugir por conta própria. Ela contou a Filomena sobre o plano de Johnny.

– Olha, tenho que ir lá e ajudá-lo a sair – concluiu ela.

– O que você vai fazer com ele? – Filomena perguntou preocupada. – A barriga de Amie não está grande o suficiente para que os gêmeos percebam, mas Johnny talvez sim, se chegar perto dela.

– Eu disse a ele que Amie está gripada. Ele falou que quer "ver o mar", então vou levá-lo para ficar em minha casa em Mamaroneck, até que Amie esteja "se sentindo melhor" – explicou Petrina. – Diga a ela que é a última vez que vou mentir para Johnny por causa dela. Isso vai lhe dar uma chance de descobrir como contar a ele sobre o bebê. Mas acho bom ela decidir logo.

Na viagem para Westchester, Johnny, ainda pálido e magro, olhou pela janela do carro como se estivesse vendo o mundo pela primeira vez e achando tudo lindo. Ele entusiasmou-se com as cores deslumbrantes das árvores de outono ao longo de toda a rodovia. Quando chegaram a Mamaroneck, seguiram uma longa e tranquila estrada que serpenteava por uma península estreita e terminava em um portão de segurança para o pequeno enclave de quatro casas de praia da família.

– Elas foram construídas na década de 1920 – disse Petrina – para serem casas de verão. Minha casa não precisava de muita obra, então está pronta. Depois de reformarmos essas outras três, podemos alugar ou revender. Também compramos algumas casas em vilarejos próximos, como investimento. E um prédio residencial na cidade, que foi construído lindamente nos anos 1890, mas precisa ser melhorado.

Petrina queria instalar o irmão no quarto de hóspedes, mas Johnny insistiu em ver as quatro casas. Ele foi rápido em avaliar quais coisas precisavam ser substituídas e quais eram de valor e valia a pena consertar. Ele admirava o piso de madeira e os alpendres generosos, as árvores frutíferas repletas de frutas maduras nos jardins, a vista para o mar.

– Não venda *esta* casa – aconselhou Johnny de súbito, selecionando a última no extremo oposto. Seu generoso gramado oferecia um local tranquilo e meditativo com vista panorâmica do mar e uma enseada de areia abaixo. – Esta é a casa que eu quero para mim, Amie e os meninos – explicou ele, parecendo entusiasmado. – Tenho pensado nisso desde que você me falou sobre este negócio imobiliário. Eu quero que Vinnie e Paulie frequentem uma boa escola aqui na região. Não quero eles andando pelas ruas de Nova York onde eu cresci.

– Muito bem. É só reformar e é sua – disse Petrina gentilmente enquanto voltavam para sua casa.

– Eu posso ajudar com as reformas nas outras propriedades também – ofereceu-se Johnny. – Você tem que tomar cuidado com empreiteiros e pedreiros. Eles começam um trabalho e depois largam. Você precisa de um homem como eu para dar uma dura neles por aqui.

Petrina sorriu com ternura. Johnny parecia um espantalho, mas até mesmo os espantalhos podiam afastar os animais.

– Obrigada, irmão querido – agradeceu ela enquanto eles entravam. – Mas o acordo é que você fique na minha casa. Você dorme quando eu mandar e come quando eu mandar. Entendido? Caso contrário, vou jogar você no porta-malas do carro e levá-lo de volta para o sanatório.

– Certo, chefe.

Johnny pousou a mala e parou no corredor diante de uma pintura abstrata emoldurada, feita com salpicos de cores vívidas. Petrina adorava a nova arte moderna, que Richard chamava de seus "cães desgarrados e desgrenhados". Aquela pintura era de um artista que participara do Projeto de Arte Federal de FDR e mostrava claramente a influência de Pablo Picasso e Diego Rivera. Comprá-la tinha lhe proporcionado grande alegria.

Johnny parecia perplexo, mas apenas disse:

– Amie me disse que você está se divorciando.

Petrina se encolheu. A devastação total de ser indesejada por Richard, um homem que se comprometera a amá-la para sempre, tinha agora virado uma dor chata, como a de um dente estragado. E toda a disputa legal estava agindo como a anestesia aplicada pelo dentista, supunha ela.

– Sim, o acordo é que Richard fique com a maior parte de seu dinheiro; eu fico com Pippa e com este quadro, que ele odeia absolutamente.

Ela fez uma pausa, esperando que Johnny a julgasse. Mas ele disse simplesmente:

– Você quer que eu bata no Richard? Posso fazer isso com minhas duas mãos. Seria um prazer.

– Não – respondeu Petrina. – Ele não vale a pena. Que Richard tenha uma morte lenta e agonizante. Eu sei que a mulher com quem ele vai se casar o fará sofrer muito mais do que com qualquer castigo a que pudéssemos submetê-lo.

Johnny sorriu.

– Está bem. Só me faça mais um favor. Peça aos gêmeos que venham até aqui no fim de semana. E Amie, se ela estiver disposta. Eu não os vejo há muito tempo. Quero que os meninos vejam como este lugar é lindo, antes que todas as folhas de outono desapareçam.

– Claro – concordou Petrina. – Pippa pode levar seus filhos a uma barraca de cachorro-quente que todos aqui amam.

– Amie, Petrina me ligou. Johnny saiu do sanatório. Ela o levou para Mamaroneck. Ele quer que os filhos vão para lá no fim de semana... – anunciou Lucy. – E você também, se estiver se sentindo bem de sua "gripe" – acrescentou sarcasticamente.

Amie, que ultimamente passava muito mal com os enjoos matinais e agora estava sentada no sofá bebericando chá com cautela, disse temerosa:

– Ah, por que Petrina foi buscá-lo? Quem disse que ele poderia voltar para casa? Ele está curado o suficiente para isso?

– Parece que Johnny tomou a decisão sozinho – explicou Lucy, num tom sombrio. – Você não pode adiar isto para sempre. Portanto, você e eu temos que tomar algumas decisões, agora mesmo.

Amie olhou para Lucy, cuja expressão ainda não mostrava perdão. Lucy persistiu cruelmente:

– Olhe. Acho que você está certa sobre duas coisas: Johnny está em um estado frágil e não vai ficar exatamente emocionado ao descobrir que você está esperando um bebê.

– Johnny é mais forte do que você pensa – disse Amie, na defensiva. – Ele vai aguentar. – Em particular, ela pensou: *mas talvez dê um tiro em Frankie, se Frankie voltar.*

Lucy se viu considerando tudo muito friamente, e continuou:

– Mas o filho não é *dele*. É de Frankie. Você tinha dito que estava disposta a me entregar o bebê. Então, é isso que eu quero que você e Johnny façam. Não vejo outra maneira de lidar com a situação. Vou lhe dizer uma coisa, Amie. *Não vou* ficar sentada vendo *você* criar o filho de Frankie bem debaixo do nariz dele e do meu. Juro que mato vocês dois.

Amie olhou para ela horrorizada. Tinha um pouco de medo de Lucy atualmente. Amie não percebera o quanto dependia da bondade de Lucy durante todos aqueles anos, mas agora sentia muito a falta dela e, vendo aquela chama de serpente atrás do olhar da amiga, Amie se perguntava como seria possível retomar aquela proximidade que tinha sido tão vital para ela.

– Muito bem, Lucy – sussurrou ela. – Se é isso o que você quer, é isso o que faremos.

– Sim – disse Lucy amargamente. – É isso o que eu quero. Além do mais, você tem que ir contar para Johnny este fim de semana. Não me importa o quanto você esteja enjoada. Você vai até aquela casa, com seus gêmeos, e vai dizer a Johnny exatamente o que combinamos. E é melhor você se ater ao nosso acordo, Amie. Se Johnny der algum palpite, apenas diga a ele que venha falar comigo sobre isso.

＊＊＊

Vinnie e Paulie correram pelo gramado para cumprimentar o pai, que estava empacotado em uma espreguiçadeira admirando o suave azul do estuário de Long Island no quintal da casa que havia escolhido para si. Amie não entrou no pátio com eles; os gêmeos disseram que a mamãe estava na casa fazendo o jantar com Petrina e chamaria todos eles quando estivesse pronto. Mas então os dois garotos pararam e analisaram o rosto do pai. Eles pareciam incertos, cautelosos, como se tivessem sido enganados e aquele magricela tivesse vestido as roupas do papai e estivesse tentando passar-se pelo homem robusto e saudável com quem eles tinham crescido.

– Sim, sou eu – disse Johnny, seco.

Alguém deveria tê-los avisado. Mas talvez fosse culpa dele por ter se recusado a deixar os gêmeos irem visitá-lo entre os doentes no sanatório, temendo que os filhos pegassem tuberculose em um lugar tão cheio de sofrimento e morte. Portanto, eles não tinham visto a deterioração gradual de Johnny ao longo do tempo, como Amie tinha. Agora apenas estavam ali, como um par de estátuas de pedra, do tipo que as pessoas colocam em pilares em suas entradas.

– Não se preocupem, crianças – continuou ele, com os braços estendidos. – Eu perdi alguns quilos, mas ainda sou o velho pai de vocês. Vaso ruim não quebra. Aproximem-se, tenho muitas coisas para lhes dizer.

Os filhos se enrolaram na espreguiçadeira como dois cães, aconchegando-se no cobertor de praia que Petrina tinha estendido aos pés de Johnny. Discretamente, ela voltara para sua casa para esperar Amie.

– Olhem, rapazes – disse Johnny aos filhos. – É mais importante ser esperto do que ser forte. Mas dá para ser as duas coisas, e aí vocês vão conseguir lidar com qualquer coisa neste mundo.

Os gêmeos ouviram educadamente no início, mas, assim que o pai começou a explicar como era importante para eles irem melhor na escola para que pudessem entrar em um bom colégio preparatório na região, e depois ir para uma universidade importante, e no futuro se tornarem advogados, médicos ou professores, Vinnie e Paulie se sentiram enganados, como se tudo tivesse sido uma desculpa para que ouvissem apenas mais uma palestra sobre educação. Nenhum dos dois gostava da escola. Eles gostavam de beisebol e da maneira específica como os jogadores se moviam. Eles também gostavam da forma como os figurões locais andavam pelos pontos de táxi e pelas pizzarias, vestindo bons ternos, carregando maços grossos de dinheiro presos por clipes de ouro e diamante.

Johnny sempre lhes havia dito que se exibir não era elegante. Mas Vinnie e Paulie não tinham mais nenhum homem em casa e se sentiam assoberbados. Se eles fossem maiores, talvez pudessem ter matado os homens que atiraram na avó, e assim a mãe, as tias e a madrinha não teriam chorado tanto. As primas Gemma e Pippa também choraram muito naquele dia.

Isso porque os gêmeos não estavam lá naquele dia para atirar nos bandidos e proteger a família. Isso não devia acontecer nunca mais. Eles tinham esperado pacientemente que Johnny voltasse para casa, para lhes dizer como lutar e ser os homens da casa.

Mas o pai deles era uma sombra do que havia sido e agora só queria falar de livros. As crianças que liam e estudavam muito eram sempre espancadas pelos valentões do playground. Vinnie e Paulie não queriam ouvir falar dos grandes pensadores do mundo. Eles só queriam crescer fortes.

Johnny percebeu que os seus garotos não estavam ouvindo de verdade. Ali estava ele, usando sua preciosa respiração para compartilhar com eles os segredos da vida, os mistérios ocultos do universo, as regras do jogo, a maneira como o mundo funcionava, e o que eles deviam fazer para triunfar com tudo isso e não acabar sendo apenas dois idiotas.

– Muito bem, a gente volta a falar sobre isso mais tarde – disse Johnny, enfim. – Vou dar a vocês alguns de meus livros e vamos lê-los juntos, ok, carinhas?

– Tá bom – responderam os dois em uníssono, como tantas vezes faziam.

Então Paulie aventurou-se:

– Mas será que podemos jogar cartas primeiro? Agora a gente sabe jogar pôquer.

– Ah, e quem os ensinou? – perguntou Johnny. – Vocês deveriam aprender a jogar tênis. Não importa. Vão lá para dentro agora, está esfriando. Daqui a pouco eu entro.

Depois que as crianças saíram, Johnny percebeu que o haviam exaurido. Aquilo o desanimou muito, porque ele sabia perfeitamente o que eles estavam pensando enquanto o olhavam incrédulos com aqueles olhos escuros de botão. Bem, era porque eles andavam pelos bairros errados, com as crianças erradas. Agora ele sabia, mais do que nunca, que trazê-los para aquela casa era o certo a se fazer. No outono seguinte, os matricularia em uma boa escola preparatória, onde conheceriam outras crianças, mais dispostas a estudar. Eles também praticariam esportes decentes, em campos de verdade, respirando ar fresco.

Petrina o tinha avisado que também havia crianças más ali; mas pelo menos os filhos de Johnny teriam uma chance de lutar no mundo lá fora. Ele havia dito tudo isso a Amie por telefone. Ela tinha respondido que eles precisavam ter uma conversa depois do jantar, quando as crianças já estivessem na cama. Então Johnny voltou sua atenção para o belo mar.

O vento mudara agora, provocando uma agitação nas árvores, e algumas folhas se soltaram, vagando incertas e demorando-se em esvoaçar no chão, criando um tapete laranja, vermelho e amarelo-dourado a seus pés, como se estivessem saudando o retorno de um rei depois de sua longa e triunfante jornada.

Johnny fechou os olhos e respirou tão profundamente quanto se atreveu. Era isso que ele desejara durante toda a sua vida, sem saber de fato. Aquela pequena praia era apenas uma enseada, mas era a enseada deles, particular e pacífica. O tipo de lugar onde um homem podia finalmente ouvir os próprios pensamentos. Ele compraria um barco e levaria os rapazes para pescar. Eles respirariam aquele ar marinho fresco e salgado todos os dias, e não apenas em breves períodos de férias.

Sob um raio de sol quente, Johnny momentaneamente sentiu como se fosse verão outra vez. Como era incrível ver o céu azul aberto. Era possível sentar-se ali o dia todo e ver o sol nascer de um lado e se pôr do outro.

– Lindo – disse Johnny.

Ele estava quase pegando no sono quando ouviu um sussurro no ouvido, e então sentiu um novo calor, como se uma mão apertasse seu ombro com afeto, fazendo-o sentir-se de repente verdadeiramente curado e banhado em amor.

Johnny virou a cabeça e abriu os olhos.

– Papi? – chamou ele, surpreso.

Amie tinha finalmente saído da cozinha e estava a meio caminho do gramado, indo buscá-lo para o jantar, quando viu Johnny de repente cair para o lado; e, ao correr para ele, ouviu seu último e suave suspiro.

28

Início de 1945

Todos disseram que aquele novo ano simplesmente tinha que ser melhor do que o último. Sem dúvida, a guerra não poderia continuar por muito mais tempo, mas os suprimentos básicos – produtos de consumo doméstico, gasolina, pneus e até mesmo sapatos – ainda estavam em falta, e um homem chamado Joe Valachi estava tendo muito lucro trabalhando como negociante no mercado negro.

Numa clara manhã de neve, a campainha tocou e um mensageiro entregou um telegrama a Filomena. O coração dela se escondeu no peito enquanto ela rasgava o aviso, lia a primeira linha e depois caía no chão apoiada contra a porta, sem notar o frio, com lágrimas nos olhos. Petrina a havia seguido, e agora pegou Filomena pelos cotovelos e a levou de volta para o sofá lá dentro.

– O que foi? É o Mario? – gritou Petrina, apavorada.

Filomena balbuciou:

– Ele foi ferido. Eu... não consegui ler mais nada.

Petrina pegou o telegrama, que tinha caído no chão, e passou rapidamente os olhos pela folha.

– Está tudo bem. É um ferimento na perna. Vão mandá-lo para um hospital em Londres. Não tem muita informação, mas parece que ele vai ficar bem. Ele precisa de tempo para se recuperar, mas pelo menos terá alta do serviço. – Ela abraçou Filomena. – Você não entende? Significa que ele vai voltar para casa.

A empregada tinha entrado no quarto carregando Teresa, então Petrina pegou a criança e a colocou no colo de Filomena. O calor de sua filhinha aconchegando-se contra sua barriga permitiu que Filomena soltasse um suspiro de alívio, como se a vida voltasse a inundar seu corpo.

– Seu papai está voltando para casa – sussurrou ela.

A pequena Teresa sentiu a alegria de Filomena e bateu palmas com as mãozinhas gorduchas, dando beijos molhados e suaves na mãe. Filomena não podia acreditar na rapidez com que aquela doce criatura aprendia a crescer. Quando Teresa deu seu primeiro sorriso de verdade, quando começou a balbuciar ao invés de chorar, quando primeiro se sentou e depois começou a engatinhar, e quando cada olhar de iluminação atravessou o rosto da criança enquanto ela compreendia a magnitude de cada realização... tudo isso fazia o coração de Filomena se expandir com orgulho, amor e, ainda, o pavor de ter que um dia libertar aquela doce alma para o mundo barulhento, insistente e traiçoeiro.

Ao olhar para cima, Filomena viu que a elegante testa de Petrina estava sulcada e ela parecia preocupada.

– O que está pensando? – perguntou Filomena.

Petrina não tinha percebido o quanto seu rosto era revelador. Estendendo o dedo mindinho para que Teresa pudesse agarrá-lo com o pequeno punho, Petrina disse cuidadosamente:

– Olhe, eu não sei o que isso significa, mas Amie diz que Strollo anda aparecendo lá no bar pelas manhãs. Ele fica sempre na mesma mesa de canto, na sombra, tomando um expresso e lendo o jornal, e outros homens vêm até ele para falar de negócios. Amie tem medo de tentar escutar, o que é sábio. Aquele homem tem instintos animais, então ele saberia se ela o estivesse espionando.

Filomena perguntou pensativa:

– Ele está vigiando ela ou a operação de jogo?

Petrina balançou a cabeça.

– Amie não acha que ele esteja lá para nos vigiar. Ele só faz reuniões com seus homens, depois vai embora. Não leva muito tempo. Johnny certa vez me disse que os *capos* e os Chefes agem assim. Eles fazem suas reuniões em determinado lugar por um tempo, depois passam para outro, para que os inimigos, e a polícia, nunca tenham certeza de onde encontrá-los. Eu disse a ela que continuasse a fazer negócios como sempre, mas com cuidado.

– Bom conselho – concordou Filomena, depois observou: – Amie tem estado muito quieta ultimamente. Pensei que fosse por causa de Johnny. Ela precisa de alguma ajuda no bar?

– Eu acho que não. Ela só sente muita saudade dele – disse Petrina, acrescentando com emoção: – Eu também sinto.

– Eu também – admitiu Filomena.

Johnny foi colocado no mausoléu, para descansar ao lado dos pais. No enterro, Filomena manteve o olhar longe das outras alcovas destinadas a Mario e Frankie quando chegasse a hora deles, e percebeu Lucy fazendo o mesmo. Elas tinham trocado um breve olhar de compreensão; nenhuma das duas queria pensar que o marido seria o próximo irmão a ser colocado para descansar ali.

A neve caía levemente hoje. Petrina, olhando pela janela, viu Lucy subindo pela frente e foi abrir a porta para ela entrar. Lucy parecia alegre pela primeira vez em semanas, com as bochechas coradas pelo frio e pela excitação, enquanto ela fazia uma pausa na entrada para tirar a neve das botas e acenar ao homem que a havia conduzido até em casa.

– Era o nosso advogado? – perguntou Petrina. – Por que você não o convidou para entrar?

– Domenico tem outro compromisso – explicou Lucy, sem fôlego. – Mas, ah, que pena que vocês não estavam no tribunal hoje! Céus, tenho que dizer que ele lidou lindamente com o assunto. Bem, afinal de contas, tivemos nossas testemunhas principais. Vocês deveriam ter visto Fred e Gloria. Eles fizeram um ótimo trabalho. Depois que deram seu testemunho, eu só queria aplaudir!

Lucy jogou o casaco em um gancho no armário de casacos e arrancou as botas, então correu até a sala de estar para que Filomena pudesse ouvir também sobre Fred, o zelador, e Gloria, a costureira, que tinham se apresentado ao juiz para testemunhar sobre a estranha "freira" no prédio residencial no dia em que as falsas provas contra Frankie foram plantadas no escritório dele.

– O nome da freira falsa é Millie – disse Lucy, caindo em uma cadeira. – Ela depôs hoje, e os policiais também. Veja, tudo aconteceu em etapas. Antes da audiência de hoje, Domenico colheu depoimentos de nossas testemunhas, então um juiz emitiu um mandado de prisão para Millie. Quando a polícia a pegou, ela abriu a boca sobre Alonza, porque não queria assumir a culpa sozinha. Ela disse que tinha sido ideia de Alonza que Millie se vestisse de freira e plantasse aquela muamba. Sergio a mandou ao escritório de Frankie em um domingo, quando ele não estaria lá.

– Então, o que aconteceu? – perguntou Petrina, envolvida com a história.

– A polícia foi até Staten Island prender Alonza. Ela não se entregou facilmente. Esperneou e gritou como se não houvesse amanhã. A polícia disse que seria mais fácil se ela confessasse, então ela confessou. – Lucy fez uma pausa. – Vocês sabiam que Alonza tem um problema cardíaco desde que teve aquele ataque no ano passado, lembram? Bem, depois que a interrogaram, ela simplesmente desmaiou na delegacia. Estava morta antes de ter sido levada para o hospital.

– Eu não deveria ter pena dela, mas tenho – disse Filomena baixinho.

Elas ficaram em silêncio por mais um tempo. Petrina tinha levado para Lucy uma xícara de chá inglês, que ela sorveu.

Em seguida, Lucy respirou fundo e continuou:

– Então o juiz reviu tudo isso hoje, e o resultado é que ele retirou todas as acusações contra Frankie. Isso significa... significa...

Para surpresa da própria Lucy, sua voz vacilou e ela teve que engolir para respirar.

– Isso significa que Frankie pode voltar para casa agora – terminou Petrina com entusiasmo.

– Sim! – confirmou Lucy, trêmula. – Domenico vai contar a Sal, para que ele tente falar com Frankie. A última vez que fizeram contato, Frankie disse a Sal que acreditava ter uma pista sobre Chris. – Lucy parou de falar, sufocada pela emoção, incapaz de se permitir expressar sua esperança no retorno do filho.

– Maravilhoso! Vou mandar um telegrama para Mario – disse Filomena.

Ela entregou a pequena Teresa a Petrina, depois se levantou, tirou o xale de crochê que estava usando e o colocou em volta dos ombros de Lucy, pois ela estava tremendo. Lucy olhou para cima, surpresa e tocada pelo gesto.

– Obrigada, querida. A Gloria fez este xale? – perguntou ela. Filomena fez que sim com a cabeça. Lucy continuou: – Eu gostaria de ajudar nossas testemunhas. Falei com elas. Fred ainda quer ficar no apartamento de zelador; que o lembra da esposa, ele nunca vai sair de lá. Mas Gloria diz que "não se importaria" de se mudar para um apartamento melhor. Temos uma vaga, mas é claro que o aluguel é mais alto do que ela poderia pagar. Acho que deveríamos deixá-la ficar com ele pelo preço antigo. Tudo bem para vocês?

– Claro – concordou Petrina, e Filomena acenou com a cabeça.

Quando Teresa balbuciou sua aprovação, o coração de Lucy ficou cheio de esperança para o futuro, pela primeira vez em meses.

Algumas semanas depois, Amie saiu sozinha, bem cedo. Ela tinha adquirido o hábito de ir à primeira missa do dia, duas vezes por semana. De fato, preferia essas missas de dia de semana ao culto dominical, porque eram mais silenciosas, curtas, tranquilas e consoladoras. Na maioria das vezes, ela ficava na companhia de apenas algumas senhoras idosas de vestido preto, espalhadas entre os bancos, em grande parte vazios, rezando seus rosários silenciosamente. O novo jovem padre, que mal parecia desperto àquela hora, geralmente fazia sermões curtos.

Amie sempre se sentava na fila de trás, orando a Johnny por perdão e orientação, como se ele fosse seu santo padroeiro. *Estou fazendo o que você pediu, Johnny. Vou tirar nossos meninos da cidade em breve. Pretendo matriculá-los em uma escola preparatória perto de nossa nova casa, neste outono. Isso me dá o verão para encontrar um comprador para o nosso bar. Se eu escolher o comprador certo, ele poderá assumir as apostas e os jogos de azar se quiser, e isso manterá os Chefes felizes. Você me disse que eu poderia fechar o negócio depois do Natal, e as Madrinhas concordam, então eu realmente vou fazer isso este ano e espero que você não se importe. Gostaria que você me enviasse um sinal de que está tudo bem com você.*

Ela não rezava para Johnny falando do bebê de Frankie que carregava, o qual ela planejava entregar para Lucy. Ela imaginava que a alma de Johnny ou sabia – e nesse caso nada precisava ser dito – ou não sabia, e ela não precisava incomodá-lo com isso. Certamente, o céu dava magnanimidade às almas que entravam nele.

Amie saiu da igreja com um humor contemplativo, andando pelas ruas tranquilas. Quando se aproximou do bar, viu que uma pequena luz havia sido deixada acesa. Mas o bar estava fechado àquela hora. Ela franziu o cenho. Atualmente, ela trabalhava ali apenas três vezes por semana, para ficar de olho na contabilidade. Caso contrário, deixava o funcionamento diário do lugar para o bartender. Mas qualquer um que trabalhasse para ela sabia que devia apagar todas as luzes antes de fechar. Aquela poderia ter ficado acesa a noite toda, aumentando a conta da luz.

Ao se aproximar, ela viu que a porta dos fundos estava ligeiramente entreaberta. Era muito cedo até mesmo para a primeira entrega da manhã. Será que alguém também não conseguira trancar corretamente na noite passada? Talvez tivesse aberto sozinha. Ou, então, um dos funcionários talvez estivesse usando o local para algo nefasto, ou talvez um ladrão tivesse arrombado a porta.

Amie imaginou que deveria chamar a polícia, mas a última coisa que ela queria era que a polícia lhe perguntasse que tipo de negócio ela estava fazendo naquele escritório dos fundos. Talvez o bartender estivesse apenas tendo dificuldades com alguém que eles tivessem que pagar e fazendo isso depois do horário de expediente. Ela normalmente ligaria para Sal, mas ele estava levando Petrina de volta aos subúrbios com alguns móveis e suprimentos para as casas, de modo que ainda não estava disponível para ajudar. Poderia telefonar para Filomena, ou Lucy no hospital, e perguntar-lhes o que fazer.

Mas talvez ela ainda estivesse pensando em Johnny, e talvez ele tivesse ouvido suas orações, porque de repente ela se lembrou do dia em que o marido lhe pediu que cuidasse dos negócios. Ela tinha dito que não era tão inteligente quanto Petrina, nem tão durona quanto Lucy, nem tão corajosa quanto Filomena – e a resposta de Johnny agora fortaleceu novamente sua determinação: "Você é mais esperta e forte do que pensa". Ela seguiu em frente e espreitou lá dentro.

O bar estava silencioso. Timidamente, ela se aventurou mais para dentro, mas depois congelou ao ouvir vozes masculinas, agora mais próximas. Ela entrou rapidamente no banheiro feminino e esperou, aterrorizada. Sentia o coração bater no peito como um pássaro engaiolado, e prendeu a respiração para não ofegar em pânico. Homens estranhos passavam para lá e para cá bem em frente àquela porta, murmurando em vozes duras. Ela só conseguia discernir trechos da conversa deles quando passavam em frente aos banheiros.

"Parece seguro?", "Alguém consegue ver?", "Sem deslizes", "Você testou?", "Sim, consegui tudo, claro como água...", "Nada melhor do que ouvir aqueles espertinhos em suas próprias palavras... as melhores escutas até agora", "Strollo vem aqui todos os dias, e fica sempre naquela mesa...", "O bartender disse para devolver as chaves assim que terminarmos aqui...", "Uma dona de casa idiota é dona deste lugar, acredita?", "A mesma família daquela velha senhora que foi morta a tiros na rua por aqui... aposto que ela estava vendendo narcóticos."

Amie escutou, paralisada, até que finalmente ouviu os passos deles desvanecerem quando eles saíram e trancaram a porta. Mesmo assim, esperou, com receio de que voltassem. Mas o silêncio não foi quebrado. Ela saiu cautelosamente do banheiro feminino, foi na ponta dos pés até uma janela menor e espreitou por entre uma das lâminas da persiana que levantou. Ela viu dois homens estranhos usando ternos marrom-claros atravessando a rua e em seguida entrarem em uma van branca estacionada. O veículo permaneceu parado, mas com o motor ligado.

Alguns minutos depois, ela viu surgir na rua o bartender do seu bar. Ele olhou nervosamente em torno, foi até o lado do passageiro da van e estendeu a mão, enquanto um dos caras de terno colocava algo na palma estendida. Seria um pagamento? Ou a chave do bar que ela tinha ouvido falar que tinham que devolver? Uma coisa era óbvia: ali estava um traidor, que tinha dado a estranhos uma chance de entrar no bar dela e colocar escutas ilegais.

– Dona de casa idiota, sim –murmurou Amie, indignada.

E era sobre o assassinato de Tessa que eles estavam falando quando fizeram aquela última observação particularmente desagradável?

Agora ela ouviu a van de entrega do leiteiro chegando ao beco, então percebeu que também não podia escapar pela porta dos fundos sem ser vista. O leiteiro poderia dizer ao bartender que ela tinha estado lá dentro. O funcionário logo entraria, para servir expresso, cappuccino e pequenos sanduíches que eram prensados em uma máquina que parecia de waffle. Ele ainda não podia vê-la.

Amie retirou-se para o banheiro feminino. Estava a salvo, por enquanto. Ela esperaria até a abertura oficial do bar para a multidão faminta da manhã. Escutou o barman assobiando enquanto destrancava a porta da frente, chegando para o trabalho. Ela o ouviu ligar o rádio, baixinho, enquanto se preparava para o dia agitado que se aproximava.

Ela o ouviu chamando os entregadores que descarregavam pelos fundos: o leiteiro, depois o homem da cerveja e o garoto da padaria, que trouxe os sanduíches. Todos gritavam e riam enquanto trabalhavam. Então, finalmente, os clientes começaram a entrar. Enfim, Amie escapou do banheiro feminino e se moveu rapidamente através da agitada multidão de pessoas famintas. O bartender estava ocupado demais para reparar, e ela caminhou até ele como se tivesse acabado de chegar pela porta da frente.

– Está tudo bem hoje? – perguntou ela. Ela o viu pular e, por uma fração de segundo, um olhar de culpa inconfundível cruzou seu rosto. Foi apenas um momento, mas mostrou a ela tudo o que precisava saber. – Só vim verificar a contabilidade – disse ela enquanto se dirigia para o escritório.

Mas então ela seguiu, saindo pela porta dos fundos. Os veículos tinham ido embora.

Ela sabia que o sr. Strollo logo apareceria. Amie atravessou apressadamente uma viela, virou a esquina e se abaixou na rua lateral de onde ele costumava vir. A rua estava cheia de gente. Ela observava cada transeunte, até por fim ver a figura familiar. Strollo não a notou até ela se levantar e colidir deliberadamente com ele, deixando a bolsa cair no chão.

– *Scusi* – murmurou ela. Quando ele se abaixou para pegar a bolsa da desastrada senhora grávida que havia batido nele, Amie abaixou a cabeça para perto da dele e sussurrou: – Sr. Strollo, não vá ao meu bar hoje. Meu bartender deixou alguns investigadores entrarem e temo que eles tenham colocado uma escuta em sua mesa.

Strollo se endireitou devagar, o rosto impassível. Ele mal movia os lábios, mas, antes de ele se virar e ir na direção oposta, Amie o ouviu dizer:

– *Grazie, ricorderò questa gentilezza.*

Quando Amie chegou em casa, viu que Sal tinha parado o carro no meio-fio, mas estava sentado lá, estacionado, parecendo perdido em pensamentos. Ela bateu à janela, e ele saiu rapidamente.

– Qual é o problema? – perguntou ele, preocupado. – Você precisa da minha ajuda?

– Escute, Sal – disse Amie, sem fôlego. – Estive pensando sobre sua oferta. Você ainda quer comprar o bar?

Sal fez que sim.

– Quero, sim.

– Bem – continuou Amie –, acho que é uma boa ideia. É claro, terei que discutir isso com as Madrinhas. Se não houver problema para elas, então temos um acordo.

– Isso é ótimo, *signora* – respondeu Sal.

Então Amie sentiu-se obrigada a contar-lhe o que havia acontecido naquela manhã com os intrusos. Sal a ouviu atentamente, sem se deixar abalar em relação à compra, como se tais coisas fossem o preço de se fazer negócios.

– Talvez fossem os rapazes do departamento de narcóticos – ponderou Sal.

– Mas nós não temos nada a ver com drogas – disse Amie, indignada.

– Claro que não. Talvez eles queiram implicar Strollo. Meu palpite é que pegaram o garçom traficando e conseguiram que ele cooperasse – disse Sal. – Pelo que sabemos, ele pode ter mentido e dito que estava vendendo drogas para nós.

– Então é melhor você despedir aquele bartender – advertiu ela.

Sal disse secamente:

– A menos que Strollo chegue até ele primeiro. Por mim, tudo bem.

Agora ele olhou para a casa com preocupação. Amie lembrou que Sal estava ali sentado no carro, preocupado com outra coisa antes de ela chegar.

– O que está incomodando você, Sal? – perguntou Amie.

– Perdi o contato com Frankie – respondeu Sal, calmamente. – A última vez que tive notícias dele foi quando ele contou que provavelmente tivesse uma pista de Chris. Nada desde então. Então mandei uma mensagem, avisando que as acusações contra ele foram retiradas e que Mario estava sendo enviado a um hospital em Londres, mas não consigo nem saber se Frankie vai recebê-la. Temos contatos na Irlanda que têm levado nossas mensagens e o ajudado, orientando-o, mas também não estou tendo muita notícia deles. Eu não sei como dizer isso a Lucy.

Amie observou que Sal, que não tinha medo de enfrentar valentão algum na rua, não conseguia enfrentar Lucy e agora se comportava como um agente funerário. Lucy ficaria mais perturbada com a atitude derrotista do que com a informação.

– Eu conto para ela – ofereceu-se Amie.

Ela esperaria até depois do jantar, porque sabia que Lucy não comeria nada se recebesse a notícia antes. Também serviria um pouco de vinho no jantar, para que ela pudesse ter uma chance de dormir naquela noite. Amie explicaria tudo e então garantiria a Lucy que, em tempos de guerra, tais silêncios não eram incomuns e nem sempre significavam o pior... e que Frankie certamente voltaria a entrar em contato, muito em breve, com boas notícias.

29

Primavera de 1945

A Páscoa chegou mais cedo naquele ano, no dia primeiro de abril, quando o clima ainda podia se tornar traiçoeiro com os ventos implacáveis do último resquício do inverno. Mas o sol brilhava com determinação, e uns poucos esquilos ousados se espalhavam pelo jardim, enquanto os primeiros pássaros corajosos começavam a vibrar e a cantar.

Pouco depois do feriado de Páscoa, em um dia particularmente lindo, quando o céu estava entremeado de violeta, rosa e amarelo, o bebê de Amie veio ao mundo.

Amie ficou furiosa, porque, assim que ouviu o obstetra dizer "Aí vem a cabeça!", eles lhe deram um sedativo.

– Por que vocês me fizeram dormir? – murmurou ela frustrada quando acordou. – Eu consegui passar pela parte mais difícil, com toda a dor, pelo amor de Deus! Onde está o meu bebê?

– Aqui mesmo – respondeu Lucy. Amie virou a cabeça e viu Lucy embalando uma criança que uivava querendo leite. Amie já sentia os seios respondendo. – Calma, criancinha esfomeada! – disse Lucy em tom brando e cantarolante, balançando gentilmente o recém-nascido. – Deixe Amie acordar primeiro.

– Deixe-me ver o bebê, deixe-me ver! – gritou Amie.

O médico levantou os olhos e disse com alguma surpresa a Lucy:

– Enfermeira, entregue o bebê para a mãe, ela está esperando.

Lucy entregou relutante o filho de Frankie a Amie, que tentava se apoiar para vê-lo melhor.

– O que é? – quis saber ela. – Menino ou menina?

– Menina – disse Lucy, com alguma satisfação. *Frankie já tem uma dessas*, ela não conseguiu deixar de pensar. Então, sentindo-se um pouco horrorizada com a própria mesquinhez, ela disse bruscamente: – Precisamos pensar em um nome para ela, para eu colocar na etiqueta.

– Nicole – respondeu Amie imediatamente, encostando a bochecha contra a carinha quente da bebê. – Era o nome da minha mãe.

– Ótimo – disse Lucy rispidamente.

Ela sabia que estava sendo cruel com Amie, mas simplesmente não conseguia se conter. Lucy não era ela mesma havia semanas, não desde que Amie relatara que não havia notícias de Frankie e, portanto, nada sobre Christopher também. Lucy tinha voltado ao seu antigo hábito de trabalhar no turno da noite, para não ter que falar com os membros da família, que tinham boas intenções, mas só a faziam sentir-se pior quando tentavam tranquilizá-la. Então ela dormia de dia e vagava pelo mundo à noite, como um morcego.

O médico declarou:

– Tudo parece estar bem aqui. Estou exausto! Enfermeira, providencie que a nova mãe e a nova filha cheguem ao quarto e tenham tudo que precisarem. Passo para ver vocês antes de ir para casa esta noite.

– Sim, doutor.

Depois que Lucy instalou Amie em seu quarto, e a pequena Nicole, já alimentada e trocada, dormia contente no peito da mãe, Lucy disse com falsa alegria:

– Amie, temos que conversar.

Apesar de Filomena e Petrina terem avisado Lucy para esperar até a manhã seguinte para que todas pudessem estar ali para decidir o que fazer, Lucy não pôde resistir ao prazer de compartilhar aquela dor tortuosa em seu coração com a mulher que a havia causado.

Amie deitou a cabeça no travesseiro, de repente completamente exausta após a queda da adrenalina que havia alimentado suas forças durante todo o trabalho de parto. Ela olhou para sua doce bebezinha no cobertor rosa e sussurrou para ela:

– Eu sempre quis uma menina.

Sim, ali estava a filha que Amie desejava. Poderia agora comprar lindos vestidinhos, pentear seus cachos, ensinar-lhe todas as coisas que sempre desejou que a própria mãe falecida tivesse tido tempo de lhe contar. Amie tinha até sonhado que os gêmeos tinham uma irmãzinha para proteger.

– Olhe como o cabelo dela é macio e encaracolado – disse Amie, encantada.

Nicole não tinha saído do ventre careca. Não, não aquela menininha linda. Nicole ouvia a mãe com uma expressão radiante e inteligente.

– Linda menina – sussurrava Amie.

– Amie! – disse Lucy com veemência.

Relutantemente, Amie virou o olhar para Lucy, que tinha uma expressão dura e enigmática. A verdade era que Lucy não queria ter outra garota para apresentar a Frankie – se ele voltasse para casa e para ela. Ele amava Gemma, mas sempre tratou a filha como uma boneca de porcelana que não queria arriscar quebrar. Ele estava muito mais interessado em jogar bola com Christopher e com os gêmeos de Amie.

Amie sentiu tudo isso e agora disse, com muita firmeza:

– Sei o que eu disse quando Johnny saiu do sanatório, mas as coisas mudaram. Você não quer outra filha. Você nunca vai amá-la de verdade, sabendo que é minha. Um bebê deve ficar com a mãe. É o melhor para todos.

– E Frankie? – perguntou Lucy, com amargura. – A filha é dele também, você sabe. E ele *vai* voltar para mim, Amie. Eu *sei* que ele vai.

– Bem, nenhum de vocês vai tirar esta bebê de mim. Entendeu? – Amie disse com uma nova agudeza.

O entusiasmo de dar à luz a tinha imbuído de uma estranha e forte clareza, como se o mundo desfocado de sua própria miopia tivesse enfim se tornado nítido. A vida lhe havia dado aquele precioso presente, para contrabalançar a dor no coração de ter perdido Johnny e sua própria mãe. Ela estava cansada de receber ordens de Lucy.

– Está claro? – persistiu Amie. – Quando Frankie voltar, se você quiser que eu lhe diga que ela é filha de Johnny, farei isso – propôs ela, sentindo que Lucy não merecia inteiramente sua generosidade, mas que talvez fosse aquilo o que ela queria ouvir.

Lucy a estudou intensamente.

– Sim – disse ela, depois de um momento. – Diga que é filha de Johnny. Eu não quero que Frankie, nem ninguém além das Madrinhas, algum dia saiba que a filha é dele. E mais uma coisa. Filomena disse que você quer se mudar para o subúrbio e matricular seus filhos na escola de lá. É uma boa ideia. Você vai mesmo fazer isso?

– Com certeza! – exclamou Amie, aliviada por Lucy ter concordado em deixá-la ficar com Nicole e porque a briga delas poderia enfim terminar.

– Está tudo pronto. A casa que Johnny escolheu deve estar pronta para eu me mudar com as crianças em julho. E, como todas concordamos que eu deveria vender o bar a Sal, Domenico está providenciando a papelada para a venda.

Ela havia contado às Madrinhas tudo o que acontecera com Strollo.

– Sal não foi esperto quando encontrou as escutas e as deixou lá? – sussurrou Amie. – Ele chegou a contratar duas coristas para se sentar à mesa do Strollo e conversar sobre os shows da Broadway! Ele disse que isso ia "deixar os tiras doidos de tédio". E deixou!

Isso porque, depois que as escutas não deram retorno para os investigadores que as plantaram, um dia, misteriosamente, elas desapareceram. E o bartender também.

– Eu não quero saber do Strollo e daquele seu bar! – irritou-se Lucy. – Ouça com atenção, Amie. Meus termos são os seguintes. Neste verão, você vai para Westchester e fica lá. Não a quero aqui com meu marido. Portanto, não volte para a cidade, a menos que eu a convide, nos feriados e coisas do tipo. Quero que você me dê sua metade da casa da cidade, para que nunca mais possa voltar e viver nela. Além disso, quero o nome de Johnny na certidão de nascimento de Nicole. E, se *algum dia* você tentar dizer a Frankie que a bebê é dele, pode acreditar, eu vou procurar Anastasia, descobrir onde Brunon está enterrado e denunciar você à polícia. Entendeu?

Amie recuperou o fôlego, perguntando-se se Lucy tinha enlouquecido um pouco, agarrando-se daquela forma à sua infelicidade, com tanta força que culpava Amie por tudo – até mesmo pelos desaparecimentos de Frankie e de Christopher. Se Lucy estava assim agora, como então se sentiria se Chris ou o marido nunca mais voltasse? E ainda mais falar de Brunon em um dia especial como aquele!

Amie olhou fixamente para ela.

– Você prometeu que não voltaria a mencioná-lo.

– Você cumpre a *sua* promessa – disse Lucy de forma significativa – e eu cumpro a minha.

– Está bem. Vou fazer isso. Agora, por favor, diga a Filomena que eu gostaria de vê-la – pediu Amie com firmeza.

Lucy foi para casa e contou às outras sobre seu acordo com Amie. Petrina analisou Lucy e decidiu que era inútil adverti-la quanto a mentir sobre a bebê. Talvez fosse o melhor.

– Amie disse que quer vê-la – disse Lucy a Filomena.

– Vou agora mesmo – respondeu Filomena. – Vocês duas podem cuidar da Teresa para mim?

– Claro – prontificou-se Petrina calmamente. – Venha, Lucy, vamos tomar um coquetel.

Quando Filomena chegou ao hospital, Amie disse com êxtase:

– Aqui, pode segurar a bebê. Minha filha não é linda? O nome dela é Nicole, em homenagem à minha mãe.

– Ela é linda – disse Filomena, aceitando o pacote rosa com um sorriso. – Sabe, ela é apenas sete meses mais nova que a minha Teresa. Acho que as nossas filhas vão ser muito amigas. Isso não vai ser legal?

Era bem a abertura que Amie esperava.

– Ah, sim! Filomena, preciso que você faça algo muito importante para mim – começou ela, inclinando-se atentamente para a frente. – É a coisa mais importante que eu vou lhe pedir na vida e, se você concordar, juro que nunca mais peço outro favor – acrescentou dramaticamente.

– Estou ouvindo.

– Por favor, você me daria a honra de ser madrinha da Nicole? – Amie convidou formalmente. Depois acrescentou afobada: – Você sabe que eu não posso pedir à Lucy, isso é certo! E acho que Petrina é um pouco permissiva demais para ser uma influência constante sobre minha filha. Eu quero que minha filha seja forte e calma, como você. Preciso saber que você vai proteger Nicole da Lucy, de qualquer um, se algo me acontecer.

Filomena tinha observado a pequena aconchegada calmamente em seus cobertores; aquela bebê parecia estar ouvindo atentamente o elevar e o baixar de tom das vozes delas, como se tentasse perceber o que elas estavam resolvendo. Amie também notou isso e sorriu.

– Ela está curiosa, esperando você dizer que sim – brincou Amie. – Todas as enfermeiras dizem que ela é muito "responsiva". Ela vai ser muito inteligente – intuiu ela. – E não um ratinho como eu. Você aceita, Filomena? Você tem toda a razão; essa garotinha vai ser amiga íntima da sua Teresa, assim como Gemma e Pippa são uma da outra. Então, você vai ver minha Nicole o tempo todo, de qualquer forma. Aceita ser a madrinha dela? *Por favor*, diga que sim.

– Sim – respondeu Filomena, com a voz suave, enquanto acariciava a mão de Amie.

***

Mario estava deitado na cama de hospital, esperando. Parecia-lhe que 90% da guerra era esperar para ser designado a uma divisão, esperar para embarcar, esperar para chegar, esperar na fila por comida, por roupas, por abrigo; depois esperar para lutar, esperar para ser descoberto numa vala quando fosse ferido, esperar para ser evacuado para fora da zona de guerra, esperar para ser operado, até mesmo esperar para morrer. Em contraste, os 10% restantes do tempo de guerra – quando os bombardeios irrompiam na confusão total do combate, que nenhum filme poderia jamais replicar – transcorreram tão rápido que sua vida inteira de fato passou diante de seus olhos à velocidade da luz, apenas para distraí-lo da dor espantosa de ter sido ferido.

Agora Mario esperava para receber alta daquele hospital em Londres, uma cidade que ele nunca tinha visto, porque sua unidade médica havia chegado à noite – após uma tumultuada travessia em um navio que, enquanto se defendia rotineiramente contra os ataques inimigos, havia conseguido matar alguns golfinhos-nariz-de-garrafa inofensivos e botos no porto ao longo do caminho. Foram os danos colaterais que mais enojaram Mario.

Deitado ali agora, ele sentiu falta de Filomena. Ele havia sonhado com ela, escrito a ela, até mesmo rezado para ela, como se ela pudesse interceder junto ao próprio Deus. Ele só queria chegar em casa e colocar a cabeça no colo de Filomena, sem se importar se a morte o atingiria depois disso. E, assim, ele pensou que estava sonhando quando o médico, um homem mais velho e corcunda de cansaço, entrou com um largo sorriso para dizer que ele finalmente poderia ir para casa.

– Você é um homem de sorte – disse o médico. – Tem um familiar aqui para buscá-lo.

Por um momento, Mario pensou que devia ser Filomena, como se ela pudesse simplesmente bater asas e voar através de um oceano para acompanhá-lo até em casa. Mas então viu Frankie, justo ele, se aproximando com aquele andar familiar que exigia respeito; no entanto, até Frankie, apesar de sua grande energia habitual, parecia mais velho, com alguns fios prateados prematuros no cabelo, o preço pago para sobreviver nestes dias.

– Sal me disse que você estava aqui – explicou Frankie com vigor. – Vamos lá, o médico disse que você está liberado. Vamos sair daqui antes que os militares mudem de ideia.

Não se podia culpar um homem por ser supersticioso naqueles dias. A quem mais poderia recorrer? Nem a Deus, nem à ciência, nem aos homens, nem às feras. Apenas um sentimento antigo em seu instinto que advertia contra a permanência nos lugares onde ele havia sofrido. Mario alcançou a bengala, de que ainda precisava após a cirurgia, e Frankie o ajudou a vestir o casaco. Quando chegaram à calçada, o ar fresco e úmido em seu rosto pareceu uma bênção para Mario.

– Eu estive na Irlanda e encontrei Chris. Ele vai voltar para casa conosco – confidenciou Frankie no táxi inglês, que se lançava por Londres com frenética habilidade.

– Que ótimo! Mas como diabos Chris foi parar lá? – perguntou Mario.

– Bem, aquele bandido de Hell's Kitchen, sabe, Eddie, disse a Chris que era *pai* dele, e tinha acabado de voltar da Marinha, então Chris acreditou nele, porque Lucy sempre contou ao garoto a mesma história que contou a todos nós: que o pai de Chris desapareceu e acreditava-se que estaria morto. Eddie até disse que agora ele estava trabalhando para *nós* e que tinha um trabalho a fazer e precisava da ajuda de Chris. Disse que ia para Boston, mas levou o garoto em um cargueiro para a Irlanda. Ele trancou Chris na cabine durante a maior parte da viagem e, assim que chegaram à Irlanda, Eddie foi para a fazenda de seus pais nos arredores de Dublin e largou o garoto lá. Eles fizeram Chris trabalhar como lavrador agrícola não remunerado. Mas foi uma bênção disfarçada, porque Eddie partiu para Dublin por conta própria, por isso não conviveu muito com Chris.

Mario absorveu a história.

– Como você conseguiu tirar Chris da fazenda? – quis saber ele.

– Fiquei naquela cidadezinha perto da fazenda, esperando uma oportunidade. Um dia, os pais de Eddie foram a alguma feira municipal para vender gado, e Chris foi largado na fazenda. Ele pareceu muito feliz em me ver. Nem hesitou quando eu perguntei se queria voltar para os Estados Unidos conosco ou ficar com os pais de Eddie. Então agora ele está em uma pousada aqui em Londres. Todos nós vamos ficar aqui só mais uma noite, Mario, e depois temos passagem para ir para casa.

O táxi parou em frente a um pub bastante discreto, com quartos no andar de cima que serviam como pousada.

– O melhor que pude fazer, com a guerra e tudo mais – explicou Frankie. – É mais ou menos limpo. Chris jantou; e está lá em cima na sala, descansando.

Vamos comer um pouco. Eles têm uma coisa aqui que chamam de *bangers and mash*. Salsichas, batatas e ervilhas.

O ambiente do pub era quente e reconfortante. Os homens bebiam, falavam e jogavam dardos em um alvo na parede perto do bar. Frankie levou o atordoado Mario a uma mesa em um canto distante. Mario sentou-se de costas para a parede e pediu uma caneca de cerveja clara para acompanhar o jantar. Os irmãos falaram francamente, comparando experiências. Frankie contou-lhe que estava enfim livre depois que os Pericolo tinham tentado armar para ele. Então, falaram de Johnny.

– Rosamaria me escreveu para contar sobre ele – disse Mario calmamente. – Mas ainda é difícil acreditar que ele esteja morto. Nem tivemos a oportunidade de nos despedir dele.

– Eu sei. – Frankie balançou a cabeça. – Não paro de pensar que ele ainda está naquele lugar lá nas montanhas, lendo livros, esperando que a gente o visite.

Ambos caíram em silêncio. Quando terminaram de comer, Frankie revistou os bolsos.

– Estou fumando desde que cheguei aqui – admitiu. – Estou sem cigarros. Tem uma lojinha do outro lado do beco. Vá lá em cima dar oi para o Chris.

Frankie pagou a conta e entregou a Mario as chaves do quarto deles. Mario perguntou:

– Sal ou a família sabem que estamos voltando para casa?

Frankie fez que não.

– Eu não queria tentar o destino anunciando nossos planos. Nunca se sabe quem está ouvindo ou lendo telegramas hoje em dia.

Mario entendeu. Enquanto Frankie se levantava e saía, Mario abaixava-se, procurando a bengala embaixo da mesa. Tinha caído no chão na escuridão, em meio à serragem, que facilitava a varredura de qualquer cerveja derramada ou guimba de cigarro caída.

E, enquanto Frankie saiu pela porta, outro homem, sentado sozinho no bar, se levantou calmamente e o seguiu para o beco escuro.

***

Em casa, estava claro para todos na família que o mundo inteiro estava mudando.

– O presidente está morto! – anunciou Pippa, de forma importante, um dia na primavera. Ela tinha ficado sabendo tudo sobre o assunto na escola. – Vocês me ouviram? O presidente Franklin Delano Roosevelt está *morto*! – entoou ela, como se fosse uma locutora de rádio.

Logo depois, souberam que o vice-presidente, um homem chamado Harry Truman, que antes vendia chapéus, havia pedido ao país que rezasse por ele, dizendo sentir que "a lua, as estrelas e todos os planetas" tinham caído sobre ele quando tomou posse como novo presidente.

– Isso não inspira exatamente confiança, não é mesmo? – observou Petrina.

E, então, chegou a notícia de que os alemães finalmente se renderam no dia 7 de maio e que a guerra na Europa havia terminado.

– Agora só temos que vencer os japoneses! – os gêmeos de Amie disseram com entusiasmo.

Num dia de verão, enquanto as crianças brincavam no pátio e as Madrinhas se reuniam na mesa de Tessa pouco antes do jantar, todos ouviram um carro encostar e buzinar.

– Quem pode ser bem na hora do jantar? – perguntou Petrina, apreensiva.

Ela torceu para ninguém ter se metido em problemas com a polícia novamente.

Filomena foi até a janela da sala de estar e, cautelosamente, espreitou por trás de uma cortina. Um táxi encostara no meio-fio e o motorista saiu para ajudar um militar de cabelos escuros e de uniforme, que se apoiava numa bengala ao sair do carro.

O homem levantou a cabeça, e Filomena viu o rosto de Mario olhando de volta para ela. Seu cabelo encaracolado havia sido cortado tão curto que no início ela não conseguiu acreditar que era ele. Ele acenou e subiu pelos degraus da frente.

Filomena apressou-se a descer os degraus de pedra para encontrá-lo na metade do caminho. Ela se atirou nos braços de Mario e o beijou no rosto e no pescoço. Por um momento, ela ficou simplesmente enfraquecida pela emoção, precisando muito da força do braço amoroso que ele colocou ao redor dela.

– Mario, *caro mio*! – gritou ela. Ele cheirava a lã, charutos, navios a vapor, táxis e outras reminiscências de lugares estrangeiros. Seu corpo parecia um pouco mais volumoso, mais musculoso. Ela se afastou só para olhar nos olhos dele. Suas viagens haviam deixado uma aura palpável de estranheza sobre ele, uma pitada de um mundo mais amplo de maravilhas e, no entanto, de feiura inimaginável. – É mesmo você? – murmurou ela enquanto se beijavam. – Ou eu estou sonhando?

– Sou eu, sim, senhora – disse Mario com melancolia. – Caramba, você não imagina como é bom estar em casa... e ver seu lindo rosto, de verdade, desta vez.

Filomena disse suavemente:

– Recebemos o telegrama de que você foi ferido. Eu não consegui perceber por suas cartas se era muito grave. Você está com dor?

– Não é tão ruim assim. Vou precisar de uma, talvez mais duas cirurgias, mas dizem que, depois disso, vou conseguir andar melhor – explicou Mario com aquela voz adorável de que ela havia sentido tanta saudade, por tanto tempo. Ele levantou os olhos e viu as outras Madrinhas de pé na entrada da porta. – Cadê minha filhinha? – quis saber ele. Petrina, que segurava Teresa, levou a bebê até ele. Mario, ainda apoiando-se na bengala, levantou bem o rosto até a criança, que estendeu as mãozinhas e agarrou seu cabelo com deleite instintivo. Mario murmurou: – *Dammi un bacio, la mia bambina*.

– Dê um beijo no papai – disse Filomena, e Teresa fez sons de beijinhos, virando o rosto para ele.

Mario a beijou, depois olhou para a família na entrada da porta.

– Lucy – chamou ele –, tem outro moço aqui que veio vê-la.

Ele acenou em direção ao táxi, que ainda estava lá, com o motorista e um jovem ruivo esguio tirando algumas bolsas de lona do porta-malas. Mario acenou para ele, e o rapaz ruivo olhou para cima lentamente, quase incerto.

– É... Christopher? – sussurrou Lucy, querendo correr e agarrá-lo junto ao peito, mas parando por causa do olhar reservado no rosto do jovem. – Ah, Deus. Ele ficou tão... alto...

Sua voz ficou presa na garganta, e ela não conseguiu dizer mais nada.

– Ele está bem – disse Mario em voz baixa. – Chris ainda tinha algumas perguntas sobre como você virou mãe dele. Eu contei que, até onde eu sabia, ele sempre foi seu, Lucy, porque você era a única que realmente o amava e o queria. Só vá devagar com o menino, está bem? Não peça coisa demais cedo demais. Ele precisa de algum tempo para se acostumar conosco outra vez e se sentir seguro aqui. – Mario retomou sua voz normal e gritou: – Ei, Chris, diga olá a esta senhora que está preocupada com você desde que você foi embora.

Ele falou isso num tom significativo, como se já tivesse advertido Chris que ele devia ter em mente o quanto Lucy o amava e como sua ausência havia sido dolorosa para ela. Chris subiu as escadas com cuidado e estendeu desajeitadamente a mão para Lucy, sem saber como expressar aquilo de que ele mesmo não estava seguro.

Lucy deixou-o apertar sua mão enquanto pensava: *ele está tão alto e tão magro, e já se tornou um novo jovem, mas ainda vejo o mesmo rosto doce de criança que me fez querer protegê-lo.* Seu coração doía de empatia e saudade.

Mas ela apenas sorriu para ele, tocou seu ombro e disse casualmente:

– Bem, já era hora de você aparecer, rapazinho! Pensei que tivesse fugido e se alistado no exército com Mario. – Chris pareceu assustado, depois percebeu que ela o estava provocando e sorriu. – Entre, meu querido – chamou Lucy, guiando-o gentilmente para dentro.

As outras o cobriram de afeto, o que ele apreciou com acanhamento.

Lucy fez uma pausa, depois se voltou para Mario.

– Como você o encontrou? – perguntou ela, meio assustada. – E... onde está Frankie?

Pois ela notara que três bolsas de lona haviam sido tiradas do porta-malas do carro, mas apenas dois passageiros tinham saído do táxi.

Mario indicou com a cabeça a casa de Lucy. Sal estava parado nos degraus, conversando com alguém de costas para eles. Sal despediu-se com um aperto de mão e saiu andando pela rua. O outro homem agora se virou e seguiu na direção de Mario e Lucy, cautelosamente, como se também tivesse sido ferido. Parecia exausto, mas, assim que encontrou o olhar dela, abriu um sorriso alegre e, de repente, pareceu-se outra vez com o Frankie dela.

– Ei, Luce! – gritou ele. – Estou faminto. O que tem para o jantar?

Lucy, perplexa, ficou tão intensamente trêmula que mal pôde sussurrar uma saudação. Mas, quando Frankie se aproximou, ela voltou à maneira habitual de lidar com o marido quando ele estava sendo impossível e deu-lhe um leve empurrão.

– Seu desgraçado! Por que não nos *contou* que estava a caminho de casa? – exclamou ela indignada, ainda trêmula.

– Porque até o último minuto eu não acreditava com certeza que conseguiríamos – disse Frankie à sua maneira prática –, e não queria agitar todas vocês por nada.

Ela viu que ele inclinava um lado do peito.

– Você está bem? Também foi ferido? – perguntou Lucy preocupada.

– Sim, mas estou bem.

Ele a tomou nos braços, sentiu que ela estava tremendo e a segurou apertado, beijando seus lábios com suavidade, várias vezes.

As outras correram de volta para a porta da frente, espantadas, clamando por Frankie.

– Venha – disse Lucy, guiando Frankie gentilmente. – A gangue está toda aqui. Pippa, Gemma e os gêmeos...

– E quem são estas pequenas? – perguntou Frankie, vendo Teresa e a bebê Nicole.

Todos estavam na sala de estar agora, falando ao mesmo tempo. Lucy segurou a respiração enquanto os homens eram apresentados às novas adições à família. Amie, ainda embalando a filha, se comportou como se também se convencesse de que a filha era realmente de Johnny. Quando Amie levantou os olhos, Lucy chamou sua atenção com um breve e silencioso aviso: *Lembre-se do que prometeu. Fique longe de meu marido.* Amie deu-lhe um breve aceno de cabeça. Frankie, cansado das viagens, simplesmente aceitou Nicole como filha de Johnny, e uma expressão gentil, mas dolorosa, o tomou enquanto ele pensava no irmão. Mario também parecia tocado pela visão da bebê Nicole. Ele sorriu quando Filomena contou que era madrinha da criança.

Petrina, depois de abraçar Mario, ficou em silêncio, observando todos. Enquanto os outros entravam na sala de jantar para sentar-se ao redor da grande mesa, ela ficou ali tempo suficiente para deter Frankie com a mão em seu braço, e murmurou:

– Frankie, o que aconteceu? E aquele homem que levou Chris embora?

Frankie ficou um momento com ela no vestíbulo, para que as outras não ouvissem, e contou em voz baixa:

– Nunca mais teremos que nos preocupar com Eddie. Ele está morto. É por isso que eu estava falando com Sal. Ele já está divulgando em Hell's Kitchen que Eddie foi morto por um irlandês local, por vingança ao sindicalista que ele assassinou aqui. Eddie também tinha inimigos na Irlanda. Ele está enterrado num lugar onde ninguém jamais o encontrará.

– *Você* o matou? – Petrina sussurrou preocupada.

– Não – disse Frankie brevemente. – Foi Mario.

Petrina olhou para ele com total descrença.

– *O queeê?*

– Quando levei Chris comigo para Londres, alguém deve ter visto nós dois na estação de trem irlandesa, porque Eddie nos pegou em Londres. Na noite anterior ao nosso embarque para cá, Eddie pulou em mim num beco escuro perto do pub em que estávamos hospedados. Ele puxou uma faca. Eu tentei argumentar com ele. Ele não queria Chris. Disse que, por nossa causa, o garoto era problemático e não valia a pena. Mas Eddie estava convencido de que estávamos por trás dos Pericolo e de todos os problemas que eles causaram, e disse que nós "devíamos" algo a ele. Então, primeiro ele pediu dinheiro em troca de Chris. Eu estava pronto para isso. Falei até que pagaríamos. Mas Eddie estava bêbado e ficou furioso; mesmo depois de ter pegado o dinheiro, ele veio até mim com a faca para "acabar comigo". E conseguiu me acertar um golpe. Eu pensei que estava acabado.

– Mas como...

– Mario tinha visto Eddie se levantando no bar para me seguir. Então foi atrás *dele*, bem a tempo. Quebrou o pescoço dele. O cara mal teve tempo de emitir um som. – Petrina reprimiu um grito de consternação. – Ei, Mario estava na guerra – disse Frankie, racional. – Ele aprendeu a matar com eficiência. O que você achava que estavam ensinando a ele? Mas ele está bem. Chris também está; eu contei que Eddie estava morto, e ele nem perguntou como isso aconteceu, só falou: "Ótimo!". Como se fosse um grande alívio. Então, todos estão bem.

– Deus! – Petrina arfou, apoiando-se contra a porta, em total consternação. Frankie pôs a mão no braço dela.

– Sorria, Petrina, eles estão nos esperando. Sorria e deixe que todos sejam felizes esta noite. Estamos todos em casa, e estamos sãos e salvos.

Livro Três

1957–2019

30
Nicole e Filomena
Mamaroneck, abril de 1980

Minha madrinha e eu tínhamos ido para a sala de jantar, para almoçar enquanto continuávamos a conversa. Agora, eu tinha caído num silêncio atordoado enquanto absorvia tudo o que ela havia revelado.

É claro, algumas dessas coisas eu já sabia. Minha mãe, Amie, havia cumprido sua promessa à tia Lucy e nunca contou a Frankie que eu era filha dele. Mas, quando minha mãe pensou que eu tinha "idade suficiente para lidar com isso", após minha formatura, ela me contou a verdade sobre o caso com Frankie do qual eu tinha nascido e de seu "arranjo" com Lucy. Passei por várias fases de descrença e ultraje.

Lembro-me de ter dito acusadoramente à minha mãe:

– Então é por *isso* que a tia Lucy agia como se eu fosse uma mina terrestre da qual ela não queria se aproximar muito.

Pois, embora tia Lucy fosse gentil comigo em reuniões familiares, eu sentia que ela não me queria realmente por perto. Quase sentia que ela tinha um pouco de medo de mim. Agora eu sei que não era minha culpa ela às vezes desejar que eu não existisse.

– Mas ela te ama – minha mãe me assegurou. – Ela sempre lhe envia um presente de aniversário. Portanto, você deve guardar isso para si e não aborrecer a tia Lucy.

Na verdade, minha mãe me proibiu de discutir isso com o tio Frankie. Nessa época, ele e tia Lucy já tinham se mudado para a Califórnia, o que suspeito ser o motivo pelo qual minha mãe finalmente me contou.

– Nesta família – concluiu ela –, é melhor não ficar especulando o passado. Eu sempre senti que Johnny estava cuidando de você, como um pai o faria. Ele lhe diria: "Seja feliz no presente e aproveite ao máximo sua vida".

Depois daquela notícia, eu fiquei semanas olhando para o espelho. Não me pareço muito com minha mãe; as pessoas dizem que tenho as maçãs do rosto e o sorriso dela, mas ela é loira, e eu tenho os olhos castanhos, o cabelo escuro e a pele pálida do lado do meu pai, assim como meus irmãos, Vinnie e Paulie. E embora o tio Frankie – como continuo pensando nele – fosse sempre amigável comigo, eu sabia que ele tinha um temperamento temível; eu o tinha ouvido gritar com Chris, e também com sua filha, Gemma. E sempre acreditei que Johnny, o homem de aparência benevolente na foto emoldurada em prata em cima do piano de minha mãe, era meu pai amoroso que tinha morrido antes de eu nascer, então, mesmo agora, Johnny ainda parece meu anjo da guarda.

Foi nessa época que tomei consciência de que minha madrinha realmente queria me ajudar. Não creio que minha mãe tenha contado a Filomena sobre nossa "conversa", mas Filomena deve ter sentido minha angústia. Ela nunca me deu conselhos ou consolo, mas, sempre que nos falávamos, ela mantinha a conversa focada no meu futuro, sempre perguntando sobre meus planos de ir estudar no exterior, até me dizendo que tinha consultado uma cartomante que previra que meu destino era na França.

Estranho como ter apenas um adulto tratando-a como alguém promissor pode ser um verdadeiro colete salva-vidas; porque, logo depois, eu me mudei para Paris para fazer pós-graduação na Sorbonne e me apaixonei por James, então o choque do passado, por mais incrível e enfurecedor que fosse, parecia estar longe agora, eclipsado pelo presente deslumbrante e a promessa de um futuro brilhante. Eu estava feliz em ser finalmente adulta, livre de minha família e de todos os seus enredos. Talvez minha mãe tivesse conseguido me ensinar a tirar da cabeça memórias difíceis, afinal de contas. Mas de vez em quando eu *tinha* aquela sensação temerosa de que havia outros segredos escondidos entre ameaças sombrias que eu mal podia vislumbrar em minha visão periférica.

Agora, com essas novas informações que eu acabava de obter de minha madrinha Filomena, algumas peças do quebra-cabeça estavam se encaixando; no entanto, elas também levantavam mais questões. Sabendo os perigos que minha mãe tinha enfrentado na vida, percebi o quanto ela tinha tentado me proteger.

– Uau – disse, me recostando na cadeira, maravilhada. – Nós, crianças, só *sentíamos* que havia algo acontecendo, mas não sabíamos que as madrinhas tinham se metido com grandes gângsteres!

Senti uma onda de admiração por aquelas quatro mulheres corajosas que lutaram para se livrar da pressão de brutos tão poderosos. Ao mesmo tempo, eu me perguntava, com crescente apreensão, se a checagem de antecedentes do Departamento de Estado, que meu marido havia me avisado estar próxima, poderia vir a revelar a história conturbada de alguns dos meus antepassados. Alguém poderia me culpar por aquilo e realmente pôr um fim à carreira de James?

Como se lesse meus pensamentos, Filomena disse calmamente:

– Nicole, foi há muito tempo, em um mundo diferente, e isso não tem nada a ver com você ou seu marido. Não importa mais.

Assenti com a cabeça, esperançosa. Certamente era verdade. Mesmo assim, eu temia voltar para contar a James sobre essas coisas que poderiam simplesmente acabar com todos os seus planos. No início da manhã, eu havia deixado uma breve mensagem para minha mãe, avisando-a de que eu tinha ido visitar minha madrinha. Agora, quando estávamos terminando o almoço, o telefone tocou. Meu marido também tinha algumas novidades.

– Bem, parece que aquele trabalho em Washington está cancelado! – anunciou James. Quando eu arfei, ele explicou: – Você não ouviu? O presidente Carter e seus homens ignoraram o conselho de Cyrus Vance, embora ele seja Secretário de Estado, pelo amor de Deus. Carter e sua equipe foram em frente e enviaram helicópteros para tentar resgatar os reféns americanos no Irã. Que desastre! Quatro helicópteros caíram, e oito militares morreram!

– Ah, meu Deus! – exclamei, horrorizada. – Coitados. Que horror para todos.

– É, é ruim. Vance os tinha advertido. E agora está furioso porque seus rivais esquematizaram tudo pelas suas costas. Então ele se demitiu! Isso significa que a minha oferta de emprego também está destruída.

– Ahh! Sinto muito, querido – eu disse, mas no fundo fiquei secretamente aliviada.

– Eu não sinto – respondeu James, sóbrio. – Não é hora de irmos a Washington. Parece o início do fim desse governo e, de qualquer forma, Vance está fora.

Depois de desligar o telefone, contei à madrinha Filomena o que havia acontecido e que a checagem de antecedentes não seria necessária, afinal de contas.

– Muito bem, então. Vamos tomar nosso café – disse ela com vigor, levantando-se da mesa com uma nota de finalização.

– Mas, madrinha, você não pode simplesmente parar por aqui! – eu me opus, percebendo que àquela altura minha própria razão de estar ali havia se transformado em uma missão muito mais pessoal. – *Eu* preciso saber mais! Você realmente saiu completamente do "negócio", como queria? – Eu tinha minhas suspeitas e queria validação para aqueles sentimentos desconfortáveis que espreitavam em minhas próprias memórias. – O que aconteceu com os mafiosos? Eles realmente deixaram vocês em paz?

– Ah, não – disse ela suavemente, entregando-me uma pequena xícara de porcelana com um expresso cremoso. – Nunca é tão fácil para uma mosca escapar de uma teia de aranha. Veja, por muitos anos, ainda houve políticos, policiais, juízes, advogados dispostos a olhar para o outro lado, o que só dava mais poder aos Chefes e tornava difícil enfrentá-los. Mesmo que o sr. Hoover do FBI não admitisse que a máfia existisse dessa forma. Muitas pessoas tinham suas razões para não causar problemas. Mas, pouco a pouco, os tempos *começaram* a mudar, e ficamos de olho em nossa oportunidade de sair.

– E quando seus maridos voltaram para casa? – insisti. – Eles gostaram das mudanças que vocês estavam fazendo? Eles deixaram vocês ficarem no comando?

Madrinha Filomena disse com vigor:

– É uma coisa estranha, quando os homens voltam da guerra. No início, Frankie e Mario se comportaram como se sua autoridade fosse um chapéu ou um casaco que tinham deixado pendurado em um gancho no armário e pudessem simplesmente pegar e vestir outra vez. Bem, o país inteiro era assim. As mulheres não conseguiam um empréstimo bancário nem abrir um negócio sem um pai ou marido para assinar o empréstimo em conjunto. Todos nos diziam para voltarmos às nossas cozinhas e comprar máquinas de lavar, para que os soldados que retornavam pudessem conseguir empregos. Pura economia. Não tinha nada a ver com Deus ou biologia, como insistiam os políticos, os médicos e o clero.

Eu não podia imaginar viver sob tais restrições, apenas por ser mulher.

– Bem... E o que vocês quatro fizeram? – perguntei, prevendo a luta.

– Já tínhamos começado a pôr em marcha nossos grandes planos. Então naquele momento tínhamos que explicar aos nossos maridos por que queríamos cortar todos os laços com qualquer um de nossos negócios que permitisse aos Chefes cobrar tributo – explicou. – Eu também achava, depois da guerra, que havia um novo perigo no ar, algo ruim prestes a acontecer, o que acabaria nos forçando a desistir dos velhos caminhos, de qualquer forma. Mesmo assim, não podíamos simplesmente cortar esses laços com uma tesoura. Tivemos que continuar a eliminá-los, pouco a pouco.

– O tio Mario passou a tomar conta do seu livro? – questionei, fascinada pelo livro de Tessa.

Madrinha Filomena sorriu e balançou a cabeça.

– Não. Eu fiquei encarregada do livro. Mario só queria administrar a joalheria. Ele não se importava de me ter ao seu lado, mas não suportava a ideia de trabalhar com Petrina. Tive muitas conversas com ele, dizendo-lhe que ele deveria ser mais gentil com ela, e sei que ele a perdoou, mas simplesmente se recusava a passar dias inteiros com ela. Felizmente, Petrina estava disposta a criar raízes mais profundas nos subúrbios, então abriu a própria loja em Mamaroneck, e Mario e eu mantivemos aquela em Greenwich Village.

De alguma forma, a menção à joalheria da tia Petrina nos subúrbios foi, finalmente, atraindo as memórias sombrias para emergir de minha visão periférica, como se finalmente pensassem que era seguro sair para o exterior. Eu fiquei muito quieta e silenciosa, para que elas não desaparecessem.

Madrinha Filomena estava dizendo:

– Quanto a Frankie, a princípio ele resistiu a vender o restante das sociedades ocultas. Lucy ainda trabalhava no hospital, então acho que ela estava apenas aliviada por não ter mais que fazer o trabalho do marido. Mas no fim ela o convenceu a vender e a investir o dinheiro; acho que ele gostou do aspecto de jogo do mercado de ações. Todos nós estávamos mudando depois daquela guerra. Amie, você e seus irmãos já viviam em Mamaroneck, e foi por isso que sua mãe abriu o restaurante dela aqui.

– Eu me lembro. Foi um grande negócio para mamãe, naquele ano. Vamos ver. Isso foi em 1957 – eu disse calmamente, certa de que estávamos nos aproximando de algo muito mais importante.

Como sempre acontece com os quebra-cabeças, as peças dos cantos estavam sendo colocadas primeiro. Senti que as mais reveladoras poderiam ter algo a ver com minhas primas, e não apenas comigo. A filha de Filomena, Teresa, tinha sido minha melhor amiga. Nós adorávamos nossas primas mais velhas, especialmente a filha de Petrina, Pippa, que dançava profissionalmente havia anos e era muito glamorosa.

– Em 1957, Teresa e eu tínhamos doze anos de idade – falei com muita atenção. – Você e mamãe nos levaram para ver Pippa no balé. Vejamos, Pippa devia ter vinte e cinco, certo? Eu mal a reconheci quando ela subiu ao palco. Ela estava tão bonita e assustadora com toda aquela maquiagem dramática, interpretando o fantasma de uma princesa-cisne, dançando ao luar. E eu achei tão legal a maneira como os homens atiravam rosas a seus pés e gritavam "*Brava!*". Mas depois fomos aos bastidores, e ela nos mostrou como eram os dedos de seus pés. Céus! Aquelas sapatilhas de balé rosa parecem tão delicadas, mas os dedos dos pés dela eram como raízes de árvores nodosas.

– Sim. Naquela época, ela queria encontrar um homem simpático com quem compartilhar a vida – observou a madrinha Filomena. – Ela me contou que o diretor de balé disse: "Ou você dança, ou você tem filhos, não pode ter os dois". Era assim que era, naqueles dias.

Segui em frente, como se eu estivesse montando o cenário e conhecesse todos os atores.

– Vinnie e Paulie estavam se formando no colegial naquela primavera. A filha de Lucy, Gemma, tinha, hum, dezenove anos. Uma verdadeira beleza; quando ela andava na rua, os homens paravam o carro para chamá-la, na esperança de que ela sorrisse para eles. O irmão dela, Chris, havia voltado de servir na Marinha. Ele estava em algum tipo de encrenca com o tio Frankie e envolveu meus irmãos. Na verdade – concluí por fim –, toda a família estava um caos. E aí... eu vi algo.

Parei de repente. Era como se minha madrinha e eu estivéssemos tateando por uma mata de memória deliberadamente fechada, mas finalmente tivéssemos chegado a uma clareira.

– Sim, algo aconteceu conosco naquele ano – continuei, lentamente. – Eu me lembro da polícia por lá. Nunca contei a ninguém o que vi, porque nunca entendi realmente *por que* aconteceu. Mas você sabe, não sabe?

E, de repente, tive a certeza de que, o tempo todo, eu havia tentado encontrar o caminho de volta àquele ano de nossas vidas que, de alguma forma, havia determinado o destino de todos.

Madrinha Filomena estava sentada muito imóvel em sua cadeira, silenciosa e vigilante como um gato. Agora ela perguntou, gentilmente:
– O que você viu, Nicole?
E eu a olhei diretamente nos olhos.
– Muito bem, madrinha. Você me conta os seus segredos, e eu conto os meus.
E foi assim que ela finalmente contou o que aconteceu com nossa família em 1957.

31

A família

Greenwich Village, maio de 1957

Quase doze anos após o fim da guerra na Europa, Filomena acordou ofegante de um pesadelo terrível, em sua cama em Greenwich Village, ao amanhecer. Ela havia sonhado que toda a sua família – todas as Madrinhas, seus maridos e filhos – vivia em uma enorme cobertura no topo de um edifício como o Majestic, com grandes salas cheias de belos móveis e tesouros, com vista para campos verdejantes, árvores e um lago, como o Central Park.

E então surgiu um guinchar de aviões atravessando o céu e, segundos depois, as bombas caíram, destruindo tudo ao redor. A cobertura foi estilhaçada e todos caíram, voando pelo céu, por todo aquele caminho até o chão. Filomena foi a primeira a pousar sobre todos os escombros, depois viu os outros da família caindo em sua direção, mas seus corpos estavam em forma de números, rodopiando desordenadamente, como um punhado de folhas de outono voando ao acaso impulsionadas pelo vento. Ela se levantou e tentou pegá-los. Mas uma fria mão de pedra emergiu dos escombros e puxou Filomena para o lado, e ela ouviu a voz de Rosamaria dizendo: *tudo vai desabar. Agora só as crianças importam. É preciso tirá-las daqui, antes que sejam soterradas.*

***

Na mesma manhã de maio, Lucy trabalhava no turno da manhã no hospital. No intervalo, percebeu o quanto estava preocupada com Chris. Aos vinte e três anos, ele era alegre e resiliente, mas suas desventuras o haviam marcado; isso era inegável.

Quando Chris voltou da Irlanda, a princípio se recusou a discutir qualquer uma delas. Mas gradualmente perguntou a Lucy sobre suas origens, então ela contou a ele a verdade sobre seu nascimento. Chris havia dito com admiração:

– Os homens de Eddie ordenaram que você me matasse, mas você os enfrentou? E me salvou do orfanato, também. Por que fez uma coisa tão louca?

– Porque você sorriu para mim, e foi um dos momentos mais alegres da minha vida, rapaz – respondera ela honestamente.

Então Lucy caíra em lágrimas, e Chris a abraçou.

– Não se preocupe, mama – sussurrara ele –, agora nós dois estamos livres.

Mas ela podia ver, pelo seu olhar, que Chris havia aprendido algo sobre a vida: nada era realmente permanente e as coisas podiam mudar drasticamente, a ponto de nunca se saber realmente quem se era de verdade. Além disso, depois de voltar para casa, Chris não foi muito bem na escola, mas pelo menos conseguiu se formar no colegial. A partir daí, a conselho de Frankie e Mario, Chris entrou para a Marinha dos Estados Unidos, embora Lucy não estivesse muito entusiasmada com a ideia.

– Preciso mesmo entregá-lo novamente a este mundo perigoso? – ela tinha sussurrado para Frankie.

– Mostre que você confia nele e deixe-o ir – aconselhou Frankie. – Ele voltará.

E voltou; Chris voltou parecendo maior, mais forte, com os braços musculosos cobertos de tatuagens. Além disso, ele havia encontrado uma habilidade profissional em que se distinguia, porque o colocaram em serviço na cozinha, para preparar as refeições dos oficiais. Assim, uma vez de volta a Nova York, ele se matriculou em uma escola de culinária chique. Tinha sido ideia de Petrina.

Depois, Chris foi trabalhar em alguns restaurantes populares. Agora ele e Gemma dividiam o apartamento de baixo da casa de Lucy, onde Amie e Johnny tinham morado com os gêmeos. Lucy e Frankie ainda viviam no andar de cima, e podiam ficar de olho nos filhos.

E tudo parecia bem, parecia mesmo, até aquele dia. Quando Lucy, quase saindo para o almoço, recebeu uma ligação de Gemma.

– Chris se meteu em apuros, e papai está gritando e batendo nele! – contou Gemma. – É melhor vir me ajudar a acabar com isso, antes que o papai o mate.

***

No início da mesma tarde, Petrina, sentada na primeira fila de uma plateia bem-vestida, viu de perto um leiloeiro levantar seu martelo ameaçador.

– Última chance – advertiu ele – para esta excelente pintura de Jackson Pollock! Uma grande e rara descoberta precoce, de uma estrela do nosso século xx, brilhando no firmamento com Picasso e Diego Rivera.

– Claro, todos dizem isso *agora* – sussurrou o acompanhante de Petrina. – Desde que a revista *Life* escolheu Pollock como a oitava maravilha do mundo. Mas você estava com ele décadas atrás, quando ninguém o conhecia nem se importava com ele!

– Doug, fique quieto – cochichou Petrina, beliscando o braço dele.

– Dou-lhe uma... – entoou o leiloeiro. – Dou-lhe duas...

Mas o quadro não foi arrematado. Dois outros proponentes decidiram entrar na disputa, então agora havia três pessoas competindo por ele: uma senhora mais velha vestida com casaco de pele, um homem com um cachimbo e uma mulher jovem e hostil com um terno preto sóbrio e chapéu com véu. *Eles rebatem ofertas como quem joga badminton*, pensou Petrina com admiração. À medida que o preço ia subindo, ela respirava fundo. A sala estava agitada agora; até mesmo os porteiros e seguranças haviam espreitado para assistir, como se estivessem todos em um cassino.

– Muito dinheiro em jogo hoje à noite – comentou sabiamente o guarda.

– Aviso justo! Dou-lhe uma, dou-lhe duas, dou-lhe três, vendido para esta linda senhora! – o leiloeiro cantou triunfante, acenando com a cabeça para a mulher mais velha vestida de pele.

Petrina exalou em alívio. Acabou. Ela finalmente tinha vendido o quadro.

– Mas agora que foi vendido – admitiu ela –, sinto muito por ter que me despedir dessa pintura. Aquele quadro me ajudou a passar por momentos difíceis. – Ela se lembrou de Johnny olhando para ele na parede de sua casa em Mamaroneck.

Seu belo acompanhante a beijou.

– Desapegue – aconselhou Doug. – Você não terá mais momentos difíceis pela frente.

Ele a olhou com ternura, muito decidido a protegê-la. Petrina esperava que ele estivesse certo. Ela tinha decidido vender o quadro porque, ali estava ela, com mais de quarenta, prestes a mudar absurdamente a sua vida, o que significava se livrar de coisas que a lembrassem de tristezas passadas.

Resoluta, ela pegou o braço de Doug e eles passaram por outros da plateia que conversavam animados enquanto se apressavam para a calçada. Várias mulheres olharam com admiração para Doug, tão alto e marcante; depois olharam Petrina com inveja, por tê-lo conquistado.

Ele era um arquiteto que ela conhecera em Westchester havia um ano, alto, magro, com inteligentes olhos cinza. Uma amiga o havia recomendado a Petrina porque ela havia comprado mais casas para reformar e revender. Doug morava em Westchester, mas vinha de uma antiga família ilustre na Virgínia e tinha os modestos modos sulistas de um homem confiante de seu lugar no mundo. A primeira esposa havia morrido de uma infecção pulmonar e o deixado sem filhos. Ele era o tipo de homem que se movia calmamente pela vida, mantendo seus problemas para si. Mas algo em Petrina havia despertado sua esperança. Eles se cortejaram por um tempo, encontrando-se nas mesmas festas, até que finalmente começaram a namorar e se renderam à força que parecia os empurrar para que ficassem juntos. Ao pedi-la em casamento, ainda na semana anterior, ele a presenteara com o belo anel de safira que pertencerá à avó. A joia brilhava na mão dela naquele momento, sob a adorável luz do sol da primavera.

– Eu tenho que esperar aqui para pegar o cheque da casa de leilões – disse Petrina.

– Preciso pegar o trem de volta para Mamaroneck – disse Doug, aborrecido, ao fazer sinal para um táxi. – Você vai para lá no fim de semana?

Ela fez que sim com a cabeça.

– Vou apenas passar a noite aqui com minha família. Parto amanhã de manhã.

Ele a beijou de novo, um beijo longo, demorado e delicioso.

– Amo você – disse ele.

Petrina sussurrou o mesmo para ele quando ele embarcou no táxi.

Agora um homem alto, de cabelos cor de areia, vinha propositalmente na direção dela. Ele provavelmente queria apanhar o próximo táxi, à frente da multidão que se movimentava. Petrina não achou nada de mais até que o homem se plantou deliberadamente na frente dela. Então ela o reconheceu. A primeira coisa que seu ex-marido disse foi:

– Homem bonito, esse seu acompanhante. – Enquanto ele olhava na direção do táxi de Doug que partia. – E você... glamorosa como sempre.

– Richard – disse Petrina, atônita. – O que *você* está fazendo aqui?

Ela não acrescentou o que estava pensando: *você parece muito mais velho, estranho*. Mas ele pareceu adivinhar seus pensamentos, porque sorriu com pesar. Ela sabia que, após a guerra, ele tinha finalmente se mudado para Boston, onde se candidatou a um cargo em alguma primária, mas perdeu a indicação. Ele raramente via Pippa; tinha assistido à apresentação da filha quando ela estava em Boston, e raríssimas outras vezes. Desde o divórcio, a orgulhosa Pippa não queria nada com ele. Então Petrina não via Richard havia anos. Seu rosto estava mais inchado, o cabelo rareando um pouco, a boca virando-se para baixo nos cantos.

– Doris e eu acabamos de voltar para Manhattan – contou Richard num tom suave. – Tive que assumir a firma quando meu pai morreu. – Então, ele ainda era casado com aquela destruidora de lares. Mas, claramente, a vida o decepcionara, como se ele tivesse percebido com um choque que nunca seria tão exaltado e admirado como em sua juventude deslumbrante, correndo por aí ganhando torneios de tênis. – Um dos sócios da minha firma é colecionador e tinha um catálogo deste leilão – dizia Richard. – Quando vi seu quadro, pensei: *Santo Deus, isso está à venda? O quadro que eu ridicularizava minha esposa por ter comprado, nos anos 1940?*. Bem, Petrina, quanto você recebeu hoje, tipo, vinte vezes o que pagou? Eu deveria ter percebido. Você sempre teve bom olho.

– É verdade, você nunca percebeu o valor do que tínhamos – concordou Petrina, em tom petulante. – Quando você e seu advogado despojavam nossos bens e você jogou aquele quadro na minha pequena pilha, entregou nosso tesouro mais valioso.

Richard olhou profundamente para ela.

– Não era aquele quadro o tesouro mais valioso. Era você.

Assustada, Petrina se recuperou rápido o bastante para gentilmente rir dele. Mas pensou consigo mesma: *você ainda não entendeu. O tesouro mais valioso que já tivemos foi Pippa*. Mas ela não disse isso. Embora Pippa fosse agora uma mulher jovem, independente e livre, Petrina ainda sentia o velho medo de Richard ameaçar levar a sua filha.

***

Naquela tarde, Amie levou os filhos para passarem o fim de semana em Greenwich Village, a pedido de Filomena.

– Estou tão feliz que tenham vindo – disse Filomena, dando um abraço em Amie ao entrarem no escritório de Tessa. Suas filhas já tinham saído correndo juntas. – Eu queria falar com você antes que o restante da família chegasse – confidenciou Filomena. – É sobre o futuro de Nicole.

– O futuro dela? – repetiu Amie, se jogando em uma poltrona. – Ela só tem doze anos. Nunca nem teve um encontro! Ela ainda pensa em meninos como amigos. Vai levar anos até ela se casar.

– Não estou falando de meninos – disse Filomena um pouco ácida. – Minha Teresa diz que todos os professores não param de falar de como *sua* filha é uma garota notável e talentosa.

– Sim, Nicole só tira nota máxima – murmurou Amie.

Ela mesma tinha sido uma péssima aluna. Então não conseguia deixar de sentir um sutil choque de inveja a cada reunião de pais, quando todos os professores descreviam como sua filha era "um deleite" na sala de aula.

– A professora de Nicole quer que ela frequente uma escola para meninas talentosas no próximo período – continuou Filomena. – Teresa diz que há anos eles pedem a você que faça isso. Por que não fez?

Amie respondeu na defensiva:

– Frankie não mandou Gemma para a faculdade! Ele diz que é um desperdício de dinheiro porque as filhas só servem para se casar e ter bebês. Por que colocar ideias na cabeça de Nicole? Ela já lê demais do jeito que está. Dois livros por semana! Eu tento impedi-la, mas ela vai para debaixo das cobertas com uma lanterna. Ela vai acabar míope igual a mim.

Filomena alisou a saia, como se para engomar todas as rugas de suas vidas.

– Suponho que seja normal mães terem ciúmes das filhas quando elas as superam – disse ela, refletindo. Sua própria Teresa tinha um dom para a música, assim como Mario. E, verdade fosse dita, Teresa era mais próxima do pai, tendo o mesmo temperamento, o que às vezes dava a Filomena a sensação estranha de ser uma forasteira. – Mas, no fim, queremos que nossas meninas sejam independentes e não precisem depender de homens para sobreviver, certo?

Amie ficou chocada.

– Eu quero que minha filha se apaixone e se case. Você não quer o mesmo para Teresa?

– Isso seria bom, mas não se ela *tiver* que depender de um homem – respondeu Filomena.

– Ah, é? Então por que *você* não mandou a *sua* filha para uma escola chique e cara para garotas espertas? – questionou Amie, como se tivesse acabado de jogar um trunfo.

Filomena disse calmamente:

– As notas de Teresa não são tão boas quanto as de Nicole, mas, sim, ela também conseguiu entrar e vou matriculá-la para o próximo período. Mas nós tivemos uma briga esta manhã. Teresa disse que não vai para aquela escola a menos que Nicole também vá. Eu adoraria que nossas meninas estudassem juntas. Acho que Nicole ajudaria Teresa a aprender. O que me diz, Amie? Vamos mandar nossas duas lindas filhas para essa escola maravilhosa?

Amie ficou alarmada:

– Vinnie quer estudar direito e Paulie quer estudar medicina. Os gêmeos só estão indo bem graças a alguns bons tutores que Petrina encontrou para eles. Então, acredite em mim, gasto todo o dinheiro que eu tenho com isso – disse ela dramática e exageradamente, e ainda assim se convencendo do que dizia.

Filomena respondeu enfática:

– Então, como madrinha de Nicole, deixe-me ajudar com o pagamento, assim podemos enviar Nicole para as melhores escolas, e deixar que ela vá o mais longe que puder nos estudos. Discuti isso com Mario, e ele está de acordo com a ideia. Você não pode enterrar esse diamante, Amie. Lembra quando ela nasceu e você me pediu como um "último favor" que eu fosse madrinha dela e a protegesse? Agora, você precisa fazer esse favor para *mim*. Tudo bem?

Filomena colocou firmemente a mão sobre a de Amie, esperando uma resposta.

– Está bem – disse Amie, amuada. – Acho que as nossas garotinhas devem mesmo ir para a mesma escola. Isso vai nos poupar uma fortuna com a conta de telefone.

***

De seu esconderijo na despensa, Teresa e Nicole apertaram as mãos uma da outra para não gritar de alegria com o fato de que logo estariam juntas na escola para garotas "dotadas".

– Viu só? Eu não disse? Dentro desta despensa, dá para ouvir *tudo* o que elas dizem no escritório da minha mãe – sussurrou Teresa. Ela tinha os olhos de Filomena, mas seu rosto de fada era emoldurado por cabelos lisos e escuros, cortados com franja, o que a fazia parecer um pouco com Christopher Robin nos livros do *Ursinho Pooh*. – Tia Lucy estava lá antes, conversando com a minha mãe. Ela disse que Chris está tendo sérios problemas. Ele foi demitido da cozinha do restaurante, e sabe por quê?

Nicole fez que não. Teresa sussurrou alegremente:

– Chris estava ajudando uns caras a usar o lugar para traficar drogas. O proprietário os pegou e os demitiu. O tio Frankie descobriu, deu uma surra no Chris e gritou: "Hoje é dia de folga da cozinheira, então vá para a cozinha e seja útil". É por isso que Chris está fazendo o jantar para nós hoje.

Naquele momento, a porta da despensa foi aberta, e o primo mais velho delas ficou ali parado, parecendo surpreso.

– Olá! O que as duas estrelas de cinema estão fazendo na minha cozinha? – perguntou Chris, divertido ao encontrá-las ali, com os olhos arregalados. Teresa e Nicole riram. – Estão com fome, senhoras? – Elas balançaram a cabeça, sem palavras. Ele era *tão* bonito. – Venham, vamos ver o que eu tenho – continuou ele.

Elas o seguiram com fascínio. Na verdade, as duas garotas tinham uma pequena queda por Chris. Ele era alto e tinha aparência perigosa; nos braços fortes havia tatuagens azuis assustadoras, por ele ter estado na Marinha. Naquela época, ele sempre voltava para casa trazendo presentes para elas: moedas exóticas e selos das grandes cidades do mundo que tinham nomes mágicos, como Cairo, Barcelona e Istambul. Mas agora ele tinha sido demitido por agir como um verdadeiro gângster.

As duas garotas eram normalmente criaturas obedientes e estudiosas. Então sentiam uma emoção indireta ao redor de Chris, que não tinha medo de nada, nem mesmo de quebrar as regras. Ele não parecia nada arrependido após a reprimenda dos pais. Na verdade, parecia até bastante alegre, pois foi saltitando até o forno. As meninas observaram, encantadas, enquanto ele puxava uma grande bandeja de bolinhos com uma cobertura de mel pegajosa, com aroma celestial.

– Aqui, comam um bolinho de mel, mas não contem para as mães de vocês que eu lhes dei doces antes do jantar – disse ele, em tom de conspiração. – Podem comer aqui. Eu vou fazer uma pausa.

Ele saiu para o quintal, acendeu um cigarro, cruzou os braços e sentou-se ali, fumando contente. As meninas devoraram o doce, depois correram para o quarto de Teresa.

Chris estava na metade do cigarro quando ouviu um assovio baixo do outro lado do muro do jardim. Um momento depois, um ajudante de garçom que ele conhecia pulou o muro.

– Novo carregamento chegando hoje à noite – disse o homem.

Chris balançou a cabeça.

– Não posso. Meu pai está em cima de mim. Ele me esfola vivo.

O rapaz de rosto redondo parecia incrédulo.

– Sabe o quanto você e eu poderíamos ganhar só neste lance? – argumentou ele.

Chris respondeu com pesar:

– Eu não quero saber. Estou fora do negócio. E me faz um favor? Não volte aqui. As Madrinhas podem soltar os cachorros em você.

Não havia cachorros, é claro. Nunca houve cachorros. Mas o ajudante de garçom não sabia disso. As Madrinhas ainda tinham uma reputação; aquela história do arremesso de facas de Filomena havia sido exagerada e virado um salto agulha que ela havia enfiado no pescoço de um devedor. As pessoas acreditavam nisso, porque o rosto de tia Filomena dizia que ela o faria novamente se fosse preciso.

O ajudante de garçom saltou de volta o muro com muito menos ânimo. Chris deu de ombros. Os restaurantes eram bons canais para movimentar rapidamente mercadorias ilícitas, escondidas em meio a barris de peixe, produtos ou cerveja. Quando Chris sucumbiu à tentação, ele acabou fazendo um bom lucro, até que seu chefe descobriu. Frankie antigamente era sócio oculto daquele mesmo bar, antes de vender para o atual dono. Portanto, é claro que o proprietário tinha ido diretamente a Frankie, exigindo um pagamento por não ter denunciado Chris à polícia. Frankie pagou o homem, depois entrou em casa furioso, agarrou Chris pelo cabelo – pelo *cabelo*, pelo amor de Deus – e o fez ficar de joelhos, obrigando-o a jurar a Lucy que nunca mais faria aquilo.

Chris tinha a intenção de manter sua promessa. Frankie sempre foi um bom pai para ele, inclusive se arriscou muito para recuperá-lo de Eddie, uma besta de um homem cujo nome ainda fazia Chris tremer. Na viagem de navio de volta de Londres, quando Frankie tinha dado a notícia de que Eddie estava morto, Chris nem ao menos perguntara como ou por quê. Ele só tinha dito: "Ótimo". O lugar daquele diabo era no inferno.

Por um longo tempo, Chris tinha se comportado bem, contente de estar em casa. Mas agora começava a se sentir um pouco sufocado. A vida normal parecia lenta, sonolenta demais. Um homem de verdade tinha que tentar a sorte, correr riscos, se quisesse ser alguma coisa. Chris havia esperado a vida toda para ser adulto, como Johnny, Frankie e Mario, que em seu auge haviam atraído o respeito e a admiração tanto de homens quanto de mulheres. Diabos, os homens daquela família tinham praticamente sido os donos da cidade quando tinham a idade dele. Chris já tinha vinte e três anos. O tempo simplesmente marcharia sem ele, se ele deixasse.

Quando a família se sentou para jantar naquela noite, Petrina anunciou seu noivado com Doug. Em meio às exclamações de alegria de todos, Amie se vangloriou:

– Eu já o conheci! Ele é tão bonito, parece aquele ator de *Matar ou morrer*, Gary Cooper.

– Sim, Doug é um bom homem – disse Petrina, com uma voz calorosa que revelou o quanto ela gostava dele.

Filomena achou comovente e lhe deu um abraço. Mario, que ainda mantinha certas reservas com Petrina, tinha sido avisado por Filomena que algo assim estava prestes a acontecer, então, quando ela o cutucou discretamente, ele abriu galantemente uma garrafa de champanhe.

Todos brindaram à felicidade de Petrina. Teresa e Nicole observaram, de olhos arregalados, que a sofisticada tia Petrina corava como uma menina.

– Parabéns, madrinha – disse Teresa, bastante formal.

– Obrigada, querida – respondeu Petrina, tomando um gole rápido.

Frankie olhou ao redor, franzindo o cenho.

– Ei, onde estão as outras crianças? – perguntou ele.

– Os gêmeos saíram para tomar um pouco de "ar fresco", mas mamãe mandou que estivessem em casa às oito em ponto – respondeu Nicole sobre os irmãos.

– E onde estão as garotas grandes? – perguntou Frankie.

– Pippa tem uma apresentação esta noite, e depois vai a um jantar de gala *black tie*, e convidou Gemma para ir com ela – explicou Petrina, feliz demais para perceber as nuvens de tempestade chegando. – Então, elas não vão jantar conosco.

Frankie fez um aceno de cabeça significativo a Lucy, e ela entendeu a dica.

– Petrina querida – disse Lucy preocupada –, Pippa tem levado Gemma para dançar em discotecas na parte alta da cidade com aqueles amigos cheios de glamour dela. Estamos preocupados. Nossa menina só tem dezenove anos, sabe.

Petrina ficou insultada com a insinuação de que sua filha trabalhadora era uma má influência. Mas respondeu com leveza:

– Ah, as garotas grandes só estão atrás de um marido. Imagino que *isso* você aprove, Frankie querido.

Teresa comentou com Nicole:

– Eu odeio que chamem Pippa e Gemma de garotas grandes. Quer dizer que, não importa a idade que a gente tenha, sempre vão nos chamar de garotas pequenas.

Nicole ficou feliz quando os irmãos chegaram para quebrar a tensão. Ela estava orgulhosa deles; aos dezoito anos, Vinnie e Paulie eram bonitos e fortes, e, embora diligentes nos estudos, eles tinham um ar um tanto rebelde, mas de um jeito elegante. Eles entraram na sala de jantar como uma rajada de ar fresco. Frankie os olhou com desconfiança enquanto ocupavam seus lugares.

– Ei – disse Vinnie –, quem é o sujeito grande e gordo da vizinhança? Cara, eu nunca vi alguém tão gordo. Ele mal conseguia andar, cambaleando igual a um pinguim.

Ele andou de um lado para o outro para ilustrar.

– Aquele gordo devia pesar uns cento e trinta quilos – concordou Paulie. E, percebendo o olhar desconcertado dos outros, acrescentou: – Ele estava com um homem que chamou de Strollo, na frente do salão de bilhar.

Os adultos levantaram os olhos rapidamente ao ouvir o nome de Strollo. Frankie, sentindo-se responsável por disciplinar os meninos na ausência de Johnny, lançou aos sobrinhos um olhar aguçado.

– Que diabos vocês dois estavam fazendo no salão de bilhar?

– Ah, vai, tio Frankie – disse Vinnie enquanto Petrina lhe passava o prato de *antipasto*. – A gente só queria fazer um esporte para relaxar depois de estudar para as provas.

– Escutem, seus patetas. Vocês não vão desonrar a memória de seu pai sendo reprovados. Então vocês não "relaxam" até que as provas terminem, entenderam? E, mesmo assim – Frankie apontou o dedo para eles –, o único esporte em que eu quero ver vocês é a *natação*. Estou falando sério, rapazes. Vocês não vão impressionar as meninas se não souberem mergulhar e nadar tão bem quanto os caras de Harvard. Há muitos lugares para praticar, com todos aqueles clubes de campo e clubes náuticos e de praia para cima e para baixo no estuário de Long Island. Petrina é sócia. Ela vai deixar vocês entrarem, certo?

Petrina fez que sim. Os meninos pareciam adequadamente repreendidos.

– Certo, tio Frankie – disse Paulie, depois acrescentou com malícia –, mas hoje à noite vamos dormir aqui na casa de hóspedes. Então, podemos convidar você, Mario e Chris para um joguinho de cartas?

– Estou dentro – respondeu Chris, que entrava com uma enorme travessa de carne assada e batatas, e vagem com nozes e vinagrete. Ele a colocou no centro da mesa. – Mas, primeiro, vamos lá, pessoal, *buon appetito*.

As festividades duraram até a meia-noite. Até Frankie admitiu que a refeição tinha sido magnificamente preparada por Chris, e ninguém queria que a noite de comemoração terminasse. Nicole e Teresa ficaram amuadas quando foram mandadas para a cama às dez. Lucy insistiu em ficar acordada até que Pippa e Gemma voltassem, então disse aos homens:

– Podem me incluir.

Petrina também jogou, e Amie apenas assistiu, fazendo crochê. Filomena sentou-se e bebericou um bom licor que ela mesma havia feito, com vinho, ervas e violetas.

Logo após a meia-noite, eles ouviram a porta da frente ser aberta e depois fechada com estrondo. Todos levantaram o olhar quando Pippa e Gemma entraram com tudo, coradas de excitação, com um visual deslumbrante em vestidos de noite, xales com bordas de pele e luvas.

– O retorno das pródigas garotas grandes – disse Frankie, reprovando.

– Como elas são bonitas. Como duas rosas de haste longa – murmurou Petrina para Lucy. – Minha filha parece Audrey Hepburn, e a sua é como Marilyn Monroe.

– Não prestem atenção *na gente*! Vocês ouviram a grande notícia? – Pippa disse sem fôlego, atirando-se numa cadeira. – Frank Costello foi baleado!

– Em meio a um coro de perguntas, ela explicou: – Bem, ele estava jantando no restaurante Chandler's, e depois fez a ronda dos clubes para ver a esposa e alguns amigos.

– *Vocês* estavam em algum desses clubes quando isso aconteceu? – perguntou Lucy, horrorizada.

– Não – disse Gemma, entusiasmada, tirando o xale. – Ele foi baleado no saguão daquele prédio chique onde mora no Central Park West! Só descobrimos quando estávamos voltando para casa e passamos pelo local, e vimos a multidão e a polícia lá na frente. Aquele prédio bonito, como chama?

– O Majestic – respondeu Filomena, trocando um olhar com Petrina, lembrando o homem que lhes havia dado champanhe como cortesia no Copacabana e, anos mais tarde, as convidara para a sua cobertura.

Ela não podia imaginar balas voando naquele lindo salão *art déco*. Mas agora ela entendia o sonho que tinha tido naquela manhã. As bombas explodindo, as pedras de um edifício como o Majestic caindo nos escombros. Já havia começado.

– Meu senhor! Costello está morto? – disse Frankie, incrédulo.

– Eu não sei. Eles o levaram para o Hospital Roosevelt. Dizem que ele deu ao taxista uma nota de cinco dólares por uma corrida de quarenta e cinco centavos! – respondeu Pippa.

– Mas *quem* atirou nele? – quis saber Lucy.

Pippa disse, cheia de informações:

– Ninguém sabe ao certo. Mas o porteiro do Majestic falou que o atirador era um cara gordo que entrou no saguão e disse: "Esta é para você, Frank", então atirou nele e simplesmente saiu andando igual a um pinguim e entrou num carro que o esperava. Os repórteres já estão chamando o atirador de "o Gordo" e "Pinguim". Mas o sr. Costello disse à polícia que "não viu nada". Não é estranho?

Vinnie olhou para Paulie, que disse, cheio de significado:

– O Pinguim. O amigo do Strollo!

– Isso quer dizer que Strollo quer Costello morto? – perguntou Amie preocupada.

– Ele não faria um movimento como esse sem o apoio de alguém maior. Pode apostar que Vito Genovese está por trás disso – murmurou Frankie, olhando para Mario.

– Por quê? – perguntou Chris, intrigado. – Costello não é maior na cidade?

– Genovese sempre achou que *ele* deveria ter sucedido Lucky Luciano, em vez de Costello – explicou Frankie. – Ele nunca ficou feliz sendo apenas chefe subalterno de Costello.

Filomena estremeceu. Ela tinha visto Vito Genovese na rua apenas uma vez, mas foi o suficiente. Seus olhos de pálpebras caídas tinham uma expressão fria e calculista, tão calmos quanto os de uma serpente em estado de alerta. Dizia-se que ele tinha matado um homem só para poder se casar com a esposa do morto.

– São as drogas – disse Mario calmamente. – Estão mudando as coisas. Alguns Chefes estão se empenhando muito, mas Costello não quer ter nada a ver com isso. Os políticos não gostam, e Costello sabe que perderia influência política. Especialmente agora, com essa nova lei do Congresso, as penas de prisão por tráfico de drogas são mais severas do que as outras.

Frankie, olhando de forma significativa para Chris, disse:

– Certo. O que significa que apenas os idiotas não conseguem resistir aos lucros. Não é como contrabando e jogos de azar. Os entorpecentes são um negócio mais sujo. Eles estão vendendo essas coisas até em playgrounds, para deixar as crianças viciadas.

– É terrível o que a heroína faz às pessoas – comentou Lucy, perturbada. – Já vi viciados no pronto-socorro. Eles definham até não se parecerem com nada humano no final.

– Estão vendo? – Amie disse aos filhos gêmeos. – É nisso que dá andar por aí nos salões de bilhar. – Inesperadamente, ela se voltou para Chris. – Quanto a você – continuou, severa: – Eu sou sua madrinha, então é bom me ouvir. Você é bonito e não é burro. É hora de se aquietar, encontrar uma menina de quem goste e ter filhos com ela. Você cozinha bem, então venha trabalhar para mim, no meu restaurante em Mamaroneck. Você vai ter a chance de aprender tudo o que sei sobre o negócio, mas, se escorregar uma única vez, eu chuto você de lá.

Lucy levou um susto, mas não sabia o que dizer. As coisas entre ela e Amie haviam passado de uma trégua desconfortável para algo familiar novamente, mas não eram tão próximas como antes. Amie tinha mantido sua palavra e se mudado para Westchester, deixando seu apartamento na cidade para os filhos de Lucy. Por sua vez, Lucy havia dado a Amie a casa que tinha em Mamaroneck, e ela rapidamente encontrou inquilinos. Funcionava perfeitamente porque Frankie – diferente de Johnny – era um homem urbano e odiava os arredores distantes de classe média. Assim, a família de Lucy só era exposta a Amie em pequenas doses.

E, mesmo quando, inicialmente, se viam em ocasiões como o Natal, Lucy ficava observando de perto seu marido e Amie, alerta a qualquer resquício de algo entre eles, qualquer desejo oculto, qualquer troca de algo cúmplice ou sinal de paixão relembrada. Mas não havia nada. E Frankie era tão amoroso com Lucy como sempre fora. Parecia que o passado estava enterrado. Todos queriam que a vida familiar voltasse ao que tinha sido antes da guerra.

Mas, agora, a perspectiva de Amie levar seu filho para os subúrbios evocava a velha desconfiança de Lucy. Mas Chris inegavelmente enfrentava sérios problemas na cidade. Talvez realmente precisasse sair. Chris deu um sorriso de vencedor.

– Claro, madrinha Amie – respondeu ele. – A grana vai cair bem.

– Quanto a *você*, mocinha – Frankie disse severamente a Gemma –, chega de jantares e boates. – Quando ela protestou, Frankie reforçou com firmeza: – *Basta*. Estamos vivendo tempos perigosos.

Naquela noite, quando Filomena e Mario se preparavam para ir se deitar, ela contou:

– Amie convidou Teresa para passar o verão à beira-mar com os filhos dela em Mamaroneck. Eu disse que sim. Então todos eles saem cedo amanhã. Chris também, para trabalhar no restaurante da Amie.

– Acho uma excelente ideia tirar os jovens da cidade neste verão – concordou Mario, aconchegando-se a ela enquanto se acomodavam.

Embora ela não tivesse contado nada a respeito do sonho, Mario sabia por que ela estava preocupada; ela tinha um sexto sentido para os problemas que estavam por vir e estava fazendo tudo ao seu alcance para protegê-los do que pudesse acontecer. O livro de contabilidade de Tessa seria o último negócio a ser encerrado; os devedores menores tinham pagado aos poucos o que deviam porque Filomena reduzira os juros. Agora, só restavam alguns dos "peixes grandes": grandes apostadores, apostadores profissionais e agentes, que ela tinha mantido no livro para cobrir o tributo aos Chefes. Ela tinha calculado que dali mais ou menos um ano eles poderiam fechar completamente o livro de Tessa. Mas isso só seria possível porque Costello tinha sido razoável, e não pedira um tributo maior do que eles podiam suportar.

Agora, ventos ruins sopravam. Filomena falou, consternada:

– Estamos tão perto de sair. Mas, se Costello estiver morto, onde *a gente* vai ficar?

Mario a tomou nos braços e a segurou forte.

– Significa que só temos que nadar mais rápido do que pensávamos, para chegar "ao outro lado" de que você sempre fala – disse ele com ternura. – Antes que esses Chefes nos levem junto com eles.

Na manhã seguinte, Amie saiu cedo com Nicole, Teresa, Chris e os gêmeos. Depois que eles se foram, Filomena, Mario e Petrina tomavam o café da manhã, aguardando notícias em silêncio, quando Pippa entrou preguiçosamente na sala de jantar com um vestido extravagante, o cabelo longo e escuro preso ao acaso em um nó no topo da cabeça, agradecida por um pouco de café para beber com calma. Quando o telefone tocou, Mario foi atender no escritório de Tessa.

– Pippa e eu também vamos voltar para Mamaroneck – anunciou Petrina a Filomena. – Você e Mario vêm no verão, para o churrasco anual de Amie no 4 de Julho?

– Claro que sim – confirmou Filomena. – Mario está ansioso para ir pescar.

– Diga a ele que lá na praia tem grandes amêijoas para desenterrar! – contou Pippa, ainda bocejando e esticando as longas pernas, exausta da apresentação na noite anterior.

Quando ela ouviu o jornal que tinha sido jogado bater no degrau da frente, animou-se a se levantar e ir pegá-lo, para ler as críticas. Voltou logo em seguida, acenando o jornal para mostrar a grande manchete do *New York Times*:

Costello leva tiro ao entrar em casa; atirador escapa

Apostador sofre ferida superficial no couro cabeludo – agressor foge em carro escuro

– Costello está vivo! – anunciou Pippa, incrédula.

Filomena deu um suspiro de alívio.

Mas quando Mario emergiu do escritório, ele contou com cautela:

– Sim, Costello sobreviveu. Mas Sal diz que Genovese e Strollo estão por trás do ataque. Strollo contratou o homem gordo que Vinnie e Paulie viram no salão de bilhar. Parece que é um ex-lutador chamado Gigante.

Filomena e Petrina trocaram um olhar ao ouvir o nome do boxeador adolescente que havia dado aulas de autodefesa às Madrinhas, anos atrás.

– Não *pode* ser ele! – exclamou Petrina. – Ele não é gordo! Era um pugilista de sucesso, em ótima forma!

– Isso foi há anos. Acreditem ou não, dizem que ele engordou só para esse ataque, disposto a emagrecer depois, enquanto ficava escondido, e evitar ser identificado como o atirador "Gordo" – explicou Mario. Ele olhou para elas com curiosidade. – Como vocês conhecem esse Gigante?

– Oh, por causa de algumas conversas de bairro – murmurou Petrina, evasiva. – Mama conhecia a mãe dele.

– Bem, de acordo com nossas fontes, Costello concordou em "se aposentar" e deixar Genovese assumir sua posição de Chefe – continuou Mario.

Filomena arfou.

– Por que Costello faria isso? – perguntou ela, apavorada.

– Eles erraram uma vez – disse Mario. – Da próxima vez, não vão errar.

Filomena analisava o rosto dele, e então perguntou:

– É só isso?

Mario respondeu com cuidado:

– Não, tem mais uma coisa. Um dos irmãos Pericolo terminou de cumprir a pena na prisão. Dizem que ele foi para Las Vegas.

Pippa viu a mãe ficar pálida.

– Quem saiu da cadeia? – perguntou Pippa, incerta.

Petrina, tentada a não dizer nada à filha, enfim contou:

– Os homens que mataram a sua avó.

– Só um deles saiu. Sergio – corrigiu Mario. – Ruffio morreu na prisão, anos atrás.

Pippa sentiu o corpo inteiro gelar com a lembrança daquela cena terrível. Ela ainda conseguia sentir o cheiro dos dois assassinos quando passaram por ela; podia até mesmo se lembrar do aroma quente, doce e levemente ferroso do sangue de Tessa. Em todos aqueles anos, ela sempre tivera certeza de uma coisa: aquele mal estava apenas escondido, nunca desaparecera por completo.

32

Greenwich Village e Mamaroneck, fim do verão de 1957

Meses depois, em uma noite muito quente, Gemma teve uma briga com os pais. Não tinha sido culpa dela, na verdade. As coisas já estavam muito tensas em casa naquele verão. Lucy e Frankie lhe diziam o tempo todo que o novo Chefe estava "apertando as pessoas", o que significava que todos eles estavam sendo extorquidos por mais dinheiro.

Gemma ainda não estava autorizada a sair à noite com Pippa. Além do mais, apesar da proteção dos pais, Gemma sempre se sentira um pouco indesejada, desde a infância. Vinnie e Paulie chamavam a atenção porque eram gêmeos. Chris, que havia causado muitos problemas a todos eles, ainda era adorado por Lucy, como se fosse seu anjinho. Quando Gemma era criança, Lucy certamente a amava, mas, apesar disso, Lucy era muito distraída e ocupada. Algo – ou alguém – era sempre mais importante.

Frankie tinha sido afetuoso com ela, mas de forma descuidada; quando ela era pequena, ele a pegava e valsava pela sala, dizendo:

– Como está minha parceira de dança hoje?

Mas depois ele saía para ir jogar beisebol com os meninos, embora Gemma conseguisse rebater uma bola até o fim do parque. E agora que Gemma tinha guardado os patins e era uma "jovenzinha" de dezenove anos, Frankie não a abraçava tanto; ele agia como se ela fosse tão perigosa de ser segurada quanto um bastão de dinamite.

– É porque você tem seios agora – foi Pippa quem teve que novamente explicar a ela. – Os pais são homens, sabe. Ele não quer ter que reparar na sua aparência. O problema é que você é sexy demais. Faz todos os homens perderem a cabeça.

– Não tenho culpa de ter essa aparência – objetou Gemma.

Quando os homens começaram a notá-la, e os homens adultos fizeram isso antes dos meninos na escola, Gemma achara aquilo muito peculiar. Seu corpo sempre tinha sido seu espaço privado. Ter de repente homens estudando suas pernas ou olhando para seu peito como se ela tivesse colocado *cupcakes* no sutiã, a fazia se sentir um pouco enojada, para ser sincera. Ela passava as noites acordada, preocupada com a forma como deveria reagir a esse intenso interesse. No início, ela só conseguia sentir que queria ser deixada em paz.

– Não se preocupe – Pippa a havia aconselhado. Ela tinha agora vinte e cinco anos, e sua carreira de bailarina a havia tornado uma mulher do mundo. – Quando a gente sai de casa, é como estar no palco. *Você* está no comando. Sorria, mas não dê atenção. Você não tem que deixar ninguém a tocar, a menos que realmente queira. Não tenha medo. Porque, se você não tiver medo, vai assustá-los. Os homens, em sua maioria, são grandes sonhadores; só gostam de fantasiar. Basta escolher um bom moço e *você* vai se divertir beijando-o e se apaixonando por ele.

Pouco tempo depois, a mãe de Gemma havia decidido que era hora de ter "a conversa" com ela. Gemma fingiu que Pippa ainda não a havia esclarecido sobre sexo. Lucy foi franca e falou calmamente, mas agiu como uma enfermeira instruindo um paciente. Gemma gostou daquela conexão inesperada com a mãe, mas pareceu pouco demais, tarde demais.

Atualmente, eram as "garotas pequenas", Nicole e Teresa, que recebiam toneladas de elogios por suas habilidades escolares. Então, como ninguém parecia achar que Gemma tivesse muito futuro, ela resolveu com as próprias mãos.

Gemma suspirou, olhou-se no espelho, deu mais uma ajeitada nos cachos loiro-avermelhados e se juntou à família para jantar. Eles estavam comendo na casa do tio Mario, porque a tia Filomena havia cozinhado naquela noite, um delicado linguado servido com flores de abobrinha levemente fritas, recheadas com abobrinha fresca picada e misturada à farinha de rosca. O vinho seco Soave estava gelado e refrescante.

Mas, no fim da refeição, houve problemas. Começou quando Filomena comentou calorosamente:

– Gemma, Petrina me ligou. Ela disse que Pippa lhe contou que você conseguiu um novo emprego. Parabéns!

Gemma engoliu em seco. Aparentemente, Pippa supunha que Gemma já havia dado a notícia aos pais, já que estava no emprego havia quase uma semana. Bem, ela ainda não havia planejado dar com a língua nos dentes.

Lucy pousou o garfo e a faca.

– *O quê?* – E olhou desconfiada para a filha.

Frankie, como sempre, nem se deu ao trabalho de olhar para ela, apenas dirigiu seus comentários para Lucy, o que Gemma achou um insulto.

– Para que diabos ela quer um emprego? – quis saber ele. – Nós damos tudo o que ela precisa.

– Pippa trabalha – argumentou Gemma. – Ela é bailarina há anos.

Tarde demais, ela percebeu que isso só piorava as coisas.

– Ótimo! – retorquiu o pai. – Saltitando de collant, seminua para qualquer homem olhar, como uma vedete qualquer.

– Que tipo de trabalho você arranjou, Gemma? – falou Mario, gentil.

– Sou manicure – contou Gemma, sentindo a confiança se desvanecer a cada minuto. – Em um hotel elegante. É um trabalho fácil e eu recebo ótimas gorjetas, e pode levar a coisas melhores, porque conheço todo tipo de gente interessante. Pessoas que viajam, sabe... – Ela parou.

Pippa tinha encontrado aquele emprego para ela porque tinha muitas "conexões" no centro da cidade. Pippa tinha dito que aquele trabalho poderia levar Gemma a ser "descoberta", talvez como modelo ou estrela de cinema. Mas Gemma não queria dizer aos pais o que mais Pippa havia dito, como: "Você pode conhecer um milionário e se casar com ele"; "Homens ricos adoram garotas bonitas segurando as mãos e brincando com os dedos deles!".

– Manicure! – gritou Lucy, ignorando o olhar cauteloso de Filomena. – De onde você tirou uma ideia louca dessas?

– Puxa, não sei, acho que essa "ideia" simplesmente saiu de trás de um arbusto e me agarrou pelo nariz, como uma gripe – respondeu Gemma sarcasticamente, sentindo-se ofendida.

Por algum motivo, os planos que significavam tanto para ela tinham acabado parecendo uma idiotice agora que os tinha dito apressadamente em voz alta. Ela se sentia estúpida, com todos a olhando fixamente.

– Não queira dar uma de esperta, mocinha – advertiu Frankie.

Gemma mordeu a língua. Ela nunca entendeu por que dar uma de "esperta" era ruim para uma menina, especialmente pelo fato de seus pais ficarem tão impressionados com suas primas pequenas, estudiosas e obedientes.

Frankie se voltou para Lucy.

– Se ela fosse meu *filho*, eu daria uma surra de cinto nela. Então resolva *você*!

Para Lucy, ter uma filha linda era bem difícil – quando homens com idade suficiente para ser pais de Gemma assoviavam enquanto mãe e filha andavam pela rua, Lucy sabia que não era para ela. Mas ela estava preocupada com Gemma. Uma mulher que dependia apenas da aparência estava destinada a um final desastroso, especialmente em empregos que encorajavam os homens a olhar para elas e fazer propostas indecentes, como trabalhar em chapelarias ou como garçonetes em bares.

Então Lucy disse claramente:

– Já é hora de você parar de se achar, mocinha. Você quer trabalhar? Tudo bem, vamos encontrar um trabalho *decente* para você. Posso conseguir uma vaga em uma escola de enfermagem. Enfermeiras estão em falta hoje em dia.

– Não! – gritou Gemma, horrorizada. – Você acha que eu quero voltar para casa toda noite pálida e exausta, cheirando a desinfetante, como você? Acha que eu quero passar meus dias enfiada naquele hospital miserável, sem nada além dos doentes e dos moribundos ao meu redor? Prefiro *morrer* a ser enfermeira.

– Não fale assim com a sua mãe! – repreendeu Frankie. – Ser enfermeira é lindo, foi por isso que me apaixonei por ela. É um chamado nobre. Eu ficaria orgulhoso se você tivesse uma profissão como essa. Mas por que alguém aceitaria um emprego vulgar se não precisasse? – Ele parecia verdadeiramente desnorteado.

– Bom, mas eu *preciso*! – berrou Gemma. – Não sou talentosa e artística como Pippa, nem inteligente como Teresa e Nicole. Mas talvez eu pudesse ter sido, se alguém por aqui alguma vez tivesse dado a mínima para mim quando eu era pequena.

– Se você continuar falando assim... – Frankie agora estava furioso.

– O que foi, está ameaçando me espancar? Acha que sou uma daquelas pessoas que você e Sal podem intimidar?

Gemma já não se importava mais. Lágrimas corriam pelo rosto dela, e ela se sentia totalmente humilhada. Não queria passar a vida toda como manicure; era apenas uma entrada no ramo da beleza, que *era* uma carreira. Mas ela com certeza não diria isso agora, não depois da maneira como já haviam pisoteado seus pequenos sonhos de ter uma vida própria.

Então Gemma, agarrada ao último fiapo de autorrespeito, se levantou desafiadoramente.

– Eu tenho dezenove anos. Posso fazer o que quiser. Tenho uma amiga que trabalha em uma loja de departamentos, e ela e eu vamos alugar um apartamento juntas no centro. Portanto, vou manter esse emprego e viver por conta própria – gritou ela. – E pronto!

Ela saiu apressada da sala de jantar, soluçando enquanto atravessava o corredor que levava à casa dos pais. Entrou em seu quarto, trancou a porta e se jogou na cama.

– Dá para acreditar em como ela falou com a gente? – questionou Frankie. – Sabe o que mama e papi teriam feito se alguma vez falássemos com eles desse jeito?

– Frankie, deixe para lá – disse Mario, racional. – Ela só quer voar com as próprias asas.

– Só anjos têm asas – murmurou Frankie.

Lucy, curiosamente, não se ofendera com a explosão de Gemma. Mesmo os insultos a atingiram como uma lufada de ar fresco, fazendo Lucy perceber: *decepcionei minha filha. Tudo porque eu sabia que Frankie queria um menino, então tratei Gemma como se ela fosse um prêmio de consolação. Eu me pergunto por que era tão importante o que Frankie queria. Por que eu nunca me perguntei o que eu queria?*

– Mario – começou Filomena com tato –, pode me ajudar a levar o café e a sobremesa lá para fora? Está gostoso e fresco, com a fonte.

Deixada sozinha com o marido agora, Lucy disse pensativamente:

– Frankie. Deixe Gemma manter esse emprego. O mais provável é ela ficar entediada em breve. Mas, se a impedirmos, ela sempre imaginará que teria sido mais glamoroso.

– Ótimo – respondeu Frankie, exasperado. – Era você que estava contra. Gemma pode manter o emprego, mas não vai morar em um apartamento no centro da cidade. Ela tem que ficar aqui. Esse é o acordo. É pegar ou largar.

– Tudo bem – concordou Lucy. Então, ela se surpreendeu completando gentilmente: – Sabe, querido, todas as jovens precisam ver que o pai realmente as ama. Elas sentem quando um homem desejava ter tido um filho em vez de uma filha. E não me diga que os meninos "passam o nome da família".

Nós não somos reis. É só uma coisa de pinto, mesmo, homens querem filhos para poderem ver um reflexo de si mesmos. Mas ser indesejada machuca uma menina. Dói muito.

– Eu nunca disse que desejava que ela fosse um menino – murmurou Frankie, perplexo. – Eu fiquei muito feliz no dia em que Gemma nasceu.

– Bem, você deveria dizer isso a *ela* um dia, não apenas para mim – comentou Lucy, observando Filomena e Mario de braços dados no jardim. Ela pegou o braço de Frankie. – Escute, meu amor – continuou ela –, você e eu nunca tivemos muito tempo para nós depois que nos casamos. Por que não vamos embora, para um lugar agradável, só nós dois?

Na verdade, aquela tinha sido uma sugestão gentil de Filomena; Lucy, assustada no início, ficou tocada pela consideração, e pôde ver a sabedoria daquilo.

– Filomena diz que ficará de olho em Gemma para nós enquanto estivermos fora.

– Ir embora? Por exemplo, para onde? – perguntou Frankie, mais perplexo do que nunca.

– Você sempre disse que queria ir para a Califórnia e ver os vinhedos, talvez até comprar um – sugeriu Lucy.

– A Califórnia fica *muito* longe – disse Frankie, em dúvida.

– Sim – respondeu Lucy. – É exatamente isso o que estou pensando.

Frankie sorriu e a beijou.

– Certo, querida. Desta vez seremos apenas "eu e a minha garota"* – acrescentou ele, cantarolando a melodia popular enquanto a segurava forte. Lucy suspirou profundamente.

***

O verão em Mamaroneck estava encantador. Pippa passou pela joalheria da mãe depois de um dia no clube de praia, com as primas mais novas Teresa e Nicole a reboque. Teresa, com o rosto de fada emoldurado pela franja reta e escura, parecia-se mais com Filomena a cada dia, e tinha a doce disposição de

---

* No original, "*me and my gal*". "For Me and My Gal" é uma música de George W. Meyer, usada como trilha sonora do filme homônimo musical, dirigido por Busby Berkeley e estrelado por Judy Garland, George Murphy e Gene Kelly, em 1942. (N. da T.)

Mario, segura de si. A filha de Amie, Nicole, vibrante como um botão de flor, tinha uma exuberância radiante e a cabeça cheia de cabelos encaracolados de um castanho vivo.

Petrina olhou de relance para as meninas do outro lado dos brilhantes balcões de vidro de sua loja, sorrindo, mas se sentindo um pouco distraída naquele dia.

– Pippa, pode me ajudar a fechar? – perguntou Petrina. – Estou tão atrasada para tudo. Eu preciso estar no florista do outro lado da cidade antes que feche, para escolher todas as decorações para o casamento.

– Pode ir, mãe – disse Pippa. – Eu fecho para você. Já fiz isso antes.

Pippa estava orgulhosa da mãe. A joalheria de Petrina era o assunto da cidade. Ela tinha um verdadeiro talento para desenhar peças únicas em ouro cravejadas de pedras preciosas, inspiradas nos antigos estilos romanos, gregos e egípcios, que faziam suas donas se sentirem alguém da realeza.

E Pippa aprovava de coração o noivo da mãe, Doug, um homem cujo pedigree da Virgínia era ilustre, e ainda assim, era modesto e gentil. Tia Amie estava certa; Doug parecia *mesmo* Gary Cooper, lacônico, mas forte, igualmente confortável tanto de jeans como usando um elegante smoking, acompanhando Petrina às melhores festas. Petrina viu o olhar da filha e de repente experimentou uma sensação estranha e pungente da fugacidade do tempo. As meninas estavam crescendo. Teresa era muito parecida com Mario, e Nicole a lembrava de Johnny e Frankie. Pippa, aos vinte e cinco anos, havia chegado a uma idade de perfeição, ainda usando o cabelo escuro na altura da cintura, sempre uma bailarina de pernas compridas.

Quando eu tinha a idade dela, já era mãe, com meu diploma guardado em um armário, pensou Petrina. Era por isso que ela havia motivado Pippa a ir atrás de seus sonhos, a ter uma carreira.

– Os homens não são tão importantes. O casamento pode esperar – aconselhara ela.

Mas, agora que Petrina havia encontrado Doug, ela acreditava novamente no amor conjugal e não queria que a filha fosse privada disso. A experiência de Pippa com homens dificilmente inspirava fé no casamento: o pai que a abandonou, os gângsteres que governavam a cidade, e o pessoal enfadonho dos teatros e das discotecas. O amor só podia surgir quando dois corações honestos e abertos se encontravam. Se Pippa se tornasse sofisticada demais, poderia acabar perdendo a chance, como um último trem para casa.

– Ei, Pippa, aí vem aquele policial que está apaixonado por você – anunciou Nicole, olhando pela janela da frente.

Um homem de porte atlético vinha devagar, e inclinou o chapéu ao passar. Pippa levantou o olhar, depois acenou simpática para o investigador da polícia.

– Dá para acertar o relógio só de olhar George; ele sempre vem tomar café do outro lado da rua – observou Petrina, olhando para fora. – Hum. Ele está aqui em seu dia de folga, só para ver se *você* veio hoje, Pippa.

– George e eu somos apenas amigos – garantiu Pippa.

George tinha sido seu primeiro admirador ali na região, mas certamente não seu primeiro amor. A primeira paixonite de Pippa tinha sido um colega de dança; depois ela se apaixonara por um diplomata encantador mais velho que mandava flores para o seu camarim. Agora ela estava mais seriamente envolvida com um violinista, embora ainda não tivesse contado à família.

Então, ela tivera que recusar gentilmente o policial.

– Eu disse a George que o apresentaria à minha linda prima Gemma quando ela estivesse na cidade no outono para o seu casamento – contou Pippa. – Até ensinei George a dançar dança de salão. Ele é bom!

Petrina suspirou e se apressou a juntar suas coisas.

– Estou *mesmo* atrasada. Tem certeza de que não se importa de terminar aqui por mim? Os negócios estão lentos hoje. A rua esteve vazia quase a tarde toda. Todos saíram para aproveitar os últimos raios do verão.

– Tudo bem. Vá lá, escolha algumas flores bonitas para seu casamento – disse Pippa encorajadoramente.

– Madrinha, posso ir com você ao florista? – perguntou Teresa, ávida.

– Claro. E você, Nicole? Quer vir conosco?

– Não, obrigada. Eu fico aqui. Eu sempre sou a única picada por todos os mosquitos naquelas estufas. Eles nunca nem chegam perto de Teresa – reclamou Nicole. – Gosto mais de joias. Elas não mordem.

Pouco antes da hora de fechar, um entregador veio com alguns pacotes encomendados para a joalheria, e Pippa, que o esperava, disse a Nicole:

– Espere por mim na sala dos fundos, e pode me ajudar a registrar estas novas entregas. Depois, vamos empacotar todas as joias e colocar tudo de volta no cofre.

Nicole estava se olhando no espelho, admirando um lindo colar que Pippa tinha colocado no pescoço dela.

– Certo – concordou Nicole, saltando da cadeira e indo.

Pippa assinou as embalagens, e o entregador partiu. Ela trancou a porta da frente e virou o letreiro para fechado. Então abriu uma caixa-forte vazia e tirou metodicamente as joias das vitrines. Sua mãe havia lhe ensinado uma maneira eficiente de fazer isso, traçando uma rota em forma de u ao redor da loja. Quando Pippa terminou, carregou a caixa-forte e os novos pacotes para a sala dos fundos.

– Nicole, você está aí quieta como um rato. O que está fazendo? – gritou ela, com desconfiança. Esperava que Nicole não estivesse lendo os livros de pedidos de Petrina. Aquela garota lia tudo o que estivesse à vista, até mesmo o verso de caixas de cereais. – Nicole, vamos... – começou Pippa, depois parou, atemorizada.

Um homem com um chapéu preto puxado bem para baixo sobre o rosto havia agarrado Nicole e a segurava. Ele colocara a mão esquerda sobre a boca da garota; e com a direita segurava uma faca cintilante na garganta dela. Aterrorizada, Nicole arregalava os olhos. Pippa arfou, depois tentou falar calmamente.

– Pode soltá-la – pediu Pippa, abaixando as coisas que carregava. – A caixa registradora está na frente da loja e ainda está cheia. Pegue o que quiser, mas deixe-a em paz.

– Obrigado, vou aceitar – respondeu o homem, como se ela lhe tivesse oferecido chocolates. Ele chutou uma cesta de lixo próxima. – Esvazie – ordenou ele – e coloque todas as joias aí dentro. Depois, vá buscar o dinheiro na caixa registradora e traga tudo de volta para cá. A garota fica comigo, então não faça nenhuma gracinha nem tente alertar os vizinhos, ou *ela* vai sofrer as consequências – advertiu ele, colocando a ponta da faca mais perto do pescoço macio de Nicole. A menina soltou um gemido asfixiado de terror. O homem rosnou para Pippa: – E ande logo!

– Está bem, está bem – Pippa virou-se rapidamente para fazer o que ele havia pedido.

Ela sentia que estava tremendo, mas tentou se controlar. O homem soava como se tivesse estado na cadeia. Ela conhecia o tipo dele. Depois de todos aqueles anos, tinha aprendido a identificar exatamente que tipo de homem estava tentando conquistá-la, em bares e clubes gastronômicos, mesmo nos bastidores depois de uma apresentação. De vez em quando, algum bandido bem-vestido deixava transparecer seu caráter criminoso com a maneira ressentida de falar, especialmente com as mulheres.

Seu coração batia forte quando chegou ao salão da frente. Ela deu uma rápida olhada pelas janelas, esperando ver alguém a quem pudesse sinalizar para pedir ajuda. Mas, naquela época do ano, as pessoas por ali passavam o dia inteiro nos clubes de praia ou em seus barcos, desde o nascer do sol até a hora do jantar, quando se divertiam sob as estrelas. Se ao menos seu amigo policial George tivesse aparecido um pouco mais tarde, poderia ter ajudado. Mas ele já estava muito longe.

Pippa correu para a caixa registradora para sacar o dinheiro. Normalmente ela teria que arrumar todas as notas em pilhas de cinquenta, vinte e dez, e colocaria os cheques em uma carteira vermelha com um comprovante de depósito bancário. Mas agora ela simplesmente jogou tudo em um grande saco de feltro de joias. Seus dedos tremiam tanto que ela deixou cair algumas notas. Ela se abaixou para pegá-las. Não ficava tão aterrorizada desde que algo muito ruim tinha acontecido com alguém que ela amava, havia muito tempo.

E então, enquanto Pippa se endireitava, aquela memória horrível emergiu outra vez, uma coisa que ela havia levado anos de dança – e de psiquiatras, bebedeiras e homens – para superar. Ela respirou fundo, depois abriu a gaveta debaixo da caixa registradora, onde os cheques e os rolos extras de moedas estavam guardados, e pegou o que precisava. Então voltou para o fundo da loja. O homem esperava, ainda segurando a faca na garganta da pobre Nicole.

– Coloque o dinheiro no cesto de lixo – ordenou ele. Ele a viu fazer isso, e de repente quis saber: – Onde está Mario? Por que a loja dele no Village está fechada hoje?

Pippa, surpresa, gaguejou:

– E-eu não sei.

Era mentira. Ela sabia que a perna de Mario, que ele tinha ferido na guerra, ainda o estava incomodando, e ele precisaria fazer outra cirurgia em breve, então naquele dia tinha ido ao médico fazer alguns exames antes da operação. Depois disso, ele e Filomena planejavam passar o fim de semana ali; Filomena tinha insistido para que ele passasse algum tempo no campo descansando antes da cirurgia. Mas Pippa nunca diria àquele homem que Mario viria ali para o norte naquela noite.

O homem olhou-a com desconfiança.

– Eu quero ter uma conversinha com Mário. Os lojistas do Village disseram que ele e a irmã têm outra loja aqui. – O homem acenou em direção à cesta de lixo cheia de joias com um olhar de desprezo. – Este é todo o lote dele? – rosnou ele. – Agora, fale. Onde ele está?

O coração de Pippa batia forte e ela estava paralisada pelo terror, tão tonta que pensou que poderia apenas desmaiar ou morrer na hora e acabar com tudo aquilo, naquele instante mesmo. Mas a pobre Nicole olhava para a prima mais velha como se orando pela libertação. E então Pippa ouviu interiormente a voz da avó instruindo-a com as mesmas palavras que Gemma certa vez afirmara ter ouvido Tessa dizer em um sonho, havia muito tempo, naquele dia em que elas andavam de patins: "Fale para Pippa que ela deve cuidar de todos vocês, agora que eu estou no Céu".

– Cadê Mario? – repetia o homem com raiva.

Pippa exalou seu medo e endireitou a coluna. Ela era, afinal, uma artista nata que havia vencido um medo de palco igualmente paralisante. Então, fingindo um encolher de ombros descuidado, ela lhe deu um sorriso vibrante.

– Ah, ele já vem. Vamos lá, senhor – ronronou ela, persuasiva. – Solte a garota. Se realmente quer apontar essa faca tola para alguém, aponte para um adulto. Como eu.

Ela não tinha certeza absoluta se era apenas a atração sexual que causava um brilho sádico nos olhos daquele homem. Ele disse desdenhosamente à aterrorizada Nicole:

– Vá para aquele banheiro, garota, e fique lá. – Ele lhe deu um empurrão rude, e a lançou para a frente.

Nicole gritou brevemente. E o homem tirou seu lenço preto e o jogou em Pippa.

– Cale a boca dela – ordenou ele.

Pippa relutantemente amarrou a mordaça ao redor da boca trêmula de Nicole e murmurou:

– Fique quieta, querida. Deite-se no chão.

Nicole correu para o pequeno lavabo e fechou a porta.

Pippa, ainda tremendo, sentou-se em cima da mesa para mostrar as perfeitas pernas de bailarina, e fez um esforço para dizer em tom casual:

– Você me parece familiar. Já esteve no Copacabana?

O homem deu um risinho de escárnio.

– Aquele lugar velho, cheio de gente metida? – disse ele, na defensiva.

Pippa ainda o analisava, para ter certeza de que estava certa ao pensar que o reconhecia. Ele tinha perdido algum peso na cadeia, sem dúvida. Mas era a maneira como ele havia falado de Mario que a alertara.

– Você é um dos irmãos Pericolo, não é? – perguntou Pippa, calmamente.

Era seu pior pesadelo se tornando realidade, como se ela estivesse esperando um fim violento para a própria vida nas mãos desse espectro assustador que havia assombrado toda a sua existência.

Quando seu nome foi mencionado, o homem levantou a cabeça em alerta. Ela rapidamente retomou seu tom de flerte.

– Qual dos dois é você, afinal, Sergio ou Ruffio?

– Ruffio morreu – disse o homem brevemente. – Na cadeia, como um porco numa pocilga, graças a Mario e a sua família. Como diabos *você* me conhece? Quem é *você*? – Ele avançou na direção dela.

– Eu não esqueceria um homem como você – respondeu Pippa, sedutora. Quando ele a olhou de cima a baixo, ela soube que o havia pegado. – Tenho uma pequena mensagem para você – murmurou Pippa, tão suavemente que ele teve que levar a cabeça mais perto para ouvi-la. Ela enfiou a mão no bolso da saia e, com uma calma gélida, anunciou: – Minha avó Tessa diz olá. E adeus.

Ele estava tão perto agora que ela realmente não tinha como falhar. Pippa apontou o revólver – aquele que havia roubado da tia Amie anos atrás para ameaçar aquele padre, que Petrina havia tirado dela e agora guardava na gaveta debaixo da caixa registradora para momentos como aquele, que até então nunca haviam acontecido, e atirou na cabeça do homem. Ela sempre fora boa atiradora, depois de anos praticando tiro ao alvo com o pai. Mas agora foi preciso a última gota de coragem para manter a mão firme, os dedos frios e certeiros.

O tiro ressoou, e Sergio caiu para trás com um olhar de total surpresa. Pippa mirou e disparou mais duas vezes, para garantir que ele não se levantasse novamente. Ele não se levantou.

Ela parou, olhando com cautela para ele até ter certeza de que estava morto. Então soltou um suspiro e se agarrou à lateral da mesa para se estabilizar, porque suas pernas de repente pareciam macarrão úmido. Ela cambaleou até a porta dos fundos para trancá-la, para o caso de o cara ter um amigo. Então pegou o telefone, para chamar George, o policial, mas algo a fez telefonar para o primo Chris. Ele estava chegando ao restaurante da tia Amie, não muito longe daqui, para se preparar para o turno do jantar e, quando ela relatou tudo rapidamente, ele disse que logo chegaria.

Pippa abriu a porta do banheiro. A pobre Nicole estava obedientemente deitada no chão, a mordaça amarrada ao redor da boca, lágrimas correndo pelo rosto.

– Está tudo bem, querida – sussurrou Pippa, retirando a mordaça e jogando-a para o lado. – Aquele homem mau está morto. Mas a aparência dele não está muito boa. Então, por que não espera aqui até que o levem embora?

– Não – respondeu Nicole, inesperadamente. – Eu quero vê-lo.

– Confie em mim, você não quer – disse Pippa. – Vai te assombrar para sempre.

Nicole olhou-a diretamente nos olhos.

– Tenho que ver por mim mesma que ele está realmente morto.

Petrina tinha acabado de chegar em casa quando ouviu o telefone tocando. Era Chris, ligando da joalheria. Ele contou a ela sobre a invasão.

– Ouça, Pippa atirou e matou o homem – disse Chris, sem cerimônia. – Era Sergio Pericolo. Foi autodefesa. Ele estava procurando Mario e ameaçou Nicole com uma faca. Pippa quer chamar o amigo policial dela, George. Mas conheço alguns empreiteiros de lixo do Brooklyn. Por uma taxa, e sem perguntas, eles podem se desfazer do corpo e ninguém jamais vai saber. A arma não pode ser rastreada, portanto poderia pertencer a qualquer um, e eu também posso descartá-la. Pippa me disse que perguntasse a você. O que você quer fazer, tia Petrina?

Petrina ficou momentaneamente tentada. Então respondeu:

– Deixe Pippa ligar para George. Ele vai saber o que fazer para protegê-la. Diga a ela para continuar repetindo sem parar a palavra *autodefesa*. Ah, e ela não deve mencionar que sabia que era Pericolo. Foi apenas um cara que invadiu a loja. Entendeu? Vou já para aí.

Petrina correu porta afora. Quando chegou ao centro da cidade, descobriu que a rua agora estava fechada por um cordão policial, então teve que estacionar o carro a um quarteirão de distância e depois correr o restante do caminho. Assim que chegou à loja, ouviu um dos policiais de plantão na calçada conversando com outro policial sobre como George havia salvado o dia.

– Foi bem na hora. O investigador diz que estava passando em seu dia de folga para tomar um café e viu o ladrão entrar – contava o policial. – Então ele atacou o cara e acabou atirando nele com a própria arma do ladrão.

– Sorte da senhora que trabalha naquela loja – comentou o outro oficial.

Petrina levantou o olhar e encontrou os olhos de George. Eles trocaram um breve aceno de compreensão, com os olhos de Petrina cheios de agradecimento. Então ela entrou correndo para abraçar a filha.

33

Cidade de Nova York, outubro de 1957

No fim de uma tarde, quando outubro terminava, Mario foi para o hospital fazer a cirurgia. Ele reclamou de ter que se apresentar na véspera da operação para algum tipo de preparação, mas Filomena o acalmou e o deixou dormindo lá naquela noite. Lucy e Frankie estavam fora em suas primeiras férias, na Califórnia, para que Frankie pudesse inspecionar alguns vinhedos que estava pensando em comprar e o casal pudesse ter um pouco de tempo para si. Gemma, que ainda morava na casa dos pais e fazia as refeições com Filomena, ainda não tinha chegado do trabalho, e o restante da família, até a empregada e a cozinheira, estavam em Mamaroneck se preparando para o casamento de Petrina no fim de semana.

E assim, pela primeira vez desde que havia chegado, Filomena se viu completamente sozinha em Greenwich Village. Ela não se importou; ainda havia muito a fazer. Agora que Teresa estava matriculada na escola em Westchester, Filomena e Mario tinham decidido levar algumas de suas coisas para a casa que tinham nos arredores, naquele enclave privado, bem ao lado das de Petrina e Amie. Filomena vinha alugando a dela para um produtor de filmes, mas o contrato estava para vencer. Assim, ela e Mario agora morariam lá nos dias de semana durante o ano letivo. Amie tinha se mostrado muito útil e prometido vir com Chris até o Village no dia seguinte para ajudar Filomena a fazer a mudança.

Assim, naquele dia, Filomena foi de quarto em quarto, ouvindo os próprios passos ecoando enquanto se movia, verificando sua lista, organizando os itens que a empresa de mudança viria buscar na segunda-feira. Grande parte dos móveis estava coberta, e tudo o mais estava armazenado em caixas grandes e numeradas. A porcelana e a prataria de Tessa tinham sido cuidadosamente enroladas e estavam em um baú trancado.

Ao entrar na sala de jantar, Filomena lembrou como se sentira quando entrou ali pela primeira vez; e agora sentia a presença de Tessa e Gianni nas salas silenciosas, enquanto o ardente pôr do sol de outono se inclinava em longos raios luminosos no piso polido. Ela se perguntava se Tessa sabia, de alguma forma, que a ameaça daqueles homens que a haviam matado tinha sido enfim vencida, graças a Pippa. Ela quase podia ouvir Tessa dizer: "Sim, mas a que custo? Quando meus netos estarão verdadeiramente livres dos terrores de seus anciãos?"

Filomena havia discutido isso com as Madrinhas. Petrina dissera, pensativa:

– Mas Pippa não tem medo de nada agora. Ela me disse que dormiu a noite inteira, pela primeira vez desde a morte de Tessa. Diz que não precisa mais se preocupar com "homens armados".

– E Nicole, como está lidando com tudo isso? – Filomena havia perguntado, preocupada com sua afilhada sensível e talentosa.

O incidente tinha tornado Amie e Nicole mais próximas, mas cheias de segredos.

– Ela estava pálida como um fantasma quando voltou para casa naquele dia – admitiu Amie. – No início, mal comia ou dormia! Mas passamos muito tempo juntas. Ela está bem agora; não fala mais sobre isso; diz apenas que *acabou*. Ela está muito feliz por estar de volta à escola com Teresa.

Filomena, não confiando por completo naquela história romantizada, olhou intensamente para Amie.

– Algum dia – disse Filomena –, devemos contar a Nicole tudo sobre nossa família e como os Pericolo entraram em nossa vida, para que ela entenda o que aconteceu na joalheria e por que ela foi atacada.

Amie disse rápido, protetora:

– Algum dia. Se ela perguntar. Mas não agora. Nicole tirou isso da cabeça, e isso é saudável. Ela só quer que tudo volte ao normal.

E assim, pelo menos na superfície, a vida tinha se acomodado em algo parecido com sua rotina habitual. *Certamente, o perigo para esta família finalmente se foi*, Filomena pensou com fervor, como se orasse aos espíritos ancestrais cuja presença ela sentia.

Mas agora, quando chegou à cozinha, algo que se movia no quintal a fez subitamente olhar para cima. Não era um de seus fantasmas. Era um homem da vida real, parado ali mesmo no jardim de Tessa, com os braços cruzados em frente ao peito, um cigarro pendurado dos lábios enquanto a olhava com agressividade. Seu cabelo agora estava ficando grisalho – ele devia estar na casa dos cinquenta anos –, mas ela reconheceu aqueles olhos pretos de carvão, as sobrancelhas peludas e o nariz que se curvava um pouco no final, como o bico de uma ave de rapina.

– Deus, é ele! – murmurou Filomena.

O Supremo Carrasco, que outrora liderava a Murder Inc. a partir de uma loja de doces no Brooklyn, tinha subido recentemente na hierarquia dos gângsteres. Ele agora era Chefe de uma das Cinco Famílias, após o sinistro, e conveniente, desaparecimento do homem que tinha ocupado aquele cargo antes dele. O corpo não havia sido encontrado.

Albert Anastasia não era um homem que se devia deixar esperando. Ele descruzou os braços e dobrou um dedo, chamando-a para perto. Relutante, ela abriu a porta e saiu para o jardim de Tessa. Sentiu que aquele homem sempre pareceria ter o coração de um bruto, só de estar ali.

– Como vai a família? – perguntou ele rispidamente, como se a cordialidade social fosse uma arma.

– Ótima – respondeu Filomena com cautela, ouvindo a ameaça sob a pergunta.

Ele fumava seu cigarro reflexivamente agora, como se a avaliasse para determinar se ela poderia ser confiável.

– Você não é americana. De onde você é? – quis saber ele.

Filomena se viu sendo fiel à sua história original – a história que ela contou a Tessa, que repetiu para todos os vizinhos – da identidade de Rosamaria.

– De Tropea.

Pela primeira vez, Anastasia sorriu. Filomena não tinha certeza de que isso melhorasse em nada, mas ele disse:

– Tropea? Rá. Eu também. Não tem nada de que sentir saudade lá, né? – comentou ele, e seus olhos se estreitaram, como se aquilo fosse algum tipo de interrogatório.

Filomena sentiu como se fosse Rosamaria quem respondesse.

– O belo mar azul. E aquelas cebolas vermelhas perfeitas, tão doces que as pessoas faziam sorvete com elas.

Ele acenou com a cabeça.

Ela tremia com o vento de outono que agitava as árvores.

– Está esfriando – disse ele. – Vamos entrar. – Ele a seguiu para dentro de casa, onde havia caixas de embalagens empilhadas em todas as salas. Então ele anunciou bruscamente: – Você não estava lá naquela noite, quando sua família me pediu um favor.

Ela esperou com pavor. Ele continuou:

– Eles não precisaram de ajuda para matar, apenas que o corpo fosse levado, para que não fosse encontrado. É preciso saber cortar um corpo. É preciso cortar os pulmões e o estômago corretamente, para que eles não se encham de ar e flutuem até a superfície, onde os pescadores possam encontrar.

Filomena sentiu o próprio estômago gelar. De alguma forma, ela sempre soube que, graças a Amie, o incidente tinha produzido um fantasma que não desapareceria facilmente. Sem cerimônias, Anastasia continuou:

– Hoje perdi a aposta nos cavalos. Perdi muito, aliás. E me disseram que é você quem cobre as apostas do meu agente.

Filomena recuperou o fôlego. O nome de Anastasia nunca havia estado diretamente em seu livro-caixa como devedor. Ela havia instruído os agentes restantes para não aceitarem ninguém novo. Mas, é claro, ninguém dizia não àquele homem, então era inteiramente possível que tivessem aceitado as apostas dele. Ela tinha de fato ouvido falar que ele estava perdendo muito no hipódromo ultimamente, e que isso o deixava ainda mais mal-humorado do que o normal, se é que isso fosse possível.

– Então agora você pode *me* fazer um favor – disse Anastasia, exalando fumaça. – Amortizar minha aposta.

– É claro – concordou Filomena, aliviada. – Considere cancelada.

– E eu quero ver esse livro de empréstimos que todos dizem que você tem. Você pode me dar um bom "gostinho" dele para proteção, antes que aquele filho da puta do Genovese ponha as mãos sujas em tudo.

Filomena fez um cálculo rápido. Estava num ponto em que finalmente conseguia pensar em vender o livro de Tessa para alguém que quisesse assumir a administração dos empréstimos restantes. Mas era óbvio que Anastasia não estava se oferecendo para comprá-lo dela. Ele queria um "gostinho", então, uma vez que visse o livro-caixa, certamente pediria uma porcentagem semanal espantosa.

Ela desejava poder simplesmente dar-lhe o livro-caixa e esquecer esses homens. Mas ainda tinha que pagar tributos, via Strollo, ao assustador sr.

Genovese, que havia tomado conta do território de Costello. A equipe de Greenwich Village de Strollo já havia aumentado sua parte.

Além disso, ela ainda estava pagando dois por cento a Sal, e tinha que dar a Domenico uma quantia semanal para pagar a polícia. Portanto, simplesmente não tinha condições de manter dois Chefes em seu livro.

Anastasia tinha estado de olho em seu rosto, porque agora falou:

– E não adianta ir chorar para o sr. Costello como da última vez. Ele vem até mim pedir conselhos agora.

– Sim, eu sei que o sr. Costello se aposentou, e Strollo recolhe para Genovese agora – disse Filomena, enrolando.

Mas Anastasia a surpreendeu com sua próxima observação:

– É o que veremos – respondeu, enigmaticamente. Ela ficou se perguntando se isso significava que Costello estava tramando uma espécie de retorno, para derrubar Genovese e recuperar seu território. Mas tudo o que Anastasia disse foi: – Vamos ver o livro.

– Certamente, *signor*, mas, veja, eu não estou com ele aqui. Está em um cofre no banco – disse ela. Com um gesto para todas as caixas, ela acrescentou: – Estou movendo algumas coisas, então não queria guardar o livro aqui enquanto há funcionários da empresa de mudança entrando. Não seria seguro, com estranhos por perto.

Ele deve ter acreditado nela, porque ainda não a tinha matado por ter contado tal mentira.

– Mulheres! Não têm nada que se meter nos negócios. – Então seu olhar caiu sobre uma das caixas que estavam abertas, com as coisas de Teresa dentro. Bem em cima estava a misteriosa caixinha de música com o pequeno pônei na tampa. Ele a pegou, deu corda e viu o pônei girar ao som da música. – Bonito brinquedo, não acha? Sua filha, Teresa, gosta dele?

Filomena tentou não mostrar o que sentiu ao ouvir o nome da filha nos lábios daquele homem. Agora ela sabia por que o presente sempre a deixara inquieta. Mas disse apenas:

– Ela adora. Mas não conseguimos encontrar um cartão de remetente. Portanto, nunca pudemos lhe agradecer apropriadamente.

– Todas as crianças deveriam ter brinquedos bonitos, não acha? – comentou ele, soando estranhamente lúgubre. Ele devolveu a caixinha de música, voltou para a porta dos fundos, olhou para fora e depois saiu. – Muito bem, então traga-me o livro amanhã – disse ele com firmeza, dando um último trago no cigarro antes de jogá-lo no pátio sem nem se preocupar em pisar em cima. – Às dez em ponto. Pode me encontrar no Hotel Park Sheraton. É só perguntar na entrada, eles sabem onde me encontrar.

A manhã seguinte foi um dia radiante de outubro, última sexta-feira do mês. Filomena pegou um táxi no centro da cidade, porque Sal estava com o carro em Mamaroneck para transportar Petrina enquanto ela se preparava para o grande casamento. Em Manhattan, as pessoas se moviam rapidamente, como se estivessem com muita pressa para fazer seu trabalho e poderem se divertir no fim de semana. O Halloween seria apenas na semana seguinte, mas muitas lojas tinham fantasmas de papel e bruxas nas vitrines, e as colunas sociais dos jornais falavam com antecipação sobre os próximos bailes de máscaras dos ricos e famosos.

Filomena desceu do táxi na esquina da Fifty-Sixth Street com a Seventh Avenue e olhou ao redor com apreensão. Ela nunca havia estado naquele hotel antes; era um lugar elegante para estrelas de cinema, cantores e outros figurões.

Ela viu uma placa para o Mermaid Room, um bar famoso não apenas por sua clientela e música de piano, mas também pelas sereias nuas pintadas no teto. Mas aparentemente os seios expostos das sereias tinham incomodado a Primeira-Dama Eleanor Roosevelt quando ela se hospedou no hotel, e sua reclamação enfim fez com que o hotel colocasse sutiãs – que pareciam feitos de redes de pesca – em suas sereias sensuais.

– Devo estar nervosa, pensando em sereias com os seios de fora em um momento como este – murmurou Filomena para si mesma depois de pagar o taxista e permitir que o porteiro do hotel abrisse a porta para ela.

Ela marchou até a recepção, agarrando o livro-caixa junto ao peito. Ela o tinha embrulhado em papel marrom com um barbante, como se estivesse fazendo uma entrega normal de uma livraria.

Quando ela explicou ao balconista da recepção quem estava procurando, ele respondeu rapidamente:

– Sr. Anastasia? Ele está bem ali. – E indicou com a cabeça uma barbearia do outro lado da entrada, logo após as portas de vidro. – Cara legal – disse o recepcionista tranquilamente. – Dá ótimas gorjetas. E também gasta muito com brinquedos. Ele gosta de dar brinquedos para as crianças.

Filomena olhou ao redor.

O primeiro rosto que ela viu foi o de Gemma. Sim, ali estava a filha de Lucy, sorrindo seu sorriso mais bonito. Até mesmo com o uniforme de manicure, ela parecia arrebatadora. Seus lábios e unhas estavam pintados de vermelho-sangue, seu cabelo era como o da atriz Marilyn Monroe.

Gemma tinha acabado de dar um passo à frente para cumprimentar um cliente masculino, que pegou sua mão e a beijou, e depois a segurou por um longo tempo enquanto falava com ela e a olhava da cabeça aos pés. Quando o homem virou a cabeça, Filomena reconheceu Anastasia. Atrás dele estava um homem grande e vigilante, agindo como um guarda-costas.

Os barbeiros e outros homens sorriam conscientemente para Gemma, como se aquele tipo de troca entre ela e Anastasia já tivesse acontecido antes. Gemma corou, feliz e lisonjeada, depois acenou com a cabeça e deu um passo atrás, ocupada preparando o carrinho de manicure para que estivesse pronta para fazer as unhas do homem após ele ter feito a barba. Anastasia sentou-se em uma das cadeiras. Um barbeiro avançou rapidamente com toalhas quentes, para preparar a barba de seu cliente para a raspagem habitual e o corte de cabelo.

– Vou buscar o café da manhã na cafeteria – Filomena ouviu o guarda-costas dizer ao entrar no lobby, passar por ela e desaparecer pela porta principal que levava à rua.

E assim, como Filomena contou mais tarde às outras Madrinhas naquele dia, a única coisa em que ela conseguia pensar naquele momento era que precisava arrastar Gemma para fora de lá e encontrar um emprego diferente para ela. Com o instinto maternal em seu auge mais atávico, Filomena empurrou com determinação as portas de vidro e entrou na barbearia.

– Gemma – chamou ela, em tom firme –, venha aqui imediatamente. – Gemma pareceu assustada, depois corou com culpa antes de levantar o queixo em desafio.

– Ah, olá, tia Filomena – disse ela, atrevida.

Anastasia disse algo com a voz abafada debaixo das toalhas que lhe cobriam o rosto, e um dos cinco barbeiros presentes assegurou-lhe:

– Tudo bem, é só a tia da manicure.

– O que você está fazendo aqui? – sussurrou Gemma. – Você me seguiu?

– O que *você* está fazendo aqui? – sussurrou Filomena de volta. – Tem alguma ideia de quem é esse homem?

– Claro que sim! – Gemma pegou o braço de Filomena, como se quisesse varrê-la apressadamente para fora da loja, como os cabelos cortados que um homem da limpeza estava tirando dali. – Ele é muito simpático. E *gosta* de mim. Ele me leva para beber alguma coisa às vezes. Minha mãe mandou você aqui para me espionar? Bem, pois pode dizer a *ela*...

Gemma não conseguiu terminar a frase, pois, naquele momento, dois homens grandes e corpulentos de ternos escuros, chapéus e óculos de sol irromperam pela porta externa da barbearia. Eles passaram por Gemma com tanta força que ela sem querer bateu no braço de Filomena e derrubou o livro-caixa no chão, bem no meio de todos aqueles cabelos cortados que ainda não tinham sido varridos.

Os homens de óculos de sol pararam, puxaram as armas, miraram como especialistas e atiraram contra a figura na cadeira do barbeiro. Os tiros ecoaram ensurdecedores, como se as pessoas estivessem dentro de um grande sino que não parava de tocar. Todos se jogaram no chão.

Gemma gritou e se agarrou rapidamente ao braço de Filomena. Filomena a puxou para um canto e se abaixou, tentando cobrir Gemma quando as balas se projetaram.

Anastasia saltou da cadeira, arrancando as toalhas, o que o fez parecer uma múmia egípcia cambaleante em um filme de terror. Instintivamente, ele jogou os braços para o alto, abaixando-se para a esquerda e para a direita como um boxeador se defendendo. No início parecia estar indo bem, lutando, mesmo com balas o atingindo na mão esquerda e no quadril direito; ele até tentou se lançar para a frente com força contra os atacantes, como se os quisesse estrangular com as próprias mãos.

Mas ele não percebeu que estava atacando o espelho e, portanto, apenas as imagens refletidas dos assassinos, que impiedosamente dispararam mais tiros por trás. Atingida nas costas e na cabeça, a presa deles caiu no chão, os braços se desdobrando inutilmente. Satisfeitos, os assassinos saíram correndo da barbearia. Filomena ouviu Anastasia emitir um último gemido, como um cão ferido. Ela não pôde deixar de sentir uma pontada de piedade, como sentiria por qualquer animal abandonado e moribundo.

Àquela altura, tanto homens como mulheres gritavam e pediam ajuda; alguns permanecendo abaixados atrás das cadeiras e outros saindo correndo pela porta. A pequena mesa de manicure de Gemma saíra rodando loucamente até atingir uma parede e parar de chofre.

– Ele está morto? Ah, meu Deus, ele está morto? – gritou Gemma, histérica.

– *Silenzio!* – Foi o primeiro som que Filomena proferiu.

Ela não tinha gritado nem chorado, nem uma única vez. Agora, ouvia as sirenes estridentes da polícia, pois o homem da floricultura próxima havia pedido socorro. Ela agarrou Gemma pelos ombros e puxou a garota agitada até ela ficar de pé.

– Eu quero sair daqui! – soluçava Gemma.

– Apenas me escute agora – murmurou Filomena em voz baixa, mas firme, agarrando o braço de Gemma. – A polícia está chegando. Eles vão querer testemunhas. Mas ninguém aqui vai dizer que viu coisa alguma, nem você. *Está me ouvindo?* As pessoas sabem que você esteve aqui hoje, por isso você não pode fugir; isso pareceria ruim e eles vão procurá-la se você fugir. Portanto, fique o tempo suficiente para dizer apenas seu nome e o que faz aqui, e que você não viu nada. Gemma, diga que você me ouviu. Você não viu absolutamente nada, entendeu?

– Eu *realmente* não vi nada – disse Gemma trêmula. – Você colocou o braço em cima da minha cabeça.

– Está bem. Você não viu, e *eu não estava aqui* – falou Filomena. – É só pegar um táxi e me encontrar em casa. Aqui está o dinheiro para o táxi. Gemma, diga exatamente o que você tem que fazer! – Filomena disse severamente, pressionando o dinheiro na mão de Gemma.

Gemma parecia confusa e aterrorizada, mas, quando Filomena colocou o dinheiro em sua palma, pareceu despertar a menina para a importância da situação; isso a fez lembrar, anos atrás, de quando ela era criança e recebia dinheiro da avó Tessa no Natal. "Brinquedos são para bebês", dizia Tessa. "Mas dinheiro é um presente sério."

Filomena ficou aliviada ao ver um sinal de compreensão cruzar o rosto de Gemma; por um momento, ela se pareceu com o pai, Frankie.

– Diga – ordenou Filomena.

– Eu não vi nada, e você não estava aqui – repetiu Gemma com uma voz robusta, como a de Lucy.

– E depois? – insistiu Filomena.

– Eu pego um táxi – disse Gemma – e volto para casa para encontrar você.

– Ótimo. – Filomena virou-se para ir.

Ela parou apenas uma vez ao sair da barbearia. Tinha se lembrado do livro-caixa, procurou-o por ali e o enxergou no chão, onde ele havia deslizado de seu braço quando Gemma bateu nele involuntariamente. Filomena pegou-o discretamente, guardou-o na grande bolsa e saiu para a avenida.

Havia uma multidão se aglomerando agora, com turistas e espectadores tentando espreitar, pois, na cidade de Nova York, as más notícias chegam rápido. Mas ninguém prestou atenção à mulher modesta que se movia pelas ruas com a cabeça curvada deliberadamente, para que seu rosto não fosse lembrado.

Uma vez dentro de sua casa em Greenwich Village com a porta trancada, ela tomou um pequeno copo de conhaque, que engoliu mais rapidamente do que jamais havia bebido qualquer coisa em toda a sua vida. Fortificada, Filomena lembrou-se de retirar o livro-caixa da bolsa. Só então notou que o invólucro havia sido rasgado nos cantos, por ter sido chutado, e o livro estava agora manchado de sangue.

Naquela tarde, Filomena soube exatamente o que tinha que fazer. Agora que Anastasia estava fora de cena e havia apenas um Chefe a quem responder, o caminho estava livre para que ela fizesse o movimento mais ousado em que podia pensar. Mas isso tinha que ser feito rapidamente, antes que algum outro abalo sísmico mudasse novamente o cenário.

– É agora ou nunca – disse a si mesma com firmeza.

Primeiro ela telefonou para o hospital, para ter certeza de que tinha corrido tudo bem na cirurgia de Mario. Ele ainda sentia os efeitos da sedação e não podia falar muito, mas assegurou-lhe que estava bem. Chris, que estava com ele, disse que Amie havia deixado o hospital e pegado um metrô, e estava a caminho do centro da cidade. Chris estava esperando a alta médica de Mario, depois o levaria até Greenwich Village. Então Filomena acordou Gemma, que tinha chegado em casa, bebido trêmula o vinho tinto que Filomena lhe havia dado e depois ido deitar-se no quarto de hóspedes de Filomena.

– Venha, Gemma – chamou Filomena, gentilmente agora. – Você vai sair desta cidade hoje.

Gemma se sentou ao toque de Filomena.

– Eu não paro de vê-lo ali deitado, numa poça de sangue – sussurrou ela, tremendo.

Filomena lhe deu uma xícara de chá.

– É, esse é o destino dos gângsteres. Mas, hoje à noite, vamos deixar tudo isso para trás. Vamos à casa da madrinha Amie em Mamaroneck ensaiar para o casamento de Petrina. Você está com seu vestido? Muito bem. Embale com papel de seda e leve o suficiente de suas coisas para poder ficar em Westchester por um longo tempo. É só fazer o que eu digo, e você ficará bem.

– Certo – concordou Gemma mansamente.

Quando a campainha tocou, ela apertou a mão de Filomena.

– É Amie – explicou Filomena, e foi abrir. Ela chamou Amie para uma conversa, depois voltou para Gemma com um pedaço de papel e disse: – Se Amie e eu não voltarmos dentro de uma hora, ligue para Chris e Mario neste número no hospital e diga a eles que eu fui ver Strollo neste endereço.

Gemma perguntou temerosamente:

– Por que você vai ver Strollo?

– Para que todos nós fiquemos seguros. – Filomena colocou o chapéu e pegou a bolsa grande.

– Talvez você deva esperar os homens virem, para eles irem com você – insistiu Gemma.

Filomena balançou a cabeça.

– Não, eu só preciso de Amie.

Quando elas saíram, Amie disse:

– Tem certeza de que quer fazer essa jogada?

– É o único jeito – respondeu Filomena com firmeza.

O clube social, como era chamado, era na verdade uma vitrine discreta, com as janelas permanentemente cobertas por persianas para que ninguém pudesse ver o interior, nunca. Parecia estar fechado definitivamente. Mas Filomena havia telefonado antes, pedindo permissão para ver Strollo. Então, quando bateu à porta, um homem espreitou para fora através de um olho mágico, destrancou a porta e permitiu que ela e Amie entrassem, antes de voltar a trancá-la. A sala tinha apenas um bar de expresso, várias mesas de carteado simples com cadeiras dobráveis, um jukebox e uma sala dos fundos marcada como *Particular*. Strollo estava sentado a uma mesa no canto mais distante, tomando seu expresso e lendo o jornal. Havia outros homens jogando cartas no lado oposto do salão.

Enquanto Filomena passava pelos jogadores de cartas, ouviu um deles dizer, em tom de tristeza:

– Eles colocaram Albert em um saco de cadáver e conseguiram que dois funcionários da prefeitura o levassem para a calçada, como um saco de lixo. Onde está o respeito?

E ela sabia que eles estavam falando de Anastasia. Amie também ouviu e trocou um rápido olhar de compreensão com ela.

Filomena endireitou a coluna enquanto se aproximava de Strollo. Ele olhou para ela por cima do jornal, depois baixou-o com cuidado, revelando aquela cabeça comprida com testa alta e olhos impenetráveis que tinham uma expressão muito distante.

– Sim? – disse Strollo.

– Podemos nos sentar? – perguntou ela.

Ele recuperou os modos.

– Claro que sim.

Filomena e Amie se sentaram.

– Hoje não é dia de conversa-fiada – começou Filomena em voz baixa –, então, *con il vostro permesso*, vamos direto ao assunto em questão.

Ele fez que sim com a cabeça. Era a vez de Amie, então ela disse resoluta:

– Anos atrás, você conduzia negócios em meu bar, mas, um dia, alguns homens plantaram um microfone em sua mesa para prendê-lo. Mas uma mulher grávida o parou na rua e o advertiu que não entrasse naquele dia. Eu sou essa mulher.

Strollo olhou para ela com mais respeito agora e disse:

– Sim. Eu me lembro.

Amie havia memorizado o que Strollo lhe dissera naquela época, e Filomena havia explicado o significado. Agora, Amie recitou, palavra por palavra.

– Você disse: "*Grazie, ricorderò questa gentilezza*". Em todo esse tempo, nunca precisei de seu favor em troca, até agora. É por isso que estamos aqui hoje. Precisamos de uma *gentilezza* sua.

Strollo levantou as sobrancelhas, mas não disse nada.

Filomena falou agora:

– Nossa família está saindo do negócio.

– Sim, eu ouvi dizer que vocês têm feito uma queima de estoque – comentou. – Acabar com tudo. Acha isso sensato?

Filomena fez que sim.

– Somos pessoas modestas e trabalhamos muito, mas agora somos mais velhos e queremos nos aposentar. É importante aposentar-se a tempo, antes que se comece a cometer erros – disse ela, com ousadia. – A única coisa que pedimos é que nossa família seja deixada para viver em paz.

Strollo estendeu as mãos.

– Eu não sou Deus.

– Mas somos todos Seus anjos, mesmo que sejamos anjos caídos – disse Filomena. Ele se permitiu um sorriso irônico. – Os Chefes nos deixariam em paz se você lhes pedisse? – perguntou ela.

Ele deu de ombros.

– Claro. Se eu pedisse. Mas – continuou ele, manhosamente –, pelo que entendo, você ainda tem algum dinheiro no seu livro. O que significa que deve continuar a vir para nós.

– É por isso que estou aqui – replicou Filomena. – Você fala do meu livro. Outro homem quis comprá-lo. Mas, como você deve saber, ele agora está morto.

Strollo permaneceu uma esfinge. Filomena sabia perfeitamente que ele poderia estar em conluio com os mesmos homens que mataram Albert Anastasia. Ela estava pisando em território perigoso só de mencionar o assunto. Agora, ela puxou o livro e o colocou sobre a mesa. Não tinha limpado o sangue. Strollo viu isso e, embora seus olhos refletissem o reconhecimento imediato, não comentou nada.

– Mas eu vou lhe dar este livro – anunciou Filomena –, para que você possa dar aos Chefes tudo o que eles ainda precisam de nós, em troca da paz de minha família.

Amie assistia a tudo com admiração. Filomena poderia simplesmente ter tentado vender o livro inteiro, para poder ter um último lucro. Em vez disso, o caminho escolhido por Filomena significava que ela estava, na verdade, trocando toda a renda restante de seu livro por seu bilhete de saída, o que tinha muito mais valor para ela. Era o lançamento consumado da sorte, provando que Filomena tinha falado realmente sério anos atrás, quando convenceu pela primeira vez as Madrinhas de seu plano de se afastar dos Chefes: "O maior dos poderes é a habilidade de ir embora, sem esperar 'a última sorte grande'".

Strollo a estudou.

– Eu conhecia Gianni e Tessa. Eles eram boas pessoas. – Ele fez uma pausa. – Tudo bem. Isso será aceitável para nós.

Filomena disse:

– Obrigada.

Com um movimento hábil, Strollo dobrou o jornal ao redor do livro-caixa e depois colocou o pacote em uma cadeira vazia ao seu lado. Ele não havia aberto o livro uma única vez, mas sabia o que estava em suas páginas. Agora, tirou um charuto do bolso, mas educadamente não o acendeu, esperando que Filomena e Amie se levantassem para sair.

– *In bocca al lupo* – disse ele de repente.

– *Crepi il lupo!* – respondeu Filomena.

Quando elas estavam de volta à rua, Amie sussurrou:

– O que foi isso?

– É a expressão dos caçadores para desejar sorte, quando os dois estão numa situação perigosa e passam um pelo outro na floresta. Como atores, quando dizem "merda". Ele falou: "Na boca do lobo" – explicou Filomena. – E eu respondi: "Que o lobo morra".

34

Cidade de Nova York e Apalachin, Nova York, 14 de novembro de 1957

Novembro chegou com um vento forte e tardes mais escuras que faziam brilhar os postes da cidade já às quatro horas da tarde. Mas o clima estava excepcionalmente ameno para aquela época do ano.

– Ei, rapazes – disse Chris aos gêmeos, numa manhã difusa e nublada –, querem me ajudar? Vou cozinhar em uma festa privada hoje à noite, no norte de Nova York.

Eles estavam na cozinha do apartamento do andar de baixo, na casa de Greenwich Village, onde os gêmeos tinham crescido com Amie e Johnny. Chris agora dividia esse apartamento com a irmã, Gemma. Vinnie e Paulie tinham vindo à cidade para a festa de aniversário de um colega de classe na noite anterior, depois ficaram com o primo Chris.

– Pensei que fosse seu dia de folga – respondeu Vinnie. – Foi o que a mãe disse. Você está fazendo bico para outra pessoa?

– Não. É só desta vez – explicou Chris. – Eu devo um favor a um cara que dirige um bufê. Se vocês me ajudarem a carregar e descarregar o caminhão, e me auxiliarem na cozinha, têm um bom dinheiro como pagamento.

– Claro, a grana vai ser útil – concordou Vinnie.

Os gêmeos estavam sem fundos, já que Amie os mantinha com um orçamento apertado. Os outros garotos da academia recebiam mesadas muito melhores, e por isso tinham mais dinheiro para gastar em encontros. Não se podia convidar uma garota para sair sem ter dinheiro, e o fim de ano significava muitas festas.

– Muito bem, vamos levar toda essa comida para os refrigeradores – instruiu Chris. – Embalem bem no gelo, não podemos deixar nada estragar.

Acreditem, vamos cozinhar para algumas pessoas muito importantes que *não vão* aceitar bem se vocês estragarem as refeições da grande festa delas.

– Quanta carne! – Paulie se maravilhou enquanto eles içavam as caixas. – Você vai cozinhar para um exército ou algo assim? O que é tudo isso?

Chris pegou um lápis de trás da orelha e consultou sua lista.

– Noventa e três quilos de bife, nove quilos de costeletas de vitela e sete quilos de frios – disse ele enquanto riscava.

Seria um jantar espetacular com muitos convidados. Vinnie e Paulie carregaram obedientemente os pesados sacos de comida em um caminhão estacionado na frente da casa, fazendo várias viagens.

– Aqui está o endereço, e um mapa – disse Chris. – Paulie, coloque isso no carro também.

– Caramba, que mapa horrível. Eu tenho um melhor – reclamou Paulie.

– Tudo bem. Copie as instruções nele e vamos embora – disse Chris.

Quando eles estavam prontos, Chris tirou o avental e gritou lá para cima:

– Ei, mãe, vou cozinhar em uma festa particular no norte do estado. Vejo você em Westchester.

E, antes que Lucy pudesse responder, Chris e os gêmeos tinham saltado para dentro do caminhão e saído.

Lucy e Filomena estavam lá em cima tomando chá. Filomena tinha voltado de uma visita ao banco e encontrado Lucy debruçada em catálogos de carros.

– Frankie me ensinou a dirigir enquanto estávamos na Califórnia – explicara Lucy. – Agora eu só preciso de um carro. Acho que este é um belo modelo verde-escuro, com assentos de couro bege.

Frankie e Mario estavam em Westchester, pois tinham sido convidados para ir pescar pelo novo marido de Petrina, Doug. Lucy e Filomena iriam se encontrar com os maridos no dia seguinte. Elas estavam ansiosas para ver Petrina, que havia acabado de voltar da lua de mel nas Bermudas.

– Petrina foi uma noiva linda, naquele vestido azul-pálido com aquele elegante bordado em pedrarias, graças à nossa costureira residente, Gloria – observou Lucy. – Petrina parecia dez anos mais jovem indo até o altar!

– *Você* também parece, depois da viagem à Califórnia – comentou Filomena com um sorriso. – Você e Frankie voltaram parecendo um casal em lua de mel!

Lucy corou.

Quando Chris as chamou, Lucy olhou pela janela e viu ele e os gêmeos carregando misteriosamente um caminhão estranho.

– Do que se trata isso? – perguntou ela, cheia de suspeitas, a Filomena.

– Com certeza, vão aprontar alguma.

Ela desceu às pressas para confrontar Chris, mas, quando saiu, os jovens já tinham ido embora.

Uma hora mais tarde, uma van de entrega de refrigerantes estacionou no lugar onde estivera o caminhão. O motorista era um jovem baixinho e atarracado que bateu à porta da cozinha e perguntou por Chris. Quando Lucy lhe disse que Chris havia partido e ia passar o fim de semana fora, o homem pareceu horrorizado.

– Caramba! – exclamou ele. – Eu tinha que descarregar todas estas coisas para Chris poder levar com ele. Ele *precisa* disso. Se não levar, nós dois vamos pagar muito caro.

– Então por que você não leva? – sugeriu Lucy, razoavelmente.

– Dirigir até o norte do estado? Eu tenho que trabalhar aqui na cidade o fim de semana todo.

Filomena tinha seguido Lucy até a cozinha e agora notou um fôlder lá.

– Chris deixou este mapa na bancada – disse ela.

Lucy espreitou por cima do ombro dela, dizendo:

– Qual é o nome dessa cidade que eles circularam? Appa-quê?

– Apalachin – disse o homem, pronunciando *Apple-lake-in*.

– Ah, meu Deus! – arfou Filomena. – *Aquele* lugar, não!

O homem acenou com a cabeça e disse, sombriamente:

– Todos os figurões vão estar lá. E eles não ficarão muito felizes se não receberem os refrigerantes e as cervejas sem álcool.

Lucy estava realmente preocupada agora.

– Em que tipo de problema Chris está metido?

– Do tipo que alguém pode levar um tiro na cabeça – disse o homem, de forma deselegante.

Filomena puxou Lucy para um canto e disse em voz baixa:

– Mario me contou que os Chefes estão fazendo uma conferência especial lá e que é muito complicado. Genovese quer ser reconhecido como o Chefe da família de Costello, e Carlo Gambino quer tomar o lugar de Anastasia. Os Chefes vão fazer uma votação. Ninguém pode dar-se ao luxo de dar um passo em falso. Nossos meninos não deviam estar *lá*.

– Ah, meu Deus! Então *temos* que fazer algo – respondeu Lucy exasperada. – Chris simplesmente não pode se meter de novo em problemas. Frankie vai matá-lo.

Elas voltaram até onde estava o jovem atarracado. Ele explicou, tentando convencê-las:

– Vocês só precisam entregar estas mercadorias. Têm um caminhão? – ele perguntou, duvidosamente.

– Não, *não* temos – respondeu Lucy, irritada. – Você vai ter que nos emprestar sua van.

– Ah, caramba – resmungou o homem, entregando-lhe as chaves. – Hoje não é o meu dia.

Aproximadamente quatro horas depois de terem deixado a cidade, Vinnie e Paulie conseguiram que Chris lhes dissesse do que se tratava a tal "festa". Bastou correr os olhos pela lista de convidados para eles ficarem seriamente desconfiados.

– Joe Profaci, Tommy "Três Dedos" Lucchese, Don Carlo Gambino e seu *capo* "Big Paul" Castellano, Don Vito Genovese... Vamos cozinhar para todos os grandes Chefes de Nova York? – perguntou Paulie, incrédulo.

Chris sorriu.

– E seus *capos*. E um Chefe da Flórida, Santo Trafficante Jr., e figurões de Pittsburgh, Philly, Cleveland, Los Angeles, Colorado, Massachusetts.

– Eles não tiveram uma grande convenção como essa no ano passado? – questionou Vinnie. – Pensei que só fizessem esses "churrascos" a cada cinco, dez anos.

Chris sorriu enigmático.

– É isso mesmo. Mas este não é um ano comum. Os novos Chefes querem ter certeza de que ninguém vai tentar se vingar deles pelos disparos contra Costello e Anastasia. Mas fiquem de boca fechada sobre isso. Eles têm outros itens na pauta, também, coisas que vocês não querem saber.

Vinnie e Paulie trocaram um olhar duvidoso. Eles não tinham sido todos avisados sobre as novas modalidades, como a heroína?

– Como você se envolveu nisso? – perguntou Vinnie, questionador.

– Já falei. Eu trabalhava para um fornecedor e devo um favor a ele – respondeu Chris. – Quando você deve um favor a um cara, é melhor acabar logo com isso. Além do mais, todos nós vamos ganhar um bom dinheiro. Relaxem, caras.

Nervoso, Vinnie ligou o rádio. Estava tocando "That'll Be The Day", de uma nova banda, Buddy Holly & The Crickets. Chris sabia que as Madrinhas definitivamente não aprovariam aquele passeio, mas não havia o que fazer. Um homem tinha que manter várias opções em aberto, só para o caso de as coisas não darem certo, por exemplo, trabalhar no restaurante suburbano da madrinha Amie. A combinação da autêntica cozinha francesa e italiana de Amie era atraente para os diplomatas das Nações Unidas e para a gente do teatro de Manhattan que viviam naqueles elegantes bairros. Mas Chris não estava nada seguro de ter sido talhado para passar o resto da vida na atmosfera cautelosa daquelas cidades pacatas. Ele já estava se sentindo inquieto.

– Droga, *onde* estamos? Acabei de ver algumas vacas naquele campo. Já devemos estar quase na Pensilvânia – queixou-se Vinnie pouco tempo depois, com um horror de rapaz da cidade com a vida rural.

Ele não deixou de notar que no rádio estava tocando agora "Jailhouse Rock", uma música que falava de cadeia.

– Aposto que os mafiosos vêm até aqui porque sabem que os policiais e os agentes federais, e qualquer um em seu perfeito juízo, nunca os procurariam aqui. O lugar todo me deixa nervoso.

Ele tinha estado olhando apreensivo para a paisagem; assim tão ao norte, o ar era mais frio e as árvores estavam nuas de suas folhas de outono, parecendo esqueletos enraivecidos que se preparavam para os próximos meses de inverno.

– Cale a boca – aconselhou Paulie.

Na verdade, ele estava admirado com a paisagem do campo.

Havia grandes celeiros vermelhos e tratores amarelos nos campos abertos, onde cresciam milho e grãos. Havia árvores frutíferas, e até videiras, e galinheiros, e velhos cavalos cinza puxando carroças. Os alimentos vinham de lugares antiquados como aquele, depois eram comportados em caminhões ou carregados em barcos que flutuavam rio abaixo. Isso fazia a cidade parecer artificial, como um sonho estranho que eles tinham deixado para trás. Será que os mafiosos iam até ali para escapar da corrida de ratos, para se lembrarem do velho país?

Finalmente, eles saíram da rodovia principal e pegaram uma estrada rural que os levou a uma propriedade verdejante e isolada que parecia uma casa senhorial inglesa em uma colina.

– Parece a casa de campo do príncipe de Gales ou algo assim – observou Paulie, referindo-se aos gramados verdes e às árvores maduras. – De quem é este lugar? Deve ter uns cem acres.

– Mais de cento e trinta acres. É de Joe, o Barbeiro. Chefe de uma família criminosa da Pensilvânia – respondeu Chris. – Ele era contrabandista. Dirige uma empresa de cerveja e refrigerantes.

– Bem, devemos estar no lugar certo. Olhe todos esses Caddys e pneus de faixa branca!

Vinnie ficou maravilhado, pois, à medida que se aproximavam, viram que a propriedade estava cheia de belos carros de luxo estacionados em fila, como um *showroom* ao ar livre dos automóveis mais caros do mundo.

Chris desacelerou o caminhão para um guarda no portão, deu o nome de seu fornecedor e foi liberado com um aceno.

– Vamos lá, rapazes – disse Chris enquanto guiava o caminhão para uma entrada nos fundos, por onde lhe tinham dito que poderia chegar à cozinha. – Hora de descarregar.

Filomena passou as primeiras horas da viagem agarrada às bordas do assento e orando silenciosamente à Virgem Maria para mantê-la viva durante aquele perigoso trajeto. Não eram os mafiosos que ela temia, e sim a condução de Lucy, que ameaçava a vida ou no mínimo a integridade física das duas.

– Esta van *é* um pouco diferente de dirigir um carro – admitiu Lucy desde o momento em que elas se afastaram do meio-fio, ao som de garrafas de refrigerante e cerveja tilintando sinistramente nos paletes.

Filomena segurou a respiração e considerou um milagre que elas tivessem sobrevivido a cada virada e guinada pela cidade, tendo se benzido mais de uma vez diante do que parecia um acidente iminente.

Mas Lucy levantou o queixo, determinada, e se afundou atrás do volante, saindo da cidade e dirigindo ao longo da rodovia movimentada por horas. Uma vez que estavam no campo, as coisas se acalmaram, e Filomena começou a respirar mais tranquila.

Lucy disse alegremente:

– Bem, depois desta viagem, com certeza vou conseguir minha carteira de motorista.

Ao olhar chocado de Filomena, Lucy disse apressadamente:

– Não tive tempo para fazer isso quando voltei da Califórnia. Tenho estado muito ocupada. Eu contei que acabei de receber uma promoção no hospital?

Filomena a parabenizou. Ao longo do trajeto, ela admirara a maneira heroica como Lucy, com braços robustos e mãos capazes, manipulava o volante e as marchas do carro para fazer aquela besta de uma máquina obedecer às suas ordens. Era fácil imaginar a competente Lucy trabalhando no hospital, lidando com sangue e carne com a mesma combinação de força física atlética e trabalho cerebral rápido e inteligente.

Lucy olhou de relance e disse envergonhada:

– Eu sou meio bruta, né? Não sou educada nem elegante como Petrina. Ela é tão alta e refinada, com aqueles ossos delicados, aquelas adoráveis pernas e aqueles dedos longos. Já viu o tamanho dos pulsos dela? Você é um pouco assim, também.

– Mas Frankie uma vez me disse que você é *unica, una ragazza bellissima acqua e sapone* – contou Filomena. – Uma rara beleza "água e sabão".

Lucy sorriu. Frankie *ainda* a adorava. Ela sabia disso agora.

Filomena deu uma olhada no mapa.

– Você sai da estrada aqui.

Lucy seguiu as instruções e foi até o portão de uma casa impressionante. Quando viram um guarda ali, Lucy desacelerou e abriu a janela.

Quando ele perguntou o nome delas, ela disse apenas:

– Sally e Jane. Estamos com a empresa de bufê. Trouxemos os refrigerantes. Viu? O nome da empresa está na lateral da van.

– Você acha que eu não reconheceria uma das vans de entrega do Chefe? – disse o guarda. – Podem ir. A entrada da cozinha é na parte de trás.

Enquanto elas circundavam a casa, avistaram muitos homens bem-vestidos, mas pesadões, acompanhados de ajudantes mais jovens, todos indo em direção à porta da frente, falando e rindo com suas vozes masculinas sonoras e profundas.

– Não há uma única mulher à vista – observou Lucy. – Vamos nos destacar na multidão. É melhor sermos bem discretas. – Ela apontou para o caminhão estacionado de Chris. – Ele está aqui – disse, triunfante.

Ela parou e as duas saíram. Marcharam até o que era evidentemente a porta da cozinha, onde trabalhadores de avental se movimentavam para todos os lados em meio ao barulho dos pratos. Dentro da cozinha, apetitosos aromas exalavam de vários fogões: homens salteavam bifes e costeletas de vitela; em outro canto, linguiças e cebolas eram refogadas em enormes frigideiras.

Filomena avistou os gêmeos, usando aventais longos como os outros e parecendo açougueiros. Chris, ocupado em um enorme forno, fez uma pausa para falar com um jovem autoritário, bem-vestido em um terno azul, que tinha vindo da casa principal e parecia avaliar o progresso do trabalho. Os outros trabalhadores agiam respeitosos com esse jovem, mas Lucy ouviu Chris dizer a ele:

– Ei, onde diabos está o peixe?

O homem de terno azul pareceu preocupado.

– Já deveria estar aqui. Meu pai vai tirar meu couro se aquele peixe não aparecer. É melhor eu mesmo verificar isso. Preciso de um carro.

– Pode pegar meu caminhão – ofereceu Chris, entregando-lhe as chaves. – Há muito gelo e refrigeradores lá dentro. Se encontrar o peixe, é melhor você mesmo transportá-lo até aqui.

O homem bem-vestido pegou as chaves.

– Oi, senhoras – cumprimentou o homem ao sair, parecendo nada satisfeito com a presença delas.

Isso fez Chris levantar o olhar, surpreso ao reconhecer a mãe e a tia ali.

– O que *vocês* duas estão fazendo aqui? – perguntou ele, parecendo aborrecido.

– Você esqueceu o refrigerante, seu idiota – explicou Lucy. – Por que trouxe Vinnie e Paulie? Está louco? Amie vai ficar furiosa e contar a Frankie o que você fez.

– Você *não pode* dizer a eles que estivemos aqui! – disse Vinnie, completamente em pânico.

– Meus santinhos. Vocês fazem alguma ideia do que esteja acontecendo neste lugar, seus arruaceiros? – rosnou Lucy, olhando feio para Chris. – Vocês estão no olho do furacão, com os maiores criminosos do país!

– E é por isso que aqui não é um lugar para mulheres – disse Chris exasperado, puxando-a para o lado. – Você tem que ir para casa, mãe. Leve Vinnie e Paulie, se for preciso.

– Não vou embora sem você, jovenzinho – insistiu Lucy –, mesmo que eu tenha que arrastá-lo pelos cabelos.

Para provar que falava sério, Lucy estendeu a mão para agarrá-lo, mas Chris desviou.

– Eu não sou mais seu garotinho – disse ele com severidade. – E você não vai me envergonhar na frente desta equipe. De que serviria minha reputação se alguém soubesse que minha mãe apareceu em Apalachin para me arrastar de volta para casa?

Naquele momento, houve um assobio estridente. Todos pararam. Em segundos, eles ouviram uma debandada de pessoas correndo pela casa, gritos e bater de portas. Em seguida, um dos ajudantes irrompeu na cozinha, parecendo aterrorizado.

– É uma batida! – gritou ele, parecendo abalado. – Uma batida policial!

– É melhor irmos embora, Chris – implorou Paulie.

– Relaxe! – respondeu Chris, acenando uma espátula. – Os policiais provavelmente estão enchendo o saco por causa de todos os carros parados, só para ganharem propina. Você acha que eu posso simplesmente sair desta cozinha?

Filomena tinha ido até a porta e olhava para fora.

– Todos os convidados estão correndo para o bosque com seus sapatos de bico fino – relatou ela.

Chris espreitou para fora e viu que, de fato, a maioria daqueles figurões bem-vestidos havia fugido da casa de uma maneira pouco atraente, com os casacos esvoaçando, fazendo-os parecer um bando de corvos assustados.

Além disso, havia carros da polícia por toda parte, com policiais parando qualquer um que tentava sair de carro.

– Seu cabeça-dura! – disse Lucy rispidamente. – *Ninguém* vai ficar para o jantar. E nós também não.

Vinnie e Paulie estavam pálidos de terror, mas mesmo agora não queriam deixar o primo mais velho em apuros.

– Chris, o que você quer que a gente faça? – um deles perguntou, e os dois olhavam para ele com tanta confiança que Chris de repente percebeu o perigo tolo em que colocara os primos mais novos.

Se eles fossem presos naquela batida, estariam marcados por toda a vida como criminosos e poderiam certamente dizer adeus a qualquer sonho de admissão à universidade e a uma profissão respeitável depois. Foi uma traição a toda a família trazê-los ali, em primeiro lugar. E que tipo de homem não protegia a própria família?

– Vamos embora – disse Chris, às pressas.

Vinnie e Paulie largaram tudo, desligaram os fogões e o ajudaram a desligar os fornos e a arrumar rapidamente a comida.

– Talvez devêssemos fugir para o bosque também – sugeriu Chris, espreitando apreensivamente.

– Não. Vamos parecer culpados se fugirmos – advertiu Filomena. – Mas você entregou seu caminhão. Portanto, teremos que ir na van de refrigerante. *Andiamo!*

Quando Filomena subiu na frente e Lucy se instalou atrás do volante, Chris disse, incrédulo:

– Mãe, você não sabe dirigir esta coisa!

– E como diabos você acha que chegamos aqui? – Lucy disse com vigor.

Filomena recomendou rapidamente:

– Vocês não podem ser vistos pela polícia. Eles vão confundir vocês com um bando de mafiosos. Subam pela traseira e abaixem-se atrás dos paletes de refrigerante.

– Se-nhor! – gemeu Vinnie enquanto eles obedeciam e fechavam a porta.

Lucy pisou no acelerador e decolou. Mas eles não chegaram muito longe. No fim do caminho, os carros mal avançavam, forçados a parar em um cordão policial.

– Santa Mãe de Deus. Não são só policiais – comentou Lucy, muito tensa. – Também tem patrulheiros estaduais. E uns homens de terno de cara fechada.

– Homens do governo! – disse Chris numa voz abafada. – Do FBI ou do departamento de narcóticos!

– Eles estão verificando cada carro e anotando algo em uma lista – relatou Filomena.

Lucy viu os motoristas sendo forçados a entregar algo que ela não tinha.

– Estão pedindo a carteira de motorista – disse ela com voz esganada. – Eu não tenho carteira.

– Ótimo, vamos todos para a cadeia – murmurou Paulie.

– Abaixem-se, seus tolos! – exasperou-se Lucy.

Ela avançou a van no ritmo de lesma permitido. Centímetro a centímetro, elas chegaram à frente da fila. Lucy podia imaginar as manchetes no dia seguinte, com seu nome na reportagem. O hospital a demitiria na hora. Agora era sua vez de enfrentar o jovem policial.

Preparando-se, ela abriu a janela e disse docemente:

– Olá, jovem. Meu Deus, que confusão hoje! Somos fornecedoras do bufê. Temos que voltar para a cidade, ou nosso empregador vai ficar muito furioso conosco.

Enquanto o policial olhava para elas, pareceu surpreso ao ver duas mulheres mais ou menos da idade de sua mãe. Ele olhou com questionamento para um policial mais velho, que caminhou até a van.

– Quem temos aqui? – perguntou o homem mais velho.

– Apenas duas cozinheiras – disse o jovem oficial.

O policial mais velho espreitou com atenção, vendo duas senhoras de meia-idade com caixas de refrigerante empilhadas atrás do veículo.

Lucy rezou silenciosamente a todos os santos e anjos em que pôde pensar, depois jurou: *Virgem Maria, tire-nos daqui e eu farei uma novena por semana durante um ano inteiro.*

– Muito bem, pode deixá-las ir – disse o oficial mais velho. – Temos coisas mais importantes com que nos preocupar.

Lucy atravessou o portão, forçando-se a ir em um ritmo normal, preocupada que o policial mais velho pudesse se dar conta de que o primeiro não tinha pedido sua carteira de motorista. Mas aparentemente ela e Filomena pareciam tão insignificantes que nem valia a pena notar. Lucy segurou a respiração até que enfim se afastou do cordão policial e entrou na estrada principal.

Ela acelerou novamente e só desacelerou quando Chris pediu:

– Pare, estou ficando com enjoo aqui atrás. Preciso me sentar na frente, senão vomito.

– E ele vai vomitar mesmo – disse Lucy. – Os barcos não o incomodam, mas os bancos traseiros, sim. Sempre foi assim. – Ela parou no acostamento da estrada, que tinha bosques espessos de ambos os lados. – Tudo bem, você dirige, rapaz, estou exausta, e os meus nervos estão em frangalhos – declarou ela.

Chris saltou para fora, e ela deslizou para ele entrar. Mas, assim que Chris havia se acomodado ao volante, um homem de terno completo e chapéu fedora, com um casaco de pelo de camelo atirado sobre os ombros, saiu caminhando calmamente do bosque. Ele levantou a mão esquerda com o polegar para cima. Se um rei pedisse carona, seria daquele jeito que o faria.

– Viu o que você fez? – silvou Lucy. – Este cara acha que paramos por causa *dele*.

– Eu nunca vi um carona vestido *assim* – observou Chris.

O homem tinha uma aura inconfundível, que indicava que ele era evidentemente um dos convidados dos gângsteres.

– Com certeza vai ser mais perigoso recusar esse favor a ele do que levá-lo – murmurou Filomena com astúcia.

O homem se aproximou do lado do motorista, e Chris relutantemente abaixou um pouco a janela para ouvir o que ele tinha a dizer.

– Com licença – disse o homem em voz baixa e profunda. – Meu carro quebrou enquanto eu estava visitando um amigo doente. Tive que deixá-lo com ele, por enquanto. Estou indo para Nova York. Podem me dar uma carona?

Chris pensou que havia algo familiar naquele cara. Ele tinha o cabelo bem penteado acima da testa alta e alerta, e olhos ligeiramente apertados. Uma pequena fenda lhe separava o queixo. Chris disse cautelosamente:

– Claro. Mãe, vocês duas se sentam atrás.

– Não, não – disse o homem, espreitando dentro da van com um olhar rápido e avaliador –, não incomode as senhoras. Eu posso me sentar atrás com esses dois belos garotos. Gêmeos, é? – perguntou ele, como se avaliando mentalmente sua idade e confiabilidade.

Mas ele olhou com dúvidas para todos os paletes de refrigerantes e bancadas dobráveis.

– Não tem problema – falou Lucy apressadamente, compreendendo que Chris estava de alguma forma tentando proteger todos eles. – Você vai na frente. A gente se senta atrás com os rapazes.

O homem deu uma levantadinha no chapéu.

– Muito agradecido – disse jovialmente.

Ele se instalou ao lado de Chris. Quando o carro arrancou, o carona olhou para todos os lados, espreitando pelas janelas para ver quem estava em cada carro que passava. Ele pegou um lenço de linho fino para limpar a testa suada.

Eles partiram sem mais uma palavra. No rádio tocava a canção de Johnny Mathis "Chances Are". Em determinado ponto, um carro da polícia estadual passou rápido na direção oposta, as luzes piscando, e Chris viu seu passageiro tenso vacilar antes de finalmente exalar com alívio ao passarem por eles.

O homem ficou sentado rigidamente por cerca de meia hora, depois pareceu relaxar e adormeceu. Chris tinha visto homens na marinha fazerem isso, de pura exaustão, mas também como uma espécie de mecanismo de defesa, para evitar ter que falar com um estranho. Mas os homens em guerra, mesmo quando dormiam, mantinham sempre "um olho aberto", como se o corpo estivesse sempre alerta.

Depois de um tempo, começou a tocar uma canção de Pat Boone, que Chris detestava. Ele estendeu a mão para buscar algo melhor. Ao ajustar a estação, ele baixou os olhos e viu a mão direita de seu passageiro, que não tinha o polegar e o indicador. Apenas dois cotós no lugar dos dedos. Chris olhou de relance, mas isso não o poupou do aviso do carona, que, sem se mexer, tinha aberto os olhos e o observava atentamente.

– Você sabe quem eu sou? – perguntou o homem num sussurro.

– Sei – confirmou Chris. Após uma pausa, ele acrescentou: – Mas eu não vi o senhor hoje.

– Ótimo. – O homem indicou com a cabeça a parte de trás da van, onde os outros murmuravam em conversas moderadas. – E eles? – quis saber. – São espertos o suficiente para ficar calados sobre o que viram aqui em cima?

Chris ouviu a severa e implícita ameaça.

– É claro. Eu vou garantir isso.

O homem acenou com a cabeça.

– É só isso que você faz, entregar refrigerante? – perguntou ele. – Quem é o seu chefe?

– Minha tia, lá em Westchester – disse Chris cuidadosamente. – Eu cozinho no restaurante dela.

– É mesmo? – disse o passageiro. O homem tinha uma expressão casual, mas ainda observava com muita atenção e escutava com muito afinco. – É bom ter uma profissão. Algo que se saiba fazer bem. Muitos jovens de hoje veem os grandes homens da cidade que fazem a vida parecer fácil, e pensam: *caramba, esse é o caminho! Eu quero a vida daquele cara!*, mas eles não se dão conta de que, se você quer os grandes "altos", também tem que aceitar os grandes "baixos".

– Acho que é justo, aceitar o mau que vem junto com o bom – comentou Chris.

– Não há nada de justo na selva – o homem devolveu, um pouco agitado agora. – Está cheia de animais querendo arrancar sua cabeça. Se foi lá que você nasceu e não tem nenhuma habilidade, não dá para evitar. O melhor que consegui fazer quando criança foi trabalhar em uma oficina mecânica. Portanto, é claro que me machuquei. Depois tive que procurar outra coisa para fazer. Lavei janelas. Não há caminho fácil, rapaz. Especialmente agora. Os velhos tempos se foram. Já não se pode nem confiar na polícia e no governo – disse ele, soando enojado. – E as coisas só vão piorar.

Agora Chris estava certo de que sabia quem era seu passageiro, um homem que tinha transformado a lavagem de janelas num tipo de empreendimento impositivo. Se alguém não o deixasse lavar suas janelas, elas seriam quebradas. E se, mesmo assim, o "cliente" não pagasse, *ele* seria quebrado. O olhar do homem se movia vigilantemente pela janela do carro, como se ele tivesse passado a vida inteira olhando por cima do ombro para ver quem estava indo melhor que ele. Ele parecia exausto.

Chris deixou seu carona no centro da cidade, conforme fora instruído.

– Obrigado, rapaz – agradeceu o homem com vigor. – Eu te devo uma.

Chris acenou com a cabeça e seguiu viagem. Os outros passageiros haviam adormecido e só despertaram quando ele parou na casa em Greenwich Village.

– É melhor ligar para a madrinha Amie e dizer que estão a caminho de Mamaroneck – Chris os aconselhou. – Peguem o próximo trem para lá e fiquem até o fim de semana de Ação de Graças. Fiquem quietos, entenderam? Talvez as coisas se tornem difíceis aqui na cidade.

– E você? – quis saber Lucy. – Não vai passar o feriado com a gente? Frankie já está lá te esperando.

– Não se preocupe, mãe. Eu vou, mas primeiro tenho que fazer alguns telefonemas para recuperar meu caminhão e devolver esta van – explicou Chris. Ele inclinou a cabeça para se dirigir aos gêmeos com um olhar de alerta. – Agora, escutem. Nem uma palavra sobre onde estivemos. Entenderam, rapazes?

– Quem diabos era aquele homem que trouxemos, afinal? – questionou Paulie.

Chris respirou fundo.

– Ele é o Grande Chefe de sua própria família criminosa. Tem participações no setor de vestuário, caminhões, sindicatos... e galinhas kosher. Para citar alguns exemplos. Vocês acabaram de conhecer Tommy "Três Dedos" Lucchese.

– Céus! Ele realmente só tem três dedos? – perguntou Lucy, chocada.

Filomena contou calmamente:

– É um velho amigo de Lucky Luciano e Frank Costello.

– Uau. Ele é poderoso mesmo! – disse Paulie, devidamente repreendido.

– Do que vocês estavam falando tanto? – perguntou Vinnie, curioso.

– Do futuro – respondeu Chris, sóbrio, pensando no absurdo e na humilhação que aqueles grandes gângsteres haviam passado, correndo para o bosque. Por que ele havia imaginado que a vida deles era algo a que aspirar? Com um sorriso irônico, Chris acrescentou: – Ele diz que não é um bom momento para atuar como escroque. E eu pensei: *ele* deve saber bem. Até logo, pessoal.

Quando os outros entraram, Lucy murmurou para Filomena:

– Nunca pensei que fosse dizer isso, mas agradeço aos meus santos e anjos por ter colocado o sr. Lucchese em nosso caminho! E vou acender uma vela para a Virgem Maria, porque este dia louco talvez tenha sido a única maneira de salvar meu filho de uma vida de crime.

35

Mamaroneck, Dia de Ação de Graças, 1957

– Ouçam sempre suas madrinhas – disse Amie aos jovens enquanto se reuniam na casa de Filomena à beira-mar.

As grandes janelas da sala de jantar tinham vista para o sonolento estuário de Long Island, cujas ondas coloridas de estanho rolavam suavemente para uma pequena praia na enseada abaixo. Cisnes e patos-de-touca-branca flutuavam serenos na enseada, imperturbados pelas suaves ondulações da maré. A luz brilhante do sol de outono fluía para a casa enquanto toda a família tomava seus assentos ao redor da grande mesa.

– E ouçam especialmente *esta* madrinha – continuou Mario, puxando uma cadeira para Filomena se sentar. – Ela praticamente previu a Conferência Apalachin – anunciou ele, segurando um jornal com uma manchete chamativa.

Agentes federais prendem mais de sessenta mafiosos na Conferência Apalachin

– O que é Apple... Appa...? – perguntou Teresa, depois desistiu de pronunciar a palavra.

– *App-eh-lay-kin* – disse Mario enquanto Amie passava a travessa do primeiro prato, ravióli de abóbora com manteiga de sálvia e parmesão.

– Mais de sessenta grandes mafiosos e seus *capos* foram presos – relatou Mario. – Eles prenderam até Vito Genovese! E também Profaci, e algumas pessoas de Bonanno. É uma repressão e tanto. Há uma lista inteira aqui. – Ele fez uma pausa. – Naturalmente, os jornais não escreveram corretamente todos os nomes.

Ele correu os olhos ao longo da reportagem.

– Aparentemente, a polícia do norte do estado pegou os nomes e os números da carteira de motorista de todos os homens que apareceram lá. Que galeria de malfeitores! – comentou Mario, jogando o jornal para o lado. – Todo mundo que tem alguma importância nos esquemas estava lá.

Nesse momento, Vinnie e Paulie não resistiam a se acotovelar e, depois, a dar uma risadinha, e tiveram que abaixar a cabeça para se conter. Lucy lançou um rápido olhar de advertência em direção a eles.

– Se querem a minha opinião – disse Pippa –, foi simplesmente uma idiotice todos os Chefes estacionarem seus carrões elegantes ao redor de uma velha fazenda. Tão na cara, entre as vacas!

– Meu amigo George diz que foi um soldado estadual que notou os mafiosos, porque percebeu que o "anfitrião" da festa tinha reservado um monte de quartos de hotel para os convidados – contou Gemma.

Frankie suspirou.

– Seu "amigo George" disse isso, então? Nunca pensei que minha filha se apaixonaria por um policial. Aquele cara dançou quase a noite toda com você no casamento de Petrina.

– *Acontece* que George é investigador – corrigiu Gemma com firmeza. – E um bom dançarino!

– Eu tiro férias uma vez na vida, e dá nisso – resmungou Frankie, sem vacilar.

– Talvez não tenha sido apenas um policial esperto que descobriu que os mafiosos estavam lá – sugeriu Petrina, cheia de astúcia. – Talvez alguém o tenha avisado. Possivelmente para estragar tudo para Genovese, que quer ser coroado rei de Nova York.

– Bem, agora vai ser tudo um inferno – disse Mario, sério. – O departamento de narcóticos está trabalhando nisso, e Hoover e o FBI estão entrando em cena. Também se fala de uma audiência no Senado. Parece o começo do fim das coisas.

– Faz Costello parecer muito inteligente. Ele saiu bem a tempo – observou Amie.

– Nós também. Então agora não é da *nossa* conta – disse Filomena firmemente. – Não mais.

– Um brinde! Agora, onde diabos está aquele peru? – Frankie quis saber. – Estou com fome.

Quando Chris apareceu carregando um grande peru assado numa travessa, Pippa pediu:

– Tio Frankie, sirva mais champanhe. Tio Mario falou que quer fazer o brinde este ano.

Frankie abriu obediente outra garrafa e derramou o fresco vinho dourado nas taças altas. Todos se voltaram para Mario, na expectativa, e ele sorriu com ternura para Filomena.

– Levanto minha taça hoje para minha bela e sábia esposa.

Todos levantaram as taças e brindaram, sorrindo para Filomena. Ela notou que, pela primeira vez, havia deixado de ver números nos membros de sua família. Agora só via seus rostos felizes. *Talvez isso signifique que eles estejam finalmente a salvo*, pensou ela.

– *Salute!* – disse o novo marido de Petrina, Doug, que tinha estado escutando em silêncio.

– *Salute!* – os outros repetiram em coro, rindo e bebendo.

– *Cent'anni!* – declarou Frankie, beijando Lucy.

– O que significa isso? – perguntou Doug.

– Cem anos – explicou Petrina. – Como em: "Que você viva cem anos".

Mas Filomena achava que os mais velhos não deveriam brindar a si mesmos. Olhando ternamente para todos os rostos mais jovens sorrindo para ela, ela apenas levantou a taça e disse suavemente:

– *Ai bambini.*

Pippa, Gemma, Chris, Vinnie e Paulie olharam um para o outro com culpa. Teresa e Nicole perceberam e trocaram um olhar, jurando descobrir por quê. Mas os adultos apenas brindaram e concordaram:

– Aos jovens!

Epílogo

Nicole

Mamaroneck, 2019

Depois que fui ver a madrinha Filomena, escrevi tudo o que ela me disse naquele dia, para não me esquecer de nada. Aquela conversa foi muito catártica para mim, e eu queria manter todos os detalhes na mente. Mas depois guardei por anos, para honrar seu pedido: "Pelo menos, espere até eu morrer", tinha dito ela.

Não pensei muito mais nisso durante muitos anos, até o dia em que eu estava no sótão, vasculhando meus cadernos. E então minha prima Teresa ligou para dizer que sua mãe estava muito doente. Eu sabia que tinha que voltar imediatamente.

Era início de setembro, ainda verão pelo calendário, um dia quente com um céu de um azul deslumbrante. Quando cheguei à casa de minha madrinha, Teresa estava esperando na varanda com vista para o mar, onde os veleiros salpicavam a vista.

– Posso ir vê-la? – perguntei.

Teresa balançou a cabeça.

– Ainda não. O médico está com ela. Minha mãe me expulsou.

Sentei-me ao lado dela no balanço da varanda.

– Como ela está? – perguntei, impressionada pelo fato de Filomena, agora com mais de noventa, ainda ter energia para mandar em todo mundo.

Mas Teresa apenas balançou a cabeça. Todos os nossos tios e as outras madrinhas já tinham falecido. Após a morte de Frankie, tia Lucy tinha voltado para cá, então ela e minha mãe, Amie, se reaproximaram em seus últimos anos juntas. Filomena era a última sobrevivente.

Teresa olhou para mim com aqueles olhos grandes e luminosos.

– Lembra quando a gente se escondeu na despensa e escutou a minha mãe?
– Sim – respondi, com carinho.

Ficamos em silêncio por um tempo, depois falamos de nossos primos. A destemida Pippa havia se casado com seu pretendente violinista, e eles tinham uma academia de dança e música; Gemma, que havia sido uma badalada modelo no início dos anos 1960, havia se casado com um fotógrafo e aberto uma rede de spas de beleza. Quanto a meus irmãos gêmeos, Vinnie se tornou advogado, e por isso insistia sempre em olhar qualquer contrato que estivéssemos prestes a assinar; e Paulie, "o médico da casa", nunca deixou de nos fazer uma visita domiciliar por mais tarde da noite que fosse, até o dia em que se aposentou na Flórida. E nosso primo "selvagem", Chris, era dono de vários restaurantes, sempre mantendo uma mesa especial para nossa família, que tinha crescido depois de todo mundo ter se casado.

Em seguida, discutimos nosso próprio trabalho. Teresa era pianista concertista, e eu estava de licença das aulas de jornalismo que dava na Universidade de Columbia. Quando ela perguntou o que eu planejava fazer no tempo livre, confessei:

– Estou pensando em escrever um livro sobre as madrinhas.
– Você devia mesmo fazer isso, Nicole – disse Teresa, reflexiva. – É espantoso elas terem se envolvido com todos aqueles gângsteres e sobrevivido para contar a história. Mamãe e eu falamos desses Chefes na semana passada.
– O que aconteceu com todos eles? – perguntei.
– Ela me contou que Lucky Luciano foi deportado para a Itália e morreu lá, quando os agentes de narcóticos estavam prestes a prendê-lo. Costello viveu por muito tempo, cultivando flores premiadas em seu jardim. Ele morreu em casa, o que, para um mafioso, é muito bom. O cara que o expulsou, Genovese, foi preso sob a dura acusação de tráfico de drogas logo após assumir as operações de Costello, então Genovese morreu na prisão. E Gigante, o ex-pugilista que atirou em Costello, acabou se tornando Chefe da "família" de Costello; mas Gigante começou a andar pelas ruas de roupão, meio louco, ou fingindo ser um, para fugir da polícia; mesmo assim, ele também morreu na cadeia.
– E Strollo? – perguntei, intrigada. – O que aconteceu com ele?
– Dizem que Genovese acreditava que Strollo armou para ele com a prisão por drogas, então Genovese talvez tenha ordenado um atentado contra Strollo, porque, um dia, no início dos anos 1960, Strollo deixou sua casa e

nunca mais foi visto. Simplesmente desapareceu. Seus restos mortais nunca foram encontrados. Mas alguns dizem que Strollo forjou a própria morte, para evitar ser morto.

Estremeci.

– Bem, acho que temos sorte por estar vivendo em tempos menos perigosos.

Teresa sorriu.

– Foi isso mesmo que eu disse à minha mãe. Mas ela me olhou de forma estranha e disse: "Você acha?". Depois discorreu sobre todos os negócios obscuros com hipotecas e os empréstimos predatórios que derrubaram a economia não faz muito tempo, e escândalos dos grandes e poderosos lavando e protegendo seu dinheiro em paraísos fiscais, e os créditos consignados abusivos, e estudantes sobrecarregados com dívidas universitárias, e empresas farmacêuticas empurrando analgésicos viciantes mais poderosos do que a heroína. E ela concluiu: "Para mim, parece formação de quadrilha e extorsão, minha querida".

– Ela tem razão – admiti.

– Sabe o que a mamãe me mostrou, ainda ontem? – Teresa sussurrou com admiração. – Um milhão de dólares em moedas de ouro que ela manteve escondidas em uma fileira de caixas de sapatos! Uma fileira inteira delas, embaixo das verdadeiras caixas de sapatos, em uma área de armazenamento secreta sob as tábuas do assoalho dos armários dela. Está lá há anos; ela nunca gastou nada. Perguntei por que, e ela disse: "Caso algum de vocês tenha problemas". Ela estava determinada a não deixar nenhum de nós se endividar.

O médico saiu da casa e anunciou que agora podíamos ver Filomena. Quando o telefone tocou, Teresa me disse suavemente:

– Vá lá. Eu já vou.

O quarto de Filomena tinha grandes janelas panorâmicas. Ela estava cochilando, apoiada em muitos travesseiros, como se olhando para a vista. O sol lançava raios de luz suaves e quentes sobre a cama. Na mesa de cabeceira, estavam os óculos de leitura e uma peculiar escultura de pedra em forma de mão que, desde que me lembro, sempre segurava as contas azuis do rosário dela.

Ela estava tão quieta que eu pensei em sair na ponta dos pés, mas então, de repente, ela falou:

– *Dammi la mano. Per favore. La tua mano* – pediu ela com clareza, esticando a mão direita aberta.

O gesto foi tão suplicante que eu fiz o que ela pediu e coloquei minha mão na dela. Ela abriu os olhos, mas não me reconheceu de verdade, pois estava olhando para além, para o mar. No entanto, ao meu toque, pareceu mais calma, e um sorriso suave e surpreso se espalhou por suas bochechas macias com um deleite tão indisfarçado que ela parecia apenas uma garotinha.

– *Mi ami?* – perguntou ela com voz infantil. – *Sei tornata per me, è vero? Andiamo a casa ora?*

Ela inclinou a cabeça com expectativa, esperando a resposta. Eu tinha estudado muitas línguas nas boas escolas para as quais ela tinha insistido em mandar sua afilhadinha. Então entendi que ela perguntava se alguém que a amava havia enfim voltado para levá-la para casa.

– *Sì, sì! Ti amo* – murmurei.

Teresa entrou em silêncio e me pediu que ficasse lá. Filomena não via de verdade nenhuma de nós. Ela apenas suspirou contente e apertou minha mão em resposta.

– *Resta con me.*

Fique comigo. Então, fiz o que ela pediu e fiquei com minha madrinha, segurando sua mão, até o médico enfim me dizer que era hora de deixar que ela se fosse.

FIM

Agradecimentos

Eu gostaria de agradecer às muitas pessoas que contribuíram para a criação de *As poderosas madrinhas*. Sou muito grata aos talentosos profissionais da William Morrow, começando com meus agradecimentos especiais a Liate Stehlik.

E meu profundo agradecimento à minha excelente editora, Rachel Kahan, por sua atenção cuidadosa, conselhos e entusiasmo. Também agradeço muito à grande equipe de Kelly Rudolph, Holly Rice, Julie Paulauski, Ryan Shepherd e Carolyn Bodkin. E quero agradecer a Alivia Lopez, Dale Rohrbaugh, Aja Pollock, e Joe Jasko.

Agradecimentos sinceros a Susan Golomb, da Writers House, por seu calor humano, orientação astuta e encorajamento. Também na Writers House, gostaria de agradecer a Amy Berkower, Maja Nikolic, Sarah Fornshell e Mariah Stovall. Na Agência Gersh, gostaria de agradecer a Joseph Veltre e Tori Eskue, por seu apoio e encorajamento.

Por suas ideias sobre a cultura, a língua e a história italiana, sou profundamente grata a Edward F. Tuttle, Ph.D., Universidade da Califórnia, Berkeley, e ao Professor Emereti da UCLA. E agradeço especialmente à etnógrafa/folclorista Luisa Del Giudice. Também gostaria de agradecer a Paola Sergi do Instituto Cultural Italiano de Nova York.

Nunca deixo de valorizar o incentivo, os conselhos e a amizade de Margaret Atwood. E agradeço especialmente a Jacques Pépin, não apenas por sua soberba experiência culinária, mas também por seu encantador espírito humano e sua generosidade.

Acima de tudo, desejo expressar meu eterno amor e eterna gratidão a meu marido, Ray, um farol de infalível sabedoria, inteligência e perspicácia;

meu amigo no trabalho e no lazer, na pesquisa e nas viagens, na culinária e na celebração de nosso caminho na vida.

Finalmente, quero agradecer a todos os intrépidos e solidários livreiros que me apresentaram a tão maravilhosos leitores, e aos meus próprios leitores dos muitos cantos do globo – por todos os e-mails que vocês escreveram apenas para que eu soubesse que minha "mensagem em uma garrafa" foi recebida por espíritos iguais. Faço a todos vocês meus mais alegres agradecimentos.

Esta obra foi composta em PSFournier e Kepler e
impressa em papel Pólen Soft 70 g/m² pela gráfica LIS